LIESELOTTE ROSITZKA
Blutmulde

Buch
Am Tor der Burg Trausnitz in Landshut wird eine mittelalterlich gekleidete Frau tot aufgefunden. Vom Täter fehlt zuerst jede Spur. Doch das Morden geht in dieser idyllischen Stadt weiter. Alle Opfer wurden für die Teilnahme an der weltberühmten „Landshuter Hochzeit" die in diesem Jahr wieder stattfinden soll, ausgewählt. Schließlich hegen die Ermittler den Verdacht dass Jemand dieses Fest verhindern will. Doch plötzlich weiten sich die Spuren nach mehreren Richtungen aus und führen sogar in die Reihen der Polizei.
So beginnt in diesem Psychokrimi ein mörderisches Katz und Mausspiel zwischen Ermittler und Täter.

Autorin
Lieselotte Rositzka wurde in Ludwigsthal geboren. In ihrer Kindheit, die sie zum größten Teil in der Nähe von Bad Kissingen verbracht hat, schrieb sie schon Theaterstücke. Als junge Frau zog sie nach Ingolstadt. Dort wurden im Donaukurier ihre Kindergeschichten veröffentlicht. Danach verfasste sie Kriminalromane, unter anderen auch ein Theaterstück, das in Berlin uraufgeführt wurde. Zurzeit lebt die Autorin in Landshut.

Von Lieselotte Rositzka ist außerdem erschienen:
Getriebener Geist. Mystery Krimi Roman
Hass in meinen Schuhen. Krimi Roman
Todesgarten. Krimi Roman

LIESELOTTE ROSITZKA
Blutmulde

Roman

Bibliografische Information der Deutschen Nationalbibliothek:
Die Deutsche Nationalbibliothek verzeichnet diese Publikation
in der Deutschen Nationalbibliografie; detaillierte bibliografische
Daten sind im Internet über http://dnb.dnb.de abrufbar.

©2016 Lieselotte Rositzka

Herstellung und Verlag:
BoD – Books on Demand, Norderstedt

Umschlaggestaltung: Eva Körmer

ISBN: 978-3-7431-6384-3

Vorwort
Hauptkommissar Stefan Berger und Kommissar Hans Gruber versuchen mit ihrem Team fieberhaft nach einem oder mehreren Tätern die das „Landshuter Hochzeitsfest " verhindern wollen.

An diesem mittelalterlichen Fest, das alle vier Jahre mit großem Prunk und Aufwand in Landshut stattfindet, dürfen nur in dieser Stadt geborene, von den Förderern ausgewählte Bürger teilnehmen.

Ein Landshuter, dem immer wieder vom Komitee die Mitwirkung verwehrt wird, will seine Teilnahme mit Gewalt erzwingen. Er bedroht die Förderer und schreckt, um sein Ziel zu erreichen, vor keiner Tat zurück.

Die Kommissare arbeiten unter Zeitzwang. Aber ist der Mann, den sie nun als Hauptverdächtigen einstufen auch wirklich der Täter?

Nebelschwaden stiegen von der Isar auf, umhüllten den Mann, der zwischen den Büschen und den Trauerweiden am Ufer stand. Die Feuchtigkeit legte sich auf sein Gesicht. Er begann zu frösteln. Doch in seinen Händen sammelte sich der Schweiß. Sein Fuß stieß an die tote Frau, die er gerade hier abgelegt hatte. Es hatte ihn viel Mühe gekostet sie vom Parkplatz an der Grieserwiese an diesen Ort zu schleppen. Hier erahnte er die dunklen plätschernden Wellen mehr als er sie sah. Frustriert griff er sich an seine Ohren, in denen es in dieser nächtlichen Stille doppelt so stark rauschte und pfiff als am Tag. Doch dann ließ er seine Arme nach Unten sinken.

Es wurde Zeit sich der Toten zu entledigen. Sie würde bis ans Wehr schwimmen und dort würde man sie finden.

Einfach so. Er bückte sich zu ihr hinunter, berührte ihr Haar, das ihr fast bis zu der Taille reichte. Diesem Haar hatte sie es zu verdanken, dass sie für das Fest ausgewählt wurde. Ihm hatte man die Teilnahme verwehrt.

Wieder einmal! Man verwehrte ihm ständig etwas.

Er fühlte sich unerwünscht, verkannt. Jetzt sah er die Zeitungsnotiz über die Tote in der Isar vor sich. Viel zu banal und einfallslos. Sie würden sein Genie wieder verkennen. Ein dunkler böser Plan glomm in ihm hoch. Hier war der falsche Platz für die Tote.

Als Herbert Maler kurz vor sieben Uhr am Morgen mit seinem Hund Harras seine Wohnung in der Hans

Wertingerstrasse verließ, schlug ihm ein bissigkalter Wind entgegen. Die in Raureif überzogene Natur sah romantisch aus; aber der Frost hatte sich auch auf die Strassen gelegt und machte das Gehen schwer. Herbert Maler hielt die Leine von Harras kurz und überquerte langsam die um diese Zeit noch ruhige Strasse. Unten auf der Wiese, der Flutmulde ließ er Harras los.

Der Hund lief wie jeden Morgen mit wedelndem Schwanz auf den nächsten Baum zu.

Herbert Maler sah ihm lächelnd nach, dann ging er zu dem Steg, der über den dunklen zäh dahinfliessenden Bach führte. Das Geländer glitzerte ihm eisig entgegen.

Ein leichter Wind kam auf.

Harras begann laut zu bellen. Er lief, als wäre er wild geworden auf seinem Herrn zu und wieder zurück zu der betonierten Fläche, auf der im Sommer Kinder und Jugendliche Sport trieben.

Herbert Maler schüttelte den Kopf. Er sah keinen Menschen und auch kein Tier. Aber Harras schnüffelte auf dem Boden. Dann kratzte er mit der Pfote auf der Fläche. Die Fläche war rot. Bei näherer Betrachtung erkannte Herbert Maler, dass es gefrorenes Blut war.

Hauptkommissar Stefan Berger räumte sein Frühstücksgeschirr auf. Dann riss er ein Blatt vom Tageskalender.

Es war Freitag, der dreißigste Januar. Der Beginn eines verlängerten Wochenendes für ihn. Seine Reisetasche stand schon gepackt vor ihm. Noch ein kurzer Blick durch die Wohnung. Alle Fenster zu. Die Elektrogeräte ausgeschaltet. Alles Okay. In etwa einer Stunde würde er bei Lynn in München sein.

Ein befreites Lächeln überflog sein sonst so ernst wirkendes Gesicht. Endlich hatte er mal Zeit für Lynn.

Als er freudig bewegt seinen Mantel vom Haken nahm, schrillte sein Telefon. Sollte es läuten. Er war schon auf dem Weg.

Es schrillte weiter. Die Reisetasche lag schwer in seiner Hand. Nachdenklich stellte er sie ab. Vielleicht war der Anruf doch sehr wichtig.

„Guten Morgen!", meldete sich Kommissar Hans Gruber.

„Ich weiß", kam er seinem Kollegen zuvor, „dass du nach München zu Lynn fahren willst, aber ich benötige nur kurz deinen Rat".

Stefan Berger fuhr sich skeptisch durch seine schwarzen, dichten Haare. In ihm klingelten sämtliche Alarmglocken. Hans hatte schon sehr unsicher geklungen.

„Dann leg schon mal los", knurrte er widerwillig.

„Vor einer halben Stunde hat ein gewisser Herbert Maler bei uns in der Dienststelle angerufen und erklärt, dass er in der Flutmulde eine große Lache gefrorenes Blut entdeckt hat. Ich bin mit den Polizeimeistern Bohn und Schlagbauer hingefahren. Herr Maler hat Recht. Es ist verdächtig viel Blut…"

Stefan Berger unterbrach ihn ungewollt schroff:

„Habt ihr dort sonst noch etwas Ungewöhnliches bemerkt?"

„Nein", erwiderte Hans Gruber. „Wir haben zwar die nähere Umgebung bei der Fundstelle abgesucht, aber keinen Hinweis darauf gefunden woher das Blut stammen könnte."

„Hast du eine Blutprobe ins Labor geschickt?"

„Natürlich!"

„Dann warte den Befund ab", riet ihn Hauptkommissar Berger. Er verspürte nicht die geringste Lust die Fahrt zu Lynn wegen einer Rauferei sausen zu lassen.

„Du weißt doch", brummte er, „dass sich da unten an der Flutmulde allerhand zweifelhafte Gestalten herumtreiben.

Wenn es einen handgreiflichen Streit zwischen ihnen gab, haben sie sich bestimmt gleich danach verzogen".

Kommissar Gruber erwiderte zögernd.

„Zuerst hatte ich den gleichen Gedanken wie du. Aber es ist sehr viel Blut. Außerdem glaube ich nicht, dass die bei dieser Saukälte…Moment mal bitte, da stimmt was nicht. Kollege Bohn wurde gerade angerufen. Er schwankt und sein Gesicht ist kalkweiß."

Hauptkommissar Berger schnappte ein paar Wortfetzen der Beamten auf, die ihn beunruhigten. Gleich darauf sprangen ihm die nächsten Worte von Hans Gruber wie eine Explosion in die Ohren.

„Am Tor der Burg Trausnitz wurde Anita Metz, die Cousine von Alfed Bohn tot aufgefunden."

„Ich komme!", sagte er Kurzangebunden. „Wir treffen uns an der Burg."

Diese Nachricht warf alle privaten Pläne über Bord. Aber so lief es eben in seinem Beruf. Bei der Meldung eines Todesfalles mussten alle persönlichen Dinge zurückgestellt werden. Mit angespannter Miene legte er den Hörer auf. Anschließend wählte er Lynns Nummer. Das Freizeichen schrillte wiederholt in seine Ohren, dann meldete sich ihr Anrufbeantworter. Unruhig wartete er den Piepston ab, dann sprach er auf das Band.

„Es tut mir leid", bedauerte er, „aber ich werde hier in Landshut gebraucht. Ich weiß nicht wie lange es dauert.

So bald ich kann, melde ich mich wieder. Ich liebe dich!"

Kommissar Gruber ließ sein Handy nachdenklich in die Tasche gleiten. Dann sah er mit ernster Miene zu Polizeimeister Bohn, der geschockt vor sich hinstarrte. Er legte seine Hand auf dessen Schulter.

„Ich habe keine Ahnung was da oben bei der Burg passiert ist", sagte er zu ihm; „ aber ich weiß, dass Anita dir sehr nahe stand. Deshalb möchte ich nicht, dass du mich dort hinauf begleitest. Fahr bitte nach Hause".

Alfred Bohn sah seinen Chef ungläubig an.

„Das ist doch nicht dein Ernst. Ich muss Anita sehen, muss wissen woran sie gestorben ist. Helmut glaubt nicht

an einen Unfall. Aber wenn sie ermordet wurde muss ich mich an der Suche nach dem Mörder beteiligen. Das bin ich ihr schuldig. Wir sind wie Geschwister aufgewachsen."
„Eben darum", erklärte ihm Hans Gruber ernst. Er musste seinen Kopf nach oben heben um seinen fast zwei Meter großen Kollegen in die Augen sehen zu können. „Du weißt, dass wir keine Verwandten in solche Ermittlungen einbeziehen."
„Du könntest eine Ausnahme machen."
Kommissar Gruber bemerkte den gequälten Ausdruck im Gesicht von Alfred. Er tat ihm leid, aber er konnte ihm die Bitte nicht erfüllen. „Komm!", befahl er. Dann winkte er Polizeimeister Schlagbauer herbei und sagte im bestimmten Ton: „Wir bringen jetzt Alfred nach Hause, dann fahren wir zur Burg."

Die vom dichten weißen Reif belegte Burg bot einen verzauberten Anblick. Doch keiner der Männer, die jetzt hier eifrig beschäftigt waren, hatte ein Auge dafür. Ihr Interesse galt der Toten und den Spuren die der Mörder eventuell hinterlassen hatte.
Doktor Manfred Wiesner, der Polizeipathologe, hatte die örtliche Untersuchung der Toten beendet. Er griff sich an die Hüfte und zog sich langsam hoch:
„Der Ischiasnerv macht mir wieder zu schaffen", knurrte er den neben ihm stehenden Hauptkommissar Berger zu.

Der Hauptkommissar nickte zwar mitfühlend aber sein Interesse galt eher dem Mordopfer. „Und wie...?"

„Schon gut", winkte Doktor Wiesner ab: „Meine kaputte Hüfte interessiert hier nicht. Also, der Tod, der jungen Frau trat durch die Öffnung der Pulsschlagader ein. Vorher muss sie der Täter so lange gewürgt haben, bis sie bewusstlos war."

Er schüttelte frustriert den Kopf: „Der da am Werk war, muss wahninnig sein."

Stefan Berger stimmte dem Arzt innerlich zu. Die Art und Weise wie der Täter die junge Frau hier an das Tor gesetzt hatte, sah aus, als wollte er sie zur Schau stellen.

Um ihren Körper hatte er ein Seil gewunden und es hochgezogen bis zum schweren Eisengriff. Dort hatte er es festgeschnürt. Es sah aus, als starre die Tote hinunter auf die Strasse, die in die Stadt führte. Ihre Kleidung wirkte wie die, einer Frau aus dem Mittelalter.

Einen Moment streifte den Hauptkommissar ein Gedanke der ihm fast den Atem nahm. Doktor Wiesners Blick traf den seinen. Er wich ihm aus und versuchte ihm die Übelkeit die ihm nun zu schaffen machte, nicht zu zeigen. Er sah sich die Handgelenke der Frau an und sagte:

„Ihre Pulsschlagadern wurden geöffnet, aber an ihr klebt kein Blut. Also kann dies hier nicht der Tatort sein."

„Sie haben Recht", bestätigte ihm der Pathologe. „Diese Frau muss in einem Raum getötet worden sein. Entweder war sie zur Tatzeit nicht bekleidet, oder der Täter hat sie, nach dem er sie völlig ausbluten ließ, umgezogen."

„Und die Todeszeit?"

„Wahrscheinlich am frühen Abend. Ihr Körper zeigt Erfrierungen an. Demnach muss sie schon in der Nacht hierher gesetzt worden sein. Die genaue Tatzeit kann erst in der Pathologie festgestellt werden. Hier ist meine Arbeit erledigt. Bis später."

Kommissar Gruber, der bei der Spurensicherung half, bemerkte dass Doktor Wiesner mit seiner Tasche den Tatort verließ. Er winkte Hauptkommissar Berger zu und stapfte gleich darauf mit seinen Gummistiefeln über die Wiese zu ihm hin. Dichte Schneeflocken legten sich auf sein blondes Haar und sein kantiges Gesicht.

„Auch das noch!", dachte er verärgert. Wenn es tatsächlich hier noch irgendwelche Spuren geben sollte, würden nun auch diese vom Schnee verwischt werden.

„Was sagt der Doc?" fragte er den Hauptkommissar.

Stefan Berger hob die Achsel. „Du kennst doch den Wiesner. Er war wie immer knapp mit seinen Erläuterungen. Wir müssen auf seinen ausführlichen Bericht warten. Die Frau wurde jedenfalls nicht hier ermordet. Sie ist durch eine Verletzung der Pulsschlagader verblutet."

„Das war's dann hier", brummte der Kommissar. „Die Kriminaltechniker sind fertig. Die Leiche wurde fotografiert und untersucht. Sie kann abtransportiert werden."

„Habt ihr die Autospuren aufgenommen?"
„Ja, und alles hier ringsherum abgesucht. Kein Ergebnis."
„Das habe ich mir fast schon gedacht. Und wie sieht es an der Flutmulde aus? Gab es Reifenspuren in der Nähe der Blutlache?"
„Nein. Glaubst du es gibt da einen Zusammenhang?"
„Man kann nichts ausschließen."
An den Absperrungen hatten sich eine Menge Neugierige eingefunden die lauthals diskutierten. Außerdem versuchten ein paar übereifrige Reporter auf das Terrain zu dringen.
„Das nächste Übel", grollte der Hauptkommissar. „Ich schlage vor, wir beenden die Suche. Dann kümmerst du dich um die Leute hier und ich rede mit den Reportern.
Sie dürfen noch nicht allzu viel erfahren. Wir treffen uns im Kommissariat."
„Geht klar", erwiderte Hans Gruber.

Die Stimme, die Lynn Miller vom Anrufbeantworter entgegentönte, klang bedauernd aber zugleich erregt.
Lynn beendete die Ansage mit einem Knopfdruck. Sie machte sich keine Illusionen. Wenn Stefan schon mal sagte, er würde in Landshut gebraucht, dann konnte sie erwarten, dass er den ganzen Tag dort verbringen würde.
Schade, sie hatte sich schon so gefreut ihn zu sehen.

Seit sieben Monaten kannte sie ihn und seit sechs Monaten waren sie ein Paar. Ein Paar, das sich nur selten traf. Manchmal fühlte sie sich wie ein einsamer Wolf.

Doch diese beklemmenden Momente hielten nie lange an. Es gab viel für sie zu erledigen. Vor zwei Monaten hatte sie endlich die Zulassung als Anwältin am Landgericht München erhalten. Seitdem suchte sie nach geeigneten Räumen für eine eigene Kanzlei.

Stefan meldete sich per Handy bei Lynn. „Hast du meine Nachricht schon abgehört?"
„Ja", erwiderte sie zögernd. „Du hast mich verpasst, weil ich bei deinem Anruf gerade beim Bäcker war. Ich wollte ein etwas üppigeres Frühstück als üblich für uns Beide arrangieren."
Stefan sah Lynns enttäuschtes Gesicht mit ihren dunklen sprühenden Augen vor sich und sagte bedauernd:
„Es tut mir leid Lynn. Ich wäre jetzt liebend gerne bei dir, aber es wird wahrscheinlich auch nichts mit dem gemeinsamen Mittag und Abendessen."
„So schlimm?"
„Noch schlimmer, aber ich kann am Telefon nicht darüber sprechen."
Lynn hielt den Atem an. So ernst hatte sich Stefan schon lange nicht mehr angehört. „Weißt du was?", sagte sie spontan. „Ich komme zu dir."

„Es kann aber spät werden…"
„Egal, ich habe doch einen Schlüssel zu deiner Wohnung."
„Ich liebe dich", sagte er.
„Ich dich auch".

Stefan Berger klappte sein Handy zu und steckte es nachdenklich ein. Auf Lynn konnte er sich verlassen. Sie war die richtige Frau an seiner Seite. Aber heute würde er wohl kaum locker mit ihr sprechen können.
Jetzt sah er die Reporter, die Kommisar Gruber abgewimmelt hatte, auf sich zu kommen. Sofort stürmten sie von allen Seiten mit Fragen auf ihn ein.
„Vor der Burg Trausnitz wurde eine weibliche Person tot aufgefunden", erklärte er. Genaue Todesursache und Zeit wird erst in der Pathologie geklärt. Näheres erfahren sie morgen um neun Uhr bei der Pressekonferenz".
Die meisten Reporter wollten sich mit dieser knappen Aussage nicht zufrieden geben.
„Wer ist die Tote?" rief Einer und diese Frage blieb nicht die Einzige. Aber Hauptkommissar Berger winkte ab:
„Kein Kommentar mehr!"

Kommissar Gruber hatte mit einigen der Neugierigen die sich in die Nähe des Fundortes der Leiche aufgehalten hatten gesprochen. Aber es war Niemand dabei gewesen, der etwas zu den Ermittlungen beitragen konnte.

Inzwischen war es Mittag geworden. Die Sonne war durchgebrochen und hatte den Reif vertrieben und damit auch die Romantik, die er der Natur verliehen hatte. Jetzt wirkte alles kahl und bedrohlich.

Das Bild der toten Frau ließ Hans Gruber nicht los.

Warum hatte der Täter sie ausgerechnet hierher gebracht? Und was hatte ihn getrieben diese freundliche, lebenslustige Frau zu töten? Die Kälte hatte sich selbst durch seinen dicken Parka gedrängt. Zeit nach Hause zu fahren, sich von den verdreckten Gummistiefeln zu trennen, sich umzuziehen und seinen knurrenden Magen zu besänftigen.

„Makaber", dachte er. Jetzt ans Essen zu denken. Im nächsten Moment fiel ihm Alfred Bohn ein. Er nahm sein Handy und rief ihn an: „Wie geht es dir?"

„Schlecht! Ich bin hier zuhause und überlege mir was ich den Eltern von Anita sagen soll. Wenn es mir schon so nahe geht..."

„Ich weiß du brauchst Hilfe."

„Nein, ich komme schon klar. Ich gehe jetzt rüber zu ihnen. Sie sollen es nicht von fremden Leuten erfahren."

„Gut. Ich werde Lena Senft zu dir schicken. Sie wird sicher ganz behutsam mit deiner Tante sprechen."

„Wie du meinst. Aber am Nachmittag kommen meine Eltern und meine Schwester von München zurück. Sie werden sich um Tante Martha kümmern."

„Gut, aber Lena muss euch trotzdem aufsuchen. Es gibt einige Fragen."

„Ich weiß es."

Am Nachmittag beschlossen die beiden Kommissare Berger und Gruber ein Ermittlungsteam aufzustellen. Sie riefen die dafür nötigen Beamten zu einer Konferenz.

Dabei wurden die ersten Ergebnisse der Spurensicherung und der Pathologie, die zur Täterergreifung führen könnte aufgeführt.

„Wir haben leider wenig Anhaltspunkte", bedauerte Stefan Berger.

„Also stellt euch auf eine akribisch genaue und längere Suche ein. Da wir noch kein Täterprofil und kein Motiv haben, werden wir zuerst das Umfeld von Frau Metz überprüfen. Er wandte sich an seine Assistentin, der Polizeiobermeisterin Lena Senft. „Für die Befragung der Verwandt- und Bekanntschaft von Anita Metz bist du verantwortlich. Suche dir dazu einen geeigneten Partner aus.

Lena Senft stieg eine leichte Röte ins Gesicht. Sie nickte ihrem Chef zu und sah sich ernst um: „Dann entscheide ich mich für Andrea Endres."

„Gut" nickte Stefan Berger und wandte sich der durch ihren blonden Kurzhaarschnitt etwas burschikos aussehenden Andrea Endres zu: „Lena hat mit dir sicher eine gute Wahl getroffen."

Anschließend richtete sich sein Blick auf die Beamten Schlagbauer und Krause: „ Ihr Beide horcht euch bei den Leuten die in der Nähe der Burg wohnen um und dann befragt ihr die Bewohner der Hans Wertingerstrasse an der Flutmulde."

„Erwin Schlagbauer schüttelte den Kopf: „Das schaffen wir nie an einem Tag. Wieso sollen wir überhaupt zur Hans Wertingerstrasse fahren? Die Leiche wurde doch an der Burg gefunden."

„Der Schlagbauer kann's einfach nicht lassen", dachte Hauptkommissar Berger. „Jetzt bin ich schon seit sieben Monaten sein Vorgesetzter und er hat mich immer noch nicht akzeptiert." Aber war seine Abneigung gegen ihn nicht ebenso stark? Obwohl er wusste, dass im Amt persönliche Querelen nichts zu suchen hatten, fiel seine Antwort schärfer aus als beabsichtigt.

„Anscheinend ist es ihnen entgangen, dass heute Morgen in der Flutmulde Blut gefunden wurde.

Erwin Schlagbauer starrte seinen Chef ungläubig an:

„Und sie glauben, dass es das Blut von Frau Metz ist?"

„Warum nicht? Es wird sich bei der DNA Analyse herausstellen. Doch rätseln können sie später. Jetzt haben wir keine Zeit zu verlieren. Ich erwarte so schnell als möglich die ersten Ergebnisse ihrer Nachforschungen. "

Somit waren die beiden Beamten verabschiedet.

Und nun wandte sich der Hauptkommissar dem Kriminaltechniker Günter Wegner zu. „Du hast also bis jetzt keine verwertbaren Spuren an der Toten feststellen können?"

Günter Wegner, ein kleiner, drahtiger Mann mit rotblonden Haaren und Sommersprossen, die selbst im Winter nicht ganz verblassten, schüttelte bedauernd den Kopf.

„Es ist, wie ich dir vorhin schon sagte. Die Spuren sind lausig gering. Der Täter muss den Mord genau geplant haben. Wahrscheinlich trug er eine Schutzkleidung und Handschuhe. Es gibt einen geringen PVC- Abrieb am Kleid der Toten und unter ihren Fingernägeln. Die Laborwerte stehen noch aus."

Stefan Berger suchte den Blick von Doktor Wiesner.

„Gab es Kampfspuren oder wurde Frau Metz vergewaltigt?"

„Nein", sagte der Pathologe. „Sie wurde nicht vergewaltigt. Ihr Körper zeigt außer den Würgemalen am Hals und der Verwundung an den Handgelenken keine weiteren Gewaltspuren an."

Die Sitzung war somit beendet. Hauptkommissar Berger und Kommissar Gruber verließen nach Doktor Wiesner und Günter Wegner das Konferenzzimmer. Sie sprachen erst wieder miteinander als sie ihr Büro des Kommissariats betraten.

„Hast du alles Wichtige aufgezeichnet?"

Hans Gruber nickte: „Ja, leider gab es viel zu wenig aufzuschreiben. Wir können nur hoffen, dass die Kollegen auf ein paar Anhaltspunkte zu diesem Verbrechen stoßen."

„Du sagst es, mir graut schon vor der morgigen Pressekonferenz und dem unumgänglichen Gespräch mit Staatsanwalt Krüger."

Als Alfred Bohn von seinen Kollegen vor seiner Haustür abgesetzt worden war, hatte sein Entschluss zu Anitas Eltern zu gehen schon festgestanden. Wenn Jemand ihnen diese entsetzliche Nachricht vom Tod ihrer Tochter überbringen sollte, dann sollte er es sein. Kein Fremder.
Aber wie sollte er es ihnen sagen? Lange war er mit bleiernen Füssen dagesessen und hatte versucht seine Gedanken zu ordnen. Doch es wollte ihn einfach nicht gelingen. Dann hatte Hans Gruber angerufen. Danach war er schweren Herzens rüber zum Haus seiner Tante gegangen. Aber es war alles noch viel dramatischer verlaufen als er es sich vorgestellt hatte.
Seine Tante, Anitas Mutter, hatte ihm die Wohnungstür geöffnet und sich gewundert dass er mit seiner Uniform bei ihr erschien. In dem Moment hatte ihn seine Stimme im Stich gelassen. Sein Onkel Josef war auf dem Sofa gesessen und hatte ihm nur flüchtig zugenickt. Sein Interesse hatte einem Bericht im Fernsehen gegolten.
„Du bist ja ganz blass Junge", hatte Tante Martha besorgt gesagt. „Was ist denn passiert?" Dann waren ihre Augen ganz dunkel geworden und sie hatte ihn gerüttelt.

„Ist etwas mit Anita? Ist sie verunglückt?"
Er hatte nur genickt.
„Wo ist sie? Liegt sie im Krankenhaus? Ich muss gleich zu ihr."
Er hatte seine Tante in den Arm genommen und geflüstert, „Anita ist tot."
Mehr hatte er nicht herausgebracht. Seine Tante hatte sich von ihm losgerissen und geschrien", Du lügst, Anita ist nicht tot", dann war sie in den Sessel gesunken hatte haltlos geweint.
Während er sie beruhigen wollte hatte Kommissar Gruber angerufen und als er danach sein Handy wieder eingesteckt hatte, war ihm erst aufgefallen, dass sein Onkel verkrümmt auf dem Sofa lag und röchelte. Er hatte sofort den Notarzt angerufen und erste Hilfe geleistet.
Der Notarzt hatte einen Schlaganfall bei seinem Onkel diagnostiziert und die sofortige Überweisung in die Klinik angeordnet. Dann hatte der Arzt Tante Martha eine Beruhigungsspritze gegeben und gesagt: „Ihre Tante wird jetzt ein paar Stunden schlafen. Aber ich rate Ihnen sie später zu ihren Hausarzt zu bringen. Er hatte ihm stumm zugenickt und jetzt saß er leer und ausgebrannt neben dem Bett seiner schlafenden Tante.

Auf der Fahrt zur Familie Metz hatten Lena Senft und Andrea Endres nur wenige Worte miteinander gewechselt. Und jetzt vor der Haustür verstärkte sich das flaue Gefühl, das Beide im Magen verspürten. Mit Menschen zu sprechen, die gerade ihr Kind verloren hatten, war wohl eine der Schwierigsten Aufgaben in ihrem Beruf. Lena sah Andrea ernst an, dann drückte sie zögernd auf die Klingel.

Alfred Bohn öffnete die Tür.
Lena blieb der Gruß auf der Zunge hängen. So blass und ernst hatte sie ihren Kollegen noch nie gesehen.
Alfred bat seine Kolleginnen stockend ins Wohnzimmer und bot ihnen Platz an.
„Tante Martha schläft", erklärte er rau. „Der Notarzt war da und hat ihr eine Beruhigungsspritze gegeben."
Lena Senft sah sich unbehaglich um: „Und dein Onkel?"
„Er ist im Krankenhaus, Schlaganfall."
Dieser hart ausgesprochene Satz von Alfred stürzte Lena in Gewissensbisse. Andrea und sie hatten ehe sie hierher fuhren noch ein paar andere Aufgaben, die ihnen aufgetragen waren, erledigt.
„Wir sind also zu spät gekommen", entschuldigte sie sich. Vielleicht hätten wir Frauen…"
„Vergiss es", unterbrach sie Alfred schroff, „glaub nur nicht, dass es mit euch anders verlaufen wäre."
Die beiden Beamtinnen schwiegen eine Weile bedrückt.
Doch dann fasste sich Lena wieder. „Können wir dir trotz allem ein paar Fragen stellen?"
„Ja".

„Anita Metz war deine Cousine, aber kanntest du sie auch wirklich gut?"

Alfred Bohn schluckte: „ Was soll das heißen? Natürlich kannte ich sie gut! Wir sind fast wie Geschwister aufgewachsen."

„Dann weißt du auch sicher welche Freunde und Bekannte sie hatte."

Alfred schluckte. Der Kloß in seiner Kehle trieb ihm fast die Tränen aus den Augen. Schließlich sagte er rau:

„Alle Bekannten kenne ich natürlich nicht."

„Das verlangt auch Niemand von dir", versuchte Lena ihn zu beruhigen. „Beschreibe uns erst mal ihre nahesten Freunde."

Alfred sah Lena traurig an und nickte. Er wusste wie wichtig diese Ermittlungen waren.

„Ja", sagte er stockend: „Da wäre zuerst Sebastian Börner. Er ist der wichtigste Mann in Anitas Leben. Mit ihm ist sie so gut wie verlobt. Die Beiden möchten im Herbst heiraten.

Mit Tanja Weiss unternimmt sie auch viel. Sie ist ihre beste Freundin und wohnt gleich einen Block weiter.

Aber Anita ist auch Mitglied bei mehreren Vereinen deshalb gibt es viele Leute die sie kennen."

Als er das aussprach wurde ihm bewusst, dass er über Anita redete, als lebe sie noch. Eine unheimliche Wut stieg in ihm empor. Seine Faust ballte sich. Er konnte nicht mehr ruhig sitzen bleiben. So lief er vor Lena und

Andrea verzweifelt hin und her. Schließlich blieb er vor Lena stehen und herrschte sie an: „Wer hat ihr das angetan? Ich soll mich aus dem Fall heraushalten. Wie stellen sich die Chefs das vor? Das geht doch gar nicht.
Ich muss herausfinden wer dieser Schuft war."
Lena Senft erwiderte sachte: „Du bist nicht allein. Wir Beide und die anderen Kollegen von der Kriminalabteilung stehen alle hinter dir. Du weißt, dass schon alles in Gang gesetzt ist, den Täter zu finden."

Obwohl Alfred Bohn den ganzen Ablauf kannte, zweifelte er an den schnellen Erfolg seiner Kollegen. „Der Mörder ist vielleicht schon über alle Berge. Und es ist unmenschlich Tag für Tag darauf zu warten, dass man ihn endlich schnappt und was dann? Dann findet man alle Erdenklichen Gründe warum der arme Mann diese Tat vollbringen musste aber wer denkt an die Angehörigen?
Ihr wisst nicht wie das ist, wenn man selber betroffen ist.
Anita war so jung und lebensfroh. Vor ein paar Tagen ist sie in diesem Zimmer vor mir herumgetanzt vor Freude weil sie heuer wieder bei der Landshuter Hochzeit teilnehmen darf. Alle haben Anita gemocht. Ich verstehe es einfach nicht."
Andrea Endres stand auf und fasste Alfred Bohn am Arm. „Du weißt, dass ich Anita auch gut kannte. Wir sind im gleichen Verein. Ich werde mich auch außerhalb der Dienstzeit überall umhören."

Alfred sah auf seine nur ein Meter sechzig große Kollegin ein wenig hoffnungsvoller als zuvor herunter: „Danke Andrea." Hast du Anita gestern Abend gesehen und mit ihr gesprochen?"

„Nein", bedauerte Andrea. „Ich hatte Dienst."

„Wir müssen herausfinden mit wem und wo Anita gestern Abend verabredet war", überlegte Lena. „Deshalb schlage ich vor, dass ihr Beide, die Namen aller Leute, die euch aus Anitas Umfeld bekannt sind aufschreibt. Ich werde mich inzwischen in Anitas Zimmer umsehen. Vielleicht finde ich dort einen Hinweis auf ihren Mörder."

Alfred Bohn sah Lena Senft betreten an: „Kannst du das nicht später tun?"

„Wieso?" fragte Lena verständnislos. Je eher wir etwas zur Aufklärung finden, desto besser ist es doch."

„Ja, natürlich, aber Tante Martha schläft noch. Wir sollten sie nicht stören."

Lena sah die Anspannung in Alfreds Gesicht. „Ich verhalte mich so ruhig als möglich", versprach sie. „Also wo befindet sich Anitas Zimmer?"

Alfred erklärte es ihr zögernd und sie spürte seine Unruhe dabei.

Kurz vor Feierabend trafen sich alle Ermittler im Fall Anita Metz im Büro von Hauptkommissar Berger.

Erwin Schlagbauer schob seinen breiten, stämmigen aber nur ein Meter siebzig großen Körper nah an den

Hauptkommissar heran und meldete sich als Erster zu Wort: „Es war wie ich es vorausgesehen habe", machte er sich wichtig. „In der Hans-Wertingerstrasse hat kein Mensch etwas Verdächtiges beobachtet und die Anwohner rund um die Burg konnten uns auch nichts berichten."

„Stimmt!" nickte Walter Krause mit rotem Gesicht, „alles was in dieser Nacht in der Nähe der Burg gesichtet wurde, war ein Streifenwagen."

Stefan Berger horchte auf: „Wann war das genau?"

„Kurz nach Mitternacht. Der Zeuge hat den Streifenwagen später noch auf dem Parkplatz der Burg gesehen."

Erwin Schlagbauer druckste herum: Bei der Hans Wertingerstrasse stand ungefähr um zwei Uhr Nachts auch ein Streifenwagen. Aber der Zeuge ist nicht so recht glaubwürdig."

„Habt ihr schon nachgefragt welche Beamten zu der Zeit in der Nähe der Burg und in der Hans Wertingerstrasse im Einsatz waren?"

Walter Krause schüttelte verlegen den Kopf:" Nein".

Der Hauptkommissar kräuselte verärgert die Stirn:

„Normalerweise erwarte ich von meinen Beamten, dass sie so eine einfache Aufgabe bewältigen."

„Wir hatten genug mit der Befragung der Leute zu tun", maulte Schlagbauer.

„Dann erledigt ihr das eben jetzt noch", befahl Stefan Berger gereizt.

Nachdem Schlagbauer und Krause das Büro verlassen hatten, sagte einer der Techniker. „Wir haben leider auch nichts Bedeutendes entdeckt. Der Täter muss die Frau zum Auffindungsort getragen haben, denn es gab keine Schleifspuren."

„Und die DNA?"

„Ergab auch nichts. Er muss von Kopf bis Fuß steril gekleidet gewesen sein, aber Doktor Wiesner will die Tote noch einmal gründlich untersuchen. "

Stefan Berger winkte ab:" Na gut, ihr könnt Feierabend machen."

Dann sah er Lena und Andrea genervt an: „Sagt bloß nicht, dass ihr genau soviel herausgefunden habt wie die Anderen."

Lena Senft zuckte mit den Schultern:

"Wie man's nimmt. Die Mutter von Anita Metz war nicht ansprechbar. Sie hatte eine Beruhigungsspritze bekommen und schlief als wir bei ihr waren. Herr Metz war kurz zuvor vom Notarzt abgeholt worden. Er hatte einen Schlaganfall erlitten."

Kommissar Gruber mischte sich ein: „War Alfred noch in der Wohnung?"

„Ja, er hat sich sehr merkwürdig benommen."

Hans Gruber runzelte die Stirn: „Du bist gut! Anita war Alfreds Cousine. Ich habe sie öfter zusammen gesehen.

Man spürte, dass sie sich gut verstanden. Glaubst du dass ihn ihr Tod kalt lässt? Außerdem war er es, der seinen Angehörigen diese Nachricht überbrachte und die Folgen davon weißt du ja. In dieser Familie geht jetzt wirklich alles drunter und drüber."

Lena biss sich auf die Lippen: „Entschuldige Hans, das ist mir auch bewusst, aber er versuchte mich daran zu hindern in Anitas Zimmer zu gehen."

„Glaubst du das auch Andrea?"

Andrea wurde rot. „Ja, er hatte Einwände, aber er war verständlicher Weise nervös."

„Was tat er, während sich Lena in Anitas Zimmer aufhielt?"

„Er hat eine Liste über die Verwandten und Freunden von Anita erstellt und ich habe die Namen der Bekannten, die Anita und ich gemeinsam hatten aufgeschrieben. Es war der Vorschlag von Lena gewesen."

„Und sonst war nichts?"

„Na ja, Alfred wirkte unruhig. Er hat immer wieder zu Anitas Zimmertür gesehen. Aber ich glaube nicht, dass er sich über Lena geärgert hat. Er fühlt sich übergangen und denkt dass er schneller wie jeder Andere auf die Spuren des Mörders stoßen würde."

„Hat er das so gesagt?"

„So ähnlich."

„Ich werde mit ihm sprechen. Auch wenn er nicht direkt ermittelt, so kann er uns als Zeuge doch eine gute Hilfe sein."

Hauptkommissar Berger wandte sich an Lena. „Hast du etwas Wichtiges im Zimmer von Frau Metz entdeckt?"

Lena sah ihn zurückhaltend an: „ Sehr viel gibt es da auch nicht zu berichten. Anita Metz war eine ordnungsliebende Frau. Alles hat seinen genauen Platz. An der Wand hängen nur ein paar Familienfotos. In ihrem Schreibtisch habe ich ihr Tagebuch und ein Fotoalbum gefunden. Ich habe Beides gleich zur Überprüfung mitgebracht."

„Gut, aber gab es keine Handtaschen oder ein Handy?"

„Im Schrank standen außer einem Rucksack ein paar verschiedenfarbige Handtaschen, aber sie waren alle leer. Die aktuelle Handtasche muss Frau Metz wohl bei sich gehabt haben."

„Dann befindet sich die Handtasche mit ihren Papieren und ihrem Handy im Besitz des Täters", stellte der Hauptkommissar fest. Er machte sich ein paar Notizen, dann fuhr er mit seinen Fragen fort: „Wusste Alfred Bohn wo sich Frau Metz am Tatabend befand?"

„Ja, er sagt, sie hatte bis um Zweiundzwanzig Uhr Dienst im Klinikum. Sie arbeitet dort als Krankenschwester."

„Und er hat sie an diesem Abend nicht getroffen?"

„Nein, er gab an, er habe ein Fußballspiel angesehen."

„Gab es sonst Jemand der mit Anita Metz nach Feierabend noch gesprochen hat?"

„Ja, ihre Kollegin Erna Fuchs. Wir haben sie, nachdem wir bei Alfred waren in der Klinik befragt. Sie sagt, sie ist kurz nach Zweiundzwanzig Uhr mit ihr ins Parkhaus gegangen. Beide wollten so schnell als möglich nach Hause. Frau Fuchs hatte ihr Auto gleich in der Nähe der Ausfahrt geparkt. Sie verabschiedete sich von Frau Metz und fuhr gleich los. Ihr ist keine weitere Person im Parkhaus aufgefallen."

„Sie war also die Letzte, die Frau Metz lebend gesehen hat?"

„So ist es."

Gab es Jemand mit dem sie Streit hatte?"

„Nein. Alle Leute, die wir bis jetzt über Frau Metz befragt haben, schilderten sie als höflich und freundlich. Ihr Leben scheint in total geordneten Verhältnissen verlaufen zu sein. Sie war Mitglied in einem Chor und besuchte regelmäßig einen Fitnessclub. Außerdem hätte sie in diesem Jahr schon zum zweiten Mal an der Landshuter Hochzeit teilgenommen."

„Gab es einen Freund oder Verlobten?"

„Ja, sie war mit einem gewissen Sebastian Börner verlobt. Aber ihn konnten wir noch nicht erreichen. Er ist momentan mit einem Arbeitskollegen in irgendeiner Skihütte in den Bergen."

„Gab es vor ihm einen Freund?"

„Ja, aber Anita hat sich schon vor einem Jahr von ihm getrennt."

„Könnte er wieder aufgetaucht sein?"
„Nein, er war ihr Jugendfreund. Sie haben sich, als er nach Amerika zum Studieren ging in Freundschaft getrennt. Er lebt zurzeit auch noch dort Mehr haben wir bis jetzt noch nicht herausgefunden."

Werner Krause steckte den Kopf zur Tür herein.

„Es hat sich kein Kollege gemeldet, der gestern Nacht oben bei der Burg war. Können Schlagbauer und ich jetzt nach Hause gehen?"

Hauptkommissar Berger nickte müde: „Bis Morgen!"

Sein Kopf schmerzte und seine Kehle schien sich in ein Reibeisen zu verwandeln. Auch das noch! Eine Erkältung war das Letzte was er im Moment brauchen konnte.

Lena schob ihre Unterlagen in die Mappe. „Wir haben noch jede Menge Leute auf unserer Liste stehen die wir Morgen befragen müssen", sagte sie. „Vielleicht erfahren wir dann etwas Spezielleres vom Leben von Frau Metz."

„Ja gut", knurrte der Hauptkommissar. „Ich weiß, euch treibt es nach Hause. Wir sehen uns Morgen nach der Pressekonferenz."

Der Mann wartete in seinem Wagen gegenüber vom Eingang des Polizeigebäudes. Immer wieder kamen Leute heraus die ihn nicht interessierten. Aber was machte ihm das schon aus? Er war beharrlich wie die Katze vor dem Mauseloch. Erst, als ihm das aufkommende Schneegestöber die Sicht versperrte, wurde er etwas ungeduldig. Er stieg aus und stülpte sich die Kapuze über den Kopf. Dann trat die Frau auf die er wartete endlich vor die Tür. Er beobachtete sie, wie sie sich von ihrer Kollegin verabschiedete, den Regenschirm aufspannte und die Strasse entlang lief. Sein Puls schlug höher. Er riss die Wagentür auf, setzte sich nervös hinter das Steuer und folgte ihr.

Andrea Endres kämpfte tapfer mit ihrem Schirm gegen den Wind. Aber es nützte ihr wenig. Die Schneeflocken sausten von allen Seiten auf sie zu. Der Schirm blähte sich auf. Die Streben knickten um. Sie blieb verärgert stehen und verstaute das zerstörte Teil in ihrer Tasche.
Neben ihr hielt ein Polizeiauto. Doch sie achtete nicht darauf und hastete weiter. Das Auto rollte weiter neben ihr her. Jetzt kam es ihr doch seltsam vor. Sie warf einen Blick in das Innere des Wagens. Doch sie konnte nur eine Gestalt mit einer Kapuze erkennen. Als sie stehen blieb fuhr der Wagen an ihr vorbei. Jetzt spürte sie wie ihr Herz klopfte. Sie hatte doch tatsächlich geglaubt, sie würde verfolgt. Aber ausgerechnet von einem Polizisten? Was würden die Kollegen zu ihren schwachen Nerven sagen?
Sie war doch eine gestandene Polizistin. Aber Anitas Tod schien ihr mehr an die Nieren zu gehen, wie sie sich selbst eingestanden hatte. Jetzt sah sie das Schild der Bushaltestelle. Einige Leute warteten schon auf dem Bus der gleich darauf anhielt. Ohne lange zu überlegen stieg

sie ein. Als er losfuhr sah sie den Wagen der sie anscheinend verfolgt hatte an der gegenüberliegenden Straßenseite stehen.

Kommissar Gruber starrte auf die große, schwarz umrahmte Uhr im Büro.
"Schon so spät?", knurrte er. „Wir sollten für heute auch Schluss machen."
Hauptkommissar Berger registrierte erst jetzt wie spät es schon war. Er schob das Protokoll für die Pressekonferenz, die am nächsten Morgen stattfinden sollte, zur Seite.
„Du hast Recht. Einmal muss Schluss sein. Wir haben uns so gut es ging auf die Fragen der Reporter vorbereitet. Sie werden so und so mit unseren Antworten nicht zufrieden sein."
„Du sagst es", nickte Hans Gruber, „ mir wäre es auch lieber wenn wir ihnen schon handfeste Erfolge vorweisen könnten."
Er griff nach seinen Mantel. „Soll ich dich schnell Zuhause absetzen?"
„Das brauchst du nicht. Ein wenig frische Luft tut mit gut.
Also dann bis Morgen."
„Ja, bis Morgen."
Als Hans Gruber seinen Wagen startete, dachte er an seine Frau und seine beiden Kinder, die oben am Moniberg in dem kleinen Einfamilienhaus auf ihn warteten.

Seine Frau musste zuweilen sehr viel Geduld mit ihm aufbringen. Aber er versuchte zumindest das was ihm am Tag über geärgert hatte nicht mit nach Hause zu nehmen. Doch heute viel es ihm schwer das Erlebte abzuschütteln. Seine Frau hatte Anita auch gekannt.

Sicher hatte man in den Nachrichten schon über den Tod der jungen Frau berichtet. Obwohl die Heizung im Auto schon funktionierte, lief es ihm eiskalt über den Rücken. Die Scheibenwischer versuchten die dichten Schneeflocken hinwegzufegen, doch sie schafften es nur halb. Der Verkehr lief zögernd dahin. Der Streifenwagen, an dem er vorbeifuhr stand etwas zu weit auf der Straße.

Welcher Polizist parkte da so leichtsinnig? Wohnte da nicht Andrea Endres? Wahrscheinlich hatte sie ein Kollege nach Hause gebracht. Einen Moment streifte ihn der Gedanke an das Polizeiauto das man in der Tatnacht an der Burg gesehen hatte. Er tippte leicht auf die Bremse. Doch dann spürte er seinen knurrenden Magen und er sah sich schon mit seiner Familie im Esszimmer bei einer guten Brotzeit sitzen.

Stefan Berger schlug seinen Mantelkragen hoch und lief durch das Schneegestöber. Heute war dieser Lauf zwar nicht sehr angenehm aber sonst kam es ihm sehr gelegen, dass seine Wohnung nur etwa zehn Minuten Gehweg vom Kommissariat entfernt lag. So konnte er sich am Morgen fit laufen und am Abend die dicke Luft vom Büro aus den Lungen blasen.

Lynn erwartete Stefan schon. Sein Herz schlug schneller. Er fasste sie um ihre schlanke Taille, zog sie an sich und küsste sie stürmisch. Einen Moment gab es nur sie Beide. Dann löste sie sich von ihm und lachte. „Meine Bluse ist nicht wasserdicht." Sie nahm ihm den nassen Mantel ab und brachte ihn in die Garderobe. Im Wohnzimmer fand er einen liebevoll gedeckten Abendtisch vor.

Er lächelte und setzte sich hin.

Doch im nächsten Moment verfinsterte sich seine Mine.

Die Tote von der Burg kam ihm wieder in den Sinn. Er versuchte die Gedanken an sie abzustreifen, aber es gelang ihm nicht wirklich.

Lynn verstand, dass er nicht so einfach abschalten konnte. Sie setzte sich ihm gegenüber und sah ihn ruhig an.

Er aß ein paar Bissen, dann durchbrach er das Schweigen. „Wir haben heute Morgen eine tote Frau vor der Burg gefunden."

Lynn nickte: „Ich habe im Radio davon gehört. Gibt es schon Hinweise auf den Täter?"

„Nein, er hat fast keine Spuren hinterlassen."

Lynn nickte: „Ich verstehe, dass dich das beunruhigt."

„Natürlich tut es das. Das weist doch auf eine lange Suche nach dem Mörder hin und ich muss mich ständig auf Erklärungen einlassen. Morgen gibt's die erste Pressekonferenz und der Staatsanwalt wird schnelle Ergebnisse erwarten."

„Trotzdem solltest du mal abschalten. Erinnere dich daran was nach dem Mord an Jaqueline geschah. Die Mörderin wurde zwar gefasst, aber der eigentliche Drahtzieher lässt es sich in Südamerika gut gehen. Und du kannst gar nichts daran ändern. Da ist jetzt die BKA zuständig."

„So ist es leider, aber das nagt in mir. Doch jeder Fall liegt anders. Damals gab es viele falsche Spuren, heute dagegen fast keine."

„Und jetzt bist du bei mir. Jetzt bist du Stefan Berger, der seinen Feierabend genießt. Lynn hob ihr Glas und prostete ihm zu."

Er sah ihr in die Augen und wusste dass sie Recht hatte.

Die Pressekonferenz war vorüber und der Bericht an den Staatsanwalt abgeliefert. Hauptkommissar Berger und Kommissar Gruber unterhielten sich über die nächsten Schritte die sie im Fall Metz unternehmen wollten.

„Schlagbauer und Krause sind schon unterwegs in die Hans-Wertingerstrasse", sagte Hans Gruber, „aber für Andrea Endres müssen wir einen Ersatz finden. Ihr Freund hat sie krank gemeldet."

„Krank?" fragte Stefan Berger überrascht. „Gestern erschien sie mir noch putzmunter."

„Das kann sich manchmal ganz schnell ändern aber Lena ging es genau wie dir. Sie konnte auch nicht so recht an die plötzliche Erkrankung von Andrea glauben.

Sie nimmt eher an, dass sie den Tod von Anita nicht verkraften kann. Schließlich war sie mit ihr befreundet."

Stefan Berger zog die Stirn kraus: „Trotzdem kann sie nicht einfach vom Dienst fern bleiben. Ist Lena noch im Haus?"

„Ja, sie wollte noch ein paar Telefonate tätigen. Möchtest du mit ihr sprechen?"

Als Stefan Berger nachdenklich nickte griff Hans Gruber zum Telefon.

Kurz darauf betrat Lena Senft das Büro des Kommissars. Sie wirkte angespannt und nervös. „Ihr möchtet mich sicher wegen Andrea sprechen", kam sie ihren beiden Chefs zuvor. „Ich mache mir doch selbst Vorwürfe, dass ich sie als meine Partnerin im Fall Metz ausgesucht habe. Aber ich erfuhr erst danach von ihr, dass sie Anita Metz gut kannte."

„Stopp!" unterbrach sie Stefan Berger. „Das steht hier nicht zur Debatte. Sie hätte sich als befangen erklären können, aber ob ich das hätte gelten lassen steht auf einem anderen Blatt. Wo kämen wir denn hin, wenn alle Polizisten so zart besaitet wären. Hans meint, du hättest gestern noch nichts von einer Erkrankung von Andrea bemerkt?"

„Nein, absolut nicht, aber das muss nichts sagen. Ich habe mich eigentlich mehr darüber gewundert dass ein Freund sie krank gemeldet hat. Andrea hat keinen Freund."

„Das weißt du genau?"

Lena wurde rot: „Ja, wir haben gestern noch darüber gesprochen. Wir haben uns überlegt ob wir nicht der Kosten wegen eine Frauen-WG gründen sollten."

Hans Gruber schüttelte verwundert den Kopf: „Aber gestern Abend stand ein Streifenwagen vor dem Haus in dem Andrea wohnt. Ich dachte, sie hätte Besuch von einem Kollegen."

„Bestimmt nicht", wehrte Lena ab. Der muss bei irgendwelchen anderen Leuten gewesen sein. Ich rufe sie am besten noch einmal an."

„Was heißt noch einmal? Hast du schon versucht sie zu erreichen?"

Lena nickte: „Schon mehrmals."

„Vielleicht befindet sie sich gerade bei ihrem Hausarzt", mutmaßte Stefan Berger.

„Nein", sagte Lena zögernd. „Ich habe schon in der Praxis angerufen."

Lena versuchte ruhig zu bleiben, aber sie konnte Hans Gruber nichts vormachen. „Du machst dir Sorgen um Andrea?"

„Ja, natürlich! Ich möchte schon gerne wissen was mit ihr los ist."

„Gut", das verstehe ich", sagte Hans Gruber zögernd. „Fahr hin, sieh nach ihr, aber vergiss auch nicht die Leute, die du im Fall Metz noch befragen musst."

Alles, was der junge korpulente Mann unternahm musste nach einem akribisch genauen Plan ablaufen. Aufstehen, duschen, das Frühstück für seinen Vater, der seit zwei Monaten durch einen Schlaganfall bedingt auf seine Pflege angewiesen war, zubereiten. Dann mit dem vollen Tablett die schmalen Stufen im kleinen Einfamilienhaus empor stampfen, den kranken Vater in den Rollstuhl hieven und ihm das Essen eingeben. Anschließend begann er den Raum, der wie ein Klinikzimmer steril eingerichtet war, zu säubern und das Bett aufzuschütteln. Und bei allem was er tat, sprach er auf den hilflosen Vater ein. Der Anfang seiner Reden entsprach der eines Rosenkranzes, immer die gleiche Litanei.

„Guten Morgen. Der ehemalige Zivildienstleistende Krankenpfleger meldet sich zum Dienst."

Und wie jeden Morgen trat das Entsetzen in die Augen des alten Mannes.

Er begann zu ächzen, versuchte ein paar abwehrende Worte zu finden. Aber es endete in einem unverständlichen Lallen.

„So, so, du hast mich also erkannt und findest es schade dass ausgerechnet der Sohn, der dir immer lästig war, dich betreut. Was, du willst nicht essen? Das geht nicht, du musst lange leben. Du musst auf Kurt, deinen Lieblingssohn warten. Du hast ihm die Autowerkstatt übergeben. Aber die interessiert ihn nicht mehr. Er erträgt deinen Anblick nicht mehr. Deswegen ist er auf eine lange Reise gegangen. Alter, Alter, du stinkst jeden Tag mehr.

Aber keine Angst, ich wasche dich trotzdem. So, und jetzt lege ich dich wieder ins Bett. Dann hast du bis Mittag Zeit an Kurt zu denken. Oder denkst du auch mal an das was ich dir erzähle? Ich weiß, es gab nicht viel zu erzählen in der letzten Zeit aber wenn ich gefrühstückt habe, lese ich dir etwas aus der Landshuter Zeitung vor.

Heute werden die Schreiber noch nicht allzu viel über das Geschehen an der Burg berichten aber das wird sich ändern. Die Polizei und die Förderer werden bald vor schweren Rätseln stehen. Jede Wette, dass keiner von denen sie löst. Oder wettest du dagegen? Ach du kannst ja gar nichts dazu sagen."

Er kicherte böse. „Ich muss ja noch den Mief aus deinem Zimmer lassen. Dann öffnete er das Fenster weit und sah hinunter zur Werkstatt. Er grinste breit: „Da unten in deinem Büro liegt auch eine die wie du und alle anderen mein Genie verkennt."

Sein Magen begann zu knurren und er wurde unruhig.

„Genug gelüftet."

Lena Senft dachte auf dem Weg zu Andrea Endres nach, über was sie Beide gestern alles gesprochen hatten. Das meiste hatte sich um Anita gedreht. Aber da sie sich gut verstanden, unterhielten sie sich in den Pausen auch über persönliche Dinge. Sie hatten sich Beide vor Kurzen von ihren Partnern getrennt und Beiden lag die teure Miete schwer auf den Magen. So hatte sie Andrea vorgeschlagen zu ihr zu ziehen, denn sie besaß die größere Wohnung. Andrea war nicht abgeneigt von dieser Idee und nichts hatte darauf hingewiesen, dass sie sich krank fühlte.

Als sie jetzt schon zum vierten Mal auf Andreas Klingelknopf gedrückt hatte und sie sich nicht meldete, fühlte sich Lena immer unbehaglicher. Besorgt klingelte sie bei den Nachbarn. Irgendjemand drückte auf den Türöffner.

Lena fuhr bis in den fünften Stock.

Die Nachbarin von Andrea stand in einem Morgenmantel gehüllt und großen Haarwicklern auf den Kopf vor ihrer Wohnungstür. „Waren Sie es, die mich aus dem Bett geklingelt hat?" fragte sie schlaftrunken.

Lena nickte: „Entschuldigen Sie bitte die Störung. Ich wollte eigentlich zu Frau Endres. Sie ist krank, aber ich kann sie telefonisch nicht erreichen und auf mein Klingeln an der Tür reagiert sie auch nicht."

Die Frau wurde mit einem Schlag munter und grinste zweideutig: „Ich glaube nicht, dass die Endres krank ist.

Vielleicht hat sie gar nicht hier geschlafen."

„Wie kommen Sie denn darauf?"

„Ich habe sie gestern Abend am Aufzug mit einem Mann gesehen. Sie schien ziemlich verliebt zu sein."

„Und woraus schließen sie das?"

„Na ja, der Mann hat sie fest im Arm gehalten und sie hat ihren Kopf nicht einmal beim Einsteigen in den Aufzug von seiner Schulter genommen."

„Wie sah der Mann aus?"

„Es war ein Polizist. Er war ganz schön korpulent und seine Uniform saß schlecht. Er trug eine Brille, einen Bart und seine Haare hingen ihm bis zur Schulter. Mehr kann ich nicht über ihn sagen, denn ich habe ihn nur kurz gesehen. Die Andrea wirkte, als wäre sie beschwipst. Sie hat mich nicht einmal gegrüßt."

Lena bedankte sich und ging zum Aufzug. „Da ist was faul", dachte sie besorgt. Sie griff zum Handy und rief Hans Gruber an.

Der Kommissar bat Lena, sich lieber ihrer eigentlichen Arbeit zu widmen. Anschließend könne sie sich ja noch mal um Andrea kümmern. Sie spürte dass er gerade unter Zeitdruck litt. Frustriert steckte sie ihr Handy ein. So verloren und machtlos hatte sie sich noch nie gefühlt.

Hauptkommissar Berger hatte sich das Fotoalbum von Anita Metz angesehen. Sie hatte fein säuberlich unter jedes Bild das Datum an dem es aufgenommen wurde und die Namen der Personen die mit ihr abgelichtet waren, geschrieben. Er notierte sich alles Wichtige und nahm sich ihr Tagebuch vor. Es war ihm nicht angenehm ihre intimsten Gedanken zu lesen. Aber es musste sein.

Ihr Leben schien in klaren Bahnen zu verlaufen. Sie schrieb über ihren Verlobten, der Laborant in der gleichen Klinik wie sie war. Aus dem heimlichen Date waren bald offizielle Treffen geworden. Es gab ein paar Freundinnen mit denen sie sich öfter traf. Sie schrieb über das Fest der Landshuter Hochzeit an der sie wieder als aktives Mitglied teilnehmen durfte. Man konnte meinen, dass dieses Fest ihr fast noch wichtiger war, als ihre eigene Hochzeit die ein paar Wochen danach stattfinden sollte. Der einzige Wermutstropfen schien ein Arzt zu sein mit dem sie einfach nicht zu Rand kam. Hauptkommissar Berger notierte sich dessen Name. Einmal wurde kurz ein Pfleger erwähnt den sie nicht mochte, der jedoch zum Glück für sie schon wieder entlassen worden war. Aber das war gleich zu Beginn des Tagebuches gewesen und schien nicht wichtig zu sein. Wahrscheinlich gab es noch ein Tagebuch aus früheren Zeiten das die Leute von der Spurensicherung sicher finden würden. Aber er machte sich wenig Hoffnung etwas zu finden das auf den Mörder hinwies.

Als Kommissar Gruber zu ihm ins Büro kam, klappte er das Tagebuch zu und sagte: „Wenn man die ganzen

Unterlagen von und über Anita Metz durchliest, sieht man eine Frau vor sich mit einem harmonisch, wohlgeordneten Leben, die viele Freunde und Bekannte besaß. Es gab zwar ein paar harmlosen Querelen mit ein paar Arbeitskollegen, aber nichts das zu einer Feindschaft auswuchs. Ihr näheres Umfeld kann man also erstmal vom Mordverdacht ausschließen. Hier fehlt das Motiv."

Kommisar Gruber runzelte nachdenklich die Stirn.

„Wir müssen also annehmen, dass der Täter sein Opfer willkürlich ausgesucht hat."

Stefan Berger nickte: Als ich die Tote so blutleer an der Mauer sitzen sah, streifte mich der gleiche Gedanke.

Seither befürchte ich, dass der Mörder seine Tat wiederholt."

„Das hätte uns noch gefehlt, ein Serienkiller in Landshut.

Angenommen es wäre so. Dann frage ich mich, was treibt ihn dazu? Sexuelle Befriedigung kann man nach dem pathologischen Befund ausschließen."

„Wir sollten das Ganze nicht übertreiben. Wenn die Tötung der Frau nicht so abstrakt gewesen wäre, könnte man auf einen Raubmord schließen." sinnierte Stefan Berger.

Hans Gruber runzelte die Stirn. „Vielleicht war es auch einer. Schließlich hatte Frau Metz weder ihre Handtasche noch ihr Handy bei sich." „Vergiss es!", winkte Stefan Berger ab: „Das mit dem Raubmord war eine blöde Idee von mir. Es kann gar nicht so sein. Dieser Mord war heimtückisch geplant. Womöglich steckt auch ein religiöser Fanatiker dahinter."

„Und der sucht sich ausgerechnet Frau Metz als Opfer aus? Ich weiß nicht…"

Stefan Berger trommelte nervös auf seine Schreibtischplatte. „Natürlich ist dieser Gedanke absurd", gab er zu, „aber er ist einer auf der Liste der Möglichkeiten. Jedenfalls können wir zu diesem Zeitpunkt nichts ausschließen.

Irgendwie müssen wir uns versuchen in diesen Menschen hineinzuversetzen, ihn versuchen zu verstehen."

Hans Gruber fuhr sich fahrig durch die Haare: „Das habe ich schon versucht, aber dann schiebt sich immer nur das Bild von der toten Anita vor meine Augen. Kein normaler Mensch kann einer Frau so etwas antun."

„Gut, lassen wir das erstmal. Dieser Fall bringt genügend andere Arbeit mit sich."

„Da sagst du was", stöhnte Hans Gruber. Wir haben viel zu wenige Leute für die Ermittlung. Manche unserer Beamten fühlen sich doch jetzt schon überfordert."

„Tut mir leid", erwiderte Stefan Berger hart.

„Da müssen wir alle durch."

Der Raum schien Andrea Endres fast zu zerquetschen.

An der Wand, neben der Liege auf der sie lag, hing ein voll gestopftes Regal. Auf der linken Seite standen ein Spind aus Blech, daneben ein Schreibtisch mit Computer und darüber ein Bord mit verschiedenen Aktenordnern.

An der rechten Seite befand sich ein Fenster, das man eher als Luke bezeichnen konnte. Daneben befanden sich ein alter abgewetzter Sekretär und eine Tür, die mit ihren aufgemalten Zeichen auf eine Toilette hinwies.

Als sie zum ersten Mal aus ihrer Bewusstlosigkeit erwacht war, umhüllte sie nur die Dunkelheit aber sie spürte die Enge. Und sie spürte die Plastikseile die ihren Körper umspannten. Doch noch ehe sie um Hilfe schreien konnte, war ein Licht aufgeflackert. Ein bulliger Mann war vor ihr gestanden und hatte ihr etwas zu trinken eingeflößt. Dann war sie in einem tiefen Schlaf versunken.

Als sie jetzt wieder erwachte, drang ein spärliches Tageslicht in ihre blinzelnden Augen. Es war sicher nur ein Traum. Sie schloss ihre Lider und öffnete sie gleich wieder. Jetzt nahm sie alles deutlich wahr und sie versuchte sich zu erinnern wie sie hierher gekommen war.

Ihre volle Blase verursachte krampfartige Schmerzen in ihrem Bauch. Aber sie konnte nicht aufstehen.

Vor dem Raum dröhnten dumpfe Schritte. Sie wollte schreien aber die verbrauchte Luft nahm ihr den Atem.

Die Schritte kamen näher. Ihr wurde heiß und kalt zugleich.

Ein Schlüssel drehte sich im Türschloss. Dann stand der bullige Mann vor ihr. Er bückte sich über sie und befreite sie von ihren Fesseln. Und noch ehe sie etwas sagen oder sich wehren konnte, stieß er sie von der Liege und trieb sie durch die Tür zur Toilette. Der Raum war so klein, dass sie sich kaum rühren konnte. Aber sie war froh, sich erleichtern zu können. Doch dann fühlte sie das Dröhnen in ihrem Kopf noch stärker und die Schmerzen in ihrem Hals die von den Würgegriffen des Polizisten herrührten, brachten sie fast zum Erbrechen.

Es war ihr, als erlebe sie den vergangenen Abend noch ein Mal. Sie hatte, als Jemand bei ihr klingelte gedacht, Lena habe etwas vergessen. Doch vor ihr war der dicke Polizist gestanden und hatte sich sofort durch ihre Tür gedrängt. Die Größe und Stärke des Mannes da draußen stimmten mit dem Polizisten überein. An sein Gesicht konnte sie sich außer dem Bart und der großen Brille nicht mehr erinnern. Die Brille trug er jetzt nicht mehr.

Doch was hieß das schon?

Der Mann ging zur Liege und nahm das Kopfkissen auf dem Andrea gelegen hatte hoch. Es roch nach dem Parfüm das ihn oben bei der Burg als sie an ihm vorbeigegangen war, gestreift hatte. Er war inmitten der Neugierigen gestanden die beobachteten wie die tote Frau weggeschafft wurde. Das Gesicht der jungen Polizistin war bleich gewesen und sie hatte ihn mit großen Augen angesehen aber ihr Blick war durch ihn hindurch gegangen. Sie hatte ihn gar nicht bemerkt. So wie alle Frauen es taten. Sie war ihm schon öfter begegnet und sein Verlangen nach ihr wurde von Mal zu mal unbezähmbarer. Und jetzt hatte er sie endlich für sich.

Erregt ließ er das Kissen fallen. Vor der Toilettentür riss ihm die Geduld: "Komm endlich raus!" schrie er, „oder ich trete die Tür ein."

Andreas Knie schlotterten aber sie hatte keine andere Wahl als seinen Befehl nachzukommen.

Als er sie brutal an sich riss, wehrte sie sich mit aller Kraft. Aber die war bei der Stärke des Mannes bald aufgebraucht. Er drehte ihre Hände auf den Rücken und fesselte sie. Dann schmiss er sie auf die Liege und drückte seinen schwitzenden Oberkörper an sie heran. Ekel stieg in ihr hoch und sie drehte ihren Kopf zur Seite. Als seine großen, fleischigen Hände ihr Gesicht berührten und er sie küssen wollte, biss sie zu.

Er schrie auf und schlug zu. Ihre Wangen brannten.

Voller Wut riss er ihr die Kleider herunter. Dann legte sich der wuchtig, schwere Mann stöhnend auf sie.

Genervt legte Lena Senft ihren Notizblock ins Handschuhfach ihres Wagens. Die Leute, die sie befragt hatte waren so unfreundlich und kalt wie das scheußliche Wetter gewesen.

Es schien absolut nicht ihr Tag zu sein. Wenn sie wenigstens Andrea erreicht hätte. Sie ging ihr nicht aus dem Kopf. Während sie mit einem Hamburger ihren Hunger stillte, sah sie Andrea vor sich, wie sie sich gestern Abend von ihr verabschiedet hatte. Mit keinem Wort hatte sie erwähnt, dass sie sich noch mit einem

Kollegen treffen wollte. Ein großer, starker Polizist sei es gewesen, hatte Andreas Nachbarin gesagt. Es gab mehrere Kollegen die dieser Beschreibung entsprachen. Alfred Bohn gehörte auch dazu. Aber eine schlecht sitzende Uniform konnte man ihm nicht zuordnen. Irgendwie schmeckte der Hamburger fader als sonst. Alfred konnte drei solcher Dinger hintereinander verdrücken. Bei dem Gedanken wurde ihr übel. Aber sie musste auch bedenken wie viel größer und gewichtiger er war als sie. Was er wohl jetzt gerade tat? Hauptkommissar Berger hatte ihm zwei Tage Sonderurlaub gegeben, damit er sich um seine Tante kümmern konnte.

Dabei war der Hauptkommissar sonst äußerst sparsam mit der Vergabe von Freistunden. Sie zuckte mit den Schultern. Glück oder Pech für Alfred. Gerade so wie man es sah. Die Tage mit seiner verzweifelten Tante belasteten ihn sicher sehr. Sie versuchte sich in seine Lage zu versetzen.

Nach dem Gespräch mit ihm war sie davon überzeugt gewesen, dass er Anita so geliebt hatte wie eine Schwester. Also würde sie an seiner Stelle auch alles daran setzen den Mörder zu finden. Ihr Körper schien sich plötzlich in einen Eisklumpen zu verwandeln. Sie musste nach Alfred sehen. Mit klammen Fingern startete sie den Wagen.

Die Beamten von der Spurensicherung hatten ganze Arbeit geleistet. Anitas Zimmer sah jetzt aus wie ein Schlachtfeld. Alfred Bohn wusste dass es das Recht seiner Kollegen war nach Hinweisen auf den Täter zu suchen. Aber wenn so etwas in der eigenen Familie geschah fühlte man sich so unsagbar machtlos. Anita hasste Unordnung. Wie unter Zwang begann er aufzuräumen. Man hatte ihm zwar gesagt dass Anita tot war, aber er hatte sie nur lebend in Erinnerung. Ihr Atem und ihr helles Lachen hingen noch im Raum. Er hatte seine Tante versucht zu trösten. Doch sie konnte nicht glauben, dass ihre Tochter nie mehr wieder nach Hause zurückkehren würde.

Er war ein Realist. Das verlangte schon sein Beruf als Polizist. Doch hier im Zimmer fiel es auch ihm schwer an Anitas Tod zu glauben. Die Heizung war noch so hoch eingestellt als wäre Anita hier. Resigniert drehte er sie zurück. Als es an der Haustür klingelte, zuckte er wie ein ertappter Sünder zusammen.

Lena Senft stand mit prüfendem Blick vor ihm.

„Darf ich rein kommen?"

„Natürlich", sagte er lahm und geleitete sie ins Wohnzimmer. „Wenn du noch Fragen an Tante Martha hast muss ich dich enttäuschen. Meine Mutter hat sie ins Krankenhaus zu ihrem Mann gefahren."

So flott und resolut Lena sonst mit den Leuten umging, so befangen stand sie jetzt vor Alfred. „Ich wollte eigentlich sehen wie es dir geht."

In Alfred entlud sich sein angestauter Frust.

„Wie es mir geht fragst du? Wie es mir geht. Scheiße geht es mir. Die Kollegen von der Spurensicherung haben Anitas Zimmer verwüstet, mich mit Fragen gelöchert als ob ich zum Kreis der Verdächtigen gehörte. Unser Familienleben ist aus den Fugen geraten und du bist sicher nur hier um mir noch ein Mal die gleichen Fragen zu stellen."

Mit rotem Kopf lief er vor Lena herum.

„Ja, ich habe für den Tatabend kein Alibi. Nein, ich weiß nicht was Anita an diesem Abend noch vorhatte und ich weiß auch sonst nichts.

Ich weiß nur, dass ich mich aus der Sache heraushalten soll. Aber das kann ich nicht versprechen."

Lena stellte sich ihm in den Weg:

„So beruhige dich doch. Ich will dir keine Fragen über Anita stellen. Ich mache mir Sorgen. Aber nicht nur um dich, sondern auch um Andrea."

Alfred sah betroffen auf Lena herunter.

„Was soll das heißen, du machst dir Sorgen um Andrea? Wo ist sie überhaupt?"

„Andrea hat sich heute Morgen krank gemeldet, ist aber nicht zu erreichen."

„Vielleicht hat sie ihr Handy ausgestellt."

„So einfach ist das nicht. Ihre Nachbarin hat sie gestern Abend mit einem Polizisten am Aufzug gesehen. Es war anscheinend der gleiche Mann, der sie krank gemeldet hat. Zuhause ist sie jedenfalls nicht. Weißt du etwas von einem Freund von ihr?"

Alfred schüttelte den Kopf. Seine Stimme klang noch immer abweisend. „Was für eine Frage. Ob Andrea einen Freund hat oder nicht musst du doch besser wissen als ich. Ihr Frauen hängt doch immer eure Köpfe zusammen und tuschelt über einander."

„Hast du was gegen uns Frauen?"

„Noch ne blöde Frage! Natürlich nicht. Ich bin schlicht und einfach genervt. Eigentlich müsste ich es sein, der herumläuft und Fragen stellt. Ich kenne doch mehr Freunde und Bekannte von Anita wie all die Anderen.

Morgen muss ich wieder zum Dienst und was tue ich da? Berichte über irgendwelche Bagatelldelikte abtippen."

„Ich versteh dich doch", versuchte Lena ihn zu beruhigen. „Aber es gibt halt Vorschriften gegen die man nicht ankommt. Trotzdem kannst du mehr zur Aufklärung beitragen wie du annimmst. Ich verspreche dir dabei zu helfen."

Alfred hatte sich selbst so in Rage geredet, dass ihm die Schweißperlen auf der Stirn standen.

„Und wie?" spie er Lena ins Gesicht. „In dem du mich freundschaftlich ausquetscht? Für heute habe ich genug.

Und es ist mir auch egal mit welchen Polizisten sich Andrea vergnügt. Tschüss!"
Er dirigierte Lena aus der Wohnung.

Lena blieb wie angewurzelt vor der Haustür stehen. So hatte sie Alfred noch nie erlebt. Seinem Kollegen Schlagbauer hätte sie so eine aufbrausende Art zugetraut, aber Alfred schien ihr bisher besonnen und freundlich.
Der Wind pfiff eisig um die Hausecke und fegte ihr den Schnee vom Dach ins Genick. Sie schüttelte sich frierend und ging zu ihrem Wagen. So wie es schien, musste sie erstmal auf Alfreds Hilfe verzichten. Enttäuscht zog sie ihr Handy aus der Tasche und rief Andrea an. Doch sie meldete sich wieder nicht und so beschloss sie zum Kommissariat zu fahren.

Über Kommissar Grubers Gesicht zog ein leichtes Lächeln.
„Du kommst mir gerade recht", sagte er zu Lena Senft.
„Mir schwirrt schon der Kopf vom Studieren über die Gebräuche und Riten der verschiedenen Sekten. Zeit eine Pause zu machen."
Lena sah ihn zweifelnd an: „Sekten?"
Kommissar Gruber stand auf und ging zur Kaffeemaschine. Während er sich das braune Getränk in die Tasse goss, sagte er: „Ausschließen kann man gar nichts.

Bis jetzt fehlt uns jeder Hinweis auf ein Tatmotiv. Oder hast du inzwischen etwas Wichtiges erfahren?"

Lena schüttelte bedauernd den Kopf: „Leider nein. Und von Andrea gibt es auch keine Spur."

„Na ja, sie hat sich krank gemeldet."

„Nicht sie selbst, sondern irgend so ein Kerl."

Lena begann sich über die Ruhe von Hans Gruber zu ärgern. Ihr Gesicht lief rot an: „Typisch Mann. Du zählst also auch zu der Kategorie der Männer, die sich nicht in die Psyche einer Frau versetzen können. Wenn Andrea wirklich krank wäre, hätte sie es zugelassen, dass ich mich um sie kümmere. Jedenfalls hätte sie bei mir angerufen."

Der Kommissar trank einen Schluck Kaffee und als er seine Tasse abgesetzt hatte, fragte er so ruhig wie zuvor:

„Und welchen Mann, außer mir, hast du da so im Visier?"

Lena fauchte: „Du nimmst mich nicht ernst. Aber wenn du es genau wissen willst. Es ist Alfred. Ihn interessiert nicht einmal welcher Polizist es war, der Andrea abgeschleppt hat."

„Du hast also noch ein Mal mit Alfred gesprochen, hat er sich inzwischen etwas beruhigt?"

„Nein, das hat er nicht!" antwortete Lena gereizt. „Aber was machen wir mit Andrea, geben wir eine Vermisstenmeldung an die Kollegen heraus?"

„Mach dich doch nicht verrückt Lena, du weißt genau, dass das noch zu früh ist."
„Aber versteh mich doch. Andrea kannte Anita gut. Was wäre wenn der Mörder es jetzt auf sie abgesehen hätte?"
„Jetzt geht deine Fantasie aber mit dir durch. Andrea hat mit einem Kollegen von uns das Haus verlassen. Warten wir also ab bis Morgen. Entweder sie erscheint wieder zum Dienst oder sie schickt ein ärztliches Attest. Wenn das nicht der Fall ist, statte ich ihr höchstpersönlich einen Besuch ab, zufrieden?"
Lena hob resigniert die Schulter: „Na gut, dann bis Morgen."
Kommissar Gruber sah ihr zwiespältig nach und brummte vor sich hin: „Frauen können ganz schön lästig sein."

Stefan Berger trat durch die Verbindungstür die zwischen seinem und Hans Grubers Büro lag. Seine Laune war nicht gerade die Beste. Doch als er seinen Kollegen so vor sich hin brummeln sah, begann er zu grinsen.
„Seit wann führst du Selbstgespräche?"
„Lena nervt mich", erklärte Hans Gruber. „Es reicht doch schon, dass wir neben dem Mord an Anita Metz alle möglichen Fälle am Besten sofort lösen sollen. Da bildet sie sich noch ein, dass wir nach einer Beamtin, die gerade Mal einen Tag nicht auffindbar ist, suchen sollen."

Stefan Berger zog die Stirn kraus:

„Lena ist doch sonst so taff drauf. Sie weiß auch, dass wir unterbesetzt sind."

„Eben! Aber das Schlimme ist, dass sie mich mit ihrem bangen Gerede ganz konfus macht. Andrea soll gestern Abend mit einem Polizisten gesehen worden sein. Und diese Aussage stimmt wahrscheinlich auch. Ich hab dir ja schon gesagt, dass ich einen Streifenwagen vor dem Block in dem sie wohnt gesehen habe."

„Da gibt es nur einen Haken", sagte Stefan Berger. „Ich habe sämtliche Polizeibeamten die am Tatabend mit einem Streifenwagen unterwegs waren überprüfen lassen. Zur Tatzeit hielt sich keiner unserer Beamten in der Nähe der Burg auf. Das Gleiche gilt auch für den Wagen, der dir gestern Abend bei Andrea aufgefallen ist."

„Das gibt's doch nicht! Er stand da. Das kannst du mir glauben."

„Natürlich glaube ich dir. Gleich morgen früh müssen wir der Sache auf den Grund gehen. Aber was anderes. Wie weit bist du mit deinen Recherchen über Sekten?"

„Ich steck noch mitten drin. Es gibt jede Menge Sekten in denen Blut eine große Rolle spielt. Aber meistens wird es zu Opferzwecken benutzt."

„Und an der Flutmulde, glaubst du, war dies nicht der Fall?"

„Das kann ich mir einfach nicht vorstellen. Aber möchtest du dich nicht endlich hinsetzen."

„Eigentlich wollte ich dir nur die Unterlagen über die Aussagen des Klinikpersonals bringen und dann nach Hause starten. Lynn fährt heute Abend noch zurück nach München."

Die Minusgrade stiegen am Abend wieder an. Die wenigen Menschen, die zu Fuß unterwegs waren liefen dick vermummt herum. Stefan Berger schlug seinen Mantelkragen hoch. Es schneite zwar nicht, aber die Kälte lag ihm im Nacken. Er hörte schnelle Schritte hinter sich.

Ein Mann rempelte ihn an und rannte ohne Entschuldigung weiter. Nicht ein Mal eine Minute später war er in irgendeiner Ecke verschwunden.

Was würde er über diesen Mann sagen, wenn er ihn beschreiben müsste? Er hielt sich für einen guten Beobachter. Aber dieser flüchtige Eindruck eines Menschen zeigte ihm wie wenig man wahrnahm. Der Mann überragte ihn nur um ein paar Zentimeter, hatte sicher ein paar Kilo mehr wie er herumzuschleppen, schien aber trotz seiner Fülle wendig und sportlich zu sein. Sein Atem hatte ihn so nahe gestreift, dass ihn ein leichter Alkoholgeruch in die Nase gestiegen war. Das war alles. Er begann seine Zeugen zu verstehen, die heute so vage Aussagen gemacht hatten.

Die Kälte kroch in seine Hände, denn er hatte vor lauter Eile heimzukommen seine Handschuhe im Büro vergessen. Zurückgehen war Blödsinn. Also beschleunigte er seine Schritte. Eine grüne Ampel winkte. Die Autos schossen an ihm vorbei. Die Reifen eines Wagens quietschten. Die Ampel zeigte rot. Er musste stehen bleiben. Ein paar andere Fußgänger gesellten sich zu ihm. Alle stierten nur geradeaus zur Ampel hin. Er steckte seine frierenden Hände in die Manteltasche. Dabei berührten seine Finger einen knisternden Zettel. Wann hatte er ihn eingesteckt? Das grüne Licht leuchtete auf und er stob mit den anderen Wartenden über die Strasse. Nur noch ein paar Meter zu seiner Wohnung. Einen Katzensprung zu Lynn.

Lynn breitete eine cremefarbene zarte Decke auf den ovalen Tisch, stellte ein buntes Blumengesteck, das an den nahenden Frühling erinnerte darauf und nahm das passende Geschirr aus der Vitrine. Anschießend legte sie das Besteck und die Servietten dazu. Dann betrachtete sie ihr Werk. Sollte sie noch Kerzen darauf stellen? Nein, das würde wahrscheinlich zu feierlich wirken. Das Abendessen stand bereit zum Servieren in der Küche Jetzt fehlte nur noch Stefan. Lynn sah erwartend auf die Uhr. In zwei Stunden würde sie zurück nach München fahren. Sie freute sich auf das gemeinsame Essen und versuchte das aufkommende wehmütige Gefühl des darauf folgenden Abschieds zurückzudrängen. Schließlich hatte sie, als sie die Verbindung mit Stefan eingegangen war, gewusst dass sie wenig Zeit füreinander haben würden.

Unangenehm berührt starrte sie auf das klingelnde Telefon. Wenn Stefan jetzt das Essen absagen würde, musste es schwerwiegende Gründe dafür geben. Der Name des Anrufers ging in einem unverständlichen Nuscheln unter. Zudem sprach er mit einem ihr unbekannten Dialekt. Doch sie verstand soviel, dass er nur mit dem Kommissar sprechen wollte und das noch vor Mitternacht. Über Lynns Rücken lief ein Schauer. Sie spürte plötzlich eine Gefahr die Stefan bedrohte. Aber sie fühlte auch, dass sie völlig machtlos dagegen war. Egal ob sie nach München zurückführe, um ihrer Arbeit nachzugehen oder hier in Landshut bliebe. Stefan würde allein mit der Bedrohung leben müssen. Niemand hatte jemals bemerkt wie stark sie diese Schwingungen aufnahm. Und sie würde auch heute Stefan nicht mit ihrer Angst belasten.

Endlich stand Stefan mit gerötetem Gesicht vor ihr und strich ihr mit seinen eisgekühlten Fingern über ihre Wangen.

„Schön, dass du da bist", flüsterte er ihr ins Ohr und küsste sie zärtlich.

„Der Mann, der aus der Kälte kam", lachte sie anschließend. „Ich hoffe, du hast einen guten Appetit mitgebracht."

Erst nach dem Essen erwähnte Lynn den Anruf.

Stefan winkte ab: Wenn es dringend ist, wird sich dieser Herr schon wieder melden."

Die Minuten bis zum Abschied glitten viel zu schnell dahin. Frühestens in einer Woche würde er Lynn wieder sehen. Und in dieser Woche würden ihn genügend Leute mit irgendwelchen wichtigen Anrufen, die sich als unwichtig herausstellten, überhäufen.

Später, als er die Koffer in Lynns Wagen verstaut hatte und sie zum Abschied in die Arme nahm, fühlte sie sich seltsam steif an.

„Die paar Tage gehen schnell vorüber", versuchte er sie aufzumuntern."

„Pass auf dich auf", sagte sie leise und stieg in den Wagen.

Er stand fast reglos da und sah ihr nach, bis er die Kälte in seinen Schuhen spürte.

Ein paar Minuten später stand er in der Küche und räumte das benutzte Geschirr in die Spülmaschine. In dem Moment war ihm, als sei Lynn noch bei ihm. Doch bald darauf quälte ihn sein einsames Zuhause schlimmer als je zuvor. Er nahm die Papiere die er zur Bearbeitung mit nach Hause gebracht hatte, aus seiner Mappe und setzte sich an seinen Schreibtisch. Das Telefon blieb still.

Er las die Aussagen, die Doktor Petersen über Anita Metz gemacht hatte. Dabei sah er den schlanken, etwa vierzigjährigen Mediziner vor sich. Sein Lächeln wirkte überheblich. Doch er war bei weitem nicht so arrogant wie ihn Anita Metz in ihrem Tagebuch beschrieben hatte.

„Wissen Sie", hatte er ihm erklärt. „Frau Metz war bei ihren bayerischen Kollegen sehr beliebt aber sie hatte eine Abneigung gegen alles was hochdeutsch sprach. Ich als Kieler, galt bei ihr als der perfekte Preuße. Viele meiner Anordnungen fand sie als Provokation. Mit einem Wort wir konnten uns gegenseitig nicht ausstehen. Trotzdem fehlt mir jetzt ihre bayerische direkte Art."

Die Abneigung des Arztes reichte sicher nicht dazu aus, einen Mord zu begehen. Derartige Querelen gab es in jedem Betrieb. Er brauchte um in Rage zu kommen, auch nur an den Kollegen Schlagbauer zu denken.

Dieser Tag hatte ihm also wieder keinen einzigen Hinweis auf den Mörder beschert. Er fühlte sich durstig und stand auf um sich ein Glas Wasser zu holen. Zugleich fiel ihm der Zettel ein, den er in der Manteltasche gefühlt hatte. War es eine Quittung, die er achtlos eingesteckt hatte? Nachdenklich ging er zur Gardarobe, griff in die Tasche und holte das kleine Papier hervor.

„Ich bin dir nahe", stand darauf. Stefan Berger lächelte: „Sicher hat Lynn mir den Zettel zugesteckt."

Als das Licht aufflackerte versuchte der alte Mann seine Augen geschlossen zu halten. Sein Sohn sollte denken, dass er fest schlief. Aber die Angst ließ seine Wimpern flattern.

„Alter, ich weiß doch dass du wach bist", knurrte der junge Mann. „Du bist wie alle Anderen, Jeder will mir was vormachen, mich für dumm verkaufen. Aber an mir werden sich alle die Zähne ausbeißen. Ich muss dich für die Nacht herrichten, dir den Rücken einreiben. Alles muss passen. Ich darf dem Amt keinen Anlass zur Besorgnis geben. Du weißt doch wie die sind. Wenn die denken ich pflege dich nicht richtig, geht's ab ins Heim mit dir. Aber ich brauche dich noch. Wem sollte ich denn meinen Tagesbericht abliefern? Irgendwer muss doch wissen, was ich alles zustande bringe. Heute war ich diesem Hauptkommissar Berger auf Tuchnähe und er hat es nicht ein Mal gemerkt. Da staunst du was? Hast mich immer unterschätzt. Es ist ein kalter Winter heuer, sehr kalt.

Genau richtig für mich. Du hättest mal sehen sollen wie das Blut von der Anita auf dem Betonboden an der Flutmulde ausgesehen hat. Es gibt da noch ein paar betonierte Flecken. Was meinst du, soll ich sie wieder mit Blut färben?"

Der alte Mann stöhnte auf. Er wusste, dass er kein zusammenhängendes Wort der Abwehr herausbringen würde. Und wenn doch? Wie könnte er diesem Scheusal, das sein Sohn sein sollte, Einhalt gebieten. Er lag hilflos da und musste sich Tiraden voller Hass anhören. Er musste seine Medizin schlucken, bekam noch eine Spritze verpasst. Das übliche Ritual.

„Morgen früh", sagte der Sohn bevor er das Zimmer des Vaters verließ, „komme ich eher. Morgen habe ich unheimlich viel zu tun."

Diese Nacht war für Andrea Endres ein Horrortrip gewesen. Nachdem der brutale Mann sie verlassen hatte, war sie in ein Meer der Verzweiflung gestürzt. Sie hatte sich unendlich beschmutzt gefühlt. Eine ganze Weile war sie weinend dagelegen. Schließlich war aus der Verzweiflung über ihre hilflose Lage Wut geworden und sie hatte vergeblich versucht sich von ihren Fesseln zu befreien.

Doch dieser Unmensch hatte sie viel zu fest verschnürt.

Sie hatte geschrien bis ihre Stimmbänder streikten.

Doch ihre Hilferufe waren ungehört geblieben. Am Abend war er zurückgekommen, hatte sie wieder zur Toilette getrieben. Dann hatte er ihr ein Glas Wasser zu trinken gegeben, hatte sie am Eisengestell der Liege festgebunden und war wieder gegangen. Wenigstens hatte er sich nicht wieder an ihr vergangen. Doch die Angst, dass er wieder kommen würde, hatte sie die halbe Nacht wach liegen lassen. Als sie dann endlich eingeschlafen war, war sie von einem Alptraum in den anderen gefallen. Aber der Alptraum nahm auch beim Erwachen kein Ende. Sie lag noch immer gefesselt und eingequetscht in diesem engen, stickigen Raum und musste jeden Moment damit rechnen, dass dieser grobschlächtige Mann zu ihr zurückkam. Gab es eine List, mit der sie sich von ihm und diesem Gefangenenlager befreien konnte?

Die dumpfen, schweren Schritte, die sich jetzt der Tür näherten verstärkten ihre Panik.

Der Mann polterte mit einer Tasche beladen herein und stellte sie auf den Tisch. Er griff hinein und schmiss ihr einen Jogginganzug entgegen. Den wirst du jetzt anziehen. Was anderes brauchst du in der nächsten Zeit nicht. Aber zuerst wäschst du dich ab. Du stinkst."
Er holte alles, was sie zur Morgentoilette benötigte aus der Tasche. Dann löste er ihre Fesseln.
„Da, bediene dich", schnaufte er. „Und während du dich frisch machst werde ich lüften. Aber trödele nicht so lange herum. Wegen dir ist mein ganzer Zeitplan durcheinander geraten. Ich musste meinen Alten früher versorgen als sonst. Mein Stundenplan muss neu eingeteilt werden.

Was glotzt du mich so an, scher dich in die Toilette. Den Schlüssel brauchst du nicht zu suchen, den hab ich abgezogen."

Andrea sah das heimtückische Funkeln in den Augen des Mannes und versuchte ihn erst mal nicht zu widersprechen.

„Der Kerl ist verrückt", dachte sie. In der Polizeischule hatte sie gelernt mit den verschiedensten Typen umzugehen aber jetzt fiel ihr absolut nichts ein wie sie sich aus dieser Situation retten könnte. Lena war sicher schon auf der Suche nach ihr. Aber gab es irgendeinen Hinweis für sie wo sie sich aufhielt? Egal, Lena wird mich finden. Sie musste sich dieser Hoffnung hingeben um nicht zu verzweifeln.

Als sie wieder aus der Toilette herauskam, sah sie das geöffnete Fenster und begann sofort um Hilfe zu rufen.

Aber dann entdeckte sie die Pistole in seiner Hand und jeder Laut blieb in ihrer Kehle stecken.

Er fuchtelte mit der Waffe vor ihrer Nase herum und höhnte: „Kennst du die? Ja, es ist deine Knarre. Noch einen Mucks und schon hast du ein unschönes Loch in deiner Schläfe. So ein junges Ding und bringt sich um. Wie schade."

Er ging zum Fenster und schloss es. Dann steckte er die Pistole ein, holte Handschellen hervor und ließ sie um ihre Hände klicken.

„Ich habe keine Zeit, dich auch noch zu füttern", zeterte er und stellte ein Tablett mit Obst und Wasser auf den Tisch. Anschließend riss er die Kabel aus dem Computer, steckte sie ein und grinste schief: „Nicht dass du auf dumme Gedanken kommst. Bis Mittag ist mein Stundenplan fertig."

Andrea sah zitternd hinter ihm her. Er hatte die Tür des kleinen Raumes nicht verschlossen. Mit Absicht? Oder hatte er es in seiner Eile vergessen?

Sie drückte die Klinke herunter und schob die Tür vorsichtig auf. Im Halbdunkel konnte sie erkennen, dass sie sich in einer Autowerkstatt befand. Verwirrt blickte sie auf das Polizeiauto, das vor ihr stand. Sie hatte geglaubt, ihre Erinnerung hätte ihr einen Streich gespielt und es wäre gar kein Kollege gewesen, der sie entführt hatte. Aber jetzt gab es keinen Zweifel mehr.

Die Tür zur Werkstatt wurde von draußen geöffnet.
„Dachte ich es mir doch", herrschte der Mann sie böse an, „dass du mir entwischen willst."
Andrea starrte auf das viereckige Brett das er herein trug und wich in den kleinen Raum zurück. Er folgte ihr, stellte das Brett ab, stapfte in die Werkstatt und kam mit einem Bohrer und einer Schachtel Schrauben zurück. Er versetzte ihr einen Stoss, der sie hart in eine Ecke fallen ließ.
Dann knipste er das Licht an, nahm das Brett und bohrte es vor das Fenster. Bisher hatte er, wenn er bei ihr war, ohne Unterbrechung geredet, aber nun verließ er ohne ein Wort zu verlieren den Raum und schloss hinter ihr ab.
Sie hörte noch wie er sein Werkzeug verstaute und dann war nur noch Stille um sie herum.

Hauptkommissar Berger hängte seinen Mantel auf und rieb sich die kalten Hände. Fröstelnd drehte er die Heizung höher. Entweder hatte sich die Kälte schon bis in sein Büro geflüchtet oder er hatte sich ein paar Grippeviren eingeheimst. Sein Kopf fühlte sich jedenfalls so an.
Doch es war genau die falsche Zeit schlapp zu machen.
Als Kommissar Gruber mit weißen Gesicht und geröteten Augen zu ihm ins Büro trat, sah er ihn besorgt an:

„Hat dich die Erkältung auch erwischt? Erst die Endres, dann ich und jetzt du? Hoffentlich breitet das sich nicht noch weiter aus."

Hans Gruber winkte ab: „Erstmal guten Morgen. Ich bin nicht krank aber übernächtigt. Lena hat mich mit ihrer Sorge um Andrea angesteckt. Wir müssen heute unbedingt klären was mit ihr los ist."

Stefan Berger nickte: „Ja natürlich, aber noch etwas.

Hast du heute schon die Zeitung gelesen?"

„Hm", knurrte Hans Gruber. „Beim Frühstück. Jetzt prangt der Bericht über den Mord an Frau Metz schon auf der Titelseite.

„Ja, ich hab's auch gelesen" nickte Stefan Berger widerwillig. „Das ist nicht gerade ein guter Ausgangspunkt für mein Gespräch, das ich heute mit Staatsanwalt Krüger führen muss."

Lena Senft klopfte kurz an und schon stand sie mit herausfordernder Miene bei ihren beiden Chefs im Büro.

„Guten Morgen, ist die schriftliche Krankmeldung von Andrea schon eingetroffen?"

„Guten Morgen". knurrte Stefan Berger, dem sonst die forsche Art von Lena gefiel; aber nicht, wenn ihre Frage nicht der Sache diente, die im Moment für ihn wichtig war.

Er sah nur kurz hoch, dann schlug er die vorbereiteten Akten über den Fall Metz auf.

„Guten Morgen Lena", grüßte Hans Gruber zurück und sah sie zurückweisend an: „Es ist doch erst kurz nach Acht. Du weißt doch wann die Post eintrifft."
„Schon gut, aber ich dachte…"
„Ich glaube das diskutieren wir in meinem Büro aus", erwiderte er und wandte sich an Stefan Berger. „Ist es dir Recht, wenn wir die Suche nach Andrea übernehmen?"
„Ich gebe euch eine Stunde, mehr nicht."
Hans Gruber nickte ergeben: „Dann bis später Stefan."

Im Büro hatten sie ihre Vorgehensweise genau besprochen. Trotzdem hatte Kommissar Gruber damit gerechnet, dass Lena ihm auch während der Fahrt zu Andrea in den Ohren liegen würde. Aber Lena saß mit zusammengepressten Lippen neben ihm. Er war froh darüber. Ihm genügte es, sich auf den Verkehr konzentrieren zu müssen. Die letzte Nacht hatte er mehr wach als schlafend verbracht. Seine Frau hatte zwar versucht das zahnende Kind zu beruhigen. Aber das Wehgeschrei war vom Kinderzimmer bis ins Schlafzimmer gedrungen. Das gehörte eben zu den Vaterfreuden dazu. Stefan hatte natürlich keine Ahnung von solchen schlaflosen Nächten. Doch er ließ sich dafür von den Gedanken an den ungelösten Mordfall Metz die Ruhe nehmen. Und Lena? Er hätte nie gedacht, dass sie sich so um eine Kollegin sorgen könnte.

Als sie aus dem Wagen stiegen, sahen sie beide, wie verabredet, hinauf zum Fenster von Andreas Wohnung.

Lena lächelte verklemmt: „Vielleicht habe ich mich umsonst so verrückt gemacht."

„Ja, vielleicht ärgert sie sich gleich, dass wir sie aus ihrem Schlaf aufwecken", grinste Hans Gruber.

Doch als sie ein paar Minuten später wieder vergeblich bei Andrea klingelten, öffnete der Kommissar mit ernster Miene ihre Tür.

Die abgestandene Luft im Wohnzimmer bestärkte Lenas Sorge. Sie schob den Vorhang, den Andrea als Abtrennung vor ihr Bett angebracht hatte, zurück. Das Bett war unbenutzt. Sie lief zum Bad und sah Andreas Kosmetikartikel alle fein geordnet an ihrem Platz. Dann riss sie den Kleiderschrank auf. Es schien nichts darin zu fehlen.

Inzwischen suchte Kommissar Gruber nach Hinweisen auf Andreas derzeitigen Aufenthaltsort. Doch es gab keine.

„Wir werden zuerst eine interne Vermisstenmeldung nach Andrea in Gang setzen. Schließlich wurde sie zuletzt mit einem unserer Beamten gesehen", sagte er knapp.

Lena nickte stumpf: „Das heißt also, wir überlassen die Suche nach Andrea, der Vermisstenabteilung?"

Kommissar Gruber fasste Lena an den Schultern:

„Ich weiß wie schwer es dir fällt, nicht weiter nach Andrea zu suchen. Aber wir von der Mordkommission sind für Tote zuständig. Und wir hoffen doch sehr, dass Andrea nicht dazu gehört."

„Natürlich, aber…"

„Nichts aber, wir haben alle Hände voll zu tun den Mörder von Anita Metz zu entlarven. Wir fahren jetzt zum Kommissariat. Du schreibst deinen Bericht von unserem Einsatz und ich suche dir einen neuen Partner. Wenn du unbedingt wissen willst wo Andrea abgeblieben ist, musst du das in deiner Freizeit herausfinden."

Lena nickte frustriert.

Hauptkommissar Berger legte die Aktenmappe Mordfall Metz auf seinen Schreibtisch. Die Unterredung mit Staatsanwalt Krüger war ruhiger verlaufen, als er befürchtet hatte. Aber er wusste ja wie das lief. Lange würde diese Ruhe nicht anhalten. Man erwartete schnellstmöglich erfolgreiche Ergebnisse von ihm und seinem Team. Er setzte sich hin und begann die Berichte seiner Beamten zu studieren. Langsam kannte er sie auswendig.

Doch irgendetwas mussten sie übersehen haben. Dieser Mord wurde einwandfrei genau geplant. Aber warum und wofür?

Das Kribbeln in seiner Nase verstärkte sich, aber seine Taschentücher waren schon verbraucht. Ihm fiel ein, dass er in seiner Manteltasche noch ein Päckchen Tempo hatte. Doch ihm kamen nicht nur die Taschentücher sondern auch Lynns Zettel in die Finger. Er begann zu lächeln und fand eine kleine Pause angebracht. Kurz darauf wählte er die Nummer von Lynn und als sie sich bei ihm meldete, bedankte er sich für die liebe Botschaft von ihr.

„Welche Botschaft?" fragte sie erstaunt.

„Hast du den Zettel in meiner Manteltasche vergessen?"

„Nein, wenn du eine Liebesbotschaft erhalten hast, dann war sie nicht von mir", sagte sie abweisend.

Der Hörer in der Hand schien plötzlich schwerer zu werden: „Dann hat sich wohl Jemand einen Scherz mit mir erlaubt."

Doch Lynns Antennen fingen sofort den nachdenklichen Ton in seinen Worten auf. „Was steht denn auf dem Zettel?"

„Ich bin dir nahe. Sonst nichts."

„Hoffentlich soll das keine Drohung sein", erwiderte sie unruhig.

„Was du schon wieder denkst. Vielleicht ist der Zettel in der falschen Tasche gelandet."

„Pass auf dich auf!"

„Das mache ich doch immer. Ich rufe dich heute Abend wieder an. Ich liebe dich."

„Ich dich auch."

Das Klopfen in seinen Schläfen verstärkte sich. Er zog die Schublade seines Schreibtisches auf und suchte nach einer Aspirintablette.

Von Draußen näherten sich Schritte. Kommissar Gruber kam zurück.

„Du siehst ja nicht gerade rosig aus", begrüßte er ihn.

„Hat dich das Gespräch mit Staatsanwalt Krüger so aufgeregt?"

„Nein", brummte Stefan Berger. Mein Schädel brummt als hätte ich eine Partynacht hinter mir."

Er hielt Hans Gruber die Tablette entgegen: „Gerade wollte ich sie schlucken. Meine Erkältung hat sich anscheinend verstärkt."

„Dann ist es wohl besser, ich komme dir nicht zu nahe", unkte Hans Gruber.

Stefan Berger holte sich ein Glas Wasser und schluckte die Pille hinunter. Anschließend grinste er schief: „Das mit dem Zunahe kommen versucht schon Jemand anders."

Er reichte ihm das Stück Papier und fragte: „Oder hast du eine Ahnung wer mir diesen Zettel in die Manteltasche geschoben hat?"

Hans Gruber betrachtete den Zettel: „Ich war es bestimmt nicht. Hast du vielleicht eine heimliche Verehrerin im Kommissariat?"

„Gott bewahre", winkte Stefan Berger ab. Ich hatte eigentlich Lynn im Verdacht."

„Hast du sie danach gefragt?"

„Ja, ich habe sie angerufen. Fehlanzeige! Aber jetzt Schluss damit. Ich werde aus einem fehlgeleiteten Zettel keine Staatsaffäre machen. Habt ihr Andrea gefunden?"

„Nein. Ich werde eine interne Umfrage starten. Der Mann mit dem sie zuletzt gesehen wurde soll doch ein Polizist gewesen sein. Also wird sich der Kamerad wohl auch melden."

Die Worte von Hans Gruber sollten sarkastisch klingen aber seine Besorgnis war nicht zu überhören.

„Hoffen wir es", nickte Stefan Berger. Was macht Lena im Moment?"

Jetzt verzogen sich die Mundwinkel von Hans Gruber zu einem verhaltenen Lächeln. „Lena ist gerade mit dem beschäftigt, was sie am wenigsten mag. Das Protokoll über unseren Einsatz bei Andrea zu schreiben."

Stefan Berger sah nicht ganz so heiter drein: „Deinen Humor möchte ich haben…"

Hans Gruber wurde wieder ernst: „Du hast ja recht, wir stecken in einem schwierigen Mordfall. Sobald Lena mit dem Bericht fertig ist, stelle ich ihr einen Ersatzmann für Andrea zur Seite. Es gibt noch jede menge Leute aus dem Umfeld von Frau Metz zu befragen."

„So ist es", gab ihm der Stefan Berger Recht. Für uns beide habe ich auch schon eine Liste von Personen erstellt, die wir noch heute befragen werden." „Gut, dann melde ich mich in einer halben Stunde wieder bei dir, bis dahin werde ich alles in Sachen Andrea in die Wege geleitet haben."

Der Mann am Schreibtisch versuchte seine wirren Gedanken zu bändigen. Jedes mal wenn er sich mehrere Dinge auf einmal vorgenommen hatte, schwollen die Adern an seiner Stirn dick an und das Brennen in seinen Augen verstärkte sich. Das Gefühl, sein Kopf wäre ein riesiger Ballon, der jederzeit platzen konnte, machte ihn ganz kirre. An diesem Tag war es wieder so. Er starrte auf die Einteilung seines Stundenplanes. „Es passt nicht" schrie er sich selbst an. „Es ist zuviel."
Erregt schluckte er eine Tablette und rieb seine pochenden Schläfen mit Pfefferminzöl ein. Die alte Standuhr schlug elfmal.
Das auch noch! Er hielt sich die Ohren zu, denn die Mittagszeit nahte viel zu schnell heran. Bald würde das Essen auf Rädern für seinen Vater geliefert werden.
Wieder eine Stunde die er bei dem Alten verplempern musste.
Als er aufstand drehten sich Kreise vor seinen Augen. Er wankte zum Sofa.
„Nur eine Viertelstunde ausruhen", dachte er. Er legte sich hin und schloss die Augen. Hinter seinen Pupillen arbeitete es weiter. Jetzt sah er den fast zwei Meter großen hageren Psychologen vor sich, den er als Heranwachsender mehrere Jahre Woche für Woche aufsuchen

musste. Seine stechenden Augen und seine Hände mit den langen Fingern mit denen er so oft vor ihm herum gefuchtelt hatte, kamen jetzt fast plastisch auf ihn zu.

Seine Fragen schossen hart auf ihn nieder.

„Still sein", dachte er, „nichts verraten". Seine Seele schwieg; aber aus seinem Mund sprudelten tausend Sätze an die er sich nicht erinnerte. Aber irgendetwas drückte ihn immer tiefer in den Sessel. Er spürte den menschlichen Atem in seinem Genick, dann wieder vor seinem Gesicht. Doch der Psychiater bestand nur noch aus Augen, Mund und riesigen Händen.

Als ein schriller Schrei über seine Lippen sprang, war der Spuck beendet. Er atmete ruhiger. Die Tablette begann zu wirken. Dann schlief er ein. Schon nach zwanzig Minuten erwachte er wieder. Seine Müdigkeit war wie fort geblasen und er las nach, was er sich für die nächsten Stunden vorgenommen hatte. Er griff nach der Landshuter Zeitung und ging damit hinüber zu seinem Vater.

Das Essen für seinen Vater wurde gerade geliefert. Er nahm es mit einem freundlichen Lächeln entgegen. Ja, er war freundlich, der nette junge Mann, der seinen Vater so liebevoll pflegte. Als er das Zimmer seines Vaters betrat, war sein Lächeln verschwunden. Vor ihm lag nur der Alte, der ihn seiner Meinung nach, als Kind nicht geliebt hatte.

Am Mittag überschüttete er ihn mit fast den gleichen Worten wie am Morgen und seine Handlungen waren auch die gleichen. Als alles Nötige erledigt war, griff er zur Tageszeitung, die er seinem Vater gewöhnlich schon am Morgen vorlas. Aber heute war eben alles anders gewesen. Auch jetzt drängte die Zeit. Also las er nur noch den Artikel der über seine Tat berichtete. Er kam ihm viel zu kurz vor. Wütend schmiss er die Zeitung auf das Bett und schrie heftig auf den alten verängstigten Mann ein.

Es dauerte einige Minuten bis er sich einigermaßen beruhigt hatte. Er spürte die Luft, die nach Tod roch. Warum stand er hier bei dem Alten herum? Es gab noch soviel zu erledigen an diesem Tag.

Kommissar Gruber gab Polizeimeister Peter Bauer die Hand: „Ich bin mir sicher, dass du dich mit Lena Senft gut verstehst. Sie ist sehr motiviert, manchmal etwas zu kämpferisch und sie wird dir ihre Meinung immer geradeheraus ins Gesicht sagen. Also, auf gute Zusammenarbeit! Hier ist die Liste mit den Personen, die ihr heute befragen sollt. Ich habe dir ja die ganze Sachlage geschildert. So weißt du wie dringend es ist auf eine Spur des Mörders zu stoßen."

Peter Bauer lächelte gelassen: „Ich werde mein Bestes tun. Und mit Lena werde ich mich schon zusammenraufen. Ab und zu sind wir uns schon mal über den Weg gelaufen. Also ich gehe jetzt rüber zu ihr. Bis später."

Der Kommissar nickte und sah den erfahrenen Beamten lächelnd nach.

„Zusammenraufen war das richtige Wort." Dann wurde er wieder ernst. Hoffentlich zeigte sich die Suche nach Andrea erfolgreich. Er legte die Notizen, die er über ihr Verbleiben gemacht hatte zur Seite und ging rüber zu Hauptkommissar Berger.

„Alles erledigt", sagte der Kommissar. „Ich habe Lena, Peter Bauer zur Seite gestellt. Er ist ein waschechter Landshuter und weiß gut mit den Leuten hier umzugehen."

Hauptkommissar Berger klappte die Aktenmappe vor ihm zu: „Du hast Recht, Peter Bauer ist sicher eine gute Wahl.

Eine halbe Stunde später standen Hauptkommissar Berger und Kommissar Gruber vor dem Haus in dem Anita Metz gelebt hatte. Der Reif lag genau so fest auf den Bäumen, Sträuchern und Dächern wie am Morgen als sie die junge Frau tot bei der Burg aufgefunden hatten.

Hauptkommissar Berger klingelte. Und als die Mutter von Anita Metz die Tür öffnete, schien es, als sei die Zeit bei dieser Frau seit der schlimmen Nachricht stehen geblieben. Mit blassem Gesicht und geröteten Augen bat sie die beiden Beamten herein.

„Ich glaube noch immer", sagte sie leise, „dass Jemand kommt und mir erklärt, dass alles ein Irrtum sei. Dass Anita schon auf dem Weg nach Hause ist."

Ihre Hände zitterten als sie ihnen Platz anbot. „Gibt es etwas Neues?"

„Nein", antwortete Kommissar Gruber „Wie geht es ihren Mann?"

„Schlecht", seufzte sie, sehr schlecht. Er wird wohl ein Pflegefall bleiben."

Der Kommissar sah sie mitfühlend an: „Das tut mir leid.

Ich sehe, sie sind allein. Ist Niemand da, der ihnen zur Seite steht?"

„Ja doch", erwiderte sie. Alfred ist jetzt wieder im Dienst.

Aber danach kommt er zu mir. In der Zwischenzeit sieht meine Schwester nach mir. Sie ist im Moment beim Einkaufen."

„Frau Metz", schaltete sich Hauptkommissar Berger in das Gespräch ein. „Es gibt da noch ein paar offene Fragen über ihre Tochter. Fühlen Sie sich in der Lage, diese zu beantworten?"

Frau Metz sah die Beamten mit trüben Blick an: „Ich werde es versuchen."

Hauptkommissar Berger bemühte sich so ruhig wie möglich zu sprechen. „Erinnern Sie sich noch an die Tasche, die ihre Tochter an jenem Tag bei sich hatte".

Frau Metz nickte apathisch: „Ja, es war ein kleiner schwarzer Rucksack. Wie's die jungen Leute heutzutage halt so haben."

„Hatte er besondere Merkmale?"

Jetzt hob Frau Metz zögernd die Schultern: „Ich weiß nicht, mir ist nichts besonderes daran aufgefallen. Aber Moment" Anita besitzt den gleichen Rucksack noch einmal in grau."

„Das trifft sich gut", lächelte der Hauptkommissar.

„Dürften wir ihn einmal ansehen?"

Frau Metz nickte: „Warten Sie bitte einen Moment. Ich hole ihn."

Langsam erhob sie sich vom Sofa und schlürfte hinaus.

Die zwei Kommissare sahen sich wortlos an. Beide fühlten fast das Gleiche. Aus dieser Wohnung war das junge, frische Leben entwichen. Die Luft hing schwer und muffig im Raum. Es kam ihnen vor, als hinge der Moder zwischen den Büchern im dunklen Regal. Kommissar Gruber öffnete seinen Kragenknopf. „Ziemlich heiß hier drinnen", entschuldigte er sich.

„Das finde ich auch", stimmte ihm der Hauptkommissar zu.

Kurz darauf hörten sie wieder die schwerfälligen Schritte von Frau Metz. Sie schlurfte mit hängenden Schultern herein und überreichte dem Kommissar den Rucksack.

„Es tut mir leid" flüsterte sie. „aber es kostet mir eine unheimliche Überwindung in Anitas Zimmer zu gehen.

Fall sie noch etwas von ihr benötigen, möchte ich Sie bitten, es sich selbst zu holen."

Sie setzte sich wieder auf das Sofa und wartete auf die nächsten Fragen.

Der Hauptkommissar bedankte sich. Er zog eine Kamera aus seiner Sakkotasche hervor und fotografierte den Rucksack von allen Seiten.

„Leider wissen wir nicht was sich in Anitas Rucksack befand", wandte sich Kommissar Gruber an Frau Metz.

„Sie haben wohl auch keine Ahnung?"

„Nein, da habe ich nie reingeschaut."

Von draußen hörte man wie die Haustür geöffnet wurde und eine Frauenstimme rief: „Martha, ich bin es. Ich trage die Sachen gleich in die Küche."

Kurz darauf trat eine ältere Dame, deren Ähnlichkeit mit Frau Metz nicht zu übersehen war, ins Zimmer. „Oh, du hast Besuch", sagte sie erstaunt, „dann will ich mal nicht stören."

„Sie stören nicht", rief Kommissar Gruber, ehe sie den Rückzug antreten konnte. Wir sind von der Kriminalpolizei. Vielleicht könnten Sie uns auch weiterhelfen."

„Das würde ich ja gerne", bedauerte sie, „aber ich kann mir beim besten Willen nicht vorstellen wer Anita etwas zu leide tun kann."

Der Kommissar nickte ernst: „Schade dass Alfred an dem Abend als es geschah nicht mit Anita verabredet war. Er hat ja stattdessen ein Fußballspiel im Fernsehen angesehen."

„Fußballspiel? Daran kann ich mich nicht mehr erinnern.

Na ja, vielleicht hat er es bei einem seiner Freunde mit angesehen. Die jungen Leute treffen sich mal hier, mal da. Früher waren Anita und Alfred auch öfter zusammen weg. Aber jetzt hat sie ja ihren Freund, den Sebastian."

„Ist er schon von seinem Skiurlaub zurück?"

„Soviel ich weiß, kommt er Morgen. Mein Gott, der arme Junge. Er hatte sich zwar schon darauf eingestellt, dass Anita heuer wegen der Landshuter Hochzeit wenig Zeit für ihn übrig hat. Aber dass er sie ganz verlieren würde..."

Die letzten Worte blieben ihr in der Kehle stecken.

„Entschuldigen Sie bitte", schluchzte sie nach einer Weile.

Als sie sich wieder beruhigt hatte, stellte ihr der Kommissar seine nächste Frage. „Haben Sie zufällig mitbekommen wo Anita nach Feierabend hingehen wollte?"

„Ich nehme an, nach Hause. Martha wird Ihnen doch schon gesagt haben, dass Anita meistens nach Dienstschluss erst nach Hause ging."

Jetzt nickte auch Frau Metz: „Ja, so war es. Aber manchmal holte sie ihre Freundin Tanja gleich von der Klinik ab und sie gingen zu ihr."

„Auch an diesem Abend?"

„Das weiß ich nicht, aber ich nahm es an."

Hauptkommissar Berger nickte Kommissar Gruber zu und stand auf. Dann wandte er sich an die beiden Frauen:

„Gut, für heute haben wir keine Fragen mehr."

Die Erleichterung in den Gesichtern der beiden Schwestern konnte man nicht übersehen. Aber die beiden Kriminaler atmeten auch befreit auf als sie aus dem Haus gingen. Jetzt tat ihnen die frostige Luft direkt gut.

„Den Weg zu Sebastian Börner können wir uns jetzt sparen" meinte der Hauptkommissar Berger und mit Tanja Weiss sollten wir erst einen Termin ausmachen."

„Gut, ich habe auch schon einen Mordshunger. Kommst du mit zu mir nach Hause zum Mittagessen?"

„Schon wieder? Maria wird bald Kostgeld von mir verlangen", scherzte Stefan Berger.

„Sonst noch was", lachte Hans Gruber.

Lena Senft und Peter Bauer hatten ihr erstes Pensum, der Besuch bei dem Verein der „Förderer" hinter sich gebracht und saßen sich jetzt in einer kleinen Imbissstube gegenüber.

Lena stocherte lustlos in ihrem Essen herum. Ihr neuer Partner war ihr nicht unsympathisch, aber er war eben ein Mann. Sie arbeitete lieber mit Frauen wie Andrea zusammen. Wegen ihr war sie auch vorhin beim Verein nicht so recht bei der Sache gewesen.

Im Gegensatz zu Lena hatte Peter Bauer seinen Teller im Nu leer gegessen.

Er schob ihn zurück und sah sie fragend an: „Schmeckt es dir nicht?"

„Ich hab keinen Hunger", sagte sie widerwillig.

Sein Mund verzog sich zu einem breiten, verstehenden Lächeln: „Ich bin wohl kein guter Ersatz für Andrea."

Lena kippelte mit ihrem Stuhl. Dann versuchte sie ruhiger zu werden und sah ihn ins Dreitagebartgesicht. In seinen grauen Augen las sie einen warmen Humor. Sie hob die Schultern: „Tut mir leid. Es hat auch nichts mit dir zu tun, aber ich vermisse Andrea. Außerdem mache ich mir Sorgen um sie."

„Das habe ich mir schon gedacht. Ich hab schon gehört, dass sie vermisst wird. War sie wirklich zuletzt mit einem Polizisten zusammen?"

„Ja, nach Aussage ihrer Nachbarin. Aber es fällt mir schwer dieser Frau zu glauben. Andrea hat mir noch bei unserem letzten Gespräch gesagt, dass sie in nächster Zeit sicher keine Beziehung mehr eingeht. Bis jetzt hat sich auch noch keiner unserer Kollegen auf die Suchanfrage nach Andrea gemeldet."

„Das ist wirklich seltsam. Hast du schon nachgefragt ob sich ein Kollege krank gemeldet hat oder in Urlaub gefahren ist?"

„Nein. Aber du hast recht Ich werde mal im Personalbüro nachfragen."

„Also, ich habe zwanzig Jahre Dienst bei der Verkehrspolizei auf dem Buckel und bei der Kripo bin ich auch schon seit fünf Jahren. Das heißt, ich kenne jede Menge Kollegen. Ich werde mal eine Umfrage bei denen starten.

Wenn es diesen ominösen Polizisten gibt, werden wir ihn auch finden und somit auch Andrea. Und jetzt ein freundliches Lächeln bitte!"

Lena brachte tatsächlich ein vages Lächeln zu Stande und sagte mit rauer Stimme: „Danke, dass du mir helfen willst."

„Ist doch selbstverständlich. Würdest du heute Abend eine Überstunde einlegen? Dann könnten wir den Computer befragen."

„Gerne, strahlte Lena. „Jetzt bin ich auch bestimmt hundertprozentig bei dem Fall Anita Metz."

„Also, dann auf zum Kegelverein", lachte Peter Bauer.

Am Vormittag hatten die Beamten Erwin Schlagbauer und Walter Krause noch einmal die Häuser, die in der Nähe des Burgparkplatzes standen abgeklappert. Doch es waren keine neue Zeugen zu finden. Der Mann, der erklärt hatte, ein Polizeiauto an jenem Abend auf dem Parkplatz gesehen zu haben, blieb bei seiner Aussage.

Das Gleiche erlebten sie am Nachmittag an der Flutmulde.

Als der Zeuge aus der Hans-Wertingerstr. Den beiden Polizeibeamten die Eingangstür öffnete, klappte seine Kinnlade nach unten: „Ihr schon wieder. Wenn man den Bullen einmal einen Gefallen tut, kriegt man sie nicht mehr los".

Er roch nach Bier und Zigaretten und im Wohnzimmer erwartete sie ein Kumpan von ihm, der ebenso roch. Er hing mit der Bierflasche in der Hand in einem bequemen Sessel und stierte ohne die beiden Beamten zu beachten auf den laufenden Fernseher.

Der Zeuge raffte widerwillig ein paar Zeitungen und Kleidungsstücke die auf dem Sofa verstreut herum lagen, zur Seite und murmelte so etwas wie eine Einladung zum Setzen.

Das Gesicht von Erwin Schlagbauer schwoll rot an, aber er schluckte seinen Ärger über die Umgangsweise ihnen gegenüber hinunter.

„Ihr Name ist Felix Korb?"

„Ja, immer noch und was ich Ihnen das letzte Mal verklickert habe stimmt auch noch."

„Wir möchten aber, dass Sie die ganze Story die Sie uns schon mal erzählt haben, wiederholen."

Jetzt wurde der zweite Mann im Zimmer wach und grinste schief: „Morgen könnt ihr alles in der Zeitung lesen."

„Stimmt das?" fragte Erwin Schlagbauer schroff.

„Klar, der Reporter hat ja auch was springen lassen."

„Was haben Sie ihm gesagt?"

Felix Korb nahm seine Bierflasche und lies das Getränk auf einen Sitz durch die Kehle rinnen. Dann setzte er die Flasche mit einem Rülpser ab und wischte sich mit der

Hand über den Mund. Dann starrte er geradeaus und brummte: „Das hab ich vergessen."

Sein Kumpan machte ihm Mut: „Sag's ihm doch. Jetzt ist es auch schon Wurst".

„Dreh den Kasten leiser", knurrte Felix Korb ihn an, dann wandte er sich an die beiden Beamten.

„Also, wenn ihr es genau wissen wollt.--- Ich habe dass Polizeiauto an der Flutmulde stehen sehen und wollte mich schnell verdrücken…"

„Heißt das jetzt? Sie sind gar nicht weggelaufen?", unterbrach ihn Erwin Schlagbauer. „Sie hatten doch ausgesagt, dass sie, als sie den Streifenwagen sahen, sofort das Weite gesucht haben."

„Ja, und das stimmt eben nicht. Ich habe mich hinter dem Altpapiercontainer, der da steht, versteckt und beobachtet wie der Polizist einen Kanister in den Kofferraum gelegt hat. Dann hat er sich, bevor er weggefahren ist, nach allen Seiten umgeschaut."

„Und warum haben Sie das nicht bei ihrer ersten Aussage erwähnt?"

„Ihr seid gut, euch trau ich nicht. Der Bulle ist fast zwei Meter groß und breit wie ein Schrank. Wenn der von euch meinen Namen erfährt und mich erwischt."

„Den könnte er von dem Reporter auch erfahren."

Felix Korb schüttelte den Kopf: „Der hat versprochen meinen Namen und Adresse nicht zu verraten."

Erwin Schlagbauer hakte nach: „Also, der Beamte war groß und stark und wie sah er sonst aus?"

„Das kann ich nicht sagen", knurrte Felix Korb. Ich hab ihn nur von hinten gesehen. Seine Haare hingen ihm bis zu den Schultern. Mehr ist mir wirklich nicht aufgefallen.

Ich war heilfroh, wie er wieder weg war."

„Warum eigentlich? Hatten Sie ein schlechtes Gewissen?"

„Das nicht, aber ich hatte schon ein paar Bier intus und die Bullen sehen das nicht gern, wenn man bei Nacht so in der Gegend herumstreift."

„Woher kam der Polizeibeamte mit dem Kanister?"

„Also da fragen Sie mich zuviel. Das ist wirklich alles was ich Ihnen sagen kann." Schon griff er zur nächsten Flasche.

Die beiden Beamten nickten sich zu und verließen mit einem kurzen Gruß die Wohnung von Felix Korb.

Beim Mittagessen hatte Maria Gruber, die braunhaarige, etwa dreißig Jährige Frau des Kommissars, streng darauf geachtet, dass über die Arbeit im Kommissariat nicht gesprochen wurde. „Das hebt ihr euch mal schön für später auf", hatte sie lächelnd, aber bestimmt befohlen.

„Jetzt wird entspannt das Essen genossen. Sonst bekommt ihr zwei noch Magengeschwüre."

Sie hatten sich Beide ohne Widerspruch an Marias Aufforderung gehalten. Aber kaum saßen sie wieder im Wagen, sprachen sie über ihre nächsten Schritte.
„Wen hast du noch auf der Liste?" fragte Hans Gruber.
Stefan Berger zog die Stirne kraus. „Tanja Weiss und Sebastian Börner haben wir ja für heute abgehakt."
„Stimmt! Sprechen wir jetzt mit den Eltern von Sebastian Börner?"
Stefan Berger zögerte: „Eigentlich wollte ich seine Eltern erst nach ihm befragen."
Hans Gruber konnte sich ein Lächeln nicht verkneifen:
„Manchmal geht es halt nicht planmäßig."
„ Ich weiß, du spielst auf meine pedantische Genauigkeit an."
„Das hast du gesagt."
Ohne weiteren Kommentar startete Stefan Berger den Wagen. „Also gut, fahren wir zu der Familie Börner."

Jetzt, nachdem auch noch das Fenster mit dem Brett vernagelt war, kam Andrea der Raum in dem sie sich befand noch enger vor. Von Stunde zu Stunde steigerte sich ihre Angst. Sie hatte vergeblich nach einem Werkzeug gesucht, mit dem sie das Brett wieder entfernen könnte; aber ihr Entführer hatte nichts Entsprechendes zurück gelassen. Wer war er? Alles deutete auf einen Kollegen hin. Doch sie weigerte sich daran zu glauben.

Bei der Landshuter Polizei hatte sie ihn jedenfalls noch nie gesehen. Sie musste ihn überlisten. Aber wie? Sie kam in ihrer Verwirrung zu keinem brauchbaren Resultat.

Irgendwann am Tag hatte sie einen Wagen gehört. Dann hatte eine Männerstimme nach einem Kurt gerufen. Sie hatte an das Brett geklopft, aber der Mann hatte es anscheinend nicht bemerkt. Dann war wieder nur noch diese entsetzliche Stille da. Jetzt wurde diese Stille durch den Schlüssel, der ins Schloss gesteckt wurde unterbrochen. Dann stand der Mann wieder breitbeinig vor ihr.

Er zog ein Tuch aus seiner Hosentasche. Sie verfiel in Panik. „Er will mich erdrosseln."

Als sie zur Toilette flüchten wollte, lachte er schallend auf und packte sie von hinten. Dann wand er ihr das Tuch um die Augen.

„Du ziehst jetzt um", knurrte er. „Denk daran, dass ich deine Pistole habe. Einen Mucks von dir und schon kann ich dich in irgendeinem Loch vergraben."

Er schubste sie durch die Tür in die Garage.

Einen Moment stieg ihr der Geruch von Öl, Lack und Benzin in die Nase. Dann standen sie im Freien. Schon spürte sie die Pistole im Rücken und sie stolperte weiter nach Vorne.

Nach ein paar Metern packte er sie am Arm: „Vorsicht Stufe!"

Dann stieß er sie durch die offene Tür. Am muffigen Geruch erkannte sie sofort, dass sie sich in einem Keller befand. Hinter ihr wurde die Tür geschlossen. Gleich darauf nahm er ihr das Tuch von den Augen. Dann trieb er sie weiter. Er keuchte wie ein Asthmakranker hinter ihr her.

„Jetzt sind wir da", erklärte er ihr schließlich und drängte sie in einen Raum, der wie ein Wohnzimmer eingerichtet war.

„Hier wirst du in Zukunft leben." Er klopfte stolz an die Wände. „Die habe ich heute Nachmittag frisch gestrichen.

Sie sind rundherum schalldicht. Die Möbel habe ich auch extra für dich reingeschleppt.

Hinter dem Vorhang ist dein Bett und hier ist die Toilette mit Dusche. Hier wird uns Niemand stören. Ich hab dir auch einen Kühlschrank reingestellt. Den werde ich dir immer gut füllen. Was sagst du zu diesem Komfort?"

Andrea starrte ihn an wie einen Wahnsinnigen. Dann versuchte sie die Tür zu erreichen.

Er hielt sie fest und sie schrie aus Leibeskräften" Ich will hier raus Hilfe!"

„Ich hab dir doch gesagt, dass dich Niemand hört."

Hart stieß er sie auf das Sofa. „Ich muss jetzt meinen Alten versorgen. Dann komme ich wieder."

Er öffnete den Kühlschrank: „Da, bedien dich."

Am späten Nachmittag hatte Hauptkommissar Berger sein Team in sein Büro beordert. Er sah sich in der Runde um: „Habt ihr alle euren Tagesbericht parat?"

Als die Kollegen nickten, forderte er sie auf, Platz zu nehmen.

Lena bat den Hauptkommissar zusammen mit Peter Bauer als Erste ihren Bericht abgeben zu dürfen: „Wir möchten anschließend noch Recherchen über Andrea machen", erklärte sie dazu.

Hauptkommissar Berger nickte: „Dem steht nichts im Wege. Also. Ich höre!"

„Danke", sagte Lena. „Zuerst waren wir beim Verein der „Förderer". Alle Komitee Mitglieder die wir antrafen bedauerten den Tod von Anita Metz. Sie fanden sie alle sympathisch, konnten sich aber nicht erklären, warum sie getötet wurde. Sie kannten sie, da sie schon beim vorigen Landshuter Hochzeitsfest teilgenommen hatte, zwar besser als die Leute, die neu dazu gekommen sind; aber über ihr Privatleben wussten sie nur das, was wir ohnehin schon wissen."

Der Hauptkommissar nickte zynisch: „Die alte Leier.

Niemand will mit einem Mord etwas zu tun haben."

Peter Bauer meinte: „Frau Brause, die Sekretärin des Vereins hat erklärt, dass sie Frau Metz kenne und ab und zu auch mit ihr gesprochen hat. Sie erinnert sich, dass ein Polizist vor zwei Tagen einen der Herren vom Förderverein sprechen wollte aber keinen von ihnen mehr antraf.

Als sie ihn fragte in welcher Angelegenheit er gekommen sei, sagte er, es beträfe Frau Metz. Er würde sich mit den Förderern zu einem anderen Zeitpunkt in Verbindung setzen."

Die Kommissare Berger und Gruber sahen sich beide überrascht an. Gab es da ein erstes Zeichen?

„Konnte Frau Brause den Polizisten beschreiben?" fragte der Hauptkommissar.

Peter Bauer sah ihn achselzuckend an: „Leider fiel ihr sehr wenig zu ihm ein. Er soll eine schlecht sitzende Uniform getragen haben, groß gewesen sein und an sein Gesicht kann sie sich außer der Brille mit dem dicken dunklen Rahmen und den Vollbart nicht erinnern."

„Mist!", entfuhr es dem Hauptkommissar.

„Das kann man wohl sagen", bemerkte Lena. Die Beschreibung des Polizisten passt genau auf den Mann mit dem Andrea zuletzt gesehen wurde. Wir haben ein Phantomfoto anfertigen lassen und es verschiedenen Kollegen gezeigt aber Keiner kennt diesen Mann."

„War das alles?"

Lena zuckte mit den Schultern. „Wir waren noch beim Kegelverein. Die Leute dort sangen auch alle das gleiche Lied. Anita Metz wäre bei allen beliebt gewesen und hätte am Kegeln nur wenn sie Nachtschicht gehabt hat nicht teilgenommen. Am fraglichen Abend war sie auch nicht beim Kegeln. Das ist alles."

„Na gut", winkte der Hauptkommissar enttäuscht ab. „Ihr könnt abschwirren und nach Andrea suchen."

Als sich die Tür hinter Lena Senft und Peter Bauer geschlossen hatte, begann Erwin Schlagbauer sofort mit seinem Bericht.

„Gut ermittelt", lobte ihn Hauptkommissar Berger.

„Morgen früh besprechen wir, wie wir weiter vorgehen, gute Nacht."

Erwin Schlagbauer blieb vor Überraschung fast die Spucke weg. Ein Lob aus dem Mund des Hauptkommissars. Das musste er sich am Kalender rot anstreichen.

Als die beiden Beamten gegangen waren, knurrte Hauptkommissar Berger: „Langsam reicht es mir mit diesem ominösen Polizisten. Ob an der Burg, der Flutmulde, bei den Förderern oder bei Andrea, überall taucht dieser Mann auf. Trotzdem kann sich niemand an sein Gesicht erinnern."

„Das heißt, wir müssen uns noch mehr auf die Suche nach diesem Kollegen konzentrieren", überlegte Kommissar Gruber. Wenn er nichts zu befürchten hätte, hätte er sich doch längst gemeldet."

„Dem Bericht von Schlagbauer und Krause zufolge hat die Presse auch schon ihre Nase rein gesteckt", brummte Hauptkommissar Berger. "Ich muss unbedingt verhindern, dass der Artikel schon Morgen erscheint."

Er griff zum Telefon und rief bei der Landshuter Zeitung an. Doch er stieß da auf taube Ohren. Verärgert schmiss er den Hörer hin. „Der Artikel ist schon in Druck. Außerdem berufen sie sich auf die Pressefreiheit."

„Na prima", ärgerte sich auch Kommissar Gruber: „Der Staatsanwalt wird begeistert sein."

„Erinnere mich bloß nicht an ihn".

„Also, wie geht es weiter?"

Hauptkommissar Berger sah auf die Uhr: „Es ist schon spät, fahr du nach Hause. Ich klemm mich noch hinter die ganzen Berichte."

Kommissar Gruber sah seinem Kollegen in die müden Augen: „So taufrisch siehst du auch nicht mehr aus. Du solltest auch Feierabend machen",

Hauptkommissar Berger winkte ab: „Schon gut. Lange mach ich auch nicht mehr. Aber daheim wartet sowieso Niemand auf mich."

„Na dann bis Morgen!"

„Bis Morgen."

Lena Senft und Peter Bauer saßen vor dem Computer und versuchten den Kreis der Polizisten einzuengen, die als letzte Begleiter von Andrea in Frage kamen.

„Es ist echt schwer"; stöhnte Lena. „Es gibt mehr große starke Kerle bei uns, als ich gedacht habe; aber keiner von ihnen entspricht der Beschreibung die Andreas Nachbarin abgab. Schlecht sitzende Uniform, lange Haare. Ich weiß nicht, vielleicht hat sie sich doch geirrt."

Peter Bauer sah sie nachdenklich an: „Oder es war gar kein echter Polizist".

„Du meinst, irgendjemand hat sich eine Uniform ausgeliehen oder gar geklaut? Aber woher hat er dann den Streifenwagen?"

„Hm, gute Frage. Wurde ein Wagen vermisst?"

„Nein, das habe ich schon überprüft."

„Dann sind wir wieder am Anfang. In diesem Zusammenhang fällt mir Alfred Bohn ein."

„Wie meinst du das?

„Er kennt Andrea doch recht gut. Außerdem wollte er euch bei der Suche nach dem Mörder von Frau Metz helfen. Hast du noch einmal mit ihm gesprochen?"

„Nein, aber wenn er etwas Neues herausgefunden hätte, hätte er sich sicher bei mir gemeldet."

Lenas Augen wurden groß. „Oder glaubst du etwa dass er der Polizist war?"

Peter Bauer schüttelte unsicher den Kopf: „Das kann ich nicht beurteilen. Ich kenne Alfred nicht besonders gut.

Aber man muss ja alles in Erwägung ziehen."

„Ja, sagte Lena gedehnt. Wenn Alfred Andrea gebeten hätte ihn irgendwohin zu begleiten hätte sie das sicher getan. Aber je länger ich darüber nachdenke, desto mehr bin ich davon überzeugt, dass wir Alfred als Verdächtigen ausschließen können. Ich finde schon allein den Gedanken, dass Alfred eine Frau, die noch dazu eine Kollegin von ihm ist entführen könnte völlig absurd."

Peters Blick verriet, dass er sich da nicht so ganz sicher war. „Hat er eine Freundin?"

„Das weiß ich nicht."

„Na gut, ich verstehe schon, dass du Alfred als Entführer ausschließen willst. Aber bedenke, dass Andrea sicher mit keinem Unbekannten weggegangen wäre. Das heißt wir müssen außer Alfred auch alle anderen Bekannten von Andrea unter die Lupe nehmen."

„Ja schon" gähnte Lena, „aber für heute reicht es mir."

Vom Flur her hörte der alte Mann die schweren Schritte seines Sohnes. Er stöhnte auf. Wieder ein neuer Tag den er erleben musste, an dem er sich nicht gegen ihn zur Wehr setzen konnte. Die Tür wurde aufgestoßen. Sein Sohn stellte das Frühstückstablett ab. Dann holte er eine Schüssel mit Wasser und begann den alten Mann abzuwaschen.

„Du kannst froh sein Alter", grinste er dabei heimtückisch, „dass ich jetzt nicht mehr soviel Zeit für dich habe. Erinnerst du dich an den Raum im Keller, den du damals mit Kurt schalldicht ausgestattest hast?

Ja, der liebe Kurt brauchte ihn extra, damit er ungestört musizieren konnte. Gestern habe ich ganz schön geschuftet bis ich ihn einigermaßen wohnlich eingerichtet habe. Aber ich dachte, jetzt wo Kurt nicht mehr da ist, richte ich ihn mir als Liebesnest ein. Verdreh deine Augen nicht so ungläubig. Ich hatte es satt, mich von den

Weibern immer abblitzen zu lassen. Jetzt habe ich eine im Keller. Die wird mich nimmer verlassen. Sie wehrt sich, wenn ich was von ihr will. Aber gegen mich kommt sie nicht an."

Einen Moment hielt er mit seinem Gerede inne. Er nahm einen Teller mit Brei vom Tablett. Dann schob er seinen Vater Löffel für Löffel in den Mund. Anschließend flößte er ihm das Wasser mit den aufgelösten Pillen ein und es hatte den Anschein, als täte er alles ruhiger als sonst.

„Jetzt lese ich dir die Zeitung vor", sagte er und faltete sie auseinander. Schnell fand er das was er suchte.

„Hör gut zu", forderte er seinen Vater auf. „Die schreiben über mich. Ha, sie haben es gefressen. Sie glauben dass ein Polizist hinter dem Mord an Anita steckt. Das wird die Bullen ganz schön herumtreiben. Er lachte zynisch auf und las den Artikel noch ein Mal. Doch dann begannen seine Hände zu zittern. Die Zeitung fiel raschelnd zu Boden. Erregt lief er im Zimmer herum. „Ich glaub, ich hab's mit dem Bullen übertrieben. Er muss wieder verschwinden und das Auto muss ich umlackieren. Ich brauch keinen Streifenwagen mehr."

Am Fenster blieb er stehen und sah hinunter in den Hof zur Werkstatt, die vom Frühnebel umhüllt war. War da nicht der Umriss eines Menschen? Neugierig öffnete er das Fenster. Tatsächlich! Da lief schon wieder der Typ herum, der sich vor ein paar Tagen nach Kurt erkundigt hatte. Für den musste er sich auch noch was ausdenken.

In seinen Ohren begann es wieder zu pfeifen. Es überfiel ihn nur wenn er sich über etwas zu sehr aufregte. Aber warum tat er das in diesem Moment? Es lief doch alles gut. Vor einer halben Stunde waren seine Hände noch ganz trocken gewesen und jetzt sammelte sich wieder der Schweiß darin. Er musste seinen Stundenplan einhalten. Ja, das war es. Die Zeiteinteilung geriet durcheinander.

Der Mann war aus seinem Blickfeld entwichen. Er schloss das Fenster und drehte sich mit einem festen Ruck um. Anschließend lief er auf das Bett seines Vaters zu, sah ihn mit wilden Augen an, ohne an ihn zu denken und verließ das Zimmer.

An diesem Morgen erschien es Stefan Berger, als zöge die Zeit zäh wie Leim dahin. Erwacht war er schon um halb sechs Uhr. Aufgestanden war er aber erst um sechs.

Der Fall Metz hatte ihn bis spät in die Nacht verfolgt.

Vielleicht hatte er sogar davon geträumt. Er wusste es nicht mehr. Jedenfalls kreisten seine Gedanken gleich nach dem ersten Augenaufschlag wieder um diese Mordsache. Wer ist der Täter und wo hält er sich auf?

Er ging ihm weder beim Zähneputzen noch beim Frühstück aus dem Sinn. Was hatte er übersehen? Ihm fielen die Stöße von weiteren ungelösten Fällen ein. Das meiste hatte er an andere Abteilungen abgegeben. Doch es waren noch ein paar dringende Fälle bei ihm im Büro liegen geblieben. Sie sollten ebenso schnell bearbeitet werden wie der Fall Metz. Er sah die junge, tote Frau vor sich und fühlte eine unbändige Wut auf den Täter in sich aufsteigen. Doch dann schüttelte er den Kopf. Er musste alle emotionalen Gedanken ablegen.

Als er die Rollos hochzog und das Fenster öffnete, heulte ihm ein heftiger Wind entgegen und der Regen peitschte ihm ins Gesicht. Schnell drückte er das Fenster wieder zu. Der Tag begann so grau und trostlos wie die Aufgaben die auf ihn warteten. Unlustig zog er seinen Anorak an und verließ die Wohnung.

Kommissar Gruber öffnete die Verbindungstür. Er staunte:
„Du bist schon da? Ich dachte, ich wäre heute der Erste im Büro."
„Da hast du falsch gedacht. Ich sitze schon seit einer halben Stunde hier."
„Ja, ja, das Wetter. Ich konnte auch nicht richtig schlafen."
„Es liegt wohl nicht nur am Wetter."
„Leider. Man müsste es fertig bringen, sämtliche Fälle nach Feierabend aus seinem Gedächtnis zu streichen und sie hier im Büro lassen. Aber nein, man schleppt sie in Gedanken mit nach Hause und nimmt sie mit ins Bett."
„Du kannst ja richtig philosophisch werden", lächelte Stefan Berger. Doch gleich darauf wurde seine Miene wieder ernst. „Nach dem heutigen Zeitungsartikel über

den Polizisten wird mich der Staatsanwalt sicher zu sich beordern. Das kostet wieder unnötige Zeit."

"Stimmt. Wenn wir wenigstens schon wüssten welcher Kollege da so auffällig unterwegs ist."

Stefan Berger nickte nachdenklich: "Vielleicht erhalten wir heute noch einen Hinweis auf ihn. Etwas anderes. Den Zeugenaussagen nach, war die Kollegin von Frau Metz, Frau Fuchs, der letzte Mensch, der sie lebend gesehen hat. Wir müssen unbedingt noch einmal mit ihr sprechen."

"Aber sie hat ausgesagt", konterte Hans Gruber, "dass außer ihr und Frau Metz niemand im Parkhaus war."

"Manchmal übersieht man etwas", widersprach Stefan Berger. Frau Fuchs hat zwar in ihrer unmittelbaren Nähe niemand gesehen. Aber vielleicht gab es ein ihr unbekanntes Auto an das sie sich vielleicht erinnert oder es saß jemand weiter hinten im Wagen, der auf Frau Metz wartete."

Jetzt nickte Hans Gruber: "So gesehen hast du recht. Es gibt oft Dinge, die einem im ersten Moment nicht wichtig erscheinen. Außerdem sollten wir nachfragen ob das Parkhaus mit Kameras überwacht wird."

Er griff sich an die Stirn: "Eigentlich hätten wir das längst machen sollen"

Dem Hauptkommissar sah man an, dass es ihm nach dieser Feststellung seines Kollegen nicht wohl unter seiner Haut war. "Stimmt", gab er zu. "Ich denke, der

Staatsanwalt wird mir ankreiden, dass ich das bisher versäumt habe."

Dann hob er die Schultern und sagte: „Ich werde es überleben. Er nahm die Einsatzpläne für Lena Senft und Peter Bauer und gab sie dem Kommissar.

Der las sie kurz durch, dann fragte er: „Sollen die Beiden heute wirklich noch zu den Leuten vom Chor und zum Fitnessclub in dem Frau Metz Mitglied war, fahren? Lena wollte eigentlich nach Andrea suchen."

Der Hauptkommissar winkte ab: „Na und, sie kann doch da gleich zwei Fliegen mit einer Klappe schlagen. Soviel ich weiß singt Andrea im gleichen Chor wie Frau Metz es tat. Vielleicht gibt es dort eine Person, die über Andreas Verbleib Bescheid weiß."

Der Kommissar zog zweifelnd die Schulter hoch:

„Möglich ist alles!"

Hauptkommissar Berger fuhr mit seinen Anweisungen fort: „Schlagbauer und Krause schicken wir auf die Suche nach dem Polizisten. Und dann sollten wir uns Bohn vornehmen. Es wäre gut zu wissen, ob er etwas Neues über seine Cousine in Erfahrung gebracht hat."

„Ich hätte nicht gedacht, dass Alfred sich so ruhig verhält. Er wollte doch unbedingt bei der Aufklärung des Mordes dabei sein."

„Er wird eingesehen haben, dass es nichts bringt gegen Vorschriften anzugehen."

Kommissar Gruber war nicht so recht von der These des Hauptkommissars überzeugt, aber er enthielt sich seines Kommentars. „Ich werde mal nachsehen", sagte er indessen, "ob Alfred schon da ist."

Alfred Bohn war alles andere als ruhig. Er kochte innerlich vor Wut. Ausgerechnet mit diesem Zyniker Ralf Kerner musste er jetzt zusammen arbeiten. Sein Kumpel Werner Schlagbauer redete die Leute meistens so knallhart an, dass man schlucken musste, aber man wusste immer, woran man mit ihm war. Es reichte doch schon, dass seit Anitas Tod sich in seinem Privatleben alles verändert hatte. Nur noch verzweifelte Gesichter. Angst vor der Beerdigung von Anita. Die ständigen Fragen nach dem Warum. Und nun noch die höhnischen Anspielungen von diesem Giftzwerg Kerner. Als Morgenbegrüßung hatte Kerner ihm entgegengeschleudert, dass der Kollege, den man im Mordfall Metz suchte, nach der Beschreibung sein Ebenbild sein könnte.
„Fast zwei Meter groß, wuchtig", hatte er gefrotzelt.
„Deine Uniform sitzt zwar richtig, aber vielleicht hast du ja Zuhause eine im Schrank die dir zu eng ist."
Zum Glück war Kommissar Gruber gekommen und hatte ihn aufgefordert mit ihm zum Hauptkommissar Berger zu gehen. Jetzt stand er in dessen Büro.
„Guten Morgen", sagte er noch immer leicht verärgert,
„Gibt's was Neues über den Mörder von Anita?"

Hauptkommissar Berger schüttelte ernst den Kopf:
„Wir fischen noch im Trüben. Gibt es irgendeinen Verwandten oder Bekannten von dir, mit dem Frau Metz über ihre Feierabendpläne sprach?"
Alfred Bohn setzte sich dem Hauptkommissar gegenüber. Neben ihm kritzelte der Kommissar etwas auf einen Notizzettel.
Zwar hatte er sich vorgenommen vor seinen beiden Vorgesetzten sein Temperament zu zügeln, doch die Stille im Raum machte ihn noch nervöser wie er schon war:
„Dann stimmt es also was der Kerner mir immer wieder an den Kopf wirft", überschlug er sich empört.
„Ihr verdächtigt mich der Polizist gewesen zu sein, der am Tatort gesichtet wurde".
„Davon kann keine Rede sein", beschwichtigte ihn Hauptkommissar Berger. „Der Mann hat blonde Haare die ihm bis zur Schulter reichen. Außer der Figur hat er nichts mit dir gemein."
Alfred Bohn entspannte sich. „Tante Martha sagt, Anita wollte nach Dienstschluss noch kurz zu Tanja fahren und dann nach Hause kommen. Ich habe gehört, dass ihr Wagen noch nicht gefunden wurde. Deshalb habe ich auch nach ihm gesucht, auch bei Tanja. Aber sie sagt, dass Anita an dem Abend nicht bei ihr war."
„Sie war also gar nicht fest mit ihr verabredet?"

„Doch, und Tanja war auch besorgt weil sie nicht kam, denn Anita hielt sich eigentlich immer an ihre Versprechen. Tanja hat versucht Anita übers Handy zu erreichen aber es war abgestellt."

„Und es gibt niemanden in ihrer Umgebung der ein Tatmotiv gehabt hätte?

Alfred Bohn schüttelte den Kopf. „Nein! Ich habe mich schon bei ihren nahesten Bekannten umgehört. Aber keiner weiß mit wem Anita den Abend vor ihrem Tod verbracht hat. Alle sind blank entsetzt. Doch ich werde weiter nachforschen. Irgendeinen Hinweis muss es doch mal geben."

„Gut, aber gehe nicht zu forsch heran. Du weißt, dass du offiziell nicht ermitteln sollst. Es reicht, wenn du mit den Leuten freundschaftlich sprichst. Da erfährt man manchmal mehr als sonst. Das wär's dann auch schon für heute."

Als Alfred Bohn gegangen war, klopfte Hauptkommissar Berger nervös mit seinen Fingern auf die Schreibtischplatte. „Glaubst du ihm?"

„Ja, das mache ich. Überleg doch mal wie der Mörder vorgegangen ist. Er hat die Frau gewürgt und ihr die Pulsader aufgeschnitten. Dann hat er sie wie ein Schaustück vor die Burg gesetzt. Dieser Mensch muss ein Psychopath sein. Aber der Freundes und Bekanntenkreis von Frau Metz einschließlich Alfred bestand aus ganz normalen Leuten."

„Was sagt das schon? Auch anscheinend harmlose Menschen können sich als Monster entpuppen. Und wie stehst du zu der Aussage über den Polizisten den verschiedene Leute in der Tatnacht gesehen haben wollen?"

„Ich weiß nicht. Langsam fällt es mir schwer an seine Existenz zu glauben. Gut, man hat ihn gesehen, aber muss es ein echter Polizist gewesen sein?"

„Echt oder nicht echt. Du hast mich auf eine Idee gebracht. Wir sollten nachprüfen welcher Beamte schon in psychologischer Behandlung war."

„Das werde ich noch heute tun. Außerdem wäre es vielleicht ratsam noch mal einen Beamten zur Klinik in der Frau Metz als Krankenschwester gearbeitet hat zu schicken. Er soll sich da noch mal umhören. Wir wissen, dass Frau Metz in der urologischen Abteilung tätig war, aber wurde sie früher auch in anderen Abteilungen eingesetzt?

Und gab es da vielleicht mal einen unzufriedenen Patienten?"

„Du hast Recht. In dieser Hinsicht gibt es noch viel zu überprüfen."

Nur ein paar Minuten wollte Hauptkommissar Berger der Hektik, die sich wie üblich von draußen im Flur bis zu ihm ins Büro drängte, entfliehen. Eine kleine Atempause einlegen. Gestern Abend hatte er solange an dem Fall Metz gearbeitet bis er vor Müdigkeit fast vom Stuhl gefallen war. Dabei hatte er Lynn vergessen anzurufen. Sie hatte ihm eine SMS geschickt, aber er hatte es nicht mal bemerkt. Das musste sich ändern. Lynn brachte zwar meistens Verständnis für ihn auf, aber irgendwann würde sie sich vernachlässigt fühlen. Er griff zum Telefon und wählte ihre Nummer. Doch jetzt war sie nicht zu erreichen. Enttäuscht legte er den Hörer zur Seite, stand auf und holte sich seinen Mantel. Er ging am Fenster vorbei. Es regnete noch immer. Das war das falsche Wetter um ihn aufzuheitern. Aber was half es darüber nachzudenken? Es gab dringende Außentermine.

Kurz darauf war er auf dem Weg zu Sebastian Börner.

Wie verkraftet ein Mann den plötzlichen Tod der Frau die er bald heiraten wollte? Er sah die starre junge Frau vor sich. Dann schob sich Lynns Gesicht davor. Er stöhnte auf. Am Regierungsplatz erhaschte er noch einen Parkplatz.

Sebastian Börner lebte mitten in der Altstadt. Der Regen hatte sich verzogen, doch die Wolken hingen noch immer grau und düster über Landshut. Aber selbst dieses unwirtliche Wetter nahm der Stadt nichts von ihrem mittelalterlichen Scharm. Er fühlte sich hier geborgener wie in der Großstadt. Doch leider nahm auch hier die Kriminalität zu.

Sebastian Börner gab Hauptkommissar Berger ernst die Hand: „Ich habe Sie schon erwartet."

Er führte ihn in ein helles, geschmackvoll eingerichtetes Wohnzimmer, in dem man sich sofort wohl fühlen konnte, und bot ihm Platz an.

„Es ist alles so unwirklich", sagte Sebastian Börner stockend. „Ich komme gut erholt mit froher Laune vom Urlaub zurück und freue mich darauf Anita wieder zu sehen. Dann dieser Schock. Man glaubt dem Menschen, der einem die Nachricht von ihrem Tod überbringt kein Wort. Die Sinne sind gelähmt. Obwohl Anita einen Schlüssel zur Wohnung hat, klingelt sie an der Tür. Ich öffne. Irgendwer der mich trösten will steht draußen. Ich will nichts hören, will niemand sehen. Stunden vergehen in denen mir klar wird, dass ich mich mit Anitas Tod abfinden muss. Verzeihen Sie bitte, aber es ist alles noch so frisch."

Hauptkommissar Berger empfand tiefes Mitgefühl für den jungen Mann.

„Es tut mir leid, dass ich Sie belästigen muss. Aber es lässt sich nicht vermeiden. Ich muss Ihnen ein paar Fragen stellen."

Sebastian Börner versuchte Ruhe zu bewahren: „Gut, stellen Sie mir Ihre Fragen. Aber ich fürchte, ich kann Ihnen bei der Suche nach Anitas Mörder nicht helfen."

„Wir müssen uns ein klares Bild von Frau Metz machen.

Nur so können wir den Kreis der Verdächtigen erweitern oder einengen. Dazu benötige ich Ihre Hilfe."

Sebastian Börner nickte abwesend.

Andrea Endres erwachte von ihren eigenen Schreien.

Sie richtete sich auf und dachte: „Es war nur ein Alptraum". Aber der Blick durch das Zimmer ließ sie fast verzweifeln. Sie war in diesem Alptraum gefangen. Die alte Standuhr, die ihr Entführer in diesen Raum gestellt hatte, tickte laut und unerbittlich. Zu jeder vollen Stunde schlug sie. Jetzt tat sie das achtmal. Würde er gleich zu ihr kommen? Sie stand auf und lief zum Bad. Aber die Tür ließ sich nicht verschließen. Geekelt riss sie sich das verschwitzte Nachthemd, das er ihr am Abend nachdem er ihr wieder Gewalt angetan hatte, auf das Bett geworfen hatte, vom Leib. Sie duschte lange, aber die Schmach blieb an ihr haften. Immer wieder sah sie ängstlich zur Tür. Doch er kam nicht. Ihr Magen knurrte. Würde ihr es etwas nutzen wenn sie in den Hungerstreik treten würde?

Nein, sie musste sich stärken und versuchen ihn irgendwie anders zu überlisten. Sie holte sich das Essen aus dem Kühlschrank.

Als sie satt war, suchte sie nach einem Werkzeug mit dem sie das Türschloss knacken könnte. Doch er hatte vorgesorgt. Es fand sich nichts Geeignetes. Das wiederholte Schlagen der Uhr machte sie fast wahnsinnig. Eine Stunde nach der anderen verging und sie konnte nichts anderes tun als auf ihren Peiniger zu warten.

Als der Gong nur einmal dumpf durch das Zimmer hallte, öffnete sich die Tür. Gleich darauf stand er mit einem Farbbefleckten Overall da. Er drehte schimpfend den

Schlüssel um, hing ihn um den Hals und stapfte auf das Bad zu. Dann hörte sie das Plätschern des Wassers und sein hartes Schnaufen. Seine Laune war auch nachdem er sich gesäubert hatte nicht besser. Er riss den Kühlschrank auf, holte sich etwas zu Essen heraus und redete dabei ununterbrochen weiter.

„Wegen diesem Idioten habe ich meinen Stundenplan ändern müssen. Aber jetzt ist der Wagen umlackiert. Es gibt keinen Streifenwagen mehr in der Werkstatt. Dann veränderte sich seine Miene. Mit schiefem Grinsen lobte er sich selber. „Das habe ich gut gemacht. Und die Polizeiuniform liegt jetzt auch da wo sie hingehört."

Kurz darauf änderte sich wieder sein Gesichtsausdruck:

„Jetzt habe ich den Alten vergessen. Ich muss zu ihm.

Und danach habe ich auch keine Zeit für dich."

Er brummte: „Es gibt soviel vorzubereiten. Aber ich darf nicht nachlassen. Ich muss die verdammte Hochzeit verhindern. Freu dich auf den Abend, dann haben wir wieder Spaß miteinander."

Ächzend erhob er sich vom Stuhl und ging zur Tür. Das einzige was Andrea noch hörte, war das Drehen des Schlüssels.

„Das war's also für heute", knurrte Stefan Berger und sah seinen Kollegen Hans Gruber, der ihm gegenübersaß genervt an: „Wieder ist ein Tag ohne nennenswerte Ergebnisse verstrichen."

Hans Gruber hatte gerade noch einmal seine Notizen überflogen. „Ja, da muss ich dir leider Recht geben.", bedauerte er." Bis jetzt führen die Spuren alle in den Sand. Ich glaube, dass wir die Verwandten und Bekannten von Frau Metz als Täter ausschließen können.
So ist der Mörder noch immer ein Phantom für uns."
„Das stimmt", nickte Stefan Berger. „Herr Börner stand zwar noch unter Schock. Aber er hat mir das Leben von Frau Metz eingehend geschildert. Es stimmt mit den Aussagen der anderen Befragten überein. Und die kleinen Meinungsverschiedenheiten, die es mit ihren Arbeitskollegen gab sind als völlig normal einzustufen."
Hans Gruber zog die Stirne kraus und brummte genervt: „Ja, Frau Fuchs konnte ihrer ersten Aussage auch nichts hinzufügen und die Überprüfung der Kamera vom Parkhaus hat wie ich befürchtet habe, nichts ergeben. Also bleibt uns doch nur der ominöse Polizist. Er taucht immer wieder auf. Heute hat mir ein Kollege von Frau Metz, der die gleiche Schicht wie sie hatte, gesagt, dass er beim Nachhauseweg das Auto von Frau Metz am Straßenrand stehen sah. Und vor ihr parkte ein Streifenwagen."
Stefan Berger schüttelte den Kopf: „Und das ist diesem Kollegen erst jetzt eingefallen?"
„Dafür gibt es einen plausiblen Grund. Er war ein paar Tage bei seinen Eltern im Gebirge und hat erst heute erfahren, dass Frau Metz tot ist."

„Aha! Und du sagst, er hat das Auto von Frau Metz gesehen. Hat er sie darin sitzen sehen, oder war es leer?"

„Er sagte, dass er nicht darauf geachtet hat. Er hat geglaubt, dass Frau Metz vom Streifenwagen angehalten worden war. Er selbst war mit dem Fahrrad unterwegs."

„Wann war das?"

„Am Abend als Frau Metz getötet wurde. So ungefähr um Zweiundzwanziguhrdreißig."

Stefan Berger wiegte nachdenklich den Kopf: Mir kommt das alles zu arrangiert vor. Drei mal taucht der Streifenwagen im Zusammenhang mit Frau Metz auf. Ein viertes Mal bei Andrea Endres. Dann verschwindet er in der Versenkung."

Hans Gruber hob die Schultern: „Das muss man erst abwarten. Vielleicht taucht er an einem späteren Zeitpunkt wieder auf. Es ist schade, dass sich kein einziger Zeuge an die Wagennummer erinnern konnte."

„Somit können wir nicht mal mit Sicherheit sagen, dass es sich immer um den gleichen Wagen handelt."

„Aber wir haben zweimal die gleiche Beschreibung des Polizisten."

„Stimmt, aber die ist zu vage. Wir können sie keinem unserer Beamten zuordnen."

Stefan Berger rieb sich die müden Augen: „Ich habe gestern bis spät in der Nacht die Akten durchforscht. Und ich kann dir sagen, nichts zermürbt mich mehr wie ein Fall wie dieser. Irgendwo muss es doch eine Spur geben."

„Natürlich, und die gibt es auch", sagte Hans Gruber. „Vielleicht stehen wir direkt vor ihr und merken es nicht."

„Kann schon sein. Morgen beauftrage ich Schlagbauer und Krause den Wagen von Frau Metz zu suchen. Bisher ist das nur halbherzig gemacht worden."

„Gut, und wie gehen wir weiter vor?"

„Das überlegen wir uns morgen früh."

Lena Senft und Peter Bauer lieferten ihren ereignislosen Tagesbericht bei Kommissar Berger ab und verließen danach gemeinsam das Polizeigebäude.

Lena schüttelte sich: „Es wird wieder kälter."

Peter lachte: „Dann schnell heim in die warme Bude."

„Ich gehe lieber noch was essen. Zuhause fällt mir die Decke auf den Kopf."

Peter sah Lena verlegen an: „Mir eigentlich auch. Darf ich dich begleiten?"

„Klar!"

„Hast du ein bestimmtes Lokal im Sinn?"

„Hätte ich schon, aber das ist zu weit weg von hier. Mein Auto hat heute Morgen gestreikt. Ich bin mit dem Bus zur Arbeit gefahren."

„Kein Problem", sagte Peter, „dann fahren wir eben mit meinen Wagen."

Kurz darauf saßen sie sich im Restaurant Poseidon gegenüber.

Lena lachte "Heute habe ich schon den ganzen Tag Hunger auf griechisches Essen. Hoffentlich magst du es auch."

"Ja schon, aber ich gehe selten in solche Lokale."

"Warum nicht?"

"Allein macht es keinen Spaß", sagte er. Die Musik und die ganze Atmosphäre hier erinnert mich an den Süden, an den Urlaub zu zweit."

Lena lächelte verlegen: "Ich wusste gar nicht, dass du so romantisch veranlagt bist."

Der Ober kam und nahm die Bestellung auf und enthob Peter Bauer somit seiner Antwort.

Dann wechselte Peter das Thema. "Streikt dein Auto öfter einmal?"

"In der letzten Zeit hat es manchmal beim Starten gestottert. Ich wollte es schon in die Werkstatt geben. Doch der Mechaniker, der meine Kutsche kennt und sie mir schon mehrmals günstig repariert hat, ist verreist."

"Gibt es keinen Ersatzmann?"

"Leider nein", sagte Lena ratlos. "Der Besitzer der Werksatt beschäftigte nur ein paar Aushilfskräfte."

"Na ja, solange wird er wohl nicht wegbleiben", versuchte Peter Lena zu trösten.

Lena lächelte wieder: "Ich hoffe es. Und jetzt wünsche ich dir einen guten Appetit."

Der Mann setzte sich neben das Bett seines Vaters und lächelte höhnisch: „Ich weiß, dass du schlafen möchtest, aber zuerst möchte ich dir noch eine Gute Nacht Geschichte erzählen.
Dein Hirn braucht Stoff für neue Träume.
Also höre gut zu: Vielleicht gönne ich den Landshutern doch noch das Fest im Sommer. Die Förderer haben es in der Hand. Ich habe im Wochenblatt gelesen, dass am Sonntag alle die für die Teilnahme angenommen sind, ihre Rollen zugeteilt bekommen. Du fragst dich, was sich für mich dabei ändert? Ganz einfach. Es steht groß und breit in der Zeitung, dass man sich nicht die Haare abschneiden lassen soll. Denn, wenn einer der Bewerber ausfällt, hat einer, der zuvor nicht berücksichtigt werden konnte, eine neue Chance.
Was sagst du dazu? Da braucht man doch nur ein bisschen nachhelfen. Den geeigneten Kandidaten habe ich schon gefunden. Er wird der Anita bald nachfolgen."
Der alte Mann begann angstvoll zu röcheln.
„Schon gut Alter, ich brauche deine Zustimmung nicht.
Jetzt schau ich mal nach meinem Täubchen und dann lege ich mich auf die Lauer."

Die Abendvorstellung am Stadttheater neigte sich dem Ende zu. Beifall rauschte durch den Saal. Hinter den Kulissen herrschte schon Aufbruchstimmung.

Rolf Dobner war einer der letzten Statisten die zum Hinterausgang hinausschlüpften. Er schwang sich auf sein Fahrrad. Dann überquerte er die Strasse hinüber zum Röckelturm. Frohgemut fuhr er, wie jeden Abend, den er im Theater verbrachte, an der Isar entlang. Dann führte ihn sein Weg über den Steg und schon war er bei der Mühleninsel angelangt. Bald würde er zu Hause sein.

Die Gasse, in der er jetzt einbog lag still und menschenleer vor ihm. Doch dann hielt er erschrocken an. Vor ihm lag jemand bewegungslos am Boden. Er stellte sein Rad zur Seite und bückte sich über die Gestalt. Dann sah er die Füße eines anderen Menschen und spürte den Wattebausch an seiner Nase. Ehe er dazu kam sich zu wehren, lag er schlaff in den Armen des Mannes, der ihn gleich darauf in seinen Kofferraum wuchtete. Neben ihm landete die winterlich angezogene Schaufensterpuppe.

Der Mann sah sich kurz um, stieg dann in sein Auto und fuhr los. Nur ein paar Minuten später hielt er vor dem Nebengebäude seines Hauses. Er stieg aus, öffnete das Tor und fuhr den Wagen hinein. Drinnen knipste er das Licht an, zerrte den noch Bewusstlosen aus dem Auto, legte ihn auf eine Pritsche, die mit einer Plane bedeckt war und band ihn fest. Dann hielt er ihm zur Vorsicht noch einmal einen mit Äther getränkten Wattebausch vor das Gesicht. Anschließend stellte er einen Eimer auf einen Schemel neben der Liege, legte den Arm seines Opfers über den Eimer und schnitt ihm die Pulsader auf.

Es klang schrill und gefährlich und riss ihn aus seinen wirren Träumen. Stefan Berger setzte sich mit einem Ruck hoch und sah auf seinen Wecker. Es war erst fünf Uhr Morgens. Dabei kam es ihm vor, als wäre er soeben erst eingeschlafen. Das Handy klingelte weiter. Das bedeutete nichts Gutes. Er griff danach und meldete sich mürrisch. Gleich darauf war er hellwach und gab erregt seine Anweisungen.

Hauptkommissar Berger und Kommissar Gruber trafen fast im gleichen Moment an dem Fundort der Leiche ein.

Ihr Gruß fiel ernst und angespannt aus.

„Das war ein jähes Erwachen", brummte Hauptkommissar Berger.

„Das kannst du laut sagen", stimmte ihm Kommissar Gruber zu.

Einer der Beamten, die schon zur Stelle waren, kam auf sie zu.

„Guten Morgen. Wir haben die Spurensicherung und den Amtsarzt verständigt. Sie müssten jeden Moment hier eintreffen. Der tote Mann sitzt dort drüben am alten Schlachthausturm."

Der Hauptkommissar schüttelte den Kopf: „Er sitzt? Seit ihr euch sicher, dass er tot ist?"

„Bombensicher! Der hockt auf einem Drehstuhl und ist mit seinen Armen und den Oberkörper daran gefesselt. Wir haben eine Absperrung errichtet."

„Gut!"

Kommissar Gruber stapfte neben Hauptkommissar Berger durch den Schneematsch und zwinkerte durch die fahle Beleuchtung hinüber zum Turm. „Zum Glück", stellte er fest, „sind zu dieser frühen Stunde noch keine Neugierigen unterwegs."

Auf den Dächern und auf der Strasse lag Neuschnee und es schneite immer noch. Die Haare des Toten hingen ihm weiß und wirr bis auf die Schulter. Er trug einen Bart.

Wenn der Stuhl und die Fesseln nicht gewesen wären, hätte man im ersten Moment auf einen Obdachlosen geschlossen, der sich hier im düsteren Hof verkrochen hatte. Doch es war zu dunkel um das beurteilen zu können.

„Wer hat den Mann gefunden?" fragte Hauptkommissar Berger.

„Zwei Brüder, Leo und Benno Kranz ", erwiderte einer der Beamten. „Wir haben ihre Personalien überprüft und ihre Aussagen aufgenommen. Sie stehen bei unserem Streifenwagen."

„Gut, holen Sie die Beiden her."

„Die jungen Männer wankten ihnen blass und durchnässt entgegen. Sie schlotterten vor Kälte und in den Augen des jüngeren Mannes flatterte ein Funken Angst."

„Können wir endlich nach Hause gehen?" murrte der ältere von Beiden. „Wir haben den Polizisten schon alles gesagt".

Sein Atem zeigte eine leichte Fahne an.

„Wir haben da drüben in der Stethaimerstraße bei Freunden gefeiert. Gegen halb fünf Uhr sind wir gegangen. Und auf dem Weg nach Hause haben wir den Kerl da sitzen sehen und haben gleich die Polizei alarmiert. Wir dachten, wir könnten ihn vorm Erfrieren retten.

Aber der Polizist meinte, dass es für den Mann schon zu spät war."

Hauptkommissar Berger nickte ihm beruhigend zu: „Sie haben das Richtige getan. Ist ihnen auf dem Nachhauseweg jemand begegnet?"

Beide Brüder schüttelten den Kopf: „Nein", erklärte der Ältere mit klappernden Zähnen

„Auf der Stethaimerstraße waren ein paar Autos unterwegs, aber hier war alles ganz ruhig."

Kommissar Gruber hatte inzwischen die nähere Umgebung erkundet. Jetzt winkte er dem Hauptkommissar zu: „Die Leute von der Spurensicherung sind im Anmarsch."

In diesem Moment lösten sich die Steife und die restliche Müdigkeit von Hauptkommissar Berger. Die Ermittlungsarbeit würde in den nächsten Stunden seine ganze Aufmerksamkeit in Anspruch nehmen.

„Gut, sie können jetzt Nachhause gehen", sagte er zu den Brüdern, „aber später werden wir ihnen sicher noch ein paar Fragen stellen müssen."

Die Leute von der Spurensicherung begannen sofort mit ihrer üblichen Arbeit. Scheinwerfer wurden aufgestellt, die den Toten ins rechte Licht setzten. Erst jetzt erkannte man, dass es sich um einen jungen, sportlich gekleideten Mann handelte.

„Er nimmt die gleiche Haltung wie Frau Metz ein, als man sie tot auffand", bemerkte der Kommissar.

Der Hauptkommissar nickte ihm zustimmend zu:

„Das gibt Ärger!"

„Vielleicht täuscht das Bild auch."

„Nein, das glaube ich nicht. Es ist so, wie wir es befürchtet haben. Hier ist ein Serienmörder unterwegs."

„Ein Raubmord war es jedenfalls nicht", sagte der Kommissar und hielt seinem Kollegen das Portmonee des Toten entgegen. „Alles drinnen, Geld, Bankkarten."

„Verdammt!" schimpfte der Hauptkommissar.

„Wo verkriecht sich diese Bestie bloß? Wir müssen ihn aus seinem Loch stöbern."

„Das werden wir auch!"

„Am besten noch Heute. Hatte der Tote seinen Ausweis bei sich?"

„Ja, er heißt Rolf Dobner und wohnt in der Mühlenstraße.

Der Fotograf hatte alle nötigen Aufnahmen im Kasten und machte sich fertig zur Abfahrt. Doktor Wiesner beendete die Untersuchung des Toten und streifte seine Handschuhe ab. „Abgesehen davon, dass der Mann, ehe man ihm die Pulsadern aufschnitt, nicht gewürgt sondern nur mit Äther betäubt wurde, scheint die Vorgehensweise des Täters genauso wie bei Frau Metz zu sein. Aber Genaueres kann ich wie immer erst nach der Untersuchung in der Pathologie sagen. Wir sehen uns."
Hauptkommissar Berger nickte nur. Es gab nichts dazu zu sagen. Einen Moment fühlte er eine tiefe Verzweiflung in sich. Er ging mechanisch auf den Toten zu und sah ihm in das blutleere Gesicht. Wieder so ein junger Mensch und wieder würde es Eltern geben die diesen sinnlosen Tod ihres Kindes nicht verstehen würden. Er wandte sich um und rief Schlagbauer und Krause herbei. „Geht mal runter zur Flutmulde und überprüft die Betonflächen nach Blut."
„Muss das sein?" knurrte Schlagbauer.
Krause stupste ihn an: „Komm schon!"
Dem Hauptkommissar schoss das Blut ins Gesicht aber er hielt seinen Zorn zurück und ging zu einem Beamten der Spurensicherung: „Gibt es einen verwertbaren Hinweis auf den Täter?"
Der Beamte hob die Schultern: „Wir haben jedes Schnipselchen Papier, Zigarettenstummel, Dosen, Flaschen, einfach alles was wir finden konnten einge-

sammelt. Trotzdem fürchte ich, dass es genau so endet wie bei der Toten an der Burg. Das hier, kann nicht der Tatort sein, denn wir fanden keinen einzigen Tropfen Blut.

Der Kerl muss bärenstark sein, denn es gab wieder keine Schleifspuren. Er hat den Mann hierher getragen und ihn zurechtgesetzt."

Der Hauptkommissar nickte frustriert: „So muss es wohl sein."

Inzwischen waren zwei Stunden vergangen. Durch die Schneeflocken hindurch bemerkte man, dass es langsam heller wurde. Der morgendliche Berufsverkehr rollte erst zaghaft, dann immer schneller, dichter, lauter auf der nahen Stethaimerstraße dahin. Die Beamten hatten gerade ihre Arbeit beendet und die Scheinwerfer ausgemacht. Dafür blitzten jetzt die Kameras einiger Reporter auf.

„Das hat uns gerade noch gefehlt", ärgerte sich Hauptkommissar Berger. „Man könnte meinen die riechen das Verbrechen."

In dem Moment fuhr der Leichenwagen vor und transportierte den Toten ab. Die ermittelnden Beamten verließen den Fundort. Gleich darauf umringten die Reporter den Hauptkommissar und bestürmten ihn mit Fragen. Er gab nur knappe Antworten.

Kommissar Gruber sah Schlagbauer und Krause mit einem blutverschmierten Kanister über den Platz laufen.

Er wollte verhindern, dass die Reporter auf die Beiden aufmerksam wurden und lief ihnen entgegen. Doch einer der Reporter hatte die Beiden schon entdeckt. Sofort richtete er die Kamera auf sie. Aber Kommissar Gruber behielt die Nerven. Er schickte die beiden Beamten zu ihrem Streifenwagen und gab Order den Kanister zum kriminaltechnischen Labor zu bringen. Dann ging er zurück zum Hauptkommissar der gerade dabei war die Reporter abzuwimmeln.

Hauptkommissar Berger sah den abfahrenden Reportern grimmig nach. „Das wird ein willkommener Wochenendreißer für diese Kerle", regte er sich auf."
„Klar", stimmte ihm der Kommissar zu: „Ich sehe schon die Schlagzeilen, Mord am Freitag dem Dreizehnten."
„Hör bloß auf", knurrte Hauptkommissar Berger.
„Der Staatsanwalt wird mir auch ohne den Zeitungsartikel die Hölle heiß machen."
„Hm", brummte Kommissar Gruber, „aber jetzt sollten wir von hier verschwinden. Meine Haare sind schon klitschnass vom Schnee."
Der Hauptkommissar fühlte erst jetzt, dass die kalte Nässe auch ihn voll erwischt hatte. Er rieb sich die frierenden Hände und sagte: „Jetzt wäre eine warme Dusche recht, aber daraus wird wohl nichts. Wir müssen zu den Eltern von Rolf Dobner fahren."

Als der Wecker klingelte, hatte der Mann gerade Mal drei Stunden geschlafen. Er fand nur langsam aus seinen Träumen und räkelte sich schwerfällig aus seinem Bett. Erst dann, als er unter der Dusche stand, kam seine Erinnerung an das, was er in dieser Nacht getan hatte, zurück.

„Jetzt werden sie ihn schon gefunden haben", grinste er.

Der Gedanke beflügelte ihn, konnte aber seine Müdigkeit nicht ganz beseitigen. Er zog sich an, trank seinen Kaffe, richtete das Frühstückstablett für seinen Vater zu Recht und ging hinüber zu ihm.

„Wie es hier wieder stinkt", mäkelte er herum. Er ging durch das Zimmer, schob den Vorhang zurück und öffnete das Fenster. Die Schneeluft zog sofort durch den Raum und wehte ein paar weiße Flocken in sein Gesicht.

Er stellte sich vor wie Rolf Dobner eingeschneit da saß und wie es in diesem Moment draußen am alten Schlachthof sicher hektisch zuging. Die Kälte drang durch seine leichte Kleidung und er schloss das Fenster wieder zu. Dann begann er mit der Pflege seines Vaters und löffelte ihm anschließend den Brei ein. Und währenddessen erzählte er ihm stolz von seiner nächtlichen Tat.

Der verstörte Blick des alten Mannes ließ ihn kalt und das Lallen mit dem er sich mit ihm auseinandersetzen wollte ignorierte er. Das war er inzwischen gewohnt.

„Ach Alter", schnaufte er: „Du wirst mich nie verstehen.

Aber das ist mir jetzt egal. Drunten hab ich mein Täubchen. Die werde ich jetzt beglücken und du hast bis Mittag deine Ruhe vor mir. Noch etwas! Ich habe mit Kurt gesprochen. Er wird mir bei meinem Vorhaben helfen, aber dich will er nach wie vor nicht sehen."

Er verließ das Zimmer und stapfte nach unten. Bei jeder Stufe erregte er sich mehr. Als er dann am Bett von Andrea stand und ihre angstvollen Blicke sah, begann er zu schwitzen. In Sekundenschnelle zog er sich aus und legte sich zu der sich wehrenden Frau. Sie hatte nicht die geringste Chance gegen ihn.

Selten saßen Stefan Berger und Hans Gruber so still nebeneinander wie auf der Fahrt zur Familie Dobler.

Selbst das Hin und Herfegen des Scheibenwischers zehrte an den Nerven der Beiden. Sie waren erfahrene Polizisten. Aber diese Erfahrung half ihnen nicht ihre Gefühle auszuschalten.

Der Tote lag inzwischen schon in der Pathologie. Doch es schien so, als säße er mit im Wagen. In solchen Momenten in denen man Eltern eine derartige schlimme Nachricht überbringen musste, wünschten sie sich weit weg von der Mordkommission.

Von der Stethaimerstraße bis zur Mühlenstraße betrug die Fahrt nur wenige Minuten. Viel zu wenig Zeit, sich die richtigen Worte zu recht zu legen.

Das Elternhaus von Rolf Dobner hatte auch schon bessere Tage erlebt. Der Putz bröckelte an verschiedenen Stellen ab und die Haustür an der Hauptkommissar Berger jetzt klingelte sagte viel über das wahre Alter des Hauses aus.

Eine schlanke, etwa sechzigjährige Frau öffnete ihnen die Tür. Sie blickte fragend von einem Beamten zum Anderen.
Stefan Berger zückte seinen Dienstausweis und sagte:
„Ich bin Hauptkommissar Berger und das ist Kommissar Gruber, dürfen wir herein kommen?"
„Bitte", erwiderte die Frau zögernd. Unsicher geleitete sie die beiden Kommissare in das Wohnzimmer und bot ihnen Platz an.
Sie setzte sich ihnen gegenüber und fragte verwundert:
„Ich verstehe ihren Besuch nicht. Ist in der Schule etwas vorgefallen? Ich bin im Moment krank geschrieben und..."
„Wie kommen Sie auf die Schule?" unterbrach Hauptkommissar Berger Frau Dobner.
„Mein Mann und ich sind Lehrer an der Realschule."
Stefan Berger nickte verstehend mit den Kopf: „Es handelt sich nicht um einen ihrer Schüler."
„Sondern?"
„Um ihren Sohn Rolf Dobner."
„Um Rolf? Ich weiß nicht ob er noch im Haus ist. Er hat im Dachgeschoss eine eigene Wohnung."

„Befindet sich ihr Mann gerade auf den Weg zur Schule?"

„Nein, er hat heute später Unterricht. Er besorgt nur schnell frische Brötchen. Aber ich dachte, sie wollten mit mir über meinen Sohn sprechen?"

Die Haustür fiel schwer ins Schloss. Dann hörte man feste Schritte im Flur. Frau Dobner atmete erleichtert auf „Ach, mein Mann ist schon zurück."

Die Schiebetür zwischen Küche und Wohnzimmer wurde zurückgeschoben. Paul Dobner starrte verwundert auf die Dreierrunde.

„Guten Morgen."

„Paul", erklärte ihm Frau Dobner. „Das sind zwei Herren von der Kriminalpolizei. Sie möchten Rolf sprechen. Hast du ihn heute Morgen schon gesehen?"

„Nein!"

Stefan Berger wechselte mit Hans Gruber einen ernsten Blick. Es gab keinen Aufschub mehr für die grausame Nachricht, die er diesen Eltern überbringen musste.

„Ihr Sohn Rolf", sagte er mit belegter Stimme, „wurde heute Nacht überfallen. Er wurde beim alten Schlachthof tot aufgefunden."

Frau Dobner hob abwehrend die Hände: „Das glaube ich nicht!"

Herr Dobner trat zu seiner Frau und legte seine Hände beruhigend auf ihre Schultern. Er schüttelte den Kopf:

„Sie müssen sich irren. Unser Sohn arbeitete gestern Abend als Statist im Stadttheater. Nach der Aufführung fährt er mit dem Fahrrad stets ohne Umwege zu machen nach Hause. Er kann gar nicht am Schlachthof gewesen sein. Warten Sie mal, ich gehe nach Oben und sehe nach ob er noch Zuhause ist." Er wandte sich von seiner Frau ab und schritt zur Tür.

Hauptkommissar Berger hielt ihn zurück: „Herr Dobner, es tut uns leid ihnen das sagen zu müssen, aber ihr Sohn kann nicht in seiner Wohnung sein. Wir haben ihn heute Morgen zwar am Schlachthof tot aufgefunden. Doch der Mörder muss ihn hier ganz in der Nähe aufgelauert und ihn erst später zum Fundort gebracht haben."
Er ging auf Herrn Dobner zu und überreichte ihm den Geldbeutel mit dem Ausweis seines Sohnes.
Paul Dobner griff danach. Dann begann er zu schwanken. Sein Teint wurde aschfahl. Stefan Berger nahm ihn am Arm und geleitete ihn zum Sessel.

Hans Gruber kümmerte sich um Frau Dobner, die jetzt wie erstarrt dasaß. „Gibt es Jemanden der ihnen beistehen könnte?", fragte er sie.
„Unser ältester Sohn Richard. Er muss benachrichtigt werden. Er arbeitet am Finanzamt", sagte sie mechanisch ohne ihn anzusehen.

Kommissar Gruber nickte und griff sofort zum Handy. Er rief Lena Senft an, erklärte ihr die Sachlage und beorderte sie zum Finanzamt um Richard Dobner zu seinen Eltern zu bringen.

Lena Senft steckte ihr Handy ein: „Wir müssen zum Finanzamt fahren", sagte sie zu Peter Bauer.

Peter Bauer, der am Steuer des Streifenwagens saß, scherzte: „Gibt es etwa einen Aufstand der Steuerzahler vorm Finanzamt? Und wir beiden Helden sollen die Leute beruhigen?"

„Keine leichte Aufgabe, aber wenn es das nur wäre" seufzte Lena mit blasser Miene. „Es hat schon wieder einen Mord gegeben. Das Opfer ist ein gewisser Rolf Dobner. Sein Bruder Richard Dobner arbeitet im Finanzamt."

Es klang, als wenn sie einen Spruch herunterleiere; aber bei jedem Wort wurde ihr das Ausmaß des Gesagten bewusster.

Peter sah Lena ernst an: „Das ist hart! Hans bittet uns also Herrn Dobner vom Tod seines Bruders zu unterrichten?"

„Ja, so ist es", sagte Lena leise. „Anschließend sollen wir Herrn Dobner zu seinen Eltern in die Mühlenstrasse fahren."

Peter Bauer nickte betroffen und schlug den Weg zum Finanzamt ein.

Lena Senft schwieg bis zu ihrem Ziel. Jeder Satz, den sie sich für Rolf Dobners Bruder ausdachte, blieb unvollendet. Der Tod hatte so etwas Endgültiges. Da gab es keine schonenden Worte dafür.

Als sie aus dem Wagen stiegen, sah Peter Bauer in das erregte Gesicht von Lena und beruhigte sie: „Keine Bange. Ich spreche mit Herrn Dobner."

Der Steuerinspektor Richard Dobner war ein realistischer Mann, der mit beiden Beinen fest auf der Erde stand. Aber als Peter Bauer ihm die Nachricht vom Tod seines Bruders überbrachte, begannen seine Hände zu zittern. Dann fuhr er sich nervös durch die Haare:

„Täuschen Sie sich auch nicht? Wer sollte denn meinen Bruder töten?"

„Das wissen wir leider auch noch nicht. Hauptkommissar Berger und Kommissar Gruber befinden sich gerade bei ihren Eltern. Wir möchten Sie bitten uns dort hin zu begleiten."

„Selbstverständlich", sagte er mit heiserer Stimme. „Ich gebe nur noch meinem Kollegen Bescheid. Doch ich möchte gerne mit meinem eigenen Wagen zu meinen Eltern fahren."

„Kein Problem."

Als sie das Finanzgebäude verließen meinte Lena zweifelnd: „Glaubst du, dass es richtig ist, Herrn Dobner alleine fahren zu lassen?"

„Mach dir keine Sorgen, der packt es schon."
„Ich möchte nicht in seiner Haut stecken."
„Das möchte ich allerdings auch nicht. Ich nehme an, er wird seinen Bruder identifizieren müssen."
Lena nickte ernst. Dann rief sie Hans Gruber an und berichtete ihm vom Gespräch mit Herrn Dobner.
Anschließend gab sie die Order, die sie vom ihm erhalten hatte an Peter Bauer weiter.
„Wir sollen zur Universität fahren und Studenten und Lehrer befragen die Rolf Dobner näher kannten."
„In Ordnung."

Hauptkommissar Berger sah wie Kommissar Gruber sein Handy wieder einsteckte. Er ging ein paar Schritte auf ihn zu und fragte ihn leise: „Alles Okay?"
„Ja, Richard Dobner kommt gleich", erwiderte er kaum hörbar. Der Tote trug einen Studentenausweis bei sich.
Ich habe Lena und Peter zur Universität geschickt. Sie sollen sich da mal umhören."
„Gut, ich warte auf Herrn Dobner und du befragst die Nachbarn hier."

Obwohl Kommissar Gruber die Tür so leise wie möglich hinter sich schloss, schreckte Frau Dobner aus ihrer Starre auf. „War Rolf zurückgekommen?" Sie schaute im Zimmer umher. Dabei kreuzte sich ihr Blick mit dem ihres Mannes. Die tiefe Trauer darin, trieb ihr Tränen in die

Augen. Es war also wahr. Rolf lag in irgendeinem Leichenschauhaus und würde nie mehr ein Wort mit ihr wechseln.

Hauptkommissar Berger spürte den Schmerz der Eheleute, der wie eine dichte Wolke im Raum hing. Er musste diese Wolke durchdringen und ihnen Fragen über das Leben ihres Sohnes stellen. Er wandte sich an Herrn Dobner: „Sie sagten, ihr Sohn arbeitete abends am Stadttheater. Um wie viel Uhr kam er gewöhnlich nach Hause?"

„Zwischen halb elf und elf Uhr", erwiderte Herr Dobner apathisch.

„Ging er dann immer gleich hinauf in seine Wohnung?"

„Wenn bei uns noch Licht brannte, unterhielt er sich noch mit uns."

„Und gestern Abend gingen Sie früh zu Bett?"

„Ja, meine Frau fühlte sich nicht wohl."

Ein kräftiger Klingelton durchbrach die angespannte Stimmung. Stefan Berger bot sich an, die Haustüre zu öffnen.

„Ich bitte darum"; bat Herr Dobner und Frau Dobner nickte stumm.

Richard Dobner sah seinem Vater sehr ähnlich. Die gleiche Größe und Haltung, die etwas gekrümmte Nase und die hohe Stirn. Sein Blick zeigte seine ganze Gemütsverfassung.

„Was muss diesem Mann während der Fahrt hier her alles durch den Kopf gegangen sein", dachte Stefan Berger. Er reichte Herrn Dobner die Hand: „Ich bin Hauptkommissar Berger. Ihre Eltern erwarten Sie schon."

„Danke, Herr Berger." Ehe Richard Dobner die Klinke der Wohnzimmertür herunter drückte, stockte er einen Moment. Doch dann straffte er seine Schultern und ging hinein zu seinen Eltern.

Um zehn Uhr verließ Hauptkommissar Berger das Haus der Familie Dobner. Inzwischen lag der Schnee schon dicht auf den Straßen. Als er sich noch einmal zum Haus umdrehte, bemerkte er die Spur, die seine Schuhe mit den dicken Sohlen auf das Pflaster drückten. Warum konnte der Mörder nicht eine ebenso dichte Fährte hinterlassen? Er begann zu zittern und schob es auf die nasse Kälte. Doch er wusste dass es zum Teil auch an seinen Nerven lag.

Wie verabredet trat Kommissar Gruber aus einem der Nachbarhäuser. Er hob die Hand und ging ihm vage lächelnd entgegen: „Jetzt könnte ich einen warmen Kaffee vertragen."

„Du sprichst mir aus der Seele. Wir sollten endlich frühstücken."

„Und wo?"
„Fahren wir zu mir."
Schon eine viertel Stunde später zog der Duft des Kaffees durch die Küche von Stefan Berger. Er stellte die Tassen auf den Tisch: „Was möchtest du aufs Brot? Käse, Wurst, Marmelade, oder soll ich uns ein paar Eier braten?"
„Nein, ein Käsebrot reicht."
„Was sprechen die Nachbarn über Rolf Dobner?" fragte Stefan Berger nach dem ersten Schluck Kaffee.
Hans Gruber setzte seine Tasse ab: „Es kommt mir vor, als wiederhole sich alles. Das Opfer wird als freundlich, hilfsbereit, lebensfroh bezeichnet. Keine nennenswerte Streitigkeiten, fast die gleichen Aussagen wie bei Frau Metz. Der einzige Unterschied ist das Geschlecht und der Beruf der Beiden."
Stefan Berger nickte nachdenklich: „Richard Dobner schildert seinen Bruder als frohe Natur, der zwar Betriebswirtschaft studiert, was viele Menschen als eintönig bezeichnen, der aber auch gerne musiziert. Er ist Mitglied bei einer Band und hat weder Ärger mit seinen Eltern noch mit ihm. Also, ein vollkommen unbeschriebenes Blatt."
„Hast du dir seine Wohnung angesehen?"
„Ja, aber ich konnte nichts Auffälliges entdecken. Nicht mal ein Tagebuch. An seiner Wohnzimmerwand hingen

ein paar Plakate von der Landshuter Hochzeit. Er hätte heuer daran teilgenommen."

„Deshalb der Bart und die langen Haare?"

„So ist es. Wahrscheinlich hat er Frau Metz gekannt. Doch das konnte weder sein Bruder noch seine Eltern bestätigen."

Hans Gruber horchte auf: „Frau Metz und Herr Dobner haben also eine Gemeinsamkeit. Beide hätten sich aktiv an der Landshuter Hochzeit beteiligt."

„Das ist fatal", entfuhr es Stefan Berger. Es wäre also möglich, dass sich der Mörder seine Opfer aus dem Kreis der Akteure vom Landshuter Fest sucht."

An seinem Hals zeigten sich rote Flecken: „Du weißt was das bedeuten würde. Nach der Art und Weise wie die beiden jungen Leute starben, erkannten wir, dass es sich wahrscheinlich um den gleichen Täter handelt. Wenn deine Vermutung stimmt, werden unsere schlimmsten Befürchtungen noch übertrumpft. Es wäre unmöglich alle Zweieinhalbtausend Teilnehmer zu beschützen."

Hans Gruber nickte besorgt. „Wir müssen die Förderer vorwarnen."

Stefan Berger sah das noch nicht so zwingend an: „Wir sollten erst die nächsten Untersuchungen und Ergebnisse abwarten. Er sah auf die Uhr und erschrak: „Schon so spät? Wir müssen so schnell als möglich zur Polizeidirektion."

Draußen hingen die dichten grauen Wolken finster über Landshut und drinnen im Kommissariat entlud sich ein Gewitter über Hauptkommissar Berger und Kommissar Gruber.

Staatsanwalt Krüger schritt mit glühendem Gesicht vor den beiden Beamten hin und her. Er rügte ihre bisherige Tätigkeit, verlangte schnellste Aufklärung der Fälle Metz und Dobner und kündigte Konsequenzen an, falls dies nicht in kürzester Zeit geschähe.

Als der Staatsanwalt die Tür hinter sich zugeschmettert hatte, trommelte Stefan Berger nervös auf die Schreibtischplatte:

„Im Grunde hat er ja recht", knurrte er. „Es ist nun schon zwei Wochen her, seit Frau Metz ermordet wurde und wir tappen noch immer im Dunkeln."

„Trotzdem sollten wir Ruhe bewahren. Vielleicht finden die Techniker und Doktor Wiesner dieses Mal mehr heraus."

„Schon möglich gab Stefan Berger zu, aber abgesehen davon, müssen wir uns in die Psyche des Täters hineinversetzen. Wie es aussieht, verfolgt er ein bestimmtes Ziel."

Die Augen von Hans Gruber wurden dunkel und einen Moment verlor auch er die Ruhe: „Du glaubst jetzt auch, dass er die Teilnehmerzahl an der Landshuter Hochzeit reduzieren will?"

Die Falte auf der Stirn von Stefan Berger vertiefte sich:

„Je länger ich darüber nachdenke, desto mehr befürchte ich das. Vielleicht richtet sich seine Wut auf die Leute, die am Fest teilnehmen."

„Oder er wurde von der Juri abgelehnt und will nun das Fest verhindern."

„Es gibt eine Menge Oder und Vielleicht. Auf jeden Fall müssen wir die Adressen der Leute, die eine Absage der Förderer erhielten, herausfinden."

Hans Gruber seufzte: „Das wird eine lange Liste sein, die wir überprüfen müssen. Trotzdem wissen wir nicht ob wir dabei auf den Mörder stoßen."

Stefan Berger zuckte mit den Schultern: „Ein Versuch ist es wert."

„Hoffentlich löst das keine Panik im Verein aus."

„Wir müssen eben behutsam vorgehen."

Nach einem kurzen Klopfen streckte ein Beamter seinen Kopf zur Tür herein: „Darf ich Sie stören?"

„Was gibt es denn?" knurrte Hauptkommissar Berger unwillig.

Der Beamte erklärte eifrig: „Es hat sich ein gewisser Herr Brehm gemeldet, der mit Kommissar Gruber sprechen möchte. Ich glaube, es hängt mit dem Mord von heute Nacht zusammen."

„Gut, bringen Sie ihn zu uns."

Der Mann, der ein paar Minuten später ins Büro des Kommissars trat, hatte einen festen Händedruck und eine kräftige Stimme.

„Mein Name ist Tobias Brehm. Ich bin ein Nachbar der Familie Dobner und möchte eine Aussage machen."

Hauptkommissar Berger und Kommissar Gruber stellten sich ebenfalls vor.

„Bitte, nehmen Sie doch Platz", bat der Hauptkommissar Herrn Brehm.

„Das, was ich zu sagen habe ist in wenigen Worten geschildert", erklärte Herr Brehm. „Vielleicht bedeutet es auch gar nichts."

Man merkte dem Mann an, dass er die Sache schnell hinter sich bringen wollte.

„Wir sind für jede Beobachtung die ein Zeuge in einem Mordfall macht aufgeschlossen und dankbar. Wir müssen aber ihre Aussage protokollieren", klärte der Hauptkommissar Berger Herrn Brehm auf.

„Also gut." Herr Brehm rückte sich einen Stuhl zurecht.

Meinen Namen kennen Sie ja bereits."

Jetzt meldete sich der Kommissar, der eingabebereit vor dem Computer saß zu Wort. „Wie lautet ihre vollständige Adresse?"

Herr Brehm gab sie an. Dann erklärte er: „Ich war heute schon sehr früh unterwegs, deshalb habe ich erst jetzt von meiner Frau erfahren, dass Rolf tot ist."

Wann haben Sie Rolf Dobner zuletzt lebend gesehen?" fragte der Hauptkommissar.

„Gestern, als er sich auf sein Rad schwang um zum Theater zu fahren."

„War sein Benehmen anders als sonst?"
„Nicht im geringsten. Er hat mich trotz des schlechten Wetters freundlich wie immer gegrüßt."
„Wie war er bekleidet?"
„Er hatte einen Regenmantel mit Kapuze an."
„Was war dann das außergewöhnliche, das ihnen an ihm auffiel?"
„Zu der Zeit war es noch nichts. Aber in der Nacht, so etwa um Halbelf Uhr habe ich seltsame Geräusche vor unserem Haus gehört. Als ich das Fenster öffnete und nach sah, was da draußen vor sich ging, schlug ein Mann gerade den Kofferraum seines Autos zu und fuhr weg.

Aber das war nicht das, was mich wunderte. Es war Rolfs Fahrrad, das an unserer Hauswand lehnte. Das hatte Rolf noch nie gemacht. Er wusste, dass ich das nicht mochte. Aber ich wollte wegen dem einen Mal keinen Stunk machen. Am Morgen, als ich wegfuhr, stand das Fahrrad nicht mehr da."

„Und sonst haben Sie in dieser Nachts nichts mehr ungewöhnliches gehört?"

„Nein, ich bin nach dem ich zum Fenster raus gesehen hatte, zu Bett gegangen und habe fest geschlafen."

„Können Sie sich an den Mann mit dem Auto erinnern?"

„Nein, oder warten Sie. Ich dachte noch, warum zieht sich ein Mann, der in einem vor Regen und Schnee-geschützten Auto sitzt, so wetterfest an?"

„Wie genau sah diese Kleidung aus?"

Herr Brehm rieb sich die Stirn und sann einen Moment nach, dann schüttelte er den Kopf: „Ich kann die Kleidung nicht weiter beschreiben. Sie sah wie eine Schutzkleidung aus aber wie gesagt... Es war dunkel und ich sah den Mann nur kurz."

„Und der Wagentyp?"

„Es war ein dunkler BMW. Mehr kann ich Ihnen dazu nicht sagen. Kann ich jetzt gehen?"

Hauptkommissar Berger überlegte einen Moment, dann nickte er: „Ja, ich danke Ihnen für Ihre Aussage. Wenn Ihnen etwas einfällt, das Ihnen in den vergangenen Tagen seltsam vorgekommen ist, bitte ich Sie uns anzurufen."

Kommissar Gruber sah auf das geschriebene Protokoll im Computer und sagte: „Ich möchte Sie noch bitten, ihre Aussage zu unterschreiben. Aber vorher hätte ich noch eine Frage: Welche Figur hatte der Autofahrer?"

Herr Brehm war schon aufgestanden und sah den Kommissar nachdenklich an: „Ich weiß ja nicht, was der Mann alles anhatte, aber er schien mir sehr gewichtig und groß."

„Danke, das war's", lächelte der Kommissar freundlich und schob ihm das Ausgedruckte Protokoll zum Unterschreiben entgegen.

Herr Brehm atmete befreit auf, setzte seinen Namen unter seine Aussage und verabschiedete sich schnell.

Als sich die Tür hinter Herrn Brehm geschlossen hatte, sah Stefan Berger seinen Kollegen bedeutungsvoll an:

„Wenigstens Einer, der mal eine Aussage macht, die uns weiterhelfen kann."

„Ja, zumindest können wir den Tathergang einigermaßen rekonstruieren."

„Gut, fangen wir an: „Der Mörder wusste, dass Rolf Dobner etwa um diese Zeit nach Hause kam und erwartete ihn schon."

„Aber so nahe an seinem Elterhaus? Musste er nicht mit einem Beobachter rechnen?"

„Schon, aber es war dunkel und schneite und die Strasse war zu dieser Zeit unbelebt."

„Trotzdem musste der Täter Rolf Dobner schnell und so lautlos wie möglich überwältigen. Wie er das tat, kann er uns nur selbst sagen. Es geschah jedenfalls mit Äther."

„Aber wo, um Gottes Willen hat er ihn umgebracht?"

„Wenn wir das nur wüssten. Dieser Mensch ist ein gerissener Psychopath, der sich sicher vor unserem Zugriff wähnt. Er zeigt uns Hinweise, die uns Rätsel auflegen und lacht über uns."

„Meinst du das Blut an der Flutmulde?"

„Unter Anderem."

„Dieses Mal wurde kein Streifenwagen in der Nähe des Verbrechens gesichtet."

„Nein, aber das besagt noch lange nicht, dass er kein Polizist ist. Herr Brehm hat ihn genauso wie den gesuchten Beamten als groß und stark beschrieben."

„In dieser Hinsicht dürfen wir auch Andrea nicht vergessen. Inzwischen glaube ich auch daran, dass dieser Mann sie entführt hat."

„Du glaubst, dass der Mörder Andrea irgendwo gefangen hält? Das kommt mir unlogisch vor. Er stellt doch seine Opfer sichtlich zur Schau. Aber von Andrea fehlt jede Spur."

„Womöglich hat er mit ihr was ganz anderes vor."

„Das sind alles nur Spekulationen."

„Die wir aber nicht außer Acht lassen dürfen."

„Du hast ja Recht, aber heute müssen wir uns ganz auf den neuen Fall einstellen. Trommle bitte bis zum Nachmittag das ganze Team zusammen."

Hans Gruber nickte ernst: „Das werde ich machen."

Ralf Kerner schielte mit zynischem Lächeln zu Alfred Bohn hinüber: „Du siehst ganz schön blass und mitgenommen aus. War wohl eine kurze Nacht?"

„Lass mich in Ruhe", knurrte Alfred, „Und kümmere dich um deinen Kram. Bei dir türmen sich sowieso schon die unerledigten Akten".

„Na und? Nachdem Trara heute am Schlachthof bleiben die auch noch eine Weile liegen. Wir müssen am Nachmittag zur Besprechung kommen."

„Wer sagt das?"

„Kommissar Gruber. Ich habe ihn vorhin am Gang getroffen. Ach und Dich lässt er außen vor? Das gibt

einem zu bedenken. Zumal im ganzen Kommissariat höllische Aufregung herrscht. Es wird gemunkelt, dass wieder ein großer stämmiger Kerl im Zusammenhang mit dem Mord gesucht wird. Schwant dir da etwas?"
„Wenn du jetzt nicht dein vorlautes Maul hältst, dann..."
„Was dann? Setzt du mich dann auf deine Liste?"
Soviel Bosheit war einfach zuviel für Alfred Bohn. Seine Adern schwollen an, seine Fäuste ballten sich. Doch ehe er handgreiflich wurde, sprang er von seinem Stuhl und lief aus dem Büro. Er eilte zur Toilette und platschte sich kühles Wasser ins Gesicht. Nachdem er sich einigermaßen beruhigt hatte, nahm er sein Handy und rief Lena an. Er bat sie um ein Treffen am Feierabend. Als sie zusagte atmete er erleichtert auf. Dann erschrak er fast vor seinem Spiegelbild. In einem hatte Kerner Recht. Sein Teint wirkte grau und müde. Seit Anitas Tod verfolgten ihn elende Träume. Und soviel er sich auch umhörte. Er kam ihren Mörder nicht näher. In seiner Familie durfte er das Thema schon gar nicht mehr anschneiden. Das ganze Leben war nur noch ein Trauerkloss aber Lena würde ihn verstehen. Wenigstens ein winziger Hoffnungsschimmer.

Richard Dobner war ins Kommissariat gekommen um seinen Bruder zu identifizieren. Hauptkommissar Berger und Kommissar Gruber geleiteten ihn zur Pathologie.
Doktor Wiesner hatte seine Untersuchungen schon beendet und seine Helfer hatten den Toten ins Kühlfach

abgelegt. Die ganze Zeremonie dauerte nur wenige Minuten.

Richard Dobner nickte mit aschfahler Miene. Einen Augenblick sah es so aus, als suche er irgendwo Halt.

Doch dann hob er seinen Kopf und sagte leise: „Ja, das ist mein Bruder Rolf."

Es waren sichtlich die bisher schwersten Minuten seines Lebens. Mit rauer Stimme fragte er: „Kann ich jetzt Gehen?"

Hauptkommissar Berger sah ihn nachdenklich an und nickte: „Ja, einer unserer Beamten kann Sie nach Hause bringen."

„Nein, nein", wehrte Herr Dobner ab. „Ich schaffe das schon alleine. Mein Wagen steht hier auf dem Parkplatz."

Als er einen leisen Gruß murmelnd auf die Tür zu eilte, wirkte er wie ein Mann auf der Flucht

Als er gegangen war, sagte Stefan Berger zögernd:

„Ich hätte noch Fragen an Herrn Dobner, aber in seinem Zustand konnte ich ihm keine mehr stellen. Ich muss ihm bis Morgen Zeit lassen."

Hans Gruber nickte zustimmend: „Das sehe ich auch so, ich möchte jetzt nicht in seiner Haut stecken."

Auf dem Weg zum Büro fragte Stefan Berger: „Hast du das Team schon verständigt?"

„Ja, und ich habe Schlagbauer und Krause wieder zur Flutmulde und der Umgebung vom Schlachthof geschickt.

Dort kennen sie sich ja schon aus. Außerdem habe ich vorhin beim Verein der Förderer angerufen. Sie waren geschockt über den Tod von Rolf Dobner. Doch sie stellten sich wegen der Liste der Bewerber für das Fest erstmal quer. Von wegen Datenschutz und so. Außerdem glauben sie nicht, dass die Morde an Anita Metz und Rolf Dobner etwas mit ihrer Teilnahme an der Landshuter Hochzeit zu tun haben."

„Die können doch nicht so naiv sein", regte sich Stefan Berger auf. Ich werde den Herren wohl selbst einen Besuch abstatten."

„Aber sicher nicht jetzt", widersprach Hans Gruber.

„Mein Magen brummt schon gewaltig. Und wie ist es mit dir?"

„Ich weiß nicht, mir ist der Appetit irgendwie abhanden gekommen."

„Du stresst dich zuviel. Die Welt dreht sich auch weiter, wenn du mal eine Pause einlegst."

„Klar, das tut sie, aber wenn ich an den Mörder denke und mir vorstelle, was er sonst noch alles ausheckt, stehen mir die Haare zu Berge. Wie soll ich da noch in Ruhe essen können?"

„Du bist zwar mein Chef, aber jetzt bestimme ich Mal.
Auf zu Maria und ihrem guten Essen."

„Ich kann sie doch nicht schon wieder belästigen."

Hans Gruber blieb hartnäckig: „Und wie du kannst!"

Doktor Wiesner hatte es wie immer eilig: „Die Toten sind zwar geduldig aber ich habe keine Zeit", grollte er hastig.

„Bei mir liegen außer eurem Toten noch zwei Unfallopfer und ein kleiner Junge, Kindstod, tragisch. Also, Rolf Dobner wurde mit Äther betäubt, dann wurden ihm an beiden Händen die Pulsadern aufgeschnitten. Er ist völlig ausgeblutet. Die Todeszeit war ungefähr um ein Uhr Nachts."

„Sonst zeigt der Tote keine Verletzungen mehr?"

„Nein, nicht eine einzige. Der Täter versteht etwas vom medizinischen Handwerk. Ein sicherer sauberer Schnitt an den Gelenken, perfekter Verband, zwar unnötig, denn mehr wie sterben kann man ja nicht; aber er scheint ein Perfektionist zu sein. Und jetzt tschüss!"

Jetzt war Günter Wegner, der Kriminaltechniker an der Reihe. „Der Fall liegt ähnlich wie bei Frau Metz", erklärte er. Am Toten gibt es nur einen gering PVC Abrieb von der Kleidung des Täters. Es ist nicht möglich eine DNA Typisierung zu machen. Die eingesammelten Gegenstände werden noch überprüft."

„Und die Seile mit dem der Tote gefesselt war?" wollte der Inspektor wissen.

„Die waren aus Plastik. Dieser Mann arbeitet nur mit Schutzanzügen und Dingen aus diesem Material. Er trägt Handschuhe. Ein äußerst vorsichtiger Mensch."

„Du sprichst so als würde er diese Morde fortsetzen."

„Ja", sagte der Techniker. „Davon bin ich überzeugt und ich glaube, dass er sich vollkommen sicher fühlt. Er denkt, er ist klüger als die Polizei und will euch ein paar harte Nüsse zu knacken geben."

Hauptkommissar Berger bemerkte trocken: „An dir ist ein Psychoanalytiker verloren gegangen; aber kannst du mir auch sagen ob der Täter auch mal einen Fehler machen wird?"

„Du nimmst mich nicht ernst."

„Doch, ich nehme dich ernst, aber es nervt, ständig zu hören, dass es keine Spuren zum Täter gibt."

„Wer sagt, dass es die nicht gibt? Der Drehstuhl zum Beispiel. Er ist akribisch genau mit einem Desinfizierungsmittel gereinigt worden. Trotzdem hat der Täter etwas übersehen."

Das ganze Team starrte gespannt auf Günter Wegner.

Er machte eine Atempause. Danach erklärte er fest: „An der Rücklehne des Stuhles ist das Markenzeichen des Herstellers angebracht und darüber wurde mit einem wasserfesten Stift die Buchstaben K B geschrieben."

„Und du meinst nun, es sind die Initialen des Mörders?"

„Warum nicht?"

Kommissar Berger klopfte dem Techniker auf die Schulter: „Jedenfalls ist es die berühmte Nadel im Heuhaufen. Hoffen wir, dass sie uns weiterbringt. Habt ihr den Kanister, der an der Flutmulde gefunden wurde auch untersucht?"

„Ja, im Labor haben sie die Blutgruppe festgestellt. Sie wird mit der DNA des Toten verglichen. Am Kanister gibt es keine Fingerabdrücke. Die Leute vom Labor melden sich, sobald es etwas Neues zu berichten gibt. Kann ich jetzt gehen?"

Hauptkommissar Berger bemerkte Wegners Nervosität: „Heute ist anscheinend wieder so ein Tag an dem jeder von uns an tausend Ecken zugleich sein sollte", knurrte er. „Also geh schon!"

Nach dem Günter Wegner gegangen war, richtete sich der Hauptkommissar an die Beamten Schlagbauer und Krause: „Wie sieht es bei euch aus? Habt ihr irgendwelche Zeugen aufgetrieben?"

Erwin Schlagbauer schüttelte erregt den Kopf: „Es ist zum Junge kriegen. Keiner hat was gehört noch gesehen.

Die stecken alle die Köpfe ein."

Lena Senft und Peter Bauer konnten auch mit keinen brauchbaren Ergebnissen aufwarten. Weder bei der Uni noch beim Stadttheater gab es irgendwelche Feinde von Rolf Dobner.

„Dann gibt es heute noch nicht viel zusammenzufassen" stöhnte Kommissar Gruber. „Die ersten Zeugen am Morgen haben Rolf Dobner zufällig gefunden. Von ihnen werden wir nicht mehr erfahren. Unser nächster Zeuge, Herr Brehm hat in der Nacht einen dunklen BMW mit einem Fahrer dessen Figur er beschreiben konnte, gesehen. Aber das hilft uns im Moment auch nicht weiter."

„Er hat aber auch das Fahrrad von Rolf Dobner am Abend vor seinem Haus stehen sehen", sagte Hauptkommissar Berger. „Am Morgen war es verschwunden.

Dieses Fahrrad muss gefunden werden. Außerdem möchte ich wissen, ob sich Frau Metz und Rolf Dobner kannten. Wir müssen herausfinden nach welchen Kriterien sich der Mörder seine Opfer aussucht. Es darf keinen weiteren Mord mehr geben. Morgen früh sehen wir uns alle pünktlich bei mir im Büro."

Zwei Stunden später verließ Hauptkommissar Berger das Kommissariat. Aber seine Gedanken waren noch immer dort. Sein ausgefertigter Plan für den nächsten Morgen lag auf seinen Schreibtisch. Hatte er auch nichts vergessen?

Der kalte Wind wehte um seine Ohren und er fluchte innerlich auf den langen Winter in diesem Jahr. Er hasste Schirme, aber er war es auch satt, fast jeden Tag durchnässt nach Hause zu kommen. Nach einem Zuhause, das ihn trist und leer empfangen würde. An manchen Tagen frustrierte ihn das Alleinsein. „Lynn", wie ein Messer bohrte sich ihr Name in sein Gehirn. Er hatte sie heute wieder nicht angerufen und sie hatte ihm gegen ihre Gewohnheit am ganzen Tag über keine SMS geschickt.

Lange durfte er sie nicht mehr so vernachlässigen. Er lief schneller. Er wollte nicht auf der lauten Straße ins Handy schreien. Er wollte sich in den gemütlichen Sessel setzen und ausführlich mit Lynn sprechen.

Als Stefan Berger die Wohnungstür öffnete sah er in der Diele einen Mantel hängen. Alles Schwere fiel von ihm ab.

Lynn war da. Beschwingt lief er ins Wohnzimmer. Dort bemerkte er den liebevoll gedeckten Tisch. Aus der Küche drang Bratenduft. Er schob die Schiebetür zurück und sah Lynn mit geröteten Wangen vor sich:

„Du solltest..." begann sie. Ihm war in diesem Moment egal was er sollte. Er nahm sie in den Arm und küsste ihre Worte weg. Als sie schließlich gemeinsam das Essen auf den Tisch gestellt hatten und sich gegenübersaßen fragte er: „Hast du den siebten Sinn? Oder woher wusstest du so genau für welche Zeit du kochen solltest?"

„Geheimnisse soll man ja nicht ausplaudern, aber es gab da so einen Tipp von einem gewissen Hans."

Samstagmorgen. Der Mann räkelte und streckte sich in seinem Bett und blinzelte zu den Jalousien durch die sich die Sonne drängte. Ein Tagesbeginn ohne Regen oder Schnee? Das beflügelte ihn. Außerdem war das Dröhnen im Kopf, das ihn die halbe Nacht hindurch gequält hatte, verflogen. Erleichtert setzte er seine stämmigen Beine vor das Bett, wuchtete seinen massigen Körper empor und steuerte auf das Bad zu.

Anschließend verlief alles im täglichen Rhythmus. Ehe er zu seinem Vater ging, holte er die Landshuter Zeitung aus dem Kasten und legte sie auf das Frühstückstablett.

Friedlicher als sonst begrüßte er seinen Vater und begann sofort mit seiner Arbeit. Dann faltete er die Zeitung auseinander. Er begann zu prusten und dann schallend zu lachen: „Das ist gut Alter! Das hört sich wirklich gut an „Flutmulde-Blutmulde". Eine gelungene Überschrift. Jetzt haben sie es kapiert. Wenn ich in meinem Umkreis, was heißt hier Umkreis? Wenn ich in meiner Stadt keine echte Anerkennung finde, werde ich dafür sorgen, dass die Flutmulde eine Blutmulde bleibt. Die Neugierigen werden mit Schaudern dorthin pilgern. Sie werden Angst verspüren und mich trotzdem insgeheim bewundern
„Wie macht es dieser Kerl, dass er nicht erwischt wird?"
Ich bin eben schlauer, als alle anderen. Schau nicht so wild Alter. Ich weiß, dass ich versprochen habe, den Leuten, die in dieser Stadt das Sagen haben, noch eine Chance einzuräumen. Aber das gilt bloß bis morgen Nachmittag. Wenn sie sich gegen mich entscheiden werde ich Kurt einsetzen. Du weißt doch was ich will.
Genug geredet. Mein Täubchen wartet sicher schon auf mich."

Andrea Endres erwachte im Dunkeln. Sie wusste nicht ob es Tag oder Nacht war, denn sie hatte jedes Zeitgefühl verloren. Langsam schwand auch die Hoffnung, dass man sie jemals hier finden würde. Gerade hatte sie geträumt, sie wäre in einen tiefen Brunnenschacht gestürzt. Sie hatte versucht hochzuklettern, aber sie war immer wieder ausgerutscht und Niemand hatte ihre Hilfeschreie gehört. An ihren Beinen hatte sich ein Monster festgeklammert das größer und größer geworden war. Es hatte sie an die Brunnenwand gedrückt bis ihr fast die Luft weggeblieben war. Was hatte sie gerettet? Von irgendwo war ein Geräusch zu hören gewesen. Doch hier gab es doch nur Stille. Sogar das Ächzen ihres Bettes klang laut wie eine Trompete in diesem Raum. Oder kam ihr das nur so vor? Sie tastete nach der Lampe und erschrak aufs Tiefste. Das schwere Atmen neben ihr kannte sie allzu gut. Es war ihr jetzt ganz nahe. Der dicke, fleischige Mund streifte ihre Wange. Ihre Kehle versagte ihr das Schreien.

Das hämische Lachen neben ihr begann glucksend, dann schwoll es an. Sie wusste, dass sie keine Chance hatte, diesem Lachen und diesen Mann, der es ausstieß zu entfliehen. Trotzdem bäumte sie sich auf und versuchte ihn zu kratzen. Das Lachen wich einem lauten Grunzen und Stöhnen Die dicke Masse Mann wälzte sich auf ihren Körper. Das Bett schien auf einem schwankendem Schiff zu stehen. Dicke Tränen traten aus ihren Augen. Der Mann bemerkte es nicht. Als er sich an ihr befriedigt hatte, legte er sich neben sie und begann zu schnarchen.

Vorsichtig schlich sie sich aus dem Bett und tastete sich zur Tür. Vielleicht hatte er vergessen sie zu schließen?

Doch das war ein Wunschtraum. Sie erinnerte sich an den Schlüssel um seinen Hals. Es müsste ihr gelingen ihn zu entwenden. Aber das war sinnlos überhaupt daran zu denken. Verzagt suchte sie die Badetür.

Im Haus war noch alles still. Hans Gruber war froh, dass die Kinder seine Frau Maria mal ein wenig länger schlafen ließen. So leise als möglich schloss er die Haustür hinter sich.
Der Tag begann nicht so trist wie die vergangenen Tage. Vielleicht war es ein gutes Zeichen. Vielleicht entdeckten sie heute endlich eine Spur die zu dem Mörder führte. Als er das Garagentor öffnete, sah er hoch zu den Fenstern seines Hauses. Da drinnen war alles so friedlich. Wenn er sich vorstellte, dass ein Familienmitglied von ihm so bestialisch getötet würde wie Anita Metz und Rolf Dobner, lief es ihm eiskalt den Rücken herunter. Er war schon sehr früh erwacht und eine Weile fast bewegungslos neben seiner Frau gelegen. Seine Gedanken waren dabei aber nicht bei ihr gewesen. Die Szenerie an der Burg und am alten Schlachthof hatte sich im dunklen Schlafzimmer vor seine Augen geschoben. Er hatte versucht eine Verbindung zwischen den Mordopfern herzustellen aber es gab zu wenig Anhaltspunkte. Man müsste sich in die Gedankenwelt des Täters einklinken können. Plötzlich waren ihm die Zeugenaussagen, die sich alle um einen großen starken Mann am Tatort drehten, in den Sinn gekommen.
Ein Umriss des Täters war in ihm entstanden. Doch dessen Gesicht war nur ein schwarzer Klumpen gewesen.

Um diese Figur hatte er versucht einen Kreis zu ziehen. Aber er war nicht im Stande gewesen ihn in einen der Stadtteile von Landshut zu versetzen. Wo hielt sich dieser Kerl auf? Seine Gedanken waren immer wirrer geworden und hatten ihn schließlich aus dem Bett gejagt. Unter der Dusche hatte er sich wieder einigermaßen beruhigt. Und nun? Er musste unbedingt ins Kommissariat fahren und die Akten dieses Falles durchlesen.

Die Nacht war kurz gewesen. Trotzdem hatte Stefan Berger schon lange nicht mehr so gut geschlafen wie in den letzten Stunden. Er fühlte den warmen, zarten Körper von Lynn neben sich und hörte ihren leisen Atem. Ach, wie konnte die Welt so schön aussehen. Einfach neben ihr liegen bleiben, den Augenblick festhalten. Aber die Uhr tickte. Der Tag begann. Schon schob sich ein bitterer Geschmack in seinem Mund. Die Jagd musste weitergehen. Etwa eine halbe Stunde später traf er fast zeitgleich mit Hans Gruber im Kommissariat ein. .

„Guten Morgen", lächelte Stefan Berger. „Noch ein Frühaufsteher."

„Guten Morgen", grüßte Hans Gruber zurück. „Mir geht es wohl genauso wie dir", die Fälle Metz und Dobner brennen mir unter den Nägeln. Ich wollte mir die Akten dazu noch mal in Ruhe durchlesen."

„Schaden kann es nicht", erwiderte Stefan Berger nachdenklich. „Ich habe mir gestern Abend schon Pläne für heute erstellt. Mal sehen ob sich alles verwirklichen lässt." Mit ernster Mine ging er zu seinem Schreibtisch. „Wenn wir schon beide so früh da sind, können wir ja gemeinsam die einzelnen Punkte durchgehen."

Hans Gruber nickte ihm zustimmend zu: „Ich hänge nur schnell meinen Mantel in die Gardarobe."

„Nimm meinen auch gleich mit", bat der Kommissar.

„Ja, und dann brauch ich erstmal einen Kaffee. Du auch?"

„Ja, bitte!"

Pünktlich um acht Uhr trafen die Ermittlungsbeamten, die an diesem Tag Dienst hatten im Büro von Hauptkommissar Berger ein. Er sah nur kurz in die Runde und hielt sich nicht lange mit irgendwelchen Reden auf, sondern übergab ihnen sofort die nötigen Anweisungen über die Arbeit, die sie an diesem Tag verrichten sollten.

„Am Nachmittag erwarte ich Ergebnisse die uns in den beiden Mordfällen weiterbringen", sagte er ernst. „Wir müssen den Mann lieber heute als morgen finden, denn er schreckt sicher auch vor einem dritten Mord nicht zurück. Wenn das passiert steht Landshut Kopf."

„Nach der heutigen Ausgabe der Landshuter Zeitung werden uns sowieso viele Leute als unfähig beschimpfen", knurrte Erwin Schlagbauer grantig.

„Das können wir nicht ändern", konterte der Hauptkommissar, „aber es darf uns nicht daran hindern, das Gegenteil zu beweisen. Also, auf was wartet ihr noch?"

Erwin Schlagbauer sah auf das Blatt mit seiner Arbeitsaufteilung und wollte weiter mosern; aber Walter Krause stupste ihn an: „Komm gehen wir."

Einige Beamten waren schon auf dem Weg zur Tür, Andere folgten ihnen. Nur Lena Senft blieb zurück: „Und Andrea habt ihr wohl ganz vergessen", sagte sie schneidend.

Hauptkommissar Berger sah sie kopfschüttelnd an: „Das Verschwinden von Andrea steht jetzt für uns wirklich nicht zur Debatte. Dafür ist die Vermisstenabteilung zuständig.

Für dich zählt im Moment genau wie für alle anderen, alles zu tun um den Mörder von Frau Metz und Rolf Dobner ausfindig zu machen."

Als Lena widersprechen wollte, schnitt ihr der Hauptkommissar das Wort ab: „Schluss Ende, gehe jetzt an deine Arbeit!"

So hatte Lena ihn noch nie erlebt. Frustriert wandte sie sich ab.

Kommissar Gruber hielt sie zurück: „Du musst verstehen Lena, dass die Aufklärung der Mordfälle vor allem Vorrang haben. Wir müssen diesen Mörder stoppen. Nach Andrea wird von den anderen Kollegen wirklich schon fieberhaft gesucht. Sie werden sie sicher finden."

Lena sah ihn zweifelnd an: „Wenn du das sagst".
Draußen am Flur wartete Peter Bauer auf Lena. Als sie aus der Tür trat, bemerkte er sofort ihre verärgerte Miene.
Sie stob an ihm vorbei und lief den Gang entlang.
„Was ist denn los mit dir?", fragte er sie, als er sie eingeholt hatte.
„Was los ist? Ich glaube den Kommissaren ist Andrea völlig egal Sie reden sich mit der Aufklärung der Mordfälle heraus."
„Das stimmt doch so nicht. Ich weiß, dass Hans mit dem Chef der Vermisstenabteilung gesprochen hat und dass die Kollegen dort schon mit Hochdruck nach ihr suchen.
Sei froh, dass wir das nicht tun müssen."
„Du meinst, dann wäre sie schon tot! Und wer sagt dir dass sie das nicht schon ist? Ich bin blond aber nicht blöd. Für mich ist der Mörder von Anita auch der Entführer von Andrea."
„Wie kommst du nur darauf?"
„Ganz einfach, der fette große Kerl taucht in allen Zeugenaussagen auf."
„Stimmt, aber bis jetzt ist er noch ein Phantom. Keiner kann ihn genau beschreiben.
„Und wenn schon. Ich werde auch nach Feierabend nach ihm suchen."
„Weißt du eigentlich auf welch gefährliches Terrain du dich begibst?"

Was heißt da gefährlich? Lebten Anita Metz und Rolf Dobner gefährlich? Bestimmt nicht! Trotzdem sind sie jetzt tot."

„Ich sehe schon, du willst stur deinen Weg gehen, aber du kannst damit rechnen, dass ich dir öfter mal auf den Fersen bin."

Lenas kritischer Blick verschwand. Sie musste sogar lächeln. „Das bin ich ja schon gewohnt. Du bist doch jetzt schon fast mein zweiter Schatten."

„Na, übertreib mal nicht. Schau lieber mal nach was unsere erste Aufgabe an diesem Morgen ist."

„Gut", seufzte Lena und zog den Plan hervor.

„Also, die Sekretärin der Förderer ist unser erster Anlaufpunkt."

„Aber heute ist doch Samstag", wunderte sich Peter. „Da sind normalerweise die Büros geschlossen."

Lena verzog ihren Mund zu einem schnippischen Grinsen: „Der Hauptkommissar wird schon wissen warum er das veranlasst hat."

Inzwischen waren sie schon am Ausgang des Polizeigebäudes angelangt. Peter öffnete die Tür und Lena steckte draußen gleich die Hände in die Jackentasche.

„Verdammt kalt für die erste Märzwoche."

„Das kann man wohl sagen", stimmte ihr Peter zu.

„Manchmal habe ich das Gefühl, dass der Winter heuer nie endet." Die halbwegs gute Laune, die Hauptkommissar Berger an diesem Morgen von Zuhause mitgebracht hatte, war nach dem Abgang seiner Beamten total verschwunden.

„Jetzt spielt sich Lena auch noch auf", schimpfte er:
„Es reicht doch schon, dass mir dieser Querschädel Schlagbauer auf die Nerven geht."

Gerade als Kommissar Gruber ein paar Worte zu Lenas Verteidigung sagen wollte, klopfte es an der Tür. Kurz darauf trat ein Beamter ein und meldete, dass das Fahrrad von Rolf Dobner aus der Isar gefischt worden war.

„Und wo genau?" fragte der Hauptkommissar.

„In der Nähe vom Röcklturm" erwiderte der Beamte, „aber das ist nichts Besonderes. Dort wurden schon öfters Fahrräder versenkt."

Der Hauptkommissar ging auf diesen Kommentar nicht näher ein: „Und wo befindet sich das Fahrrad jetzt?"

„Bei der Spurensicherung. Wir..."

„Gut, sie können gehen!", unterbrach ihn der Hauptkommissar ungeduldig.

Der Beamte starrte ihn eine Sekunde ungläubig an, sein Kinn sank dabei enttäuscht nach Unten. Dann murmelte er einen kurzen Gruß und wandte sich um.

Als sich die Tür hinter ihm geschlossen hatte, rügte Kommissar Gruber: „Auch so ein Mitarbeiter, der mit deiner kurzen Art nicht zurecht kommt."

„Wieso kurze Art? Was kann er mir schon wichtiges sagen? Jetzt ist die Spurensicherung gefragt. Ich werde gleich dort anrufen."

Kurz darauf legte er den Hörer entnervt zurück: „Heute sind wohl alle im Präsidium überempfindlich" brummte er.

„Der Wegner hat sich beschwert, dass er heute an seinem freien Tag hier wegen einem alten Fahrrad an dem man nach dem Wasserbad sicher nicht viel feststellen würde, hier antanzen müsse. Außerdem wäre das Fahrrad gerade erst eingeliefert worden. Wenn ich Wunder erwarten sollte, müsste ich mich an eine höhere Instanz wenden."

„Du lieber Himmel!", lachte Hans Gruber. „Wenn der Wegner so ausrastet, hast du ihn wirklich am falschen Fuß erwischt. Du musst den Leuten mehr Zeit lassen."

„Aber Zeit zu vergeuden ist genau das, was wir uns jetzt nicht leisten können. Am Montag habe ich wieder einen Aussprache mit Staatsanwalt Krüger. Der will Erfolge sehen."

Hans Gruber zog die Stirn in Falten: „Trotzdem solltest du die Sache ruhiger angehen. Schließlich kann Niemand Wunder wirken. Die Leute meutern halt mal, aber sie machen gute Arbeit. Warten wir ab, was sie heute in Erfahrung bringen."

Der Mann rollte sich unruhig von einer Seite zur anderen. Dann erwachte er. Er blinzelte in die Dunkelheit und begann, als er bemerkte, dass Andrea nicht mehr neben ihm lag, laut los zu poltern: „Verdammt, knips das Licht an und komm her zu mir."

Langsam rappelte er seinen gewichtigen Körper stöhnend hoch. Andrea gab keinen Laut von sich. Er stand auf und schlurfte zum Lichtschalter. Dann näherte er sich der Badtür und klopfte hart dagegen: „Mach dass du herauskommst. Ich fresse dich schon nicht."

Andrea stand der Schweiß auf der Stirn. Sie wusste, dass das Bad keine Zufluchtstätte für sie war. Wenn sie sich noch lange hier verschanzen würde, würde er gewaltsam hier eindringen. Zaghaft drehte sie den Schlüssel um und huschte an ihm vorbei.

„Ich versteh deine Ziererei nicht", brummte er wie ein friedlich gewordener Bär. „Ich mag dich. Du gehörst jetzt zu mir. Gewöhn dich an mich. Das wird dein Schaden nicht sein."

Andrea starrte ihn ungläubig an. So hatte er noch nie mit ihr gesprochen; aber was änderte sich an ihrer Lage? Sie war seine Gefangene. Und wenn er noch so zugänglich und freundlich würde. Nichts würde ihren Ekel vor ihm nehmen können.

„Du sagst ja gar nichts. Egal, du wirst noch stolz darauf sein zu mir zu gehören." Er sah auf seine Armbanduhr und erschrak: „Verdammt, es ist schon spät. Ich muss der Brause sagen, dass ich mich morgen noch einmal bei den Förderern um eine Rolle beim Fest bewerbe."

Ohne ein weiteres Wort an Andrea zu verlieren verließ er den Raum und sperrte hinter sich zu.

Frau Brause stand unter Stress. Die Vorstellungsgespräche bei den Förderern für eine Rolle am Landshuter Hochzeitsfest sollten am nächsten Tag so schnell und reibungslos wie möglich stattfinden. Zwar waren schon fast alle Spieler und Statisten vollzählig. Doch es gab noch einige Ausfälle und Zweitbesetzungen zu vergeben. Gerade, als sie schon einige Bewerbungsbögen aussondiert hatte, waren zwei Beamte der Kriminalpolizei da gewesen und hatten sie mit ihren Fragen aufgehalten.

Sie seufzte, natürlich taten ihr die Leute leid, die sich umsonst um einen Part bewarben, aber wie schon vier Jahre zuvor hatten sich mehr Bewerber wie benötigt gemeldet. Doch bisher war doch noch nie einer der Abgewiesenen auf die Idee gekommen, deshalb einen Menschen zu ermorden. Ideen hatten diese Kriminaler!

Sie war die Beiden erst losgeworden, nachdem sie ihnen versprochen hatte die Adressen aller Leute, die sich morgen bewerben würden an die Polizei weiterzuleiten.

Wieder eine sinnlose Arbeit mehr. Als sie ihren Computer ausschaltete klingelte das Telefon. Eine fast atemlose männliche Stimme meldete sich.

„Bitte", sagte Frau Brause, „ich habe ihren Namen nicht verstanden."

Der Anrufer wiederholte seinen Namen und ließ sich nicht von ihr abbringen zum Vorstellungsgespräch zu kommen.

„Das war ein besonders Hartnäckiger", dachte sie, „vielleicht sollte ich ihn gleich mal bei der Polizei melden?" Doch an diesem Nachmittag klingelte noch oft das Telefon und sie vergaß das merkwürdige Gespräch.

Der Regen peitschte an die Fenster und verstärkte die unruhige Stimmung im Büro. Stefan Berger schob missmutig seinen Stuhl zurück und stand auf. Er dehnte und streckte sich einen Moment, dann knurrte er:
„Jetzt schlafen mir schon meine Füße ein und mein Hirn arbeitet auch nur mit halber Kraft. Da, der Block ist voller Fragen; und wo sind die Antworten?"
Hans Gruber grinste schief: „Meinst du mir geht es anders? Ich mach uns noch einen Kaffee." Sein Drehstuhl quietschte als er sich erhob.
Über das Gesicht vom Kommissar huschte ein müdes Lächeln: „Der jammert schon mit."
„Dem fehlt das Öl wie uns die Informationen. Ich möchte wissen, wie das Fahrrad in die Isar gelangte. Nach Herrn Brehms Aussage lehnte das Rad auch noch nach dem der vermutliche Mörder von Rolf Dobner weggefahren war, an der Hauswand. Doch am Morgen war es verschwunden. Hat es der Mörder noch in dieser Nacht abgeholt oder war da ganz einfach ein Fahrraddieb am Werk?"
Der Kommissar zog die Braue hoch: „Beides ist möglich.

Aber ich tippe auf den Dieb. In der letzten Zeit hat man schon mehrere Räder aus der Isar gefischt."

„Du meinst also, für den Mörder spielte das Rad keine Rolle?"

„Vielleicht hat er darüber nachgedacht es irgendwo verschwinden zu lassen. Aber ich denke, es war ihm doch zu riskant es abzuholen."

Die Kaffeemaschine gluckerte langsam vor sich hin.

„Die müsste auch mal entkalkt werden", monierte Hans Gruber, dann tippte er sich auf die Stirn: „Weißt du was?

Der Mörder hatte meiner Meinung nach gar keine Zeit um das Rad zu holen. Wenn ich dastehe und darauf warte, dass der Kaffee fertig wird, fließt eine Minute zäh dahin; aber wenn man in einer Nacht soviel zu erledigen hat wie der Mörder, dann verrennen Stunden wie Minuten."

„Da magst du Recht haben. Außerdem, wenn der Mörder die Absicht gehabt hätte, das Rad auf diese Art verschwinden zu lassen, hätte er sein Opfer schon in der Nähe vom Röcklturm aufgelauert. Rolf Dobner kam vom Stadttheater und ist sicher am Turm vorbeigefahren."

„Das heißt, wir müssten den Dieb befragen können.

Vielleicht hat er wichtige Beobachtungen gemacht."

„Derjenige, der das Rad entwendet hat, meldet sich bestimmt nicht freiwillig und eine Suche nach ihm ist viel zu aufwändig. Zumal es fraglich ist zu welcher Zeit er in der Mühlenstrasse war."

„Ja, leider. Aber vielleicht können uns die Kollegen der Abteilung Einbruch Diebstahl weiterhelfen .Ich rufe dann gleich bei ihnen an. "

Stefan Berger nickte zustimmend.

Endlich verklang der letzte Zischer der Kaffeemaschine. Hans Gruber stellte die Tassen auf den Schreibtisch. Im nächsten Moment drangen Stimmen aus dem Gang durch die Tür. Die ersten ausgesandten Ermittlungsbeamten traten ein und legten ihre mageren Ergebnisse vor.

Stefan Berger schreckte aus einem wirren Traum hoch und sah direkt auf das leuchtende Zifferblatt seines Weckers. „Du lieber Himmel", ärgerte er sich, „ich habe das Läuten überhört." Dann spürte er den leisen Atem neben sich. Lynn war noch da. Lynn? Aufatmend ließ er sich zurück in die Kissen fallen. Es war Sonntag. Einen Moment blieb er entspannt liegen; aber dann sprangen seine Gedanken wieder zu den unerledigten Akten in seinem Büro. Er sah die Protokolle mit den spärlichen Zeugenaussagen vor sich. Den Text kannte er fast schon auswendig. Langsam kam er sich wie ein Schauspieler am Theater vor. Nur wusste der wie das Drama enden würde und er tappte noch völlig im Dunkeln.

Lynn drehte sich seufzend um. Hatte sie auch schon Alpträume? Gestern Abend hatten sie zuerst versucht nicht über seine Arbeit zu sprechen. Lynn hatte ihn von ihren Einkaufsbummel mit Maria Gruber erzählt und ihm von deren beiden Kindern vorgeschwärmt. Dann hatte sie die Einladung zum Mittagessen bei der Familie Gruber erwähnt und dass Maria an diesem Tag kein kriminalistisches Fachsimpeln wünsche. Und prompt waren sie dann doch bei dem Thema über die ungelösten Mordfälle Metz und Dobner hängen geblieben. Lynn hätte es auch gerne gesehen, dass er in seiner Freizeit den Ballast, den sein Beruf mit sich brachte, abstreifen könnte; aber als Juristin verstand sie auch, dass das fast nicht zu schaffen war.

Und so hatte sie an diesem Abend nicht versucht ihn auf andere Gedanken zu bringen. Im Gegenteil. Sie hatten eine lange heiße Debatte über die Mordfälle geführt. Aber jetzt sollte er es wirklich mal gut sein lassen. Einfach mal einen unbeschwerten Tag mit Lynn und der Familie Gruber verbringen. Er atmete tief durch. Dann stand er leise auf. Lynn liebte es mit einem guten Frühstück überrascht zu werden.

Der Mann schmiss zornig die Tür hinter sich zu. Dann stampfte er mit Schwerem Atem auf das Bett seines Vaters zu und schimpfte wild auf ihn ein: „Diese verfluchten Banausen. Denen wird das überhebliche Lachen noch vergehen. Sie haben mich, obwohl ich mich als Kurt Brandtner ausgegeben habe, nicht einmal richtig zu Wort kommen lassen. Nichts haben die begriffen. Gar nichts.

Das Fest hätte wieder so schön werden können; aber es wird nicht stattfinden, dafür werde ich sorgen."

Der alte Mann starrte verzweifelt auf die geballten Fäuste seines Sohnes. Er gab ein abwehrendes Krächzen von sich, doch sein Sohn beachtete es gar nicht. Die Gestalt vor ihm, diente ihm nur als Blitzableiter.
Jetzt wandte er sich vom Bett ab, lief unflätige Worte ausstoßend im Zimmer herum und blieb dann vor dem kleinen Spiegel, der über dem Ausguss hing, abrupt stehen. Er fuhr sich mit fahrigen Händen durch seine langen, wirr zerzausten Haare und brüllte: „Die müssen weg, weg!"

Am Abend starrte Andrea verblüfft auf den Mann, der gerade ihr Zimmer betrat. Seine Figur glich ihrem Entführer, aber sein Gesicht hatte sich total verändert. Die langen, ungepflegten Haare waren einem Kurzhaarschnitt gewichen und im fleischigen Gesicht fehlte der Bart. Ihr Herz schlug schneller, war dieser Mann der Bruder ihres Peinigers, der ihr zur Flucht verhelfen wollte?
Doch schon peitschten seine Worte grob durch den Raum. „Was gaffst du so blöd? Ich brauch die langen Federn nicht mehr. Und die Anderen die sich so wichtig machen weil sie beim Fest mitmachen dürfen können ihre langen Haare auch abschneiden. Sie wissen es bloß noch nicht, aber die Landshuter Hochzeit wird es heuer nicht geben. Noch sitzen die Förderer und diese Frau Brause auf ihren hohen Ross und machen sich über mich lustig aber nimmer lang."

Sein heißeres Lachen schien wie ein Echo aus allen Ecken des Raumes zu schallen.

Andrea wich zurück und hielt sich die Ohren zu. Nichts von alledem was er ihr verbal entgegenschleuderte wollte sie wirklich wissen. Sie sah die tote Anita vor sich und wusste wozu er fähig war. Anscheinend war noch Niemand auf seine Spur gestoßen. Wenn sie nur endlich von hier flüchten und ihn an ihre Kollegen verraten könnte.
Schon war er bei ihr, packte sie an den Armen und schmiss sie auf das Bett. Dann war sein feistes Gesicht über ihr. „Und du", geiferte er, „du magst mich noch immer nicht, obwohl ich dir gut tue. Gewöhn dich endlich an mich, dann brauchst du auch keine Angst vor mir zu haben. Ich mach sowieso was ich will. Jetzt will ich meinen Spaß mit dir."

Alfred Bohn saß Lena Senft steif wie ein Brett gegenüber. Seine rechte Hand umspannte fest das Bierglas.
„Also, was willst du wissen?", knurrte er widerwillig.
„Ich sehe schon", entgegnete Lena, „du hast mich völlig falsch verstanden. Ich wollte mich nicht mit dir treffen um dich auszufragen. Ich brauche deine Hilfe."
Alfreds Haltung lockerte sich. „Meine Hilfe? Wozu?"
„Andrea geht mir nicht mehr aus dem Sinn. Ich kann schon gar nicht mehr richtig schlafen. Kommissar Gruber

meint, dass sie in der Vermisstenabteilung alles tun um sie zu finden und wenn mir das nicht genug ist, soll ich mich in meiner Freizeit darum kümmern. Aber ich schaffe das nicht allein."

„Und da wendest du dich ausgerechnet an mich?" Alfred sah Lena misstrauisch an. „Oder hat dich der Gruber auf mich angesetzt?"

„Wie kommst du denn darauf?", protestierte Lena heftig.

„Ich lasse mich von Niemandem auf einen Kollegen ansetzen. Ich dachte, nach unserem Treffen am Freitagabend wären wir Freunde."

„Schon gut", winkte Alfred ab. „Am Freitag war ich wirklich froh, dass ich mit dir über Kerner sprechen konnte und ich hatte auch den Eindruck dass du mich verstehst; aber am Samstag hat mich der Kerner angemosert und mich als ein Weichei bezeichnet, das sich hinter einer Frau versteckt. Er verdächtigt mich noch immer der ominöse Polizist zu sein. Ich dachte du hast mit ihm gesprochen und bist seiner Meinung."

„Was? Das traust du mir zu?"

Alfreds Gesicht rötete sich: „Entschuldige bitte, aber seit Anitas Tod fühle ich mich irgendwie ins Abseits geschoben. Ich darf bei der Suche nach dem Mörder nicht teilnehmen und habe das Gefühl, dass mich nicht nur der Kerner verdächtigt."

Lenas Ärger verflog so schnell wie er in ihr hochgestiegen war: „Also gut", sagte sie, „ich verstehe dich. Zu meiner Schande muss ich dir sagen, dass ich, als du mich daran hindern wolltest Anitas Zimmer zu besichtigen, auch ein bisschen an dir gezweifelt habe. Aber dann habe ich erkannt wie sehr dich die ganze Sache mitnimmt.

Ich denke, wir sollten uns zusammen tun. Du willst den Mörder von Anita finden, das will ich auch aber es liegt mir auch sehr am Herzen Andreas Entführer zu stellen und sie wohlerhalten zu finden. Ich mach mir große Sorgen um sie."

Alfred verstand was in Lena vorging. Er nickte: „Gut, ich bin dabei."

Montagmorgen. Ein Morgen mit düsterem Wetter und düsterer Stimmung. Stefan Berger stand am Straßenrand und sah Lynns Wagen nach. Eine Woche mit einsamen Abenden und Nächten lag vor ihm. Die Passanten hetzten mit ernsten Gesichtern an ihm vorbei. Es war, als liefen sie den dunkel drohenden Wolken die schon tief über der Stadt lagen, davon. Schon begann es zu nieseln.

„Hoffentlich gibt es kein Glatteis", dachte er. „Lynn ist zwar eine gute Fahrerin aber..."

Der Regen trieb ihn ins Haus. Außerdem wurde es Zeit ins Amt zu gehen. Er musste noch seinen Mantel und seine Aktenmappe holen. Als er im Eingang an der Reihe der Briefkästen vorbei ging, sah er an seinem Kasten einen mit Tesafilm befestigten Briefumschlag hängen.

Verwundert blickte er um sich. Aber im Hausgang war niemand zu sehen. Doch er war sich ganz sicher, dass dieser Umschlag vor einer Viertelstunde noch nicht hier geklebt hatte. Er nahm ihn ab und öffnete ihn. Kopfschüttelnd las er die paar Worte die auf dem Zettel standen. Anschließend hetzte er genervt hinauf in seine Wohnung. Dort holte er sein Handy heraus und rief Hans Gruber an.

„Bist du schon unterwegs zum Amt?", fragte er ihn
Nein? Dann komme bitte zu mir in meine Wohnung."

Einen kurzen Moment schien der Atem von Hans zu stocken. Doch dann hörte er ihn sagen: „Bin schon unterwegs!" Nachdenklich klappte Stefan Berger sein Handy wieder zu und versuchte sich an die Personen zu erinnern die, als er auf der Strasse stand, an ihm vorbeigegangen waren. Er hatte Lynns Koffer im Kofferraum verstaut, sich dann noch einmal von ihr verabschiedet und ihr hinterher geblickt. Dabei hatte er sich für die Leute um ihn herum nicht weiter interessiert. Einer war ihm sehr nahe gekommen. Aber er konnte nicht sagen ob er aus dem Haus gekommen war. „Verdammt!" fluchte er, „wie konnte ich nur so unaufmerksam sein?"

Jetzt bekam der kleine Zettel, den er vor ein paar Tagen in seiner Manteltasche gefunden hatte, eine ganz andere Bedeutung. Und der Ärger über seine eigene Achtlosigkeit verstärkte sich.

Etwa zehn Minuten später traf Hans Gruber bei ihm ein.

„Was ist denn los?" fragte er verblüfft. „Du wirkst ja gerade so, als hättest du einen bösen Geist gesehen."

„Einen sehr realen Geist", schimpfte Stefan Berger.

„Er hat mir eine Botschaft an meinen Briefkasten geklebt."

„Zeig her!"

Stefan Berger nahm den Zettel vom Tisch und gab ihn Hans Gruber.

Der las ihn und pfiff durch die Zähne: „Wie stellt der Kerl sich das bloß vor? Du sollst die Förderer dazu bringen, die Landshuter Hochzeit abzusagen? Die werden das doch nie tun!"

„Natürlich nicht! Das einzige was die von mir fordern werden ist, dass ich den Verrückten dingfest mache."

„Ja klar, das erwarten die Förderer, und es wird auch langsam brenzlig. Der Kerl ist frech, unverfroren und sich total sicher, sonst würde er sich doch nicht direkt in deine Nähe wagen."

„Das verstehe ich sowieso nicht. Er scheint eine unheimliche Wut auf die Förderer zu haben. Warum wendet er sich dann nicht direkt an sie?"

„Vielleicht hat er ihnen schon gedroht, aber sie haben ihn nicht für Ernst genommen."

„Hm, und Dank der Presse weiß jeder der sich für die beiden Morde, die im Zusammenhang mit der Landshuter

Hochzeit stehen, interessiert, dass ich der leitende Ermittler bin."

„Gut, dann könnte der Zettelschreiber auch ein Wichtigtuer sein."

Stefan Berger zuckte wenig überzeugt mit den Schultern „Vielleicht."

„Hast du deine Nachbarn schon befragt ob sie Jemanden bei den Briefkästen gesehen haben?"

„Nein, ich wollte dich bitten die Befragung zu übernehmen."

„Verstehe!"

Eine Viertelstunde später waren Hauptkommissar Berger und Kommissar Gruber so klug wie zuvor.

Niemand hatte einen Fremden im Haus gesehen oder gehört.

„Ich muss den Brief auf Fingerabdrücke überprüfen lassen", sagte Stefan Berger genervt: „aber irgendetwas sagt mir, dass sich da auch nichts ergibt."

Die Beamten der Sonderkommission standen alle versammelt vor der Tür des Hauptkommissars und diskutierten lautstark. Erwin Schlagbauer führte das große Wort: „Von uns verlangt der Berger äußerste Pünktlichkeit und er selber...?"

„Sie haben vollkommen Recht. Pünktlichkeit ist normalerweise meine Devise", unterbrach ihn Hauptkommissar Berger von hinten. Er schloss die Tür seines

Büros auf und lies seine Mitarbeiter eintreten. Kommissar Gruber folgte ihnen.

„Also, zuerst mal Guten Morgen."

Der Hauptkommissar blickte in die betretenen Gesichter seiner Mitarbeiter und erklärte ihnen ohne Regung zu zeigen den Grund seiner Verspätung.

„Der Kerl ist doch verrückt", spie Schlagbauer verächtlich hervor. „Das Landshuter Hochzeitsfest absagen? Das geht doch gar nicht!"

„Natürlich nicht", gab Hauptkommissar Berger zu. „Aber uns geht es nicht allein um das Fest. In allererster Linie besteht unsere Aufgabe darin, den Täter zu finden. Er darf keinen weiteren Mord mehr verüben."

„Aber wo genau sollen wir ansetzen?" fragte Walter Krause

„Wie wäre es mit dem Umfeld von Hauptkommissar Berger?" höhnte Schlagbauer.

„Der Brief beweist doch dass der Kerl ihn kennt."

Röte stieg in Stefan Bergers Gesicht, aber er behielt die Ruhe. „Durch die Presse ist wohl jedem Landshuter, der sich für die Mordfälle interessiert, bekannt, dass ich der Leiter der Sonderkommission bin. Aber wir müssen damit rechnen, dass dieser Mann nicht nur mein privates und berufliches Leben ausspioniert, sondern einen Jeden von euch auch. Er beobachtet uns und kennt sich anscheinend hier im Gebäude aus. Seine erste Nachricht muss er mir hier zugesteckt haben. Also kann man die

Theorie, dass es sich um einen Kollegen von uns handelt nicht ausräumen."

„Vielleicht legt der Täter diese Spur um uns auf ein falsches Gleis zu führen", bemerkte Lena.

„Auch das ist möglich", nickte der Hauptkommissar.

„Doch es ändert nichts an der Tatsache, dass er uns genau kennt. Im Gegenzug dazu wissen wir von ihm sehr wenig. Mit dem Brief bestätigt er unseren Verdacht, dass er die Landshuter Hochzeit verhindern will. Es gibt ein paar Kandidaten die sehr enttäuscht darüber waren, dass sie an diesem Fest nicht teilnehmen dürfen. Manche wurden sogar ausfällig."

Erwin Schlagbauer zweifelte: „Aber ist das wirklich ein Tatmotiv? Jahr für Jahr werden Leute von irgendeiner Jury abgelehnt."

„Eine gute Frage", sagte der Hauptkommissar kühl.

„Ein normaler Mensch steckt das natürlich weg. Doch wir haben es hier sichtlich mit einem Psychopaten zu tun, bei dem wir auf alles gefasst sein müssen. Hier sind eure Arbeitspläne für heute. Am Nachmittag erwarte ich Resultate."

Lena Senft und Peter Bauer saßen im Auto und sahen die Liste durch, die ihnen Hauptkommissar Berger überreicht hatte. Lena sah blass und übernächtigt aus.

Peter stupste sie in die Seite: „Warst wohl gestern Abend lange unterwegs?"

Lena seufzte: „Sieht man mir das an?"

„Schon", grinste Peter. „Also red schon, bist du auf eine Spur von Andrea gestoßen?"

„Nein, leider nicht. Alfred und ich haben fast alle Lokale in denen Anita oder Andrea sich mal aufhielten ausgekundschaftet aber nichts was auf einen Entführer oder Mörder hinwies gefunden. Nur Eines ist uns klar geworden. Weder Anita, noch Andrea wurden ausgenommen von Alfred jemals in Begleitung eines Polizisten gesehen."

Peters Stirne krauste sich: „Schlecht für Alfred."

„Wieso denn?" empörte sich Lena. „Alfred ist der Vetter von Anita und ein Freund von Andrea. Ihn kann man auf keinen Fall verdächtigen. Fest steht aber, dass Andrea diesen Polizisten nicht freiwillig begleitet hat. Ich werde ihn noch finden. Darauf kannst du Gift nehmen."

„Ich glaub es dir ja", versuchte Peter Lena zu beschwichtigen. „Aber jetzt müssen wir zuerst einmal zu Frau Brause fahren."

Lena drückte sich frustriert in den Sitz und sah still geradeaus. Peter startete den Wagen.

Eine viertel Stunde später begrüßten Lena und Peter Frau Brause. Die Sekretärin wirkte nervös und überarbeitet.

„Sie kommen sehr früh", sagte sie, „aber sie haben Glück. Ich habe die Liste von den Leuten, die sich gestern noch als Teilnehmer am Fest beworben haben, schon ausgedruckt."

Sie nahm die Liste, die aus mehreren Blättern bestand und reichte sie Lena.

„Es gab einige Turbulenzen", bemerkte sie dabei, und ich habe die Namen der Leute, na sagen wir mal, die ein wenig ausfallend wurden, unterstrichen. Ich hoffe das hilft ihnen weiter."

Lena bedankte sich: Das hoffe ich auch."

Peter hakte ein: „Und wir, das heißt die Sonderkommission der Kriminalpolizei, hoffen, dass sie und die Förderer uns bei der Suche nach dem Mörder von Anita Metz und Rolf Dobner weiterhin behilflich sind."

Frau Brause schüttelte verständnislos den Kopf:

„Es tut mir leid, aber hier glaubt niemand daran, dass die Morde im Zusammenhang mit unserem Verein und dem Fest stehen. Die Erstellung der Liste war nur eine unverbindliche Hilfe."

„Sie irren sich", widersprach ihr Peter Bauer, „ihr Verein steckt schon mitten in der Krise. Kommissar Berger möchte sich noch heute mit dem Komitee zu einer Besprechung treffen. Er erwartet bis Mittag ihren Anruf."

Frau Brause sah Peter Bauer verblüfft an. Dieser Mann wirkte sehr entschlossen.

„Ich werde es den Herren ausrichten", versprach sie ihm perplex.

„Ich hätte noch eine Bitte an sie", sagte Lena. „Ich benötige die Namen und Adressen sämtlicher Darsteller."

„Das ist kein Problem. Die Bekanntgabe dieser Leute erfolgt in Kürze", bemerkte Frau Brause spitz.

„Wir können die Bekanntgabe nicht abwarten. Sie haben sicher auch diese Liste schon vorrätig", erklärte sie hart.

Frau Brause hob missmutig die Schultern: „Na dann!"

Sie suchte auf dem Schreibtisch nach den Papieren, fand sie aber nicht. Verlegen wischte sie sich über die Stirn:

„Ich könnte schwören, dass ich sie hier abgelegt habe."

Lena sah ungeduldig auf die Uhr: „Sicher haben sie die Adressen im Computer und können sie ausdrucken."

„Ja", murrte Frau Brause patzig und drückte auf die entsprechenden Tasten. Kurz darauf ratterte der Drucker los.

Er spuckte ein ganzes Bündel Blätter heraus. Frau Brause reichte sie Lena und konnte nicht widerstehen ihr mit hämischen Lächeln viel Spaß bei der Arbeit zu wünschen.

„Hast du Frau Brauses Blicke gesehen mit denen sie uns verabschiedet hat?" fragte Peter, als sie wieder zum Wagen gingen. „Ich glaube mit der haben wir es uns verscherzt."

„Na und? Die kriegt sich schon wieder ein. Die war sich selber nicht gut, weil sie die Papiere verlegt hat."

„So schusselig kommt die mir gar nicht vor", sinnierte Peter. „Es könnte doch sein, dass Jemand die Papiere mitgenommen hat."

„Wer sollte denn Interesse an den Adressen der Teilnehmer haben?"

„Ja, wer schon?"

„Ich brauche jetzt unbedingt einen starken Kaffee", schnaufte Stefan Berger. „Mir glüht der Schädel."
Hans Gruber witzelte: „Wäre ein Beruhigungstee jetzt nicht angebrachter für dich?"
„Ja, spotte nur, der Krüger kriegt dich bestimmt auch noch in die Finger. Er ist auf Hundertachtzig."
„Das war doch nicht anders zu erwarten."
„Natürlich nicht, aber die guten Ratschläge, die er abgibt helfen mir auch nicht weiter."
Hans Gruber nickte zustimmend: „Das stimmt allerdings.
Dafür habe ich, während du beim Staatsanwalt Bericht erstattet hast, einiges unternommen. Zuerst habe ich mit Richard Dobner telefoniert. Er hat mir berichtet, dass er mit einem Freund und ein paar Bekannten seines Bruders Rolf gesprochen hat. Er will heute Mittag zu uns kommen.
Er klang irgendwie aufgeregt. Vielleicht hat er etwas Interessantes erfahren."
„Na hoffentlich!"
Bei den Förderern war ich allerdings nicht sehr erfolgreich. Frau Brause hat mir gesagt, dass sie unseren Beamten heute Morgen alle von uns geforderten Unterlagen mitgegeben hat. Heute sei keiner der Förderer im Büro zu erreichen. Ich habe ihr die Sachlage erklärt.

Daraufhin hat sie sich mit einem der Herren privat in Verbindung gesetzt. Er hat mich kurz darauf angerufen.

Doch er war nicht zu überzeugen, dass der Briefschreiber eine ernsthafte Gefahr darstellen könnte. Er stufte ihn als einen Wichtigtuer ein."

Stefan Berger schüttelte den Kopf: „Sie schlagen also jede Warnung in den Wind."

„Ja, leider, von Ihnen können wir im Moment noch keine Hilfe erwarten. Aber es gibt einen neuen Hinweis im Fall Anita Metz. Eine Krankenschwester vom Klinikum hat einen Assistenzarzt wegen versuchter Vergewaltigung angezeigt. Sie hat behauptet, er habe Frau Metz auch schon einmal bedrängt. Der Beamte, der die Anzeige aufgenommen hat, hat mich sofort darüber informiert."

„Ein aufmerksamer Beamter", nickte Stefan Berger nachdenklich, „aber wie glaubwürdig ist diese Frau? Mit derartigen Beschuldigungen muss man vorsichtig umgehen. Manchmal stecken Rachegedanken dahinter."

„Das Gleiche habe ich mir auch gedacht. Deshalb habe ich die Frau auch gleich angerufen und sie gebeten zu uns ins Kommissariat zu kommen."

Der Mann polterte in sein Zimmer und knallte einen Stoss Papiere auf seinen Schreibtisch. Dann zog er seinen Parka aus und hing ihn an den Haken. Langsam hatte er die scheußliche Kälte satt. Überhaupt hatte er alles satt. Vor allem die Leute in dieser Stadt. Niemand hatte ihn je gern gehabt. Entweder hatten sie ihn verspottet oder verachtet. Sein Magen knurrte. Ihm fehlte das Frühstück. Er sah an die Wand zu seinem Stundenplan und wurde noch ärgerlicher. Wegen diesen Banausen von Förderern war er total durcheinander geraten. Bis zu den Proben fürs Fest hätte er alles ruhig angehen können. Und dann hätte er sich einen Plan erstellt in dem es Dinge gab, die ihn erfreuten. Aber sie gönnten ihm diese Freude nicht. Niemand gönnte ihm etwas. Der Alte dort oben wartete schon seit einer Stunde auf ihn. Sollte er warten. Jetzt brauchte er erst selber was zwischen die Zähne. Er ging in die Küche und schaltete die Kaffeemaschine ein. Seine Hände zitterten. Er zögerte. Vielleicht war es ratsamer heute nur Milch zu trinken.

Das Pochen in seinen Schläfen verstärkte sich. Er musste eine Schmerztablette nehmen um sich in den nächsten Stunden konzentrieren zu können. Der Berger hatte seine Nachricht sicher schon längst gelesen. Ob sie ihm zum Schwitzen gebracht hatte? Er war auch beim Büro der Förderer gewesen, um ihnen eine ähnliche Nachricht zu überbringen. Doch er hatte die Brause gesehen und beobachtet wie sie eine Menge Blätter aus dem Drucker genommen und sie auf den Schreibtisch gelegt hatte. Danach war sie raus auf die Toilette gegangen. Er hatte sich schnell in ihr Büro geschlichen, die Papiere angesehen und gleich bemerkt wie nützlich sie für ihn sein würden. So hatte er sie sich geschnappt, hatte das Büro verlassen und war nach Hause gefahren. Der Berger würde die Förderer sowieso benachrichtigen. Er trank eine Tasse Milch, aß ein Butterbrot dazu und stellte dann das Frühstück für seinen Vater zusammen.

Nie hätte Richard Dobner gedacht, dass ihm die Arbeit im Büro jemals schwer fallen würde. Aber seit dem Tod seines Bruders konnte er sich einfach nicht mehr richtig konzentrieren. Das ganze freie Wochenende hatte er dazu benutzt Namen und Adressen von Leuten herauszufinden, die sein Bruder Rolf kannte. Dabei hatte ihm der beste Freund von Rolf, Jörg Bender, geholfen. Er war, nachdem ihm ein paar Kriminaler befragt hatten zu ihm gekommen.

„Die haben mich angesprochen", hatte er sich bei ihm beschwert, „als sei ich einer der Verdächtigen. Dabei waren wir doch fast unzertrennlich. Ich möchte wissen, wer Rolf auf dem Gewissen hat."

Jörg hatte einen ganzen Stapel Fotos von ihm und Rolf mitgebracht. Schließlich waren sie beide auf einige interessante Details gestoßen, die sie beide der Polizei nicht vorenthalten durften. So hatte er alle Unterlagen in seine Mappe gesteckt und sie heute am Montag mit in sein Büro genommen. Von Stunde zu Stunde war er unruhiger geworden. Und jetzt stand er im Polizeigebäude vor der Tür des zuständigen Hauptkommissars. Er drückte die Mappe fest an sich und klopfte entschlossen an.

Gleich beim Eintritt bemerkte Richard Dobner an den gespannten Gesichtern der beiden Beamten, dass sie ihn schon erwarteten. Die Begrüßung fiel kurz und freundlich aus und er kam gleich nachdem er Platz genommen hatte zur Sache.

„Rolfs Freund Jörg Bender und ich", erklärte er, „ haben eine Liste der Bekannten meines Bruders erstellt." Er holte sie aus seiner Mappe und überreichte sie Hauptkommissar Berger.

„Die meisten Leute davon", fuhr er fort, „kommen meiner Meinung nach nicht als Täter in Frage. Aber ich glaube, mein Bruder und der Mann, dessen Adresse ich rot angestrichen habe, hatten in letzter Zeit einige Meinungsverschiedenheiten."

Der Kommissar sah angespannt auf die entsprechende Adresse. Irgendwo hatte er den Namen schon gehört oder gelesen. „Sie kennen Herrn Tom Weipert gut?"

Richard Dobner wiegte nachdenklich den Kopf: „Gut wäre übertrieben". „Früher habe ich ihn öfter mal mit Rolf zusammen gesehen; aber seit ungefähr einem Vierteljahr nicht mehr."

„Sie sagten, es gab Streit zwischen den Beiden. Hat ihr Bruder mit ihnen darüber gesprochen?"

Kommissar Gruber nahm das Gespräch zu Protokoll. Er merkte wie unangenehm es für Richard Dobner war über diese Dinge zu sprechen aber er wusste auch wie wichtig dessen Aussagen waren. Also kein falsches Mitleid zeigen.

„Ja" erwiderte Herr Dobner mit leicht gerötetem Gesicht.

„Einmal hat Rolf sich mir anvertraut. Er war wohl sehr enttäuscht darüber, dass seine Freundin Nina ein Verhältnis mit Tom eingegangen war."

„Verständlich!" nickte der Hauptkommissar. „Wann genau war das?"

„Wie gesagt, vor einem Viertel Jahr. Er war damals seelisch verstimmt und musste mit Jemand sprechen. Doch anschließend an dieses Gespräch, bat er mich Nina und Tom nie mehr zu erwähnen, denn er wollte dieses Kapitel aus seinem Leben streichen."

Kommissar Berger hob zweifelnd die Schulter.

„Also gut, Herr Weipert hat ihren Bruder die Freundin ausgespannt. Aber das kann man wohl schlecht als Tatmotiv anerkennen."

„Nein, natürlich nicht"; erregte sich Richard Dobner. „aber Jörg hat mir erzählt, dass Tom und Rolf sich für die gleiche Rolle beim Landshuter Hochzeitsfest beworben haben. Rolf wurde genommen, Tom nicht. Er hat Rolf beschimpft, dass es eine Retourkutsche von Rolf wegen Nina sei. Er glaubte Rolf hätte ihn bei den Förderern schlecht gemacht. Als Rolf das entschieden verneint hat, warf Tom ihm noch andere abstruse Dinge an den Kopf.

Zum Beispiel, dass Rolf sich wieder mit Nina treffen würde."

„Und stimmte das?", hakte der Hauptkommissar ein.

„Wo denken Sie hin? Rolf hätte das nie getan. Aber da ist noch etwas anderes. Tom soll zwei Krankenschwestern sexuell belästigt haben. Beide sollten beim Fest mitmachen. Eine davon lebt noch, aber sie wissen ja Anita Metz..."

Hauptkommissar Bergers Hals zeigte rote Flecken:

„Und sie würden diese Aussagen vor Gericht wiederholen?"

Richard Dobner nickte: „Alles was ich von meinem Bruder persönlich weiß werde ich aussagen. Jörg Bender wird das Gleiche tun. Seine Adresse und Telefonnummer finden sie auf der Liste."

„Danke" sagte der Hauptkommissar. „Sie haben uns sehr geholfen. Aber noch eine Frage. Woher kannte ihr Bruder Herrn Weipert?"

„Tom Weipert, Jörg Bender und mein Bruder sind schon gemeinsam ins Gymnasium gegangen. Während Tom in München studiert hat, haben sich er und Rolf selten gesehen. Aber als er die Stellung im Klinikum antrat, sahen die Beiden sich wieder öfter. Kann ich jetzt gehen? Meine Mittagspause ist fast beendet."

„Natürlich, und nochmals vielen Dank. Wir sind für jeden Hinweis dankbar."

Als Richard Dobner gegangen war, sah Stefan Berger Hans Gruber erregt an: „Was sagst du zu dieser Aussage?"

„Obwohl ich mir nicht vorstellen kann, dass die Dinge, die er Herrn Weipert vorwirft, ein Tatmotiv beinhalten, sollten wir der Sache sofort auf den Grund gehen."

„Das ist mir schon klar, ich werde Herrn Weipert zu einem Gespräch vorladen lassen."

„Aber?"

„Bis jetzt habe ich den Täter als Psychopaten eingeschätzt. Aber ein junger Arzt? Glaubst du dass der sich so emotional ins Zeug legt?"

„Das kann man nie wissen. Herr Dobner wirkt auf mich nicht wie ein Schwätzer. Außerdem wird seine Aussage über die Belästigung der Krankenschwestern im Klinikum auf dem Protokoll das mir vorhin gebracht wurde, bestätigt. Tom Weipert ist der fragliche Arzt."

Die junge Frau klopfte forsch an die Tür von Hauptkommissar Berger und trat gleich darauf ein.

„Guten Tag", begrüßte sie die Herren mit heller Stimme.

„Mein Name ist Sabine Kern. Ich habe eine Vorladung von Kommissar Gruber. Er ist nicht in seinem Büro und da dachte ich…"

„Sie dachten genau richtig", lächelte Kommissar Gruber und gab ihr die Hand:

„Guten Tag. Ich bin Kommissar Gruber und das ist Hauptkommissar Berger. Wir haben sie schon erwartet. Nehmen Sie bitte Platz."

Sabine Kern nickte Hauptkommissar Berger kurz zu und setzte sich auf den, von Kommissar Gruber herangezogenen Stuhl.

„Wenn ich gewusst hätte was für Unannehmlichkeiten durch eine Anzeige auf mich zukommen, hätte ich es wahrscheinlich unterlassen", stöhnte sie."

„Na, na, na", versuchte Kommissar Gruber sie zu beruhigen. „Wir haben sie doch nur zu einem kurzen Gespräch gebeten."

„Ein kurzes Gespräch also", meinte sie ironisch. „Zuerst nehmen mich die Beamten nicht ernst. Sie nehmen mir nicht ab, dass mich dieser feine Herr Weipert ständig belästigt und sogar schon handgreiflich geworden ist und nun werde ich sogar ins Kommissariat deswegen gebeten. Da steckt doch noch was anderes dahinter."

„Stimmt!", gab ihr der Kommissar Recht. Sie haben zu Protokoll gegeben, dass Herr Weipert vor Ihnen auch schon Frau Metz belästigt hat."

Sabine Kern sah den Kommissar eine Weile forschend an, dann nickte sie: „Anita hat es mir damals selbst gesagt."

Hauptkommissar Berger runzelte die Stirn:

„Warum gaben sie uns das, als Frau Metz tot aufgefunden wurde, nicht bekannt?"

„Wie sollte ich das denn tun?" sagte sie schnippisch. „Zu der Zeit war ich auf einen Lehrgang in Würzburg. Außerdem liegt die Sache zwischen Anita und dem Weipert schon zwei, drei Monate zurück. Mir ist das erst wieder eingefallen als er mir an die Wäsche ging."

„Gibt es Zeugen, die ihre Aussagen bestätigen können?"

„Zeugen?" Sabine Kern rümpfte die Nase.

„Ja glauben Sie denn, dass der falsche Kerl sich vor Zeugen so benimmt?"

„Verstehen Sie mich richtig", versuchte Hauptkommissar Berger Frau Kern zu beruhigen.

„Wir müssen jeder Sache genau nachgehen und in diesem Fall steht Aussage gegen Aussage. Wenn Herr Weipert bestreitet sie und Frau Metz belästigt zu haben, sind der Polizei die Hände gebunden. Hat Frau Metz noch mit anderen Kollegen über diesen Vorfall gesprochen?"

„Das weiß ich nicht", sagte Sabine Kern jetzt niedergeschlagen. „Aber vielleicht hat sie es ihrer Freundin Tanja erzählt."

„Gut", nickte der Hauptkommissar, „wir werden der Sache nachgehen. Gab es außer Herrn Weipert noch Jemand mit dem Frau Metz Ärger hatte?"

Die junge Frau überlegte kurz, dann schüttelte sie den Kopf: „Eigentlich nicht. Es gibt ja überall mal beruflichen Stress, was mal zu einer Meinungsverschiedenheit führen kann, die wieder behoben wird. Kann ich jetzt gehen?"

„Ja."

Als Frau Kern die Tür hinter sich geschlossen hatte, zog Hauptkommissar Berger die Stirn in Falten: „Diese Aussage bringt uns auch nicht viel weiter."

Dem Mann standen Schweißperlen auf der Stirn. Die vielen Namen! Er hatte nicht gedacht, dass sich noch so viele Leute für die Teilnahme am Fest bewerben würden.
Genervt hatte er die Liste der neuen Bewerber zur Seite gelegt und sich die Liste mit den schon erwählten Darstellern vorgenommen. Jetzt prangten hinter mehreren Namen Fragezeichen. Bei den Kandidaten, die in erster Linie für ihn in Betracht kamen, hatte er dicke Balken unter ihre Adresse gesetzt. Er tupfte sich fahrig die Stirn ab. So einfach war es gar nicht den oder die Richtige als nächstes Opfer zu bestimmen. Bei Anita und Rolf war es leichter gewesen. Deren Gepflogenheiten hatte er gekannt. Außerdem sollten sie ja nur als Warnung dienen.
Aber die Förderer hatten seine Warnung nicht verstanden. Die nächste Person, die er auswählen würde, musste einen der maßgeblichen Herren nahe stehen. Das würde schon eher Wirkung auf sie haben. Aber eigentlich war es ja egal, wen er als Nächsten verbluten lies. Alle sollten sie bluten alle! Seine Gedanken verwirrten sich immer mehr. Er schob seinen Stuhl zurück, ging zum Fenster und öffnete es.
Der raue Wind drang in das überhitzte Zimmer. Er versuchte tief durchzuatmen und begann zu keuchen. Seine

Bronchien machten ihn schon seit längerer Zeit zu schaffen. Doch das durfte Niemand wissen, sonst würden sie ihm die Pflege seines Vaters aus der Hand nehmen.

In seinem Kopf blähten sich wieder die Adern auf. Er griff in seine Tasche und spürte das Tablettenröllchen.

Das beruhigte ihn einwenig. Jetzt würde er zwei Tabletten nehmen und am Abend noch mal. Das würde ihm dieses dunkle Pochen mildern und ihm die Kraft geben sein Vorhaben durchzuführen.

Die Kirchturmuhr schlug zwölf Mal. Er musste seinem Vater das Essen bringen. Der Husten ebbte ein wenig ab.

Er schloss das Fenster und ging zum Schreibtisch. Noch ehe er zu seinem Vater ging, wollte er sich für den nächsten Kandidaten entscheiden. Sein Drehstuhl ächzte als er sich auf ihn niederließ. Er schob die Blätter hin und her.

Dann zog er seine Tabletten hervor und nahm sie mit einem Schluck aus der Seltersflasche, die griffbereit auf dem Tisch stand, ein. Dabei verschluckte er sich. Er stellte die Flasche ab. Als er wieder richtig atmen konnte, hob er die Flasche wieder hoch. Er hatte sie genau auf den Blättern mit den Adressen platziert. Sein Gesicht verzog sich zu einem zufriedenen Grinsen. Ein wässeriger Rand umzog einen Namen. Das war das richtige Zeichen für ihn. Dieser Kandidat war genau der Richtige. Sein Tod würde die Förderer wirklich erschrecken. Er nahm einen roten Stift und malte einen Kreis um diesen Namen.

Jetzt wurde es Zeit mit Kurt zu sprechen. Er sah seinen Bruder vor sich, sah wie das spöttische Lächeln in seinem Gesicht verlosch.

Der junge Mann steckte den Kopf durch die geöffnete Tür vom Büro des Kommissars und sagte: „Mordkommission? Da habe ich bestimmt etwas falsch verstanden."
Hauptkommissar Berger musterte ihn kurz: „Wie ist ihr Name?"
„Tom Weipert".
„Schließen Sie bitte die Tür. Wir haben Sie schon erwartet."
„Der harte Ton des Hauptkommissars gefiel Tom Weipert gar nicht: „Ich verstehe wirklich nicht was ich hier soll."
Kommissar Gruber deutete auf den Besucherstuhl:
„Bitte setzen Sie sich."
Tom Weipert blickte verblüfft von einem Beamten zum Anderen: „Das Ganze ist ein Rachefeldzug von Frau Kern..."
Hauptkommissar Berger unterbrach ihn hart:
„Wo befanden Sie sich in der Nacht vom Neunundzwanzigsten bis Dreißigsten Januar?"
„Das weiß ich nicht mehr", entrüstete sich Tom Weipert.
„Das ist ja schon einige Wochen her."

„Gut, dann will ich Ihrem Gedächtnis nachhelfen", sagte der Kommissar mit scharfen Blick. In dieser Nacht wurde Frau Metz ermordet."

Tom Weipert schnellte in die Höhe: „Und? Was habe ich damit zu tun?"

„Das wird sich noch herausstellen", erwiderte der Kommissar. „Also denken sie genau nach."

Unter den fragenden Blicken der beiden Beamten wurde der junge Mann unsicher. Er fuhr sich nervös durch die blonden Haare.

„Ende Januar sagen Sie? Moment, da hatte ich Frühschicht. Da habe ich den Abend und die Nacht mit meiner Freundin Nina verbracht."

„Gut, wenn es sich so verhält wird sie uns das auch so bestätigen und wo hielten Sie sich in der Nacht, in der Rolf Dobner ums Leben kam auf?"

Tom Weipert wurde blass:

„Daher weht der Wind. Ihr wollt mir die beiden Morde in die Schuhe schieben. Aber so einfach geht das nicht. Ich war auch in der Nacht, als das mit Rolf geschah bei Nina und mit Frau Metz hatte ich nur beruflich zu tun. Belästigt habe ich sie nie. Das ist nur eine Lüge von Frau Kern."

Unbeeindruckt von der Reaktion des Befragten fuhr der Hauptkommissar fort: „Wann haben Sie Rolf Dobner das Letzte mal gesehen?"

„Ist schon ein paar Monate her", murrte Tom Weipert.

„Können Sie das beweisen?"

„Wie schon? Rolf kann es ja nicht mehr bezeugen. Es tut mir leid, dass unsere Freundschaft so endete, aber Nina und ich haben zuerst versucht unsere Gefühle für einander zu unterdrücken, doch es gelang uns nicht."

„Ihre Freundin Nina war jedoch nicht der einzige Grund ihres Streites mit Rolf Dobner."

„Wie meinen Sie das?"

„Rolf Dobner wurde eine Rolle im Landshuter Fest zugeteilt, Ihnen nicht!"

Tom Weiperts Augen weiteten sich: „Und das wäre in Ihren Augen ein Grund einen Menschen zu töten?"

„Das wäre es natürlich nicht allein, aber wir müssen alle Fakten beachten."

„Gut, dann beachten Sie, aber ich habe mit den beiden Morden nichts zu tun. Kann ich jetzt gehen?"

„Ja, aber halten Sie sich für ein nächstes Gespräch bereit."

Als Lenas Handy klingelte, hatten sie und Peter Bauer gerade die Befragung zweier Statisten vom Stadttheater, die mit Rolf Dobner zusammen gearbeitet hatten beendet.

Kommissar Gruber meldete sich:

„Lena, ich hatte dir doch unlängst aufgetragen, Frau Weiss über Frau Metz auszufragen. Hat sie dabei erwähnt, dass Frau Metz von einem Kollegen Namens Tom Weipert belästigt wurde?" „Nein", erwiderte Lena erstaunt,

„das hätte ich dir sicher gleich gesagt und ins Protokoll hätte ich es auch geschrieben."

„Ja, ist schon gut, ich habe jetzt keine Zeit in den Protokollen herumzusuchen. Ich wollte dich noch bitten die Listen der Teilnehmer gleich nach der Mittagspause ins Büro zu bringen."

„Das werde ich tun. Wir sind jetzt nahe an der Arbeitsstelle von Tanja. Soll ich sie nach diesem Tom Weipert fragen?"

„Ja klar!"

„Noch etwas. Die Werkstatt in der ich meinen Wagen richten lassen möchte ist auch gleich um die Ecke, ich..."

„Kannst du das nicht außerhalb der Dienstzeit erledigen?" fragte Kommissar Gruber hörbar genervt. „Du weißt was wir alles zu tun haben."

„Ja" schmollte Lena, „aber ohne mein Auto bin ich auf geschmissen."

„Na gut, aber beeile dich. Tschüss."

Peter Bauer sah Lena nachdenklich an: „Gibt's was Neues?"

Lena hob die Achseln. „Das wird sich zeigen. Hast du den Namen Tom Weipert schon mal gehört?"

„Tom Weipert?" Peter Bauer überlegte angestrengt.

„Ach ja, jetzt entsinne ich mich. Der Name stand in einem der Protokolle. Ich glaube, es hatte etwas mit den Arbeitskollegen von Anita zu tun. Was ist mit diesem Mann?"

Es hat sich eine Zeugin gemeldet, die behauptet, dass er Anita sexuell belästigt haben soll."

„Das ist eine schwerwiegende Beschuldigung. Meinst du es ist was Wahres dran?"

Lena sah Peter zweifelnd an: „Ich weiß nicht so recht.

Mal sehen was Tanja dazu sagt. Wenn Anita so etwas passiert wäre, hätte sie es ihr sicher erzählt."

„Und was ist mit der Werkstatt?"

„Da fahren wir jetzt hin."

Die Uhr schlug zwölf Mal. Andrea kauerte sich ängstlich auf ihrem Bett zusammen. Ihr Entführer hatte sie am Morgen nicht besucht, aber nach dem Mittagessen würde er sicher hier auftauchen. Blass starrte sie zur Tür. Wo blieb Lena nur? Hatte sie die Suche nach ihr schon aufgegeben? Sie und ihre anderen Kollegen hatten eben viel wichtigere Dinge zu tun. Ihr graute vor dem Gedanken ihr restliches Leben hier in diesem Keller zu verbringen, in dem die einzige Abwechslung der Besuch dieses grässlichen Mannes war. Sie starrte auf die ihr gegenüber liegende kahle Wand die sie schon öfter in eine imaginäre Tafel verwandelt hatte, auf die sie mit ebenso imaginärer Kreide schrieb und rechnete. Aber auch das wurde langweilig. Es fielen ihr immer wieder die gleichen Aufgaben ein. Und um die Zeit, in der sie damit rechnen musste dass er zu ihr kam, konnte sie sich sowieso nicht konzentrieren. Sie konnte nicht anders, als dazusitzen und wie die Maus, die wusste, dass vor ihrem Versteck der dicke, fette Kater saß, zitternd auszuharren. Jetzt! Jetzt ging die Türklinke nach unten. Der Schweiß brannte in ihren Augen. Es blieb still. Sie hatte sich getäuscht.

Hastig balancierte der Mann das Tablett ins Zimmer seines Vaters und setzte es am Nachttisch ab.
„Hast wohl schon Kohldampf? Jetzt hätte ich dich fast vergessen. Mir steht der Kopf voller Vorbereitungen. Du hast es gut, liegst hier und lässt dich bedienen."
Eilig schob er seinem Vater einen Löffel Suppe nach den anderen in den Mund. Er verschluckte sich und die Flüssigkeit floss ihm übers Kinn.
„Du sabberst ja schon wieder", schimpfte er den Alten.
„Meinst du ich habe nichts anderes zu tun, als deine Wäsche zu wechseln? Ich habe keine Zeit zu verlieren. Ich muss auskundschaften wo mein neuer Kandidat wohnt, wo er arbeitet, was für ein Hobby er hat, und wo ich ihn am besten schnappen kann. Du hast keinen Hunger? Auch gut, dann lassen wir es eben. Ich lüfte hier mal kurz durch, dann mach ich mich wieder an die Arbeit."
Ohne auf die Reaktion seines Vaters zu warten stampfte er zum Fenster und öffnete es. Schneeflocken wirbelten an ihm vorbei. Sie hatten schon den ganzen Hof bedeckt.
Still lag die verwaiste Werkstatt da. Früher hatte ihn der Lärm darin gestört, und nun horchte er manchmal auf Schritte, Stimmen, Hämmern und den Geräusch von

Motoren. Die Fußspuren auf der Schneedecke waren noch frisch. Anscheinend hatte wieder Jemand nach Kurt gesucht. Das ewige Herumschnüffeln dieser Leute störte ihn gewaltig. Verärgert schloss er das Fenster.

„Ich komme später noch mal", warf er seinen Vater zu und schon schmiss er die Tür hinter sich ins Schloss.

Er lief schnaufend die Treppe hinunter und riss die Haustür auf. Ein Mann und eine Frau standen am Fenster der Werkstatt und späten hinein. Jetzt drehte sich die Frau um. Die Kälte kroch ihm durch das dünne Hemd, aber die Gänsehaut auf seinen Armen erzeugte ein anderer Grund. Er hatte die Frau erkannt. Es war die Kriminalerin die er in der letzten Zeit immer mit Andrea zusammen gesehen hatte.

„Sie ist mir auf der Spur", war sein erster Gedanke. „Ich darf sie nicht ins Haus lassen."

Aber sie hatte ihn schon entdeckt.

„Hallo!" rief sie ihm zu. „Wissen Sie wann Herr Brandtner in der Werkstatt anzutreffen ist?"

„Was wollen Sie von ihm?" fragte er misstrauisch.

Sie kam ihm näher: „Mein Wagen streikt", erklärte sie ihm. „Herr Brandtner hat ihn schon öfter erfolgreich repariert. Es ist wirklich dringend…"

„Tut mir leid", sagte er freundlich, fast unterwürfig. „Mein Bruder ist nicht da."

Lena blitze den dicken, für sie dämlich dreinblickenden Mann genervt an: „Also das habe ich auch schon bemerkt. Aber wann kommt er wieder?"

Fast hätte er erwidert: „Gar nicht!" Aber er schluckte seine Gehässigkeit herunter und mimte Hilfsbereitschaft.

„Mein Bruder ist verreist. Er ruft mich ab und zu an und erkundigt sich nach unserem kranken Vater. Ich kann ihm ja sagen, dass Sie da waren."

„Ja danke", erwiderte Lena etwas besänftigt. „Ich würde gern selbst mit ihrem Bruder sprechen. Wie lautet seine Handynummer?"

Das linke Augenlid des Mannes zuckte nervös.

„Nein, das geht nicht", wehrte er ihre Bitte ab.

Ich habe Kurts Nummer nicht. Wenn er wieder anruft frage ich ihn danach."

Lena gab sich geschlagen: „Also gut, hier ist meine Karte. Rufen Sie mich bitte an. Lange kann ich allerdings nicht mehr warten. Dann muss ich meinen Wagen in eine andere Werkstatt bringen."

Der Mann nahm die Karte achselzuckend entgegen und entschwand ins Haus.

Hauptkommissar Berger war am Mittag nach Hause gegangen, hatte sich einen kleinen Imbiss zubereitet und verspeist. Danach hatte er die Post durchgesehen und Lynn kurz angerufen. Und schon hatte es ihn wieder in sein Büro getrieben. Da saß er nun und studierte die letzten Vernehmungen und Ergebnisse. Es hatte den Anschein, als gäbe es nun eine Verbindung zwischen dem ersten und den zweiten Opfer. Tom Weipert. Er hatte beide Tote gekannt. Mit Beiden stand er auf Kriegsfuss.

Er rief einen seiner Beamten zu sich und gab ihm ein Protokoll.

„Das ist die Aussage von Herrn Weipert. Überprüfe sie auf die Richtigkeit und finde alles über ihn heraus. Außerdem möchte ich, dass du ihn in den nächsten zwei Tagen überwachst. Ich will genau wissen, wo er hingeht, mit wem er sich trifft."

Kurz nach dem der Beamte gegangen war, trafen Kommissar Gruber, Lena Senft und Peter Bauer im Kommissariat ein.

Lena legte Hauptkommissar Berger die Listen mit den Adressen der Teilnehmer vor.

„Sieh mal diesen dicken Packen an", sagte sie gereizt.

„Wer soll sich denn da durchwühlen? Ich jedenfalls nicht.

Da ziehe ich den Außendienst vor. Aber glaubst du wirklich, dass all diese Leute bedroht sind?"

Das Gerede von Lena brachte den Hauptkommissar auf die Palme. Schon wollte er sie lauthals abkanzeln, als ihn der Blick von Kommissar Gruber traf. Er atmete tief durch und sagte so ruhig wie möglich:

„Wer glaubst du wohl ist von all den Teilnehmern die hier aufgeführt sind nicht bedroht? Ich bin jedenfalls nicht so hellseherisch begabt einen davon ausschließen zu können. Aber wir müssen uns sowieso erst mit den neuen Bewerbern befassen. Gib mir bitte deren Liste."

Lena legte ihm verlegen die Blätter vor und erklärte:

„Peter und ich haben die Namen der neuen Bewerber schon zur Erfassung in den Computer getippt. Das ging ziemlich einfach weil Frau Brause die Liste in alphabetischer Folge erstellt hat. Außerdem hat sie die Namen der Leute die sich ihr gegenüber besonders auffällig benommen haben, rot unterstrichen. Sie sagt, es waren nur drei oder vier die ihr echt verärgert vorkamen. Aber sie weiß natürlich nicht wie sie sich drinnen bei den Förderern aufgeführt haben..."

„Die Förderer können wir ja anschließend noch befragen", unterbrach sie der Hauptkommissar.

„Fangen wir gleich mit dem ersten unterstrichenen Namen an."

Er sah auf die Liste und runzelte die Stirn:

„Kurt Brandtner? Der Mann wohnt ja im gleichen Haus wie ich."

„Das ist ein komischer Zufall. Als ich den Namen auf der Liste sah musste ich an den Mechaniker denken der mir immer mein Auto repariert. Aber der kann es ja nicht gewesen sein. Der hat sicher keine Zeit beim Landshuter Hochzeitsfest mitzumachen. Außerdem glaube ich, dass er in oder bei seiner Werkstatt wohnt.

Zuzeit ist er aber verreist und ich weiß nicht wo er sich

aufhält. Wie sieht denn dein Nachbar aus?"

Hauptkommissar Berger überlegte kurz und sagte schließlich: „Herr Brandtner muss erst neu eingezogen sein. Ich habe ihn noch gar nicht gesehen."

„Brandtner ist ein geläufiger Name", mischte sich Kommissar Gruber ins Gespräch. „Es ist nur seltsam, dass der Mann, dessen Name hier so fest unterstrichen ist, in deiner Nähe wohnt. Vielleicht ist er der Briefschreiber?"

Hauptkommissar Berger schüttelte den Kopf:

„Ich weiß nicht. Das passt doch überhaupt nicht in das Bild des Täters. Er will verhindern, dass die Landshuter Hochzeit stattfindet. Also wird er denken, dass er das nur mit weiteren Morden erreichen kann."

„Du meinst, er würde keine so deutlichen Spuren zu sich legen?"

„Ja, schon allein das Herumgestänkere bei den Förderern ist viel zu auffällig und dann…"

„Klar", konterte der Kommissar. „Aus dieser Sicht wäre es wirklich der totale Schwachsinn, dir diese Briefe zu schreiben. Aber vielleicht rechnete er nicht damit, dass wir uns nach den neuen Bewerbern für das Fest erkundigen."

„So blauäugig kann er doch nicht sein."

„Fehler macht jeder Mal"

Lena hatte sich an den PC gesetzt und den Namen Kurt Brandtner eingegeben. „Mal sehen ob es mehrere Kurt Brandtner in Landshut gibt."

Schon nach kurzer Zeit wandte sie sich von PC ab und verkündete erregt: „Es gibt in Landshut tatsächlich nur einen Kurt Brandtner". Hier steht es schwarz auf weiß.

Kurt Brandtner Autowerkstatt und Kurt Brandtner privat.

Es gibt noch jede Menge Brandtners aber keinen anderen Kurt. Dein neuer Nachbar ist also tatsächlich mein Mechaniker. Jetzt weiß ich wenigstens wo ich ihn erreichen kann."

„Ich dachte du kennst diesen Mechaniker so gut" sagte Hans Gruber irritiert. „Warum wusstest du dann nicht wo er wohnt?"

Lena hob die Schulter: „Bis vor Kurzem hat er bei seinem Vater gewohnt. Das heißt, es gab anscheinend Missverstände zwischen den Beiden. Sein Vater hilft ihm nicht mehr in der Werkstatt und in seinem Büro habe ich ein Bett gesehen."

„Wann warst du das letzte Mal bei ihm?" fragte der Hauptkommissar

„Das ist schon wenigstens sechs Wochen her. Mein Auspuff war im Eimer."

„Beschreibe ihn bitte!"

„Kurt sieht so stämmig und groß wie ein Schwerathlet aus." „Also würde er auf die Täterbeschreibung einiger Zeugen passen?"

„Aber nur seine äußere Erscheinung" ereiferte sich Lena. „Kurt ist ein prima Kerl. Er ist fleißig, freundlich, hilfsbereit.…"

„Schon gut", kürzte der Hauptkommissar den Lobgesang Lenas auf Kurt Brandtner ab. „Du kennst ihn als einen guten Mechaniker und netten Mann. Aber man kann sich in einem Menschen täuschen."

Lena ließ sich nicht beirren: „Ich glaube trotzdem nicht, dass Kurt ein Mörder ist."

„Das behaupte ich auch nicht", sagte der Hauptkommissar Berger ruhig. „Wir kreisen nur die Verdächtigen ein und überprüfen sie. Deine Emotionen sind hier fehl am Platz. Also weiter mit der Beschreibung. Frisur Haar- und Augenfarbe…"

Lena atmete tief durch: „Er trägt schulterlange braune Haare und einen Vollbart. Seine Augen sind stahlblau."

„Trägt er eine Brille?"

„Nein, und er ist auch nicht so schwammig fett wie die Leute den Täter beschreiben. Das trifft eher auf seinen Bruder zu."

„Du kennst seinen Bruder?"

„Kennen ist zuviel gesagt. Ich habe heute zum ersten Mal mit ihm gesprochen. Er ist genauso groß und breit wie Kurt. Aber wie gesagt. Kurt hat einen athletisch trainierten Körper, während bei seinem Bruder das Fett nur so schwabbelt."

„Wie lange kennst du Kurt Brandtner schon?"

„Zwei, drei Jahre" erwiderte Lena.

„Hast du dich mal über private Dinge mit ihm unterhalten?"

„Wenig. Er hatte selten Zeit. Unsere Gespräche drehten sich fast ausschließlich um meinen Wagen. Er verstand, dass ich an dem alten Karren hing. Manchmal hat er einen Scherz darüber gemacht."

„Hat er die Werkstatt alleine geführt?"

„Nein. Bis vor drei Monaten etwa hat sein Vater mit ihm in der Werkstatt gearbeitet. Ich glaube sie gehörte ihm sogar. Es gab auch noch zwei Aushilfskräfte."

„Und was macht sein Vater jetzt?"

„Ich glaube, er ist krank. Jedenfalls erwähnte es Kurts Bruder. Kurt selbst, soll im Moment im Urlaub sein."

„Weißt du auch wo?"

„Nein, Kurts Bruder konnte mir ja nicht mal seine Handynummer geben."

„Na gut, dann werden Hans und ich dem Vater und den Bruder einen Besuch abstatten."

Peter Bauer war sich während des ganzen Gesprächs wie eine Marionette vorgekommen. Weder Hauptkommissar Berger noch Kommissar Gruber hatte eine Frage an ihm gerichtet. Als nun der Hauptkommissar ihm und Lena den Auftrag erteilte die zwei Aushilfskräfte von Kurt Brandtner ausfindig zu machen, nickte er ernst:

„Das werden wir machen. Aber zuerst müssen wir noch Tanja Weiss befragen."
„Wolltet ihr das nicht schon am Vormittag erledigen?"
Da haben wir sie nicht erreicht. Wir haben ihr eine Nachricht hinterlassen, dass wir sie am Nachmittag besuchen."
„In Ordnung", nickte der Hauptkommissar. „Vielleicht erfahren wir von Kurt Brandtners Bruder die Adressen der Aushilfskräfte. Wenn ja, gebe ich sie euch gleich durch."

Der Schlüssel drehte sich langsam im Schloss. Andrea starrte gebannt zur Tür. Bisher war sie immer ungestüm aufgerissen worden. Sollte Jemand ihr Gefängnis entdeckt haben? Die schwere Eisentür wurde zur Seite gedrückt und ein beladener Einkaufswagen hereingerollt.
Mutlos lies sie die Schultern hängen. Eine Sekunde hatte sie an ein Wunder geglaubt.

Der bullige Mann schob den Wagen zum Kühlschrank und füllte ihn auf. Dann wandte er sich zu ihr:
„Vor lauter Planen hätte ich dich fast vergessen, aber ich lass mein Täubchen schon nicht verhungern. Deine Freundin war da und hat herumgeschnüffelt. Aber keine Angst. Sie hat nicht dich gesucht, sondern meinen Bruder. Bald werden andere Beamten kommen und meinen Vater nach Kurt fragen. Vielleicht werden sie ihm sagen, dass nach ihm gefahndet wird. Kurt soll ein Mör-

der sein. Ja, ja, das wird den Alten noch tiefer treffen als alles zuvor. Aber er wird ihnen nichts sagen können.

Bedauerlich, sehr bedauerlich. Sie werden Kurt auf die Fahndungsliste setzen und obwohl er seine Spuren in Landshut hinterlässt, werden sie ihn nicht finden. Und dich werden sie vor lauter Suche nach dem Mörder ganz vergessen. Die einzige die mir wegen dir gefährlich werden könnte ist diese Lena. Ich hab mir schon überlegt ob ich sie eliminieren soll aber sie passt nicht in meinen Plan, ins Gesamtbild. Ich muss mich erst den Teilnehmern an der Landshuter Hochzeit widmen. Aber ich werde sie im Auge behalten. Wenn sie es zu bunt treibt mit der Suche nach dir, werde ich ihr schon zeigen wo's lang geht. Weißt du überhaupt wie gut es dir geht? Dein Leben wird in Zukunft völlig stressfrei verlaufen. Keine Sorge woher das Essen kommt und wer die Miete bezahlt. Keine Chefs mehr die dich in der Arbeit antreiben. Du brauchst dich auch nach keinem Stundenplan zu richten, brauchst dir nicht wie ich den Kopf zerbrechen wer wohl der günstigste Kandidat ist. Wer am leichtesten zu opfern ist und wie man die von der Polizei an der Nase herumführt. Glaub mir, bei mir wechselt das zwischen Spaß und Stress. Dein einziger Stress ist das Warten auf mich. Aber wenn ich Zeit für dich habe, hast du doch jede Menge Spaß mit mir. Komm her und zier dich nicht so.

„Immer noch so ein scheußliches Matschwetter", ärgerte sich Stefan Berger als sie das Präsidium verließen.

„Das hat der Winter so an sich", lachte Hans Gruber.

„Mir ist sogar diese nasskalte Luft lieber als die verbrauchte Heizungsluft im Büro."

„Heißt das, du möchtest zu Fuß zu den Brandtners gehen?"

„Möchten würde ich schon, aber uns fehlt ja leider wieder einmal die Zeit."

Stefan Berger nickte nur und als sie im Wagen saßen fragte er: „Kennst du eigentlich Kurt Brandtner?"

„Kennen ist zuviel gesagt", erwiderte Hans Gruber.

„Vor einiger Zeit war ich mit Lena in der Werkstatt. Er war voll im Stress. Wir haben uns nur kurz begrüßt. Lena hat Recht. Er sieht wirklich wie ein Schwerathlet aus."

„Traust du ihm die Morde zu?"

„Spontan würde ich das verneinen, denn er hatte nichts von einem Psychopaten an sich. Als er mir die Hand gab, hat er mich frei und offen angesehen. Aber wie gesagt, ich habe ihn nur das eine Mal gesehen."

Langsam bog Hans Gruber mit seinem Wagen in den Hof der Familie Brandtner ein. Damals, als ich mit Lena hier war", sagte er, " ging es in der Werkstatt ganz schön laut zu. Irgendwie passt diese Ruhe gar nicht hierher. Sie wirkt direkt beklemmend auf mich. Das Haus sieht auch so verlassen aus."

Stefan Berger nickte, als er aus dem Wagen stieg.

„Ich habe auch ein flaues Gefühl im Bauch. Wir hätten unseren Besuch anmelden sollen."

Sie klingelten drei- vier Mal an der Haustür aber niemand öffnete die Tür. Wie verabredet wandten sie sich um und gingen zur Werkstatt hinüber.

Nach dem Besuch bei Andrea fühlte sich Max Brandtner irgendwie gelöster. Sie zu sich geholt zu haben war eine der besten Dinge die er in der letzten Zeit vollbracht hatte.
Es kam ihm schon fast so gut vor, wie die Ausradierung seiner Rivalen. Aber es gab ja noch so viele von ihnen.
Andrea war jetzt ständig griffbereit. Er musste sich wieder seinen Plänen widmen. Der eingekreiste Name viel ihm ein. Nur keine Zeit verlieren.
Den neuen Kandidaten kannte er nicht so gut wie die Beiden zuvor. Er setzte sich an den Computer und begann zu recherchieren. Sein Adrenalinspiegel stieg.
Besser hätte er sein neues Opfer nicht heraussuchen können.
Als das Schrillen der Türklingel durchs Haus dröhnte, erlosch sofort sein triumphierendes Lächeln aus seinem Gesicht. „Verdammt", fluchte er, „ich bin nicht da."
Nach einer Weile blieb die Klingel wieder still. Der oder die Leute, die ihn besuchen wollten, waren anscheinend wieder gegangen. Oder schnüffelten sie hier herum? Die Buchstaben am Computer purzelten durcheinander. Er wischte sich über die Augen, dann stand er auf und ging zum Fenster, das ihm Ausblick zum Hof gewährte. Sein Gesicht rötete sich. Dort unten liefen schon wieder zwei

Kerle herum die sich für die Werkstatt interessierten. Er musste sie loswerden. Als er die Haustüre öffnete, marschierten die beiden Männer gerade auf die Werkstatt zu.

„Was suchen Sie hier?" rief er ihnen barsch zu.

Die Männer drehten sich um und kamen auf ihn zu.

Einer von ihnen zückte einen Polizeiausweis.

„Hauptkommissar Berger", stellte er sich vor. „Und das ist Kommissar Gruber. „Spreche ich mit Max Brandtner?"

Er nickte in stummer Wut. Diese Kollegin von Andrea hatte ihm die Polizei auf dem Hals gesetzt. Das würde sie bald büssen müssen. Aber jetzt hieß es erstmal Ruhe bewahren. Er brachte es sogar fertig zu lächeln und fragte überrascht dreinblickend:

„Sie möchten mit mir sprechen? Die meisten Leute die hier auftauchen, suchen meinen Bruder. Ich bin schon echt genervt..."

„Tut uns leid", unterbrach ihn der Hauptkommissar, „aber wir möchten ihnen auch ein paar Fragen über ihren Bruder stellen."

Er zuckte ergeben mit den Schultern und ließ die beiden Beamten ins Haus. Anschließend führte er sie in das Wohnzimmer, das er nur noch selten benutzte und bot ihnen Platz an.

Hauptkommissar Berger begann ohne Umschweife mit seinen Fragen: „Der Vorname ihres Bruders ist Kurt?"

„Ja."

„Wann haben Sie ihn zuletzt gesehen?"

„Vor zwei Tagen, ist ihm etwas zugestoßen?"

Hauptkommissar Berger ignorierte die Frage von Max Brandtner und fixierte ihn scharf:

„Das versteh ich nicht ganz. Unserer Kollegin haben sie gesagt, dass ihr Bruder im Urlaub ist. Sie konnten ihr nicht mal seine Handynummer geben."

„Ja, das ist so", erwiderte Max Brandtner zögernd. „Kurt hat sich für eine Weile aus dem Geschäft zurückgezogen."

„Aus welchen Grund?"

„Darüber möchte ich nicht sprechen. Das ist eine private Familienangelegenheit."

Kommissar Berger beobachtete aufmerksam jede Regung im Gesicht des Mannes vor ihm, der mit seiner Fülle kaum Platz im bequemen Sessel hatte und sagte ernst:

„Wir ermitteln in einer Mordsache. Da gibt es nichts Privates. Also wo befindet sich ihr Bruder?"

Kurts Bruder zeigte sich eingeschüchtert: „Ich weiß nicht wo er sich gerade aufhält. Er ist vor ein paar Wochen umgezogen. Die ganze Sache hat ihn ziemlich mitgenommen."

„Welche Sache?"

Auf Max Brandtners Stirne bildeten sich Schweißperlen.

„Vor etwa drei Monaten", murmelte er, „übergab unser Vater die Werkstatt an Kurt. Er arbeitete aber weiterhin mit ihm und redete ihm in alles hinein. Schließlich gab es einen heftigen Streit zwischen den Beiden. In der Nacht darauf erlitt unser Vater einen Schlaganfall, von dem er sich bis heute nicht erholt hat. Seitdem machte sich Kurt schlimme Vorwürfe. Er hielt es im Elternhaus nicht mehr aus und wohnte bis zu seinem Umzug im Büro der Werkstatt. Er hat mir gesagt, dass er eine Asienreise plane, aber vorher noch einiges erledigen müsste."

„Er befindet sich also noch in Landshut?"

„Ich denke schon aber ich weiß es nicht genau. Er hat auch manchmal im bayerischen Wald zu tun. Aber fragen Sie mich nicht wo genau er sich dort aufhält und was er dort tut. Ich weiß es nicht. Er bespricht nur das Notwendigste mit mir."

„Haben Sie auch in der Werkstatt gearbeitet?"

„Nein, als Handwerker tauge ich nichts. Ich habe da zwei linke Hände."

„Aber Sie kennen die beiden Gehilfen ihres Bruders?"

„Ja."

Der Hauptkommissar zog einen Zettel und einen Kuli aus seiner Jackentasche und bat ihn die Adressen der Beiden aufzuschreiben. Als Max Brandtner das langsam, mit nachdenklicher Stirnfalte getan hatte, stellte der Hauptkommissar die nächste Frage: "Wussten Sie, dass sich ihr Bruder für das Landshuter Hochzeitsfest als Teilnehmer beworben hat?"

Max Brandtners Gesicht färbte sich rot: „Ja, das war schon lange ein großer Traum von ihm, aber irgendetwas hat den Herren an ihm nicht gepasst. Das war noch ein Grund warum er Landshut den Rücken kehren wollte."
„Befindet sich ihr Vater jetzt in der Rehaklinik?"
„Nein, er ist Zuhause. Ich habe die Pflege übernommen."
„Sind Sie ein ausgebildeter Pfleger?"
„Das nicht gerade. Aber ich habe ebenso wie mein Bruder Kurt meinen Zivildienst im Klinikum abgeleistet und mir daher genug Kenntnisse in der Krankenpflege erworben."
„Können wir ihren Vater sprechen?"
„Sie können mit ihm sprechen. Doch ich fürchte, das regt ihn zu sehr auf, denn er kann ihnen nicht antworten. Sein Sprachzentrum ist noch sehr gestört."
„Gut, dann verschieben wir das auf später. Besitzen Sie einen Schlüssel für die Werkstatt und das Büro? Wir möchten uns gerne dort umschauen."
Max Brandtner überlegte kurz: „Moment, ich glaube im Flur, am Schlüsselbrett hängt noch Vaters Schlüssel für die Werkstatt." Er erhob sich ächzend und ging auf die Tür zu. Die beiden Beamten folgten ihm.
Als er ihnen den Schlüssel übergab, fragte er unterwürfig: „Soll ich Sie in die Werkstatt begleiten?"
„Hauptkommissar Berger schüttelte den Kopf: „Nein, das ist nicht nötig. Wir danken für das Gespräch. Wenn wir die Werkstatt besichtigt haben, werfen wir Ihnen den

Schlüssel in den Briefkasten. Aber falls Sie etwas über den Aufenthalt ihres Bruders erfahren, müssen wir Sie bitten, uns sofort anzurufen." Er zückte seine Visitenkarte. „Hier können Sie mich jederzeit erreichen."

Schneeflocken tänzelten über den verlassenen Hof und begleiteten die beiden Beamten, die mit knirschenden Schritten eilig zur Werkstatt liefen. Kommissar Gruber fühlte sich beobachtet und wandte sich, als Hauptkommissar Berger die Tür aufschloss um.

Max Brandtner verließ gerade das Haus und stapfte mit einem dicken Parker bekleidet und einer großen Plastiktüte bepackt davon. Sollte er ihm nachgehen? Aber dann folgte er Hauptkommissar Berger in den Werkstattraum.

„Mir kommt Max Brandtner nicht ganz koscher vor", sagte er zu ihm. „Ich glaube er weiß genau wo sich sein Bruder aufhält."

„Das glaube ich auch, wir werden ihm so lange auf den Zahn fühlen bis er sich verrät."

„Oder er hat uns gar nichts zu verraten. Sein Bruder ist nur einer der Verdächtigten. Vielleicht liegen wir auf der falschen Fährte."

Der Hauptkommissar hob die Nase und schnüffelte:

„Riechst du das Hans? Hier wurde erst vor kurzem ein Wagen neu lackiert."

Jetzt roch es der Kommissar auch. „Du hast Recht. Kurt Brandtner muss hier gewesen sein. Aber warum hat sein Bruder nichts von dieser Arbeit erwähnt?"

Hauptkommissar Berger hob die Schultern:

„Wahrscheinlich geht er nie in die Werkstatt. Sehen wir mal nach ob wir im Büro etwas Nützliches finden."

Der Raum lag ziemlich düster vor ihnen. Der Hauptkommissar knipste das Licht an. Er schüttelte den Kopf:

„Dieser Kurt Brandtner muss schon ein merkwürdiger Kerl sein, nagelt sein Fenster zu."

„Vielleicht wollte er nicht, dass ihn Jemand beim Schlafen beobachtet."

„Hm, kann schon sein, aber anscheinend will er hier gar nicht mehr übernachten. Sein Bettzeug hat er jedenfalls mitgenommen."

„Aber wieso nicht gleich das ganze Bett?"

„Vielleicht kann uns das sein Bruder beantworten."

„Er ist vorhin weggegangen."

„Der kommt schon wieder. Sehen wir uns mal um.

Vielleicht findet sich in den Papieren ein Anhaltspunkt wo Kurt Brandtner steckt."

Doch sie fanden nur den üblichen Bürokram und gaben nach einer Stunde das Suchen auf.

Kurz vor Feierabend betrat Erwin Schlagbauer, gefolgt von seinem Kollegen Walter Krause das Büro von Hauptkommissar Berger. Missmutig näherte er sich dessen Schreibtisch.

Obwohl Stefan Berger diesen verärgerten Gesichtsausdruck seines Kollegen zur Genüge kannte, stieg es ihm sauer auf: „Etwas nützliches herausgefunden?" Fragte er schroff.

„Nicht viel", antwortete Schlagbauer knapp. Wir haben alle Angestellten der Klinik, die Anita Metz näher kannten noch einmal befragt. Aber es kamen fast nur die gleichen Aussagen wie schon gehabt herüber."

„Ihr solltet euch doch darüber informieren wie es zwischen ihr und Tom Weipert lief." Grollte der Hauptkommissar.

„Ja, unter anderem", prustete Schlagbauer sich auf.

„Anita und der Weipert haben vor vier Monaten mal kurz zusammen gearbeitet. Was zwischen den Beiden war, konnte Niemand exakt beschreiben. Eine Kollegin hat mehrmals einen Streit zwischen den Beiden mitbekommen. Das war's. Dass der Weipert die Metz sexuell belästigt haben soll, konnte niemand bestätigen."

Der Hauptkommissar atmete tief durch und fragte so ruhig wie möglich. „Habt ihr Herrn Weipert auch noch einmal vernommen?"

„Ja, natürlich", erwiderte Schlagbauer patzig. Der Weipert streitet nach wie vor ab, Anita Metz jemals sexuell belästigt zu haben. Es hätte nur ein paar berufliche Dinge gegeben in denen sie sich nicht einig waren. Deshalb hätte es öfter mal einen etwas lauteren Wortwechsel zwischen ihnen gegeben. Er gibt allerdings zu, vor vier, fünf Monaten mit Frau Kern ein paar Mal beim Essen gewesen zu sein. Im Nachhinein denkt er, dass Frau Kern sich deshalb falsche Hoffnungen auf ihn gemacht hat. Nur so kann er sich ihre haltlosen Beschuldigungen erklären. Seine Freundin Nina glaubt fest an ihn. Sie bestätigte, dass er in den Nächten als die beiden Morde geschahen, bei ihr war. Das war's."

In dem Moment als Schlagbauer und Krause sich sicher waren in den Feierabend gehen zu können, kam Kommissar Gruber ins Büro. So blieben sie abwartend stehen. Der Kommissar nickte den beiden Kollegen kurz zu und wandte sich gleich an Hauptkommissar Berger:

„Herr Dobner hat uns per Email ein paar Fotos geschickt. Ich habe sie ausgedruckt."

Er legte sie ihm vor und zeigte auf das oberste Bild.

„Das hier finde ich am Interessantesten. Anita Metz, Sabine Kern, Rolf Dobner und Tom Weipert, alle vier mit lachenden Gesichtern vereint. Die Aufnahmen stammen von Jörg Bender."

„Weißt du auch, wann er die Vier fotografiert hat?"

„Es soll im vorigen Herbst bei einer Party gewesen sein.

Damals hatten sie beschlossen sich gemeinsam als Teilnehmer bei der Landshuter Hochzeit zu bewerben."

„Drei davon haben es geschafft", kommentierte Hauptkommissar Berger.

„Und zwei davon sind tot", sinnierte Kommissar Gruber nachdenklich. „Tom Weipert bekam eine Absage vom Verein. Er ist also wahrscheinlich nicht in Gefahr. Doch wie steht es mit Sabine Kern? Der Mörder hat mit weiteren Opfern gedroht."

Der Kommissar schwieg einen Moment betroffen. Doch dann schüttelte er den Kopf. „Das Foto beweist nur, dass sich die vier jungen Leute gut kannten. Sie sind nur ein paar der vielen Teilnehmer am Fest. Jeder einzelne von ihnen schwebt in Gefahr."

„Aber wenn der Mörder im Freundeskreis von Rolf und Anita zu suchen ist?"

„Wir haben doch das ganze Umfeld der Beiden überprüft..."

„Und in diesem Kreis nur einen Verdächtigen gefunden, Tom Weipert."

„Aber dessen Alibi wurde von seiner Freundin bestätigt."

„Das besagt nicht allzu viel."

„Du meinst also, wir sollten Frau Kern in der nächsten Zeit nicht aus den Augen lassen?"

„Besser wäre es."

„Gut, auf Tom Weipert habe ich schon einen Beamten angesetzt", sagte der Kommissar und wandte sich an Schlagbauer und Krause: „Die Bewachung von Frau Kern übertrage ich euch. Wie ihr euch eure Schichten einteilt überlasse ich euch."

„Wieder so eine trostlos langweilige Aufgabe", murrte Erwin Schlagbauer als er zusammen mit Walter Krause das Büro verließ.

Der Kommissar grinste hinter ihm her: „Es wäre nicht Schlagbauer wenn er nichts zu meutern hätte.

„Eigentlich hatte ich Tom Weipert als Verdächtigen schon fast ausgeschlossen" meinte der Hauptkommissar.

„Dieser Kurt Brandtner passt mir eher in das Bild."

Der Kommissar hob zögernd die Schultern: „Aber was wissen wir schon von ihm? Er hat sich bei den Förderern auffallend verärgert benommen. Außerdem ist er mit seinem Vater zerstritten. Er ist Zuhause ausgezogen und hat die Werkstatt auf unbestimmte Zeit geschlossen. Er plant eine Auslandreise und alles um ihn herum ist ein wenig geheimnisvoll. Das ist alles."

„Stimmt, für einen Haftbefehl reicht das sicher nicht aus…"

„Einen Haftbefehl? Gibt's neues Beweismaterial?" fragte Lena erstaunt. Sie schloss die Tür hinter sich.

Kommissar Gruber sah ihr prüfend in das blasse Gesicht. „Was ist denn los mit dir Lena? Du siehst so erschöpft aus."

„Das bin ich auch", sagte sie müde. „Jetzt suche ich jeden freien Abend, gemeinsam mit Alfred nach Andrea.

Aber es ist, als hätte sie nie existiert. Und das mit Peters Mutter hat mich auch schockiert…"

Peters Mutter? Hauptkommissar Berger und Kommissar

Gruber sahen sie beide überrascht an. „Was ist mit Peters Mutter?" fragte der Kommissar. „Ich wusste gar nicht, dass sie noch lebt."

„Sie wohnt in einem Altenheim. Peter bekam einen Anruf von dort. Sie muss einen Unfall gehabt haben. Er ist sofort hingefahren und bittet euch das zu entschuldigen."

„Das ist doch selbstverständlich", versicherte ihr der Kommissar. „Jetzt komm, setze dich und sage uns was du heute in unserer Sache erfahren hast."

„Wahrscheinlich haben Peter und ich weniger herausgefunden wie ihr."

„Leider nicht. Das mit dem Haftbefehl war nur Theorie."

„Schade, Tanja konnte die Aussage von Frau Kern auch nicht echt bezeugen. Sie wusste, dass Anita mal ziemlichen Ärger mit einem Kollegen hatte. Doch sie konnte mir keinen Namen nennen. Ihr war nicht einmal bekannt ob es sich um einen Pfleger oder einen Arzt handelte."

„Das ist schwach. Habt ihr wenigstens die beiden Gehilfen von Kurt Brandtner erreicht?"

„Ja, sie wohnen Beide im gleichen Block. Gert Resch, der ältere Mechaniker arbeitet schon seit vielen Jahren im Nebenjob bei den Brandtners und Boris Kess erst seitdem der alte Herr Brandtner krank ist. Gert Resch ist verärgert über Kurt Brandtner weil er ihm nichts von seinen Urlaubsplänen erzählt hat. Eines Morgens stand er bei der Werkstatt vor verschlossener Tür. Dabei hatte sich ein Kunde für diesen Tag angemeldet. Sein Auto sollte für den Tüv überholt werden. Doch das war das einzige Negative das er über Kurt sagte. Ansonsten hat er ihn voll gelobt. Sein Kumpel konnte uns erst recht nichts sagen.

Er sagt, dass er ein paar Mal bei der Werkstatt nach Kurt gesucht hat, aber er hat ihn nie angetroffen."

„Hat einer der beiden Mechaniker etwas von einem Streit zwischen dem alten Herrn Brandtner und Kurt Brandtner erwähnt?"

„Nein, Kurt Brandtner und sein Vater sollen sich gut mit einander verstanden haben."

„Und warum hat Kurt Brandtner nach dem Schlaganfall seines Vaters im Büro der Werkstatt geschlafen?"

„Das hat er nur getan, wenn es schon sehr spät am Abend war. Er wollte seinen Vater nicht stören. Die beiden Mechaniker wussten, dass Kurt sich nicht sehr gut mit seinem Bruder verstand, aber sie wussten nicht, dass er sich eine eigene Wohnung gemietet hatte."

„Na gut Lena", sagte der Hauptkommissar. „Es reicht, wenn du uns deinen schriftlichen Bericht morgen vorlegst.

Schau zu, dass du nach Hause kommst. Ruhe dich endlich mal aus, verstanden?"

„Ja Chef", lächelte sie müde. „Das werde ich heute bestimmt tun."

Als Lena das Polizeigebäude verließ, stieß sie fast mit einer großen, korpulenten Frau zusammen. Sie murmelte eine Entschuldigung und überquerte die Straße. Dann bog sie in eine Gasse ein, die sie von der Neustadt in die Altstadt führte. In ihrer empfindlichen Nase saß noch immer der grässlich süße Schweißgeruch der dicken Frau, der sie gerade mal bis zur Brust gereicht hatte. Die Gasse endete am Rathausplatz an dem sich die Bushaltestelle befand. Sie atmete auf. Gleich würde sie im Bus sitzen, der sie in die Nähe ihrer Wohnung bringen würde. Das Wetter passte zu ihrer gedrückten, tristen Stimmung und den Menschen um sie herum ging es anscheinend auch nicht anders. Die Wenigsten hatten einen aufmerksamen Blick füreinander. Der Bus hielt und der Schaffner öffnete die Tür. Die Leute drängten. Sie machte einen Schritt zurück um eine alte Dame vorzulassen.

„Sie schon wieder!" quäkte eine krächzende Frauenstimme hinter ihr. Dann wurde sie fast in den Bus geschoben. Sie ergatterte einen Sitzplatz und die Dicke quetschte sich neben sie. Es gab kein Entweichen für sie.

Erst kurz vor der Haltestelle, an der sie aussteigen musste, drückte auch ihre wuchtige Nachbarin auf den Knopf. Dann erhob sie sich ächzend und Lena folgte ihr notgedrungen zum Ausstieg. Sie lief schnell an ihr vorbei.

Nur weg von diesem stinkenden Weib. Erst als sie sich in ihrer Wohnung in den bequemen Sessel fallen ließ, schwand das seltsam bedrohliche Gefühl, das diese Frau in ihr ausgelöst hatte. Doch ihr Geruch ließ sie nicht los.

Irgendwo hatte der gleiche Gestank schon mal Ekel in ihr ausgelöst. Doch sie musste sich täuschen. Eine derartig eigenartige üble Ausscheidung konnte man sicher keinen zweiten Menschen zuordnen. Plötzlich musste sie an Andrea denken. Damals, als sie zum ersten Mal nach dem Verschwinden von ihr in ihrer Wohnung nach ihr gesucht hatte, war der gleiche üble Geruch in der Luft gehangen. Oder irrte sie sich? Gab es nicht noch eine Situation in der sie diesen markanten Duft zwar nicht so stark aber doch intensiv gerochen hatte?

Jemand klingelte an ihrer Tür. War es Peter? Langsam trottete sie zur Tür und sah durch das Guckloch. Niemand war zu sehen. Sie öffnete die Tür nur so weit wie es die Kette zuließ. Der Aufzug ratterte nach unten. Auf ihrem Fußabstreifer lag ein Brief. Sie hob ihn vorsichtig auf und schloss die Tür. Ihr Telefon klingelte und sie lief zum Apparat. Es war nur ein Keuchen zu hören. „Idiot!" schimpfte sie und schmiss den Hörer hin.

Im Briefkuvert lag nur ein Zettel: „Du entkommst mir nicht!" Das Telefon schrillte erneut. „Lassen sie mich in Ruhe!" rief sie in die Muschel.

„Was ist denn los mit dir?" fragte Peter erstaunt.

„Entschuldige bitte", sagte Lena. „Gerade hat mich Jemand angerufen und nur in den Hörer gekeucht und zuvor hat jemand einen Briefumschlag vor meine Tür gelegt und nur geklingelt. Ich habe aber Niemanden im Flur gesehen. Ich glaub, ich bin überreizt. Wie geht es deiner Mutter?"

„Meiner Mutter geht es gut, sagte er. „Irgendjemand hat mich wohl verarscht. Soll ich zu dir kommen?"
„Wenn es dir nichts ausmacht?"
„Natürlich nicht!"
Lena legte beruhigt den Hörer auf.

Zwanzig Minuten nach dem Peter Bauer mit Lena telefoniert hatte, klingelte er an ihrer Haustür. Er meldete sich über ihre Haussprechanlage bei ihr und hastete anschließend die Treppen hinauf.
„Irgendwie schaffst du es immer wieder mich auf Trab zu halten", begrüßte er sie außer Atem.
„Ich hab ja nicht gesagt, dass du dir so einen Sprint zulegen sollst", grinste sie verlegen. Doch gleich darauf wurde sie wieder ernst. „Komm bitte rein. Irgendwie werde ich das komische Gefühl nicht los, dass mich hier im Haus Jemand belauert."
Peter zog seine Jacke aus, dann setzte er sich in den Sessel. „Im Treppenhaus habe ich niemanden gesehen", sagte er. „Wer immer auch dir diesen Brief vor die Tür gelegt hat, ist sicher schon wieder über alle Berge."
„Im Grunde glaube ich das ja auch. Ich versteh mich selbst nicht mehr. Du weißt dass ich sonst nicht so ängstlich bin."
„Du brauchst dich doch nicht entschuldigen. Da erschrickt doch Jeder, wenn er so eine Drohung erhält.

Außerdem muss ich zugeben, dass es mich auch ganz schön beunruhigt hat. Der Anrufer, der mir mitgeteilt hat, dass meine Mutter einen Unfall hatte, wollte anscheinend nicht, dass ich dich nach Hause bringe. Anders kann ich mir das nicht erklären."

„Meinst du es war der Entführer von Andrea?"

„Keine Ahnung. Jedenfalls müssen wir Hauptkommissar Berger den Vorfall melden."

„Ja schon, aber das hat Zeit bis Morgen. Ich bin so müde, dass ich sicher schon im Bus eingeschlafen wäre, wenn mich diese dicke Alte nicht fast erdrückt hätte.

Heute Nacht bekomm ich sicher schon allein wegen ihr Alpträume."

„Das scheint ja eine eindrucksvolle Begegnung gewesen sein", grinste Peter.

Lena schüttelte sich: „Jedenfalls fahre ich nicht mehr so schnell mit dem Bus. Sie hat mich mit ihrem Gestank bis zum Haus verfolgt. Ich dachte schon sie wälzt mich noch platt."

„Hast du die Frau früher schon mal in dieser Gegend gesehen?"

„Nein, die wäre mir hundertprozentig aufgefallen. Wenn ich so einen Kollos wie sie vor meine Tür postieren würde, würde sich sicher Niemand mehr zu mir trauen."

„Hast du Angst hier allein zu bleiben?"

„Heute schon."

„Soll ich bei dir bleiben? Dein Sofa sieht so einladend aus."

„Ich hätte nichts dagegen..."

Vor der Toilette im Citycenter sah sich die massige Frau vorsichtig um. Dann öffnete sie die Tür zur Herrentoilette und lugte hinein. Als sie sich sicher war, dass sich Niemand darin aufhielt, schob sie sich hinein und quetschte sich in eine Kabine. Zuerst riss sie sich die Perücke von ihrem schweißgebadeten, verklebten Haar.

Dann versuchte sie sich ächzend von ihren Kleidern zu lösen. Doch das erwies sich schwieriger als sie es sich vorgestellte hatte. Derbe Flüche, der so gar nicht zu einer Dame passte, begleiteten abwechselnd das Rascheln der Kleider und der dumpfen Stöße an den engen Wänden.

Endlich war es geschafft. Die Frauenkleidung lag in der großen Tragetasche. Der füllige Mann wälzte sich aus der Kabine, ging zum Waschbecken und erfrischte sein erhitztes Gesicht. Nie mehr so eine Verkleidung schwor er sich. Wie hatte es seine Mutter unter dieser Perücke, die sie immer trug wenn sie mal aus dem Haus ging, ertragen? Bemitleidete er sie auch noch? Sie hatte ihn doch nie gemocht. Jedenfalls hatte sie ihn nie in ihre Nähe gelassen. Manchmal war der Arzt gekommen. Dann hatte er mit seinem Vater hinter verschlossener Tür über ihre Krankheit gesprochen. Einmal hatte er gelauscht und seinem Vater danach Fragen über seine Mutter gestellt.

Doch der hatte ihn auf später verwiesen und er hatte nie mehr eine Frage an ihn gerichtet. Und eines Tages hatten sie seine Mutter weiß und steif hinausgetragen.

Es war das Letzte Mal gewesen dass er sie gesehen hatte. Doch jedes Mal wenn er an diesem Moment dachte, sah er, wie sich die große, fast schwarze, schwere Haustür hinter ihr schloss. In diesem Augenblick hatte er sich leer und verlassen gefühlt und dann war nur noch Hass auf seine Mutter, seinen Vater, seinen Bruder und die ganze Welt gewesen. Heimlich hatte er sich die Perücke seiner Mutter aus ihrem Zimmer geholt und sie versteckt. Und jedes Mal wenn sich seine Wut ins unermessliche steigerte, hatte er die Perücke aufgesetzt.

Dann war er vor den Spiegel getreten und hatte mit seiner Mutter gestritten. Aber seit er sich auf die Förderer konzentrierte, hatte er das nicht mehr getan.

Jemand betrat die Toilette und seine Gedanken wanderten wieder in die Gegenwart. Wie spät war es wohl? Er streifte den Ärmel zurück und sah auf seine Uhr. Um diese Zeit würden die beiden Kriminaler sicher nicht mehr in der Werkstatt herumschnüffeln. Sie hatten seinen Plan ziemlich durcheinander gebracht. Er musste so schnell als möglich nach Hause.

Zur selben Zeit, als Max Brandtner zuhause ankam und sich sofort an seinen Schreibtisch setzte um die Recherchen über seinen neuen Kandidaten (wie er ihn nannte) zu beenden, hatten Hauptkommissar Berger und Kommissar Gruber den Tagesbericht vollendet.

„Es wird nicht leichter", meinte Stefan Berger nachdenklich. Die Beweise reichen weder bei Tom Weipert, noch bei Kurt Brandtner aus."

„Wobei mir dieser Kurt Brandtner um einiges verdächtiger vorkommt", erwiderte Hans Gruber.

„Mir doch auch. Jedenfalls müssen wir uns verstärkt um ihn kümmern. Vielleicht treffe ich ihn nach Feierabend in seiner Wohnung an."

„Soll ich dich begleiten?"

„Nein, du bist ja schon längst über der Zeit. Maria wird schon auf dich warten."

Hans Gruber lächelte müde: „Ja natürlich. Einfach hat sie es im Moment wirklich nicht mit mir. Aber sie weiß ja wie wichtig unsere Arbeit hier ist."

Er holte seine Aktenmappe hoch und steckte ein paar Papiere hinein und grinste schwach: „Eine kleine Bettlektüre. Falls ich nicht schlafen kann."

„Unverbesserlich!"

Kurz bevor Hans Gruber das Büro verließ fiel ihm noch etwas ein. „Wenn du Herrn Brandtner tatsächlich antriffst, solltest du ihn fragen ob er einen Drehstuhl vermisst. Du weißt schon – die Initialen KB…

Stefan Berger nickte ernst. „Das werde ich nicht vergessen."

Dem alten Mann rollten vor lauter Schmerzen Tränen über die Wangen. Sein Rücken war vom langen Liegen total wund. Die Zeitabstände in denen sein Sohn kam um sich um ihn zu kümmern, dehnten sich immer länger auseinander. Jede Minute in der er wach war, dachte er ans Sterben. Doch der Tod erlöste ihn nicht. Jetzt hörte er Schritte auf der Treppe. Aber statt aufzuatmen, dass er endlich Besuch bekam, krampften sich seine Gesichtszüge ängstlich zusammen. Dem Gepolter nach, das sein Sohn veranstaltete, konnte er sich ausrechnen, dass dieser schlecht gelaunt war. Was das bedeutete hatte er schon allzu oft erlebt.

Die Tür fiel fast aus den Angeln. Auf dem Tablett, das auf dem Nachtisch landete, stand ein Teller voll mit zähem Brei.

„Da ist dein Fraß", brüllte Max durchs Zimmer.

„Die Bullen sind Kurt auf den Fersen und bringen mir mit ihren blöden Fragen alles durcheinander. Er zog einen Stuhl nahe an das Bett und plumpste mit einem Ächzer darauf. Dann füllte er den Löffel und hielt ihn seinem Vater an den Mund. „Stell dich nicht so an Alter", knurrte er drohend. „Schluck es runter, Haferflocken sind gesund und nahrhaft."

Dem alten Mann fiel es schwer diesem Befehl nachzukommen. Sein Gesicht lief fast blau an, dann begann er zu husten. Jetzt wurde ihm Tee in den Mund geträufelt.

Dann folgte wieder ein Löffel mit schleimiger Masse.
Und endlich war diese Prozedur beendet. Anschließend wurde ihm die Wundsalbe auf den Körper geklatscht und ohne Gefühl eingerieben. Dabei erfuhr er den ganzen Tagesablauf seines Sohnes und den Plan für diese Nacht.
„Nein." lallte er flehend. „Nein."
Andrea schien es, als sei die Zeit früher viel schneller vergangen als jetzt in diesem Keller. Sie versuchte sich an Gedichte, die sie in der Schule gelernt hatte zu erinnern. Doch sie brachte nur immer die ersten Zeilen zusammen. Sie stellte sich Rechenaufgaben. Aber die Zahlen purzelten bald durcheinander, denn die Angst vor dem was jeden Moment geschehen konnte, ließen ihre Gedanken nicht ruhen. Sie konnte hier im Quadrat herumlaufen, das Bad benutzen oder sich ins Bett kauern. Doch sie konnte sich nicht verstecken oder gar fliehen. Auch wenn dieser ungehobelte Mann nicht da war, schien sein schwerer, übelriechender Atem in jeder Ecke zu stecken.

Jetzt saß sie im Bett und hielt die Decke krampfhaft an sich. Sie starrte panisch auf die sich öffnende Tür.

Die Augen in dem aufgeschwemmten Gesicht des Mannes schienen ihr noch böser, verschlagener zu glitzern als sonst.

Mit wuchtigen Schritten kam er auf sie zu und riss ihr die Decke weg.

„Dieser Lena", drohte er, „werde ich bald den Garaus machen. Die ist mir zu neugierig. Jetzt habe ich deiner Freundin erst Mal einen Schrecken eingejagt, denn ich hab erst noch wichtigere Sachen vor. Die Bullen müssen beschäftigt werden und die Förderer geschockt. Wenn sie jetzt noch immer nicht merken, dass ich ernst mit meiner Drohung mache, kann ich ihnen auch nicht helfen. Das Fest findet jedenfalls nicht statt. Was zitterst du denn so?

Dich bring ich doch nicht um. Dich brauch ich doch. Du riechst so gut und deine Haut ist so weich. Ich bin schon ganz geil nach dir. Und ich hab alles so arrangiert, dass ich jetzt noch genug Zeit für dich habe."

Er begann sich auszuziehen. „Los!", bellte er, „wirf deine Klamotten weg. Heut will ich's ganz hautnah."

Erst zwei Stunden nach dem Kommissar Gruber nach Hause gegangen war, packte Hauptkommissar Berger seine Sachen zusammen und verließ das Polizeigebäude.

Die Laternen beleuchteten die nachtdunklen rutschigen Straßen. Er kam nur langsam vorwärts. Irgendwo hinter den Fassaden der Häuser gab es einen Menschen mit noch finstereren Gedanken wie diese Nacht. Wenn er nur wüsste wo er ihn suchen sollte. Wohnte er vielleicht wirklich im gleichen Haus wie er? Die Kälte legte sich auf sein Gesicht, konnte aber seine hitzigen Gedanken nicht vertreiben. Selten hatte er so danach gefiebert einem Menschen die Handschellen anzulegen.

Der Flur im Block, in dem er wohnte, empfing in düster.
Er knipste das Licht an. Dann sah er nach ob Post in seinem Briefkasten lag. Fehlanzeige. Sein Blick glitt über die anderen Kästen und blieb beim Namen Brandtner hängen. „Er wohnt also im ersten Stock", überlegte er und lief die Treppen hinauf. Drei- Viermal drückte er auf die Klingel, aber hinter der Tür von Kurt Brandtner blieb es still.

Ein Mann trat mit schweren Einkaufstaschen aus dem Aufzug. Er schien der Nachbar von Herrn Brandtner zu sein. Neugierig schielte er zu Stefan Berger hinüber und stellte seine Last vor seiner Tür ab.

„Guten Abend", sagte er freundlich. „Da steht zwar ein Name an der Tür, aber ich wohne jetzt zwei Wochen hier und habe noch nie Jemanden hier rein oder rausgehen gesehen. Man hört auch nie Musik oder Stimmen.
Kennen Sie den Herrn?"

Stefan Berger schüttelte den Kopf: „Nein, mein Name ist Berger. Ich wohne hier im dritten Stock. Mein Interesse an Herrn Brandtner ist aber nicht privat, sondern beruflich."

„Mein Name ist Schoor. Sie sind also ein Arbeitskollege von Herrn Brandtner? Und ich dachte schon, das hier wäre nur so eine Art Briefkastenfirma."

„Wie kommen Sie auf diese Idee?"

„Unten am Namensschild steht doch Firma Brandtner. Und ein paar Mal habe ich so einen dicken, fetten Kerl gesehen, der sich an den Briefkasten zu schaffen gemacht hat."

„Oh, danke, das war eine gute Information. Und Sie sind sich sicher, dass Sie diesen Herrn nie in die Wohnung gehen gesehen haben?"

„Bombensicher! Aber ich verstehe ihr Interesse an diesem Herrn nicht."

Stefan Berger zögerte einen Moment und sah dabei Herrn Schoor prüfend an. Dessen Gesichtszüge wirkten offen und sympathisch auf ihn. Und so erklärte er ihm freundlich:

„Ich arbeite hier in Landshut bei der Kriminalpolizei". Es wäre für mich wichtig Herrn Brandtner kennen zu lernen."

Herr Schoor betrachtete jetzt Stefan Berger genauer.

„Also, so ist das sagte er. „Ich höre und sehe mich gerne ein bisschen um. Sie haben sicher schon bemerkt, dass im Haus gegenüber die unteren Büroräume renoviert werden. Das wird meine Anwaltskanzlei. Der Hausmeister von dort ist auch für dieses Haus zuständig. Er kann mir bestimmt näheres über Herrn Brandtner sagen."

Der Kommissar lächelte erfreut: „Danke für ihre Mühe."

Er reichte Herrn Schoor seine Visitenkarte. „Sie dürfen mich zu jeder Tages und Nachtzeit anrufen."

Ein paar Minuten später schloss Stefan Berger seine Wohnungstür auf. Die Müdigkeit, die ihm in der letzten Viertel Stunde im Büro zu schaffen gemacht hatte, war wie verflogen. Irgendwie hatte ihm die Bekanntschaft mit Herrn Schoor einen Funken Hoffnung gegeben. Warum konnte er selbst nicht sagen. Im Grunde genommen hatte er ihm auch nichts Genaues über Kurt Brandtner berichten können. Doch er war sich sicher, dass Herr Schoor in den nächsten Tagen die Wohnungstür seines Nachbarn besonders genau in den Augen hielt. Vielleicht sollte er ihn mal zu einer Flasche Wein am Abend einladen? Er sah auf die Uhr. Es war höchste Zeit Lynn anzurufen.

In dieser Nacht lief nichts so wie es sich Max Brandtner vorgestellt hatte. Sein neuer Kandidat, den er sich unter den vielen Teilnehmer herausgefischt hatte, war Musiker bei der Stadtkapelle. Nach einigen Recherchen wusste er, dass heute eine gute Gelegenheit war ihn zu treffen. Er hatte sich in der Nähe der Musikschule in der die Musiker der Kapelle am Abend probten postiert. Doch nach der Probe kam der Mann auf den er wartete mit zwei anderen Musikern heraus. Sie gingen zum Auto, verstauten ihre Instrumente, stiegen gemeinsam ein und fuhren los. Er verfolgte das Auto. Doch sein Kandidat wurde als erster vor dem Haus in dem er wohnte abgesetzt. Er schloss seine Haustür auf, winkte seinen Freunden zu und verschwand im Haus. Erst dann fuhren die Anderen los. Die Chance ihn allein zu erwischen war vertan. Wutentbrannt fuhr er nach Hause. Vielleicht hatte er sich den falschen Mann ausgesucht. Er ging in sein Zimmer, schlug die Akte, die er über den Mann angelegt hatte auf und studierte noch einmal dessen Arbeitszeiten und Angewohnheiten in der Freizeit. Verdammt! Sein Plan hätte so schön aufgehen können. Wieso war dieser Kerl ausgerechnet heute nicht mit seinen eigenen Wagen zur Musikschule gefahren? Er schlug wild auf die Schreibtischplatte. „Für den muss ich mir eine besondere Falle ausdenken." Er stand auf und lief wie getrieben hin und her.

Der Kaffee aus der Thermoskanne, den er während seiner Warterei vor der Musikschule ausgetrunken hatte, machte ihm zu schaffen. Verdammt, er hatte geglaubt eine lange Nacht vor sich zu haben. Andrea war schuld.

Er hatte sich zu lange bei ihr aufgehalten. Wäre er nicht so spät dran gewesen, hätte er vor dem Haus des Musikers gewartet und schon da bemerkt, dass er nicht alleine zur Musikschule fuhr. Dann hätte er sich das ganze Warten sparen können. Alles wegen einem Weib.

Das durfte nicht mehr passieren. Schitt, die nächsten Stunden war nicht mehr an Schlaf zu denken. Er rieb sich die pochenden Schläfen. Warum sollte er das eigentlich alleine durchstehen? In seinen Augen blitzte die blanke Begierde. Er brauchte nur in den Keller zu gehen. Schnell riss er die Tür auf und stapfte hinunter.

Lena hatte sich lange im Bett hin und her gewälzt, war aber dann doch in einem unruhigen Schlaf versunken. Als ihr Wecker klingelte, dachte sie, sie hätte ihn falsch eingestellt. Müde drückte sie auf den Knopf. In dem Moment hörte sie wie jemand ihre Badezimmertür zuschloss. Erschrocken fuhr sie hoch. In ihrer Wohnung befand sich ein fremder Mensch. Dann vernahm sie ein Tappen das auf ihr Zimmer zukam. Sie klammerte sich an ihre Bettdecke und hielt sie starr vor sich.

Zwei- dreimal klopfte es an Ihre Tür: „Lena, schläfst du noch? Das Frühstück wartet schon auf dich."

Peter, es war Peter. Sie hatte ganz vergessen, dass er bei ihr im Wohnzimmer übernachtet hatte. Plötzlich war sie hellwach. „Danke", rief sie, „ich komme gleich." Es war schon lange her, seit jemand sie geweckt hatte und beim Anblick des üppig gedeckten Frühstückstisches, fühlte sie eine warme Geborgenheit. Sie strahlte verlegen: „Soviel Mühe hättest du dir nicht machen sollen…"

„Was heißt da Mühe? Ich habe selten die Gelegenheit zu zweit zu frühstücken", lachte Peter. „Zier dich nicht lange und greif zu."

Zwanzig Minuten später saßen sie schon in Peters Wagen und fuhren zum Polizeipräsidium.

„Hast du den Brief von gestern Abend dabei?" fragte Peter und Lena nickte: „Den habe ich einstecken, aber er kommt mir schon lange nicht mehr so bedrohlich vor wie in dem Moment, als er vor meiner Türe lag."

Lena und Peter waren die ersten Beamten, die sich an diesem Morgen beim Hauptkommissar zum Dienst meldeten.

Er hörte sich Lenas Geschichte an und lies sich den Brief zeigen. Als er den kurzen Text gelesen hatte, sah er ernst auf: „Alle Drohungen, die es bis jetzt gibt, sind auf so einem grauen Papier geschrieben worden. Ist dir wirklich niemand im Haus begegnet?"

Lena schüttelte den Kopf: „Nein, aber ich habe auch nicht darauf geachtet. Ich hatte so genug von der dicken Frau hinter mir auf der Straße, dass ich nur schnell zum Aufzug gelaufen bin. Zum Glück war er schon unten."

„Du läufst vor einer Frau davon?" wunderte sich Hans Gruber, der gerade das Büro des Hauptkommissars betreten und die letzten Worte von Lena gehört hatte.

Lena blickte einen Moment verlegen drein, doch dann wehrte sie sich. „Vor diesem stinkenden Koloss wärst du auch geflohen."

Die drei Männer betrachteten Lenas erregtes Gesicht.

Es wirkte so komisch, dass sie unwillkürlich lachen mussten.

Der Hauptkommissar fasste sich als Erster. „Leider ist das alles hier kein Spaß mehr. Jetzt bedroht er auch noch Lena."

Lena griff sich an den Kopf. „Hab ich's mir doch gleich gedacht. Dieser Mann, der mir den Brief geschickt hat, ist vielleicht der Entführer von Andrea und auch der Mörder, den wir suchen. Mit diesem Fetzen Papier hat er sich verraten", fügte sie triumphierend dazu. Er weiß sicher, dass ich die Freundin von Andrea bin und sie suche. Deshalb schickt er mir diese Drohung. Die Morde haben vielleicht nichts damit zu tun. Aber es kann kein Zufall sein, dass die Briefe immer auf grauen Papier geschrieben sind."

Der Hauptkommissar nickte zustimmend: „So etwas ähnliches habe ich mir auch schon gedacht."

Doch dann kamen ihm Zweifel: „Allerdings benutzen viele Leute solches Umweltpapier."

Lena gab ihre These nicht auf: „Es stimmt das Papier an sich, könnte noch ein Zufall sein. Doch dieser Mann ist ein Geizkragen oder Pedant. Normalerweise ist so ein Bogen DIN A vier groß. Es wäre doch möglich, dass er ein ganzes Blatt in gleichen Abständen mit Drohungen beschrieben hat. Er schneidet sie in genauen Abständen auseinander und verschickt sie."

„Wenn das stimmt", lobte der Kommissar, „hast du sehr gut kombiniert." Er wandte sich an den Hauptkommissar.

„Ich glaube dein Zettel entsprach wirklich der Größe des Zettels von Lena."

Hauptkommissar Berger nahm den Drohbrief, der gegen Lena gerichtet war noch einmal zur Hand und betrachtete ihn genau. „Die Größe könnte wirklich stimmen", gab er zu. „Aber meine Briefe liegen noch beim Wegner von der Spurensicherung. Ich wollte Lenas Brief sowieso rüber zu ihm schicken. Er wird alle Exemplare genau vergleichen.

Dann wissen wir mehr."

Er stieß seinen Stuhl zurück und ging ein paar Mal auf und ab. Blieb abrupt vor Lena stehen und sagte: „Falls es wirklich das gleiche Papier ist, kommen wir dem Mörder durch seine Verhaltensweise ein wenig näher".

Er legte eine Pause ein.

Lena sah ihn neugierig an. Und Hans Gruber forderte ungeduldig: „Komm auf den Punkt."

„Dieser Mann scheint gerne in andere Rollen zu schlüpfen und er wagt sich dabei weit vor. Er hat sich mir und nun auch Lena gezeigt ohne dass wir ahnen wer er ist.

Das heißt, er fühlt sich total sicher und uns überlegen.

Das kann tatsächlich so weit gehen, dass er eine Kollegin von uns entführt um uns seine Macht zu zeigen", erklärte Stefan Berger.

Hans Gruber atmete tief durch:

„Du hast Recht. Andreas Entführer soll eine Polizeiuniform getragen haben. Ich sage bewusst soll, denn wir nehmen ja an, dass er kein echter Beamter war. Wahrscheinlich hat er die Uniform irgendwo ausgeliehen oder entwendet. Wenn er mit dem Mörder identisch ist, sind auch die Auftritte des Polizisten an den Orten an denen wir die Toten fanden zu erklären. Er legt ein paar falsche Spuren und lässt anschließend die Uniform irgendwo verschwinden."

„Aber wozu den ganzen Aufwand?" wunderte sich Peter.

„Ich denke", überlegte Hans Gruber, „dass er uns in die Irre leiten will. Er legt verschiedene Spuren, denn das gibt ihm Zeit die Förderer in die Knie zu zwingen."

„Dann muss er größenwahnsinnig sein", entfuhr es Lena. „Der kann doch nicht glauben, dass er mit seinen Taten die Stadt dazu bringt das Fest abzusagen."

„Doch Lena, doch das tut er," erwiderte Hans Gruber und fügte hinzu. „Dieser Mann ist voller Hass, aber die Zeit drängt ihn. Er wird Fehler begehen."

„Doch darauf können wir nicht warten", schaltete sich Stefan Berger wieder ein. „Als erstes müssen wir Max Brandtner den Drehstuhl zeigen auf dem der Mörder Rolf Dobner gebunden hat. Falls dieser Stuhl Kurt Brandtner gehört, erhalten wir einen Haftbefehl gegen ihn und können eine Fahndung nach ihm einleiten."

Lena seufzte „es fällt mir schwer Kurt als Mörder zu sehen."

„Von Emotionen können wir uns nicht leiten lassen", wies sie Stefan Berger barsch zurück. „Finde lieber heraus ob Anita Metz und Rolf Dobner kurz vor ihrem Tod Kontakt mit Kurt Brandtner hatten." Mit einem kurzen grimmigen Blick auf Peter knurrte er: „Das gleiche gilt für dich."

Peter nickte mit stoischer Ruhe und begleitete die sichtlich gereizte Lena hinaus.

Nach und nach trafen auch die anderen Beamten der Sonderkommission ein und erhielten ihre Anweisungen für den Tag.

Hans Gruber sah in das düstere Gesicht von Stefan Berger und schüttelte seinen Kopf: „Was ist los Stefan?
Ist dir schon in aller Frühe eine Maus über die Leber gelaufen?"
Stefan Berger brummte verständnislos: „Wie kommst du denn auf den Blödsinn?"
„Wie du Lena wieder angefahren hast. Manchmal ist dein Ton ihr gegenüber schon sehr hart."
„Wir sind doch nicht im Kindergarten", regte sich Stefan Berger auf. „Nur weil dieser Kurt Brandtner ihren Wagen günstig repariert hat, ist er noch lange kein Heiliger. Ihre weibliche Intuition sollte sie für sich behalten."
„Oh weh, hattest du Stress mit Lynn"
„Der Kommissar hob verärgert die Augenbraue, „das hat nichts mit der Sache zu tun. Aber wenn du es genau wissen willst, Lynn möchte, dass ich mich nach München versetzen lasse."
„Aha! Und was möchtest du?"
„Ich bleibe hier. Ich habe mich gerade erst so richtig in Landshut eingewöhnt. Und jetzt wo wir mitten in diesem Fall stecken, gibt es gar keine Zeit für solche Gedanken."
Hans Gruber legte die Hand auf die Schulter seines Kollegen: „So ein bisschen Stress macht einer guten Beziehung schon nichts aus. Maria macht mir auch manchmal die Hölle heiß."
„Ist schon gut", wehrte Stefan Berger ab, „wenden wir uns lieber wieder unserer Arbeit zu."

„Aber ein Kaffee ist doch wohl noch drin?" grinste Hans Gruber. „Ich wollte mir gerade einen holen, willst du auch einen?"

„Nein danke" erwiderte Stefan Berger und vertiefte sich in seinen Papieren.

Hans Gruber ließ sich nicht aus der Ruhe bringen. Er ging zum Kaffeeautomat, füllte seine Tasse und setzte sich danach an seinen Schreibtisch. Nach dem ersten Schluck fragte er: „Bist du gestern Abend mit deinen Recherchen noch weiter vorangekommen?"

Jetzt trat ein optimistisches Funkeln in die Augen von Stefan Berger: „In den Akten, die ich mir mit nach Hause genommen hatte habe ich leider nichts gefunden was uns weiterhelfen könnte, aber ich hatte eine interessante Begegnung im Haus, in dem ich wohne."

„Du hast mit Kurt Brandtner gesprochen!" Warum sagst du das nicht gleich?"

„Weil es so nicht stimmt", winkte Stefan Berger ab. Aber ich habe mich mit seinem Nachbar unterhalten. Übrigens, ein sympathischer Mann. Er ist erst vor Kurzen eingezogen. Demnächst eröffnet er eine Anwaltskanzlei. Na ja, ich sehe schon, das interessiert dich weniger…"

„Da hast du Recht. Mache es nicht so spannend."

Stefan Berger nickte: „Also gut, Herr Schoor glaubt dass in der Wohnung ihm gegenüber gar niemand wohnt. Er nimmt an, dass es sich um eine Briefkastenfirma handelt."

„Aha, und wie kommt er darauf?"

Stefan Berger lehnte sich in seinem Stuhl zurück und zog nachdenklich seine linke Augenbraue hoch:

„Das ist mehr so eine Intuition von Herrn Schoor. Jedenfalls hat er noch nie jemand in die Wohnung gehen sehen. Er kennt unseren Hausmeister gut und will ihn mal befragen."

Hans Gruber schlürfte genüsslich seinen Kaffee aus, dann fragte er: „Warum sprichst du nicht selbst mit dem Hausmeister?" „Wie gesagt", knurrte der Kommissar. Herr Schoor kennt den Mann gut und ich habe außer bei der Wohnungsübergabe noch nie etwas mit ihm zu tun gehabt. Herr Schoor ist übrigens Rechtsanwalt. Solche Leute haben meist eine gute Beobachtungsgabe."

„Ist schon gut", winkte Hans Gruber ab. „Aber ich glaube, es gibt eine ganz einfache Erklärung, dass Herr Schoor seinen Nachbarn noch nie zu Gesicht bekommen hat. Kurt Brandtner befindet sich irgendwo im Urlaub."

„Du vergisst", widersprach Stefan Berger, „dass Max Brandtner seinen Bruder vor zwei Tagen noch hier in Landshut gesehen hat."

„Auch wieder war", gab Hans Gruber zu. „Außerdem machen wir ihn ja für die geschriebenen Zettel verantwortlich und womöglich auch noch für die Morde."

„Verdammt!" schimpfte Stefan Berger. „Die Sache wird immer verworrener."

„Eine Möglichkeit gibt es noch", überlegte Hans Gruber.

Max Brandtner hat erwähnt, dass sich sein Bruder öfter mal im Bayerischen Wald aufhält..."

„Und du meinst, Kurt Brandtner täuscht seinen Auslandsurlaub nur vor?"

„Das wäre doch möglich. Er könnte irgendwo im bayerischen Wald wohnen. Von dort bis nach Landshut ist es nicht allzu weit."

„Da könntest du Recht haben. Wir müssen unbedingt seine Adresse dort herausfinden. Aber jetzt sind schon alle Beamten von der Sonderkommission unterwegs."

„Wir könnten Alfred Bohn damit beauftragen alles über Kurt Brandtner herauszufinden", schlug Hans Gruber vor.

„Schließlich geht es ja nicht nur mehr um den Mord von Anita Metz, sonder auch um Rolf Dobner und den bedrohten Teilnehmern des Festes."

„Ja gut", nickte Stefan Berger, „rufst du Alfred Bohn an?"

„Natürlich". Der Kommissar schnappte sich seine leere Kaffeetasse und stellte sie neben die Kaffeemaschine.

„Ich bin dann mal drüben in meinem Büro", sagte er knapp und verschwand hinter der Schiebetür.

Alfred Bohns Kollege war zu einem Außentermin abkommandiert worden. Er sah ihm nach, als er das Büro verließ und grinste. Endlich war er diesen ständig ironisch quatschenden Schwachkopf los. Er schickte ihm ein lautes Gähnen hinterher. Die letzten langen Abende mit Lena hatten ihn ziemlich geschlaucht. Sie hatten die

Leute, in den Vereinsheimen, in denen Andrea verkehrte, befragt, hatten alle möglichen Cafes und Gaststätten abgeklappert, doch es war alles umsonst gewesen. Jetzt sagten ihm seine gereizten Nerven, dass er nun mal kürzer treten musste. Als das Telefon klingelte zuckte er zusammen. Doch als er die Anweisungen von Kommissar Gruber erhalten hatte, war er hellwach.

Man gab ihm endlich wieder Aufgaben die mit Anitas Tod zu tun hatten. Den Mann, den er überprüfen sollte, kannte er dem Namen nach von Lena. Sie hatte ihn als zuverlässigen und guten Mechaniker beschrieben. Was der mit den Morden zu tun haben sollte, war ihm nicht verständlich. Aber wenn der Kommissar ihn verdächtigte, musste etwas dran sein. Er gab den Namen in den Computer ein. Doch den einzigen Eintrag, den es über Kurt Brandtner in Landshut gab war seine private Adresse die zugleich auch seine geschäftliche Adresse war. Laut Polizeibericht war er ein völlig unbeschriebenes Blatt.

Alfed Bohn lehnte sich zurück. Dieser knappe Bericht über Kurt Brandtner würde dem Kommissar sicher nicht genügen. Er hatte ihm empfohlen den Mann auch im Bereich des Bayerischen Waldes zu suchen. Nähere Erklärung hatte er ihm dabei nicht gegeben. Alfred runzelte die Stirn. Er konnte sich beim besten Willen nicht vorstellen, dass der vermutliche Mörder von Anita sich dort aufhalten sollte. Für ihn stand fest, dass er sich noch in Landshut befand. Aber er musste tun, was von ihm vernicht kannte. Er wies sich als Polizeibeamter Alfred Bohn aus.

„Was wollen Sie eigentlich von mir?" muffte er ihn an.

„Gerade war ich mit Kommissar Gruber unterwegs. Ich habe meine Zeit nicht gestohlen."

Zum ersten Mal hatte er mit einem Beamten direkten Augenkontakt. Das war der gleiche Hüne wie er, und das Gesicht des Mannes zeigte keinen einzigen Schimmer Freundlichkeit. In Sekundenschnelle änderte er seine Taktik. Mit schiefem Lächeln entschuldigte er sich: „Es tut mir leid, ich kann zur Zeit meinen pflegebedürftiger Vater nicht lange allein lassen. Seit heute Morgen steigt bei ihm das Fieber. Ich muss einen Arzt rufen."

Er sah einen Funken Mitleid und Verständnis in den Augen des Beamten und bat ihn ins Haus.

Alfred Bohn bedankte sich und folgte Max Brandtner ins Wohnzimmer.

„Ich möchte ihnen auch nur ein paar kurze Fragen stellen", sagte er, als er sich gesetzt hatte."

Ohne lange Umschweife zu machen fuhr er fort: „ Haben Sie inzwischen etwas von ihrem Bruder Kurt gehört?"

„Leider nein", bedauerte Max Brandtner.

Jetzt holte Alfred Bohn einen beschriebenen Block heraus und las die letzte Seite durch. Dann hob er seinen Kopf:

„Sie haben ausgesagt, dass ihr Bruder sich manchmal im bayerischen Wald aufhält. In welcher Stadt, Dorf ...?"

„Das weiß ich nicht!"
„Sehen Sie Herr Brandtner, das glaube ich Ihnen nicht. Laut Protokoll sprechen Sie ab und zu mit ihrem Bruder; aber nie über seinen derzeitigen Aufenthalt?"
Max Brandtner ließ seine freundliche Maske fallen:
„Mir ist egal wo er herum schleicht. Ich muss mich auch ganz allein um den Vater kümmern."
„Er besucht seinen Vater nie?"
„Nein", murrte Max Brandtner „aber das habe ich schon alles den anderen Kriminalern gesagt, wenn ich bloß noch mal alles wiederkäuen soll, sehe ich lieber nach meinem Vater."
„Moment mal", hielt ihn Alfred Bohn zurück: „Man hat mir erzählt, dass ihr Bruder und Sie als Kinder jedes Jahr ihre Sommerferien in Passau verbracht haben. Bei wem hielten Sie sich damals auf?"
Max Brandtner schluckte, dann brummte er:
„Bei unserer Großmutter. Aber die ist schon lange tot und das Haus in dem sie wohnte ist verkauft worden."
„Sie halten es also nicht für möglich, dass sich ihr Bruder in Passau aufhält?"
„Glaube ich nicht, aber wie gesagt das ist mir egal."
„Welches Auto fährt ihr Bruder?
„Einen dunkelblauen BMW."
„Haben Sie ihrem Bruder beim Umzug in die neue Wohnung geholfen?"

„Nein, und ich war auch nie dort, wenn Sie es genau wissen wollen."

„Die Mitarbeiter ihres Bruders haben ihn als einen freundlichen, umgänglichen Mann beschrieben…"

„Das würde ich auch tun, wenn ich meinen Arbeitsplatz behalten möchte", knurrte Max Brandtner. „Ich kenne ihn jedenfalls anders, und das war alles was ich über ihn sagen kann."

Er schielte nach Oben. Jetzt gehe ich rauf zu meinem Vater."

Alfred Bohn sah Max Brandtner in das feiste Gesicht und erkannte, dass er an diesem Tag sicher nicht mehr von ihm erfahren würde, wie er schon preisgegeben hatte.

Also stand er auf und verabschiedete sich.

Die Tür fiel geräuschvoll ins Schloss. Max Brandtner rieb sich seine empfindsamen Ohren in denen es wieder so rauschte und pfiff, dass es ihm fast schwindlig wurde.

Einen Moment hielt er sich am Sessel fest, dann schlurfte er zum Fenster. Die Sonne schien über den Hof und ließ ihn nicht gar so trist wie sonst aussehen. Er öffnete das Fenster und beugte sich hinaus. Doch schon umfasste die kalte Luft sein Gesicht. Der Sonnenschein war trügerisch. Alles war trügerisch. Alles um ihn herum. Kurt hatte immer den großen fürsorglichen Bruder gespielt.

Ha! Nichts war echt. Gar nichts. Jetzt musste er sich sogar die Liebe einer Frau erkämpfen.

Erst jetzt fiel ihm auf, dass das Auto des Beamten noch unten an der Seite der Einfahrt stand. So ein Spion. Wut stieg in ihm hoch. Sollte er hinunter gehen und den Mann zur Rede stellen?

Die Kirchturmuhr schlug zwölf Mal. Verdammt, das Essen auf Rädern musste entgegengenommen werden.

In dem Moment sah er, wie der Beamte so schnell, als habe er es plötzlich eilig, über den Hof lief. Dann beobachtete er, dass sich der Mann sofort in seinen Wagen setzte und ohne sich weiter umzusehen davon fuhr.

Max Brandtner schloss erleichtert das Fenster zu. Schon ein paar Minuten später stapfte er mit dem Essen hinauf zu seinem Vater.

Die Augen des alten Mannes glänzten noch immer fiebrig. „Mach bloß nicht schlapp Alter", knurrte er, „ich brauche dich noch."

Zum ersten Mal, seit dem Schlaganfall seines Vaters, ging er vorsichtiger mit ihm um. Doch seinen Mund konnte er nicht halten. Ihm war egal ob der Vater seinen Worten folgen konnte. Aber je mehr er sprach, desto nervöser wurde er. Unruhig lief er zum Fenster und spähte misstrauisch hinunter in den Hof, der Menschenleer da lag. Im Moment schien sich niemand für Kurt oder ihn zu interessieren. Trotzdem fühlte er sich wie in einem Wespennest gefangen. Schließlich hielt er diese innere Spannung nicht mehr aus. Er wandte sich um, sah hinüber zu seinem kranken Vater, dessen Röcheln seinen

„Du wolltest mit mir über Kurt Brandtner sprechen?"

Lena sah Alfred zögernd an: „Ja, aber viel ist es nicht, was ich herausgefunden habe. Kommissar Gruber hat uns den Auftrag gegeben herauszufinden ob Anita, Rolf Dobner und Kurt Brandtner früher in Kontakt miteinander standen. Weißt du etwas davon? Wir haben heute diesbezüglich schon Richard Dobner und seine Eltern befragt.

Doch sie kennen Kurt Brandtner nicht."

Alfred zog die Schultern hoch: „Das weiß ich leider auch nicht."

„Kann man nichts machen", sagte Lena enttäuscht.

„Ich dachte, du hättest mit Anita über ihre Bekannten gesprochen."

„Das schon", erwiderte Alfred, „aber mir ist nur bekannt, dass Rolf Dobner zusammen mit Anita am Landshuter Hochzeitsfest teilnehmen wollte. Doch was Kurt Brandtner betrifft…"

„Du warst doch vorhin bei seinem Bruder…" „Ja, das schon, aber den kannst du vergessen. Von dem erfährst du fast gar nichts. Dem ist sein Bruder egal, der ist nur auf seinen kranken Vater fixiert. Ich glaube, das ist so ein richtiger Einzelgänger."

„Den Eindruck habe ich auch", stimmte ihm Lena zu. Er ist ganz anders wie Kurt. Aber vielleicht hat der Kommissar Recht und ich habe mich in Kurt getäuscht. In der Klinik haben Peter und ich erfahren, dass Kurt vor drei Jahren einen Streit mit Anita hatte. Leider konnte uns die

Schwester, die uns davon berichtete nicht sagen warum es dabei ging. Aber sie erinnert sich an eine Unterhaltung mit ihm, in der es um die Zeit nach seinem Zivildienst ging. Er wollte anschließend seine Meisterprüfung als Automechaniker in Regensburg machen. Deshalb könntest du nachhaken ob er in Regensburg Bekannte oder Verwandte hat. Vielleicht hält er sich nicht nur in Passau auf."

Alfred betrachtete mit großem Appetit die Riesenpizza, die der Kellner vor ihm auf den Tisch stellte und grinste:

„Danke Lena, jetzt habe ich wenigstens wieder einen neuen Anhaltspunkt wo sich der Brandtner aufhalten könnte, aber jetzt ist erst mal die Pizza dran."

Stefan Berger sah Hans Gruber, der die Schiebetür zwischen ihren Büros öffnete, nachdenklich an. „Herr Schoor hat gerade angerufen."

„Und?" fragte Hans Gruber neugierig: „Hat er etwas Neues herausgefunden?"

Stefan Berger sah ihn mit vagen Lächeln an: „Ja und Nein. Er berichtete mir, dass der Hausmeister Herrn Brandtner kurz vor vierzehn Uhr gesehen hat."

„Hat er ihn angesprochen?"

„Das ist eben der Haken. Er hat ihn zwar aus dem Haus gehen gesehen, aber leider nur von hinten. Er sah noch wie Herr Brandtner in einen dunkelblauen BMW gestiegen ist. Dann war er auch schon weg."

„Und er ist sich sicher, dass es Kurt Brandtner war?"
„Ja, daran gibt es keinen Zweifel. Er hat Herrn Brandtner schon einige Male im Haus gesehen und kennt seinen Wagen. Er konnte Herrn Schoor auch die Nummer des Kennzeichens geben."
„Dann ist er heute definitiv in Landshut", sagte Hans Gruber nachdenklich.
„Ja", nickte Stefan Berger, „aber wir können auch nicht ausschließen dass er schon wieder unterwegs zu einer anderen Stadt ist. Eine Fahndung nach ihm können wir noch nicht herausgeben, aber unsere Leute können den Wagen, so fern sie ihn sehen, aufhalten. Ich werde sie sofort verständigen."
„Gut", stimmte ihm Hans Gruber zu. „Und ich werde bei seinem Bruder anrufen. Vielleicht ist er gerade bei ihm."
Er wandte sich um und ging rüber in sein Büro. Schon nach wenigen Minuten kam er zurück.
Stefan Berger hatte seine Anweisungen schon weiter gegeben und sah Hans Gruber erwartungsvoll an.
Aber er schüttelte bedauernd seinen Kopf:
„Wahrscheinlich ist auch Max Brandtner gerade unterwegs. Ich habe auf seinen Anrufbeantworter eine Nachricht hinterlassen. Hoffentlich meldet er sich bei mir.
Außerdem habe ich Alfred Bohn angerufen. Er war heute schon mal bei Max Brandtner und er fährt gleich noch einmal zu ihm. Noch etwas, die Spurensicherung hat sich gemeldet. Die Drohbriefe an dich und an Lena stammen

tatsächlich von der gleichen Person. Die abgerissenen Trennungslinien der Zettel passen haargenau zusammen."

Stefan Berger wurde blass: „Lena hatte also recht, der Mörder ist also auch der Entführer. Wir müssen sie sofort von dem Fall abziehen. Sie ist in großer Gefahr."

Nachdem Max Brandtner sein Fahrrad in die Garage gestellt hatte, war er hinauf zu seinem Vater gegangen um ihn in seinen Plan den er für den Abend aufgestellt hatte, ein zuweihen. Er freute sich schon auf dessen ängstliche Augen und sein abwehrendes Lallen. Doch der alte Mann schlief fest. Dieses Mal verstellte er sich nicht.

Verärgert schob er die Tür wieder zu: „Dann bis später Alter."

Einen Moment blieb er unentschlossen am Treppenabsatz stehen. Sollte er hinunter zu Andrea gehen? Aber war sie ein passender Ersatz für seinen Vater? Ihn konnte er mit seinen Taten, die er beging und von denen er ihm stolz berichtete, dafür strafen, dass er ihn nie geliebt hatte.

Das Klingeln an der Haustür unterbrach seine Gedanken. Verärgert stapfte er die Treppe hinab und riss die Tür heftig auf.

„Schon wieder Sie", schimpfte er abwehrend: „Ich habe ihnen schon alles über Kurt gesagt!"

Alfred Bohn schob sich in den Flur:

Hauptkommissar Berger legte den Hörer langsam zurück und sah Inspektor Gruber nachdenklich an:

„Herr Schoor hat mich für heute Abend zu einem Gespräch bei ihm eingeladen.".

„Glaubst du, dass es uns weiter helfen wird?"

„Wohl nicht", erwiderte der Hauptkommissar gedehnt. Es klang nicht so, als wisse er schon etwas Wichtiges über Kurt Brandtner zu berichten. Wir fischen gerade sehr im Trüben. Im Haus scheint Herr Brandtner heute nicht mehr gewesen zu sein und von den Beamten gab es auch keine Meldung. Der BMW ist spurlos untergetaucht."

Der Kommissar nickte ernst:

„Im Trüben fischen ist der richtige Ausdruck. Wahrscheinlich hat Lena recht mit der Annahme, dass Kurt Brandtner nichts mit den Morden zu tun hat. Er hat Landshut bestimmt gleich nachdem ihn der Hausmeister gesehen hat, wieder verlassen. Sicher ahnt er gar nicht, was für ein Verdacht auf ihn lastet. Wir sollten uns die anderen Kandidaten die von den Förderern abgelehnt wurden, vornehmen."

Der Hauptkommissar wiegte bedenklich mit dem Kopf.

„Ich werde zwar Morgen die Überprüfung dieser Leute anordnen, aber Kurt Brandtner bleibt für mich weiterhin an oberster Stelle der Verdächtigen."

„Das habe ich mir schon gedacht", sagte der Kommissar mit vagem Lächeln. Deshalb habe ich Alfred Bohn den Auftrag erteilt, sich Morgen in Regensburg umzuhören.

Kurt Brandtner hat dort zeitweise gewohnt."

„Sehr gut", atmete der Hauptkommissar auf. Heute ist Mittwoch. Bis Freitag müssen wir den Aufenthalt von Herrn Brandtner unbedingt wissen."

„Wieso bis Freitag?"

Der Hauptkommissar schüttelte den Kopf:

„Das fragst du noch? Beide Morde sind am Freitag verübt worden."

„Und du meinst?"

„Ich hoffe es nicht, aber wir müssen darauf gewappnet sein. Am Freitag müssen alle verfügbaren Beamten eine Nachtschicht einlegen."

„Ich sehe schon die Begeisterung der zuständigen Leute", sagte der Kommissar skeptisch.

„Darauf kann ich keine Rücksicht nehmen", erwiderte der Hauptkommissar. Dann stand er auf, nahm seine Aktenmappe und verabschiedete sich:

„Also dann bis Morgen. Grüße Maria von mir."

„Danke", freute sich Kommissar Gruber. „Und wie steht's mit Lynn und dir?"

„Gut", lächelte Hauptkommissar Berger, „oder besser gesagt, sie hat den Gedanken, dass ich zurück nach München ziehen soll, wieder revidiert. Also dann – einen schönen Feierabend."

Langsam sorgte sich Max Brandtner um den Gesundheitszustand seines Vaters. Das Fieber war nun schon auf fast vierzig Grad gestiegen. Er flößte dem kranken Mann den warmen Tee ein. Danach machte er ihm noch Wadenwickel und injizierte ihm eine Spritze. Das muss jetzt genügen", knurrte er. „Morgen früh hole ich den Arzt, aber jetzt muss ich mich meiner Sache widmen. Ein zweites Mal darf es nicht schief gehen."

Er knipste das Licht aus, schloss sachte die Tür hinter sich zu und schlurfte hinunter in sein Zimmer. Dort las er den Plan, den er sich erstellt hatte, noch ein Mal genau durch und war zufrieden mit sich. Alles was er für sein heutiges Vorhaben benötigte, hatte er schon vorbereitet.

Er sah auf die Uhr und grinste zufrieden vor sich hin. Es blieb ihm noch eine Stunde Zeit für Andrea. Er sah sie vor sich, sah den Schrecken in ihren Augen, wenn er auf sie zutrat und spürte die Gegenwehr, die sie trotz ihrer Angst vor ihm, immer wieder einsetzte. Es reizte ihm, sie zu bezwingen. Seinen Opfern hätte er auch gerne seine Macht gezeigt aber er konnte, da es stets schnell geschehen musste, sie nur von hinten überwältigen.

Während er die Treppen nach unten zum Keller ging, musste er an Alfred Bohn denken. Der Mann störte ihn gewaltig. Irgendwie musste er ihn aus dem Weg räumen.

Schade, dass er nicht beim Landshuter Fest mitmachte.

So passte er nicht in sein Schema. Doch dann kam ihm eine neue Idee, die ihm eine diabolische Freude bereitete und seine Laune schlagartig verbesserte. Kurz darauf betrat er mit einem überheblichen Grisen den Wohnbereich

von Andrea. Sie starrte ihn hasserfüllt entgegen.
Doch das reizte ihn noch mehr. Und während er die Tür zusperrte blieb das Grinsen in seinem Gesicht hängen.

„Hallo, Herr Berger! Ich hoffe sie hatten einen erfolgreichen Tag?"
Das freundliche Lächeln, mit dem Martin Schoor seinen Gast empfing, wich einem ernsten Blick.
„Schwierigkeiten?"
„Ne Menge" winkte Stefan Berger ab, „aber erst mal Guten Abend."
Er zog seinen Mantel aus, reichte ihn seinem Nachbar und murmelte entschuldigend:
„Ich komme gerade vom Büro."
„So spät?" wunderte sich Martin Schoor.
Er hing den Mantel in die Garderobe. Dann gingen sie Beide ins Wohnzimmer. „Was möchten Sie trinken?"
Stefan Berger überlegte kurz: „Ein heißer Tee täte mir jetzt gut", sagte er dann. „Ich kriege schon seit Tagen das Kratzen im Hals nicht los."
„Bei dem Wetter ist das auch kein Wunder", nickte Martin Schoor. „Machen Sie es sich bequem, der Tee kommt sofort."
Stefan Berger setzte sich nervös in einen der Sessel. Er hatte keinen Blick für die behaglich, geschmackvolle Einrichtung des Wohnzimmers. Ihn brannte nur eine Frage auf der Zunge und die stellte er Martin Schoor auch sofort

als er ihm den Tee servierte:

„Haben Sie etwas Neues über Herrn Brandtner erfahren?"

Martin Schoor hob zögernd die Schultern: „Heute Nachmittag dachte ich; Herr Brandtner hätte Besuch aber jetzt bin ich mir nicht mehr so sicher."

„Haben Sie Geräusche aus seiner Wohnung gehört?"

„Nein, eben nicht! In den letzten Stunden habe ich darauf geachtet. Doch es blieb alles still."

„Aber am Nachmittag gab es Hinweise...?"

„Ja", unterbrach Martin Schoor Stefan Berger, „und zwar in der Tiefgarage."

„In der Tiefgarage?"

„Ist Ihnen da nichts Verdächtiges aufgefallen?"

„Nein, ich war schon länger nicht mehr unten. Ich gehe den kurzen Weg zum Kommissariat zu Fuß."

„Sportlich, sportlich", lächelte Martin Schoor, wurde aber gleich wieder ernst.

„Also nach der Aussage des Hausmeisters hat Herr Brandtner noch nie seinen Stellplatz in der Tiefgarage genutzt."

„Ich glaube kaum", zweifelte Stefan Berger, „dass der Hausmeister soviel Zeit hat die Garage zu überwachen."

„Zugegeben, das Gleiche würde ich auch denken. Doch der Stellplatz von Herrn Brandtner liegt genau neben meinem. Und so lange ich hier wohne, sah ich seinen BMW noch nie dort stehen."

„Möchten Sie damit sagen, dass der BMW heute Nachmittag dann doch dort stand? Ich dachte Herr Brandtner sei weggefahren?"

„Das ist er auch."

„Jetzt verstehe ich gar nichts mehr."

„Ich glaubte", versuchte Martin Schoor zu erklären, dass Herr Brandtner Besuch hätte, weil auf seinem Platz in der Garage seit ein paar Stunden ein weißer Passat steht."

Der Kommissar fuhr wie elektrisiert hoch.

„Moment! Ein Passat, sagen Sie? Den muss ich mir gleich mal ansehen!"

„Gut, gehen wir nach Unten."

Ein paar Minuten später starrte Stefan Berger kopfschüttelnd auf den Passat.

„Ich fasse es nicht!" sagte er. „Wochenlang suchen wir diesen Wagen und jetzt hat ihn der Täter quasi direkt vor meine Augen gestellt. Er muss doch damit rechnen, dass ich in die Tiefgarage gehe."

Herr Schoor sah ihn staunend an: „Sie kennen diesen Wagen?"

„Nur nach einem Foto und anhand des Nummernschildes. Doch es ist einwandfrei der Wagen der ermordeten Frau Metz."

„Das darf doch nicht wahr sein", entsetzte sich Martin Schoor. „Wie konnte ich das nur vergessen? Die Zeitungen haben damals doch über den Fall berichtet und das Fahrzeug des Opfers beschrieben. Aber ich hätte einfach nicht erwartet den gesuchten Wagen hier vorzufinden. Wie kommt der Brandtner an diesen Wagen?"

„Das wüsste ich auch gerne", knurrte Stefan Berger.

Herr Brandtner besitzt eine Autowerkstatt..."

„Und Sie meinen. Er hätte das Auto Jemandem abgekauft?"

„Möglich ist alles!", erwiderte Stefan Berger, aber ihm schwebte eine ganz andere Version im Kopf herum. Er sah seinen Nachbarn entschuldigend an:

„Es tut mir leid, dass ich unsere Unterredung für heute beenden muss."

Herr Schoor verstand sofort. „Ja gut", sagte er, „dann bis zum nächsten Mal. Gute Nacht!"

„Gute Nacht", erwiderte der Kommissar. Dann griff er zum Telefon und rief die Leute von der Spurensicherung an."

Etwa eine Stunde danach war das Auto von Frau Metz bereits zur Überprüfung abgeschleppt worden.

Hans Gruber platze aufgeregt ins Büro des Kommissars und statt ihm einen guten Morgen zu wünschen, fragte er:

„Hast du die Fahndung nach Kurt Brandtner herausgegeben?"

Stefan Berger nickte: „Ja, endlich konnte ich Staatsanwalt Krüger von der Notwendigkeit dieser Maßnahme überzeugen."

„Wie hast du das denn geschafft?"

„Ich habe gestern Abend das Auto von Anita Metz gefunden. Du wirst es nicht glauben, aber es stand tatsächlich in der Tiefgarage des Hauses in dem ich wohne. Und rate mal wo genau?"

„Du willst doch nicht sagen…?"

„Doch es stand genau auf dem Parkplatz von Kurt Brandtner. Aber ich muss gestehen, den Fund habe ich Herrn Schoor zu verdanken, denn ich gehe ja selten in die Garage. Ich habe den Wagen sofort der Spurensicherung übergeben und Staatsanwalt Krüger darüber verständigt."

„Warum hast du mich nicht angerufen?"

Stefan Berger sah seinen Kollegen nachdenklich an:

„Gestern war es noch nicht nötig dich zu stören. Wer weiß wie viele Abendeinsätze uns in der nächsten Zeit bevorstehen. Deine Familie muss oft genug auf dich verzichten."

„Trotzdem…"

Das Schrillen des Telefons unterbrach ihr Gespräch.

Stefan Berger hob ab. Schon nach den ersten Sätzen wurde sein Gesicht kreidebleich.

„Wir kommen!" sagte er knapp und legte den Hörer zurück. „Alfred Bohn hat eine männliche Leiche in der Nähe vom Zeughaus gefunden."

„Alfred?" fragte Hans Gruber erschrocken. „Was sucht der in aller Frühe am Zeughaus?"

„Ein Mann hat ihn angerufen, der ihm wichtige Beweise über den Mörder von Anita Metz übergeben wollte."

„Am Zeughaus?"
„So habe ich es verstanden. Er scheint völlig außer sich zu sein. Wir müssen die Kollegen verständigen und danach sofort losfahren."

Alfred Bohn winkte Hauptkommissar Berger und Kommissar Gruber heftig zu. Dann deutete er zu einem Gebüsch: „Dort hinten kauert der Mann. Ihm war nicht mehr zu helfen. Er war schon eiskalt."
Der Anblick des toten Mannes ließ den beiden Beamten das Blut in den Adern gefrieren. Ihm war das Gleiche geschehen wie den zwei Toten von denen sie immer noch den Mörder suchten. Fast hätte Hauptkommissar Berger geflucht. Die ersten Wagen des Einsatzkommandos der Spurensicherung fuhren heran. Hauptkommissar Berger schritt dem Leiter entgegen.
Kommissar Gruber nahm den noch immer schlotternden Alfred Bohn beiseite und ließ sich den genauen Sachverhalt erklären. Verärgert schüttelte er den Kopf:
„Warum hast du mich nicht gleich von dem Anruf verständigt. Du weißt doch, dass so ein Alleingang das Verkehrteste ist, was du machen kannst."
„Ja", stotterte Alfred Bohn erregt: „Hinterher ist man immer schlauer. Wahrscheinlich wollte der verfluchte Kerl, dass man mich verdächtigt."
Der Kommissar sah Alfred Bohn ernst in die Augen:

„Das kann auch tatsächlich so geschehen. Zumal der Täter den Toten im Gebüsch versteckt hat. Die beiden anderen Opfer hat er doch geradezu zur Schau gestellt.

Du bist auch, wie du sagst, um ihn herumgegangen und hast somit deine Fußspuren hinterlassen."

„Ja natürlich! Ich habe ihn auch angefasst. Er hätte doch noch leben können und somit meine Hilfe gebraucht!"

Kommissar Gruber packte Alfred Bohn an der Schulter:

„Schon gut, jetzt beruhige dich erst mal wieder und denke scharf nach. Gab es doch in der Nähe Jemand der sich verdächtig benommen hat?"

Alfred Bohn zog die Stirne kraus. „Drüben auf der Grieserwiese haben schon einige Leute geparkt, aber sie sind alle schnell vorbei gehastet. Niemand hat die Büsche beachtet."

„Und dich hat niemand angesprochen?"

Nein", sagte Alfred Bohn hohl und ließ den Kopf mutlos sinken.

„Komm mit zum Hauptkommissar. Falls er hier ohne mich zu Recht kommt, möchte ich mit dir zur Flutmulde fahren."

Alfred nickte ergeben und trottete gehorsam neben dem Kommissar her. Vor seinen Augen tauchte immer wieder das Bild des toten jungen Mannes auf.

„Glaubst du, ich hätte den Mord verhindern können, wenn ich früher hier gewesen wäre?"

Kommissar Gruber fasste es nicht:

„Was redest du denn da für einen Unsinn. Wenn es sich herausstellt, dass dieser Mann genauso ermordet wurde wie Anita Metz und Rolf Dobner steht doch fest, dass er schon tot war, als er hier abgesetzt wurde."
Er ging zu Hauptkommissar Berger, sprach ein paar Worte mit ihm und kam gleich darauf zu Alfred Bohn zurück.
„Also komm", sagte er zu ihm, fahren wir."

„Ich bin froh", sagte Kommissar Gruber, als er und Alfred Bohn aus dem Wagen stiegen, „dass es heute weder regnet noch schneit, das hilft uns bei der Spurensicherung."
„Aber der Wind bläst ganz schön frisch", stotterte Alfred Bohn. Trotz seiner dicken Winterjacke klapperten ihm die Zähne.
Von der Ferne hörte man den rollenden Verkehr, aber hier an der Flutmulde fuhren um diese frühe Zeit nur ein paar wenige Fahrzeuge vorbei. Sie gingen an der Flutmulde entlang und steuerten auf eine der Betonflächen zu, die hier in Abständen als Spielfläche angelegt waren.
Bei der dritten betonierten Fläche wurden sie fündig. Der Zehnliterplastiktank stand in Mitten einer Blutlache.
„Es ist also wieder der gleiche Mörder", murmelte Hans Gruber und hob den Kanister hoch. Für ihn und den Hauptkommissar war es fast schon klar gewesen, dass sich hier ein vom Landshuter Hochzeitsfest Abgewiesener

rächen wollte; aber als er jetzt die Folienstiftgeschriebene Zeile las, sah er diese These voll bestätigt. „Für die Förderer!" stand da. Das genügte.

„Komm", sagte er heiser zu Alfed Bohn, fahren wir zurück".

Still schritten sie zum Wagen und stiegen ein.

„Eigentlich wollte ich heute nach Regensburg fahren", sagte Alfred während der Fahrt.

„Das kannst du vergessen", erwiderte der Kommissar.

Es wurde schon gestern Abend eine Fahndung nach Kurt Brandtner herausgegeben. Die Suche in Regensburg übernehmen die dortigen Kollegen. Wenn ich nur wüsste, warum dieser abartige Mensch gerade in dieser Nacht seine Tat ausgeführt hat. Hauptkommissar Berger und ich haben erst am Freitag damit gerechnet. Wir wollten da verstärkte Kontrollen einsetzen."

Alfred Bohn sah den Kommissar neugierig an:

„Sind gegen Kurt Brandtner neue Beweise aufgetaucht?"

„Man hat Anitas Wagen auf seinen Stellplatz in der Tiefgarage gefunden".

Nach diesen Worten waren sie wieder am Zeughaus angelangt. Alfred Bohn blieb seine Frage im Hals stecken.

Der Leichenwagen stand schon bereit.

Der Kommissar parkte sein Auto, nahm den Kanister aus dem Kofferraum, schritt auf einen der ermittelnden Spurensicherer zu und übergab ihn ihm.

Alfred Bohn lief hinter Kommissar Gruber her, aber er fühlte sich fehl am Platz. Der Gedanke an Anitas Wagen ließ ihn nicht los. Wie kam er auf Kurt Brandtners Stellplatz? Dem Bericht nach, sollte dieser Mann doch in einem BMW unterwegs sein. Am liebsten wäre er bei der Suche nach Kurt Brandtner dabei gewesen. Doch dann kam ihm wieder der Anrufer am frühen Morgen in den Sinn. Wieso hatte er ihn hierher gelockt?

Hauptkommissar Berger nickte ihnen zu:

„Die gleiche Tötungsweise wie bei Frau Metz und Herrn Dobner."

„Weiß man wer der Tote ist?" fragte der Kommissar.

Der Hauptkommissar zeigte ihm den Ausweis.

„Sein Name ist Florian Brause", sagte er ernst. Wir müssen seine Eltern benachrichtigen."

Anschließend wandte er sich an Alfred Bohn

„Du musst zur Dienststelle fahren und deine Aussage über das Geschehen hier zu Protokoll geben. Wir sehen uns dann später zur Besprechung."

Paul Westner saß noch mit seinem Schlafanzug bekleidet in der Küche der schmucken Doppelhaushälfte vor seinem Frühstück. Leise Musik rieselte aus dem Radio.

Er hatte Spätschicht und somit genügend Zeit den Tag ruhig angehen zu lassen. Der Kaffee floss wohlig warm durch seine Kehle und trug zu seiner Zufriedenheit bei.

Doch die angenehme Stille im Haus wurde vom schrillen läuten an der Haustür unterbrochen. Unwillig sah er auf die Uhr. Wer sollte ihn um diese Zeit stören? Das Läuten wiederholte sich. Langsam zog er sich seinen Bademantel über und schlurfte zur Tür.

Noch ehe er den beiden Fremden eine Frage stellen konnte sah er schon den gezückten Ausweis vor sich.

„Hauptkommissar Berger", stellte sich einer der Herren vor. „Und das ist Kommissar Gruber. Sprechen wir mit Herrn Brause?"

„Nein", stotterte er verblüfft: „Mein Name ist Paul Westner. Frau Brause arbeitet schon. Was ist denn los?"

„Sind Sie mit Frau Brause verwandt?" fragte der Hauptkommissar.

„Nein, ich bin ihr Lebensgefährte", sagte er zögernd und sah den Hauptkommissar mit ungutem Gefühl an.

„Ist Frau Brause etwas zugestoßen?"

„Wir müssen dringend mit ihr sprechen",
wich Hauptkommissar Berger seiner Frage aus.

„Wo arbeitet Frau Brause?"

„Sie ist Sekretärin bei den Förderern…"

„Bei den Förderern? Also doch!" sagte Kommissar Gruber erregt. „Als ich den Namen hörte, dachte ich gleich an sie aber ich sagte mir dann, dass es ein Zufall sein könnte…"

Hauptkommissar Berger unterbrach ihn ernst: „Fahren wir."

Paul Westner sah den beiden Beamten Bange nach.

Ihm war, als läge plötzlich etwas böses, Zerstörerisches in der Luft. Der Kommissar hatte schon sehr seltsam auf die Förderer reagiert. Hatte Martina nicht mal etwas von Drohungen die es gegen diese Leute gab, erwähnt? Ihm wurde es siedend heiß.

„Ich muss zu ihr", murmelte er und lief zurück in die Wohnung um sich umzuziehen.

Als Hauptkommissar Berger und Kommissar Gruber das Büro von Frau Brause betraten, heftete sie gerade ein paar Akten ab.

„Ach", seufzte sie, „schon wieder die Herren von der Kriminalpolizei. Gibt es wieder so eine komische Drohung?"

„Guten Morgen Frau Brause", erwiderte der Hauptkommissar. „Wir müssen Sie dringend sprechen. Es betrifft Sie persönlich."

„Mich?" fragte Frau Brause unsicher geworden. Während sie die Papiere auf den Schreibtisch legte. Die Mienen der Beiden Beamten sagten ihr nichts Gutes.

„Sie sehen aus, als habe es sich bestätigt, dass der Mörder von Frau Metz und Herrn Dobner es tatsächlich auf die Förderer abgesehen hat."

Der Hauptkommissar nickte ernst. „Haben Sie einen Sohn Namens Florian?

„Ja."

Wo hielt er sich heute Nacht auf?"

„Mein Sohn?" fragte Frau Brause mit blitzenden Augen. Möchten Sie etwa meinen Sohn verdächtigen? Das ist ja lächerlich. Er ist Trompeter bei der Stadtkapelle und wurde gestern Abend zu einer außerordentlichen Probe bestellt. Sie fand in der Musikschule statt. Wahrscheinlich geben sie bald ein Konzert."

„Wer hat ihn zu dieser Probe bestellt?"

Frau Brause sah den Hauptkommissar nachdenklich an:

„Das weiß ich nicht. Gestern Abend haben wir nur kurz miteinander gesprochen. Ich dachte, dass ihn ein Kollege angerufen hat. Außerdem gab es doch gar keinen Grund ihn danach zu fragen. Das ist schon öfters vorgekommen.

Wie hätte ich ahnen können, dass Sie mich schon am frühen Morgen mit solchen Fragen überfallen? Heute Morgen, als ich aus dem Haus ging, habe ich auch noch nicht mit ihm gesprochen. Da hat er noch geschlafen."

„Sind Sie sich da sicher?"

Der zweifelnde Blick des Hauptkommissars und die verlegene Miene des Kommissars machten sie nervös.

„Nachgesehen habe ich natürlich nicht…"

Sie starrte auf die Eingangstür: „Was machst du denn hier?" fragte sie verblüfft.

Paul Westner stotterte mit roten Gesicht: „Ich dachte, ich wollte, ist etwas passiert?"

„Was soll...? Ihre Hände begannen zu zittern: „Sie waren also schon bei mir zuhause? Jetzt sagen Sie endlich was das Ganze hier zu bedeuten hat."

Einen Moment lang hörte man nur das Atmen der vier Menschen, dann drang die Stimme von Hauptkommissar Berger durch den Raum. Sie knallte wie Peitschenhiebe auf Frau Brause nieder:

„Ihr Sohn ist heute Morgen tot am Zeughaus aufgefunden worden."

„Nein!" Frau Brause starrte den Hauptkommissar ungläubig an, dann griff sie sich an ihr Herz.

Paul Westner, der zu ihr getreten war, konnte sie gerade noch auffangen. „Seit ein paar Monaten hat sie schon Herzbeschwerden", stammelte er.

Kommissar Gruber rief sofort den Notarzt.

„In ihrer Handtasche müssen Herztropfen sein", sagte Paul Westner.

Hauptkommissar Berger suchte die Tasche und fand darin die Tropfen. Schweigend leisteten die drei Männer erste Hilfe.

Er saß am Bett seines Vaters und schloss vor Erschöpfung die Augen. Bilder der vergangenen Nacht huschten an ihm vorbei, vermischten sich zu makaberen, manchmal skurrilen Szenen. Er sah sich zu, wie er den Trichter in die Öffnung des Kanisters steckte und das Blut seines Opfers hineinlaufen ließ. Dann war er plötzlich am Anfang des Geschehens, als er Florian Brause anrief. Dieses Mal war alles ganz einfach verlaufen. Der Trottel hatte es ihm fast zu einfach gemacht. Ein kurzer Anruf hatte genügt, ihn dahin fahren zu lassen, wo es ein Leichtes war, ihn zu überwältigen. Er hatte bei der Einfahrt des nur wenig beleuchteten Parkplatzes an der Musikschule auf ihn gewartet und zufrieden festgestellt, dass Florian Brause ein pünktlicher Mensch war. Ohne Skrupel war er ihm hinterher gefahren und hatte direkt neben ihm geparkt. Der junge Mann war ausgestiegen, hatte sich suchend umgesehen, dann hatte er den Kofferraum geöffnet um sein Musikinstrument herauszunehmen. Das war genau der richtige Moment für ihn gewesen, auszusteigen und ihn mit dem Äther zu betäuben.

Alles war wie gewohnt zügig abgelaufen. Anschließend war er mit Florian Brause im Kofferraum nach Hause gefahren. Dort hatte er ihn in den gekachelten Nebenraum geschleppt, ihn auf einen Stuhl gefesselt und die Pulsadern geöffnet. Die Zeit bis sein Opfer völlig ausgeblutet war hatte er genutzt um sich diesen verhassten Polizisten vom Hals zu schaffen. Es reizte ihn geradezu diesen Mann in Verdacht zu bringen. Er hatte sich die Polizeiuniform geschnappt und war zum Haus, in dem Anita Metz gewohnt hatte gefahren. Er sah vor seinem geistigen Auge, wie er das einfache Schloss des Schuppens knackte, sich zu dem Gerümpel hineinschlich und die Uniform gut sichtbar ausbreitete. Er hörte noch sein boshaftes Kichern als er sich wieder aus dem Schuppen schlich, dessen Tür er weit offen ließ. Jetzt sah er sich wieder im Nebenraum bei seinem Opfer. Es gab viel zu tun. Die Spuren mussten beseitigt werden. Doch zuvor musste er den ausgebluteten Körper in eine Plastikplane wickeln, hoch schleppen, ihn in den Kofferraum seines Wagens wuchten und ihn zu seinem vorgesehenen Platz bringen. Eine schwere Aufgabe. Dann war da ja auch noch der Kanister mit dem Blut gewesen, den er zur Flutmulde bringen musste. Er spürte die Spannung in der er sich befunden hatte. Wurde er beobachtet?

Vielleicht wäre es besser, dieses Mal von diesem Ritual abzulassen? Nein, das gehörte einfach dazu. Es war seine Handschrift und das Zeichen für die Förderer. Sie mussten es endlich kapieren, dass es ihm ernst war mit der Drohung. Der Schweiß lief ihn von der Stirn und er ächzte.

Einen Moment kam er in die Realität des Morgens zurück. Aber die Müdigkeit überwältigte ihn. Seine Arme gruben sich in die weiße Bettdecke seines Vaters und sein Kopf versank darin. Doch in seinem Hirn drehten sich die Bilder weiter. Er sah sich mit dem Telefon in der Hand, sah wie er zur Grieserwiese fuhr und sich anschließend in der Nähe seines Opfers versteckte. Dann sah er Alfred Bohn hinter das Gebüsch treten und fühlte noch einmal das schale, enttäuschte Gefühl das sich in ihm breit gemacht hatte. Nur um diesem aufdringlichen Polizisten eins auszuwischen hatte er sein Opfer nicht wie sonst so recht in Position bringen können. Aber hatte es auch gefruchtet? Der Kommissar war zwar mit Alfred Bohn weggegangen aber hatte er ihn auch als mutmaßlichen Täter verhaftet?

Irgendwer rüttelte ihn an der Schulter und eine Stimme trommelte auf ihn ein:

„Herr Brandtner, gehen Sie nach Hause. Sie können im Moment nichts für ihren Vater tun. Dafür sind wir jetzt da."

Er hob langsam den Kopf und starrte den Mann im weißen Kittel verwirrt an: „Aber ich muss ihn pflegen…"

„Wie gesagt, das übernehmen wir jetzt. Sobald es ihm besser geht, rufen wir Sie an. Sie benötigen dringend ein paar Stunden Schlaf."

Schlaf? Der Mann hatte Recht, aber er wollte hier bei seinem Vater schlafen. Er blickte stumm auf die magere Gestalt und schüttelte den Kopf: „Ich kann nicht gehen, ich muss mit ihm sprechen. Er muss über alles was ich mache Bescheid wissen."

„Ihr Vater hört sie nicht. Er liegt im Koma."

„Warum habe ich ihm nicht selbst helfen können? Warum musste ich den Notarzt anrufen?" murmelte er bitter.

„Das war das einzig Richtige was Sie tun konnten", sagte der Mann neben ihn. „Ich verstehe, dass sie sich um ihren Vater sorgen, aber wenn Sie ihrem Körper keine

Ruhe gönnen, sind Sie unser nächster Patient."

„Gut", erwiderte er schlaff, „aber ich komme in ein paar Stunden wieder."

Langsam erhob er sich und hielt mit seinem Vater eine kurze stumme Zwiesprache.

„Was weiß denn dieser Quacksalber schon. Du darfst nicht sterben, ehe ich alles zu Ende gebracht habe. Du musst es doch wissen, sonst hätte alles keinen Sinn gehabt."

Vor dem Krankenzimmer klopfte der Arzt ihm sachte auf die Schulter und verabschiedete sich von ihm mit ein paar aufmunternden Worten.

In dem Moment sah Max Brandtner Hauptkommissar Berger und Kommissar Gruber auf sie Beide zukommen.

Sein Herz begann zu rasen. „Habe ich etwas falsch gemacht?" überlegte er krampfhaft. Doch die Reaktion der beiden Beamten beruhigte ihn gleich wieder.

„Sie hier?" fragte der Hauptkommissar erstaunt.

„Ja", sagte er leise. Ich musste heute Morgen den Notarzt rufen. Mein Vater hatte einen Rückfall."

Der Arzt wollte weiter gehen, aber Kommissar Gruber hielt ihn auf. Er zeigte ihm seinen Polizeiausweis und erklärte ihm den Grund seines Besuches in der Klinik.

Max Brandtner horchte auf. Eine gewisse Frau Martina Brause war vor Kurzen hier mit einem Herzinfarkt eingewiesen worden. Nun wollten die Beamten wissen, wie es ihr gehe und wann sie vernehmungsfähig wäre.

Der Arzt hob bedauernd die Schultern:
„Schlecht zu sagen. Meine Kollegen sind gerade dabei sie zu operieren. Der Chefarzt wird Ihnen später sicher nähere Auskunft erteilen."
Der Hauptkommissar sah zum Arzt hinüber und konzentrierte sich auf dessen Worte. So entging ihm das triumphierende Grinsen im Gesicht von Max Brandtner, der einen kurzen Gruß murmelte und weiter ging.

„Max Brandtner kann einem leid tun", sinnierte Hans Gruber als er mit Stefan Berger die Klinik verließ. „Sein Vater wird wohl nicht mehr lange leben und wenn er erfährt, was sein Bruder alles auf dem Kerbholz hat, dann..."
„Schon", unterbrach ihn Stefan Berger, „aber wenn das unsere einzige Sorge wäre könnten wir beruhigt sein."
Er sah kurz auf seine Uhr: „ Wo nur Herr Westner bleibt? Er wollte doch auch hierher kommen."
Unwillkürlich blickte Hans Gruber suchend den Korridor entlang, dann sagte er stoisch:
„Der kommt schon noch."
„Stefan Berger zog missmutig die Augenbrauen hoch:
„Wie du nur immer so ruhig bleiben kannst. Wir wissen nicht, wann Frau Brause wieder ansprechbar ist. Ihre Tochter, die uns vielleicht weiterhelfen könnte, soll sich im Ausland aufhalten und Herr Westner, den wir deshalb unbedingt zur Identifikation von Florian Brause benötigen,

taucht nicht auf."

Die Krankenhausluft setzte sich in seinen Rachen und nahm ihm fast den Atem.

„Ich muss hier raus", krächzte er. Sein Gesicht war beinahe so blass wie die weißen Kittel der Schwestern, die von einem Zimmer zum anderen hetzten.

Hans Gruber sah ihn besorgt von der Seite an und lief still neben ihm her zum Aufzug. Dann drückte er fest auf den Pfeil der nach unten zeigte. Als sich endlich die Tür des Aufzugs öffnete, stand Herr Westner ihnen gegenüber. Mit einem kurzen Nicken versuchte er an ihnen vorbei zu huschen.

Hans Gruber hielt ihn zurück: „Sie kommen uns gerade Recht Herr Westner wir benötigen Sie in der Pathologie."

Ohne lange zu zögern drückte er auf den Knopf zum Erdgeschoss.

„Aber ich möchte erst zu Frau Brause", stotterte der Mann aufgeregt.

„Das verstehe ich", nickte Hans Gruber, „aber im Moment können Sie sowieso nicht zu ihr. Sie wird gerade operiert."

Westners Kinnlade sank nach unten: „Sie wird operiert?
Schwebt sie in Lebensgefahr?"

„Das glaube ich nicht", versuchte ihn Hans Gruber zu beruhigen, „aber sie wird nicht so schnell in der Lage sein, ihren Sohn zu identifizieren und sie wird Ihnen sicher sehr dankbar sein, wenn Sie das für sie übernehmen."

„Gut", schluckte Herr Westner aufgeregt, „wenn es sein muss."

Stefan Berger rief den Pathologen Doktor Wiesner an und kündigte ihren Besuch an.
Draußen blies ihnen die kalte Luft schneidend entgegen.
Kommissar Gruber zog fröstelnd seinen Mantelkragen hoch, dann wandte er sich an Herrn Westner: „Sind Sie mit ihrem Wagen hier?"
„Nein", schniefte der Angesprochene mit rot anlaufendem Gesicht: „Ich bin mit dem Taxi hierher gefahren. Die Sache mit Martina hat meine Nerven ganz schön durcheinander gerüttelt."
„Ist schon gut", beruhigte ihn der Kommissar. „es war vernünftig von Ihnen sich in ihrer Erregung nicht mehr selbst ans Steuer zu setzen. Wir fahren jetzt zur Pathologie. Anschließend wird sie einer unserer Kollegen hierher zurück oder nach Hause bringen."
„Danke."
Die Fahrt zur Pathologie verlief schweigend. Jeder der drei Männer hing seinen eigenen Gedanken nach. Hauptkommissar Berger hatte seine Übelkeit, die ihm in der Klinik zu schaffen gemacht hatte, überwunden. In Gedanken beschäftigte er sich schon mit den nächsten Dingen die zu erledigen waren.

Kommissar Gruber dachte an Alfred Bohn. Wieso hatte der Mörder ausgerechnet ihn angerufen?

Herr Westner sah seine sonst so resolute Lebensgefährtin so fassungslos mit verstörtem Blick vor sich. Für sie und ihn würde es nie mehr so sein wie vor dem Mord.

Aber vielleicht hatten sich die Kommissare getäuscht?

Vielleicht war es gar nicht Florian den er identifizieren sollte?

Doch als sie schließlich vor der aufgebahrten Leiche standen und das Tuch von dem Gesicht gezogen wurde, konnte er nur noch zitternd nicken: „Ja, das ist Florian Brause."

Kommissar Gruber nahm ihn am Arm und führte ihn hinaus.

Doktor Wiesner, der sich während der Identifizierung des Toten dezent im Hintergrund gehalten hatte, trat auf Hauptkommissar Berger zu und schlug das Leichentuch zurück und sagte: „Ich bin schon fertig mit der Untersuchung. Alles wie gehabt. In einer Stunde haben Sie meinen Bericht auf ihrem Schreibtisch."

„Gut", nickte der Hauptkommissar und eilte auf den Ausgang zu: „Wir sehen uns dann am Nachmittag bei der Besprechung."

Max Brandtner trat in das Zimmer seines Vaters und riss das Fenster weit auf.

„Jetzt kann ich endlich mal den Mief hier vertreiben."

Er drehte sich um und stützte sich auf die Bettkante:

„Raus mit dir du fauler Knochen! Ach, du bist ja schon draußen. Ich mach dir alles frisch."

Mit ein paar Handgriffen hatte er die Betten von den alten Bezügen befreit und neue darüber gezogen.

„Jetzt können sie dich wieder aus dem Krankenhaus entlassen. Das willst du gar nicht? Du kommst nicht wieder zu mir zurück? Das könnte dir so passen. Ich brauche dich doch. Es wird noch eine Weile dauern bis ich mein Ziel erreicht habe. So lange musst du schon aushalten. Wenn ich dir nicht alles sagen kann, hat es nur den halben Nutzen. Du hast doch nie daran geglaubt, dass ich etwas Großes vollbringen kann. Jetzt mache ich es. Ich weiß, du hast Angst um deinen Kurt. Keine Bange, ich bring ihn für eine Zeit lang außer Reichweite. Sonst kommen sie ihm zu schnell auf die Schliche. Du hättest die Gesichter der Polizisten sehen sollen. Die kommen langsam ins Rotieren. Du bist nicht da? Das weiß ich doch! Aber ich habe keine Lust es der da unten zu erzählen. Die versteht mich sowieso nicht. Wenn du nicht da bist, mag ich sie auch nicht sehen. Die soll ruhig eine Zeit lang im Keller schmoren bis sie meine Gegenwart schätzt. Jetzt habe ich genug gelüftet. Ich lege mich ein Stündchen hin. Dann bin ich wieder aktiv und nachdem was noch getan werden muss, hole ich dich nach Hause."

Weiter vor sich hin brabbelnd schloss er das Fenster und verließ anschließend das Zimmer.

Alfred Bohn hielt mit quietschenden Reifen vor dem Haus seiner Tante an. Erregt eilte er zur Haustür und schloss sie hastig auf. Schon im Flur vernahm er die Stimmen seiner Mutter und seiner Tante Martha. Stritten sich die Beiden etwa? Kopfschüttelnd lief er zum Wohnzimmer.

Nach dem aufgeregten Anruf seiner Mutter, hatte er geglaubt, dass Tante Martha etwas zugestoßen sei. Langsam beruhigte sich sein schnell schlagender Puls. Trotzdem klopfte er vorsichtshalber an die Tür. Dann blieb er wie angewurzelt stehen und starrte auf die etwas zerknautschte Polizeiuniform, die auf dem Sessel lag.

„Könntet ihr mir vielleicht sagen, was das Ganze hier soll?" fragte er verständnislos.

Seine Mutter nickte ernst. „Sieh dir die Uniform genau an und sage mir, ob sie dir gehört."

„Wem sollte sie sonst gehören?" brummte er. „Aber wie sieht die denn aus? Was habt ihr mit ihr gemacht?"

„Nichts", erwiderte Tante Martha. „Ich habe sie im Schuppen gefunden und dachte, dass du mir erklären kannst wie sie dorthin gekommen ist. Vor ein paar Tagen stand in der Zeitung, dass ein Polizist verdächtigt wird Anita…"

Alfred Bohn traute seinen Ohren nicht: „Und nun glaubst du, dass ich dieser Polizist bin?" Ihm wurde schwarz vor Augen. „Das kann doch nicht wahr sein." Er packte die Uniformjacke und betrachtete sie von allen Seiten. Sein

Gesicht wurde aschfahl dabei. „Ich glaube das ist die Uniform die mir nicht mehr richtig passte. Anita hatte sie beim Faschingsball einem ehemaligen Kollegen von ihr geliehen und nicht wieder zurückbekommen."

Jetzt begannen die Hände seiner Tante zu zittern: „Entschuldige Alfred, daran habe ich in meiner Aufregung gar nicht mehr gedacht."

„Anita hat es dir also damals erzählt?"

„So genau kann ich mich nicht mehr erinnern. Das ist ja auch schon mehrere Jahre her. Ich weiß bloß noch, dass sie als Sträfling verkleidet zum Faschingsball gehen wollte und ein Kollege von ihr, sie als Polizist begleiten sollte. Aber mit dem Mann muss sie sich irgendwie überworfen haben."

Alfreds Mutter wandte sich mit hochrotem Gesicht zu ihrer Schwester: „Ich habe dir doch gleich gesagt, dass Alfred nichts mit der Sache zu tun hat".

Alfreds Blick schweifte zwischen den beiden Frauen hin und her: „Soweit kommt es noch, dass ihr euch wegen mir zerstreitet. Ich muss Hauptkommissar Berger von dem Fund verständigen. Also fasst bitte die Uniform nicht mehr an, und in den Schuppen solltet ihr vorläufig auch nicht mehr gehen. Wegen der Spuren und so...Ich muss jetzt wieder zum Dienst. Ich melde mich dann, Servus."

Alfred schlug ungewohnt heftig die Tür hinter sich zu.

„Verflucht!" schimpfte er auf den Weg zu seinem Wagen.

„Welcher verdammte Mistkerl hängt mir das alles ans Bein? Diese Frage brannte ihn noch während der ganzen Fahrt zum Kommissariat auf der Zunge. Als er das Büro betrat, sah er das halbfertige Protokoll auf seinem Schreibtisch, das er über den Vorgang am Morgen geschrieben hatte. Es musste auch fertig werden. Oder sollte er zuerst einen Kollegen von der Spurensicherung über die aufgefundene Uniform informieren? Achtlos hing er seinen Parka über die Stuhllehne. Das hat Zeit. Er nahm das angefangene Protokoll. Wo war er stehen geblieben? Die Sätze verschwammen vor seinen Augen.

Er sah den Toten vor sich und lebte noch einmal die ganze Szenerie nach. Seine Hände begannen zu zittern.

Die Luft wurde trocken. Er brauchte ein Glas Wasser.

Harte, feste Schritte näherten sich der Tür. Sein Kollege Ralf Kerner trat ein.

„Dich hätte ich ja nicht gerade hier erwartet. Aber vielleicht hast du deine Spuren schon verwischt? Alle Achtung! Diesmal hast du dich nicht nur von hinten gezeigt. Diesmal hast du das Opfer sogar selbst entdeckt.

Endlich ist es offiziell wer der athletische Polizist ist."

Alfreds Knöcheln wurden weiß: „Halt den Rand oder..."

„Oder was?" spottete Ralf weiter, willst du mich dann auch aus dem Weg räumen?"

Alfreds Nerven vibrierten. Er packte seinen Parka und stürmte hinaus.

Stefan Berger ging auf Hans Gruber zu, der dem Taxi, in dem Herr Westner gerade weg fuhr, skeptisch nach sah.

„Wolltest du ihn nicht nach Hause bringen?" fragte er ernst.

„Schon, aber er war nicht davon abzubringen zum Krankenhaus zu fahren", sagte er besorgt. „Dabei denke ich, dass er selbst seelischen Beistand bräuchte. Seine Hände haben gezittert."

Einen winzigen Moment flackerte in den Augen von Stefan Berger Mitgefühl auf. Doch gleich darauf dachte er an den Mann, der all dieses Unheil heraufbeschworen hatte und seine Züge verhärteten sich: „Komm", sagte er rau. „Es gibt viel zu tun."

Der Himmel wölbte sich schon wieder schwarz über Landshut und zeigte den nächsten Schneesturm an. Das graue, triste Wetter passte genau zur Stimmung der Beiden und wie es aussah, auch auf Alfred Bohn. Er kam ihnen im Kommissariat wie ein gehetzter Kampfstier entgegen. Beinahe wäre er blindlings an ihnen vorbei gelaufen. Hans Gruber stellte sich ihm in den Weg:

„Was ist denn mit dir los?" fragte er ihn kopfschüttelnd. Man könnte meinen du würdest von Jemandem verfolgt."

„Ich halte das nicht mehr aus!" schrie Alfred erhitzt. „Der Kerner treibt mich mit seinen gehässigen Reden noch zum Wahnsinn. Ich muss hier raus!"

Hans Gruber fasste ihn am Arm: „Das klären wir am Besten im Büro."

Stefan Berger ging in sein eigenes Büro und Alfred Bohn folgte Hans Gruber widerstrebend. Seine Erregung klang nicht ab.

„Setz dich erstmal und sag mir was los ist", forderte Hans Gruber Alfred Bohn mit bestimmtem Ton auf.

Alfred ließ sich mit wildem Blick auf dem Stuhl nieder:

„Der Kerner beschuldigt mich immer wieder der Polizist zu sein, der die Morde begeht. Er zählt mir all die Beweise auf, die angeblich schon gegen mich vorliegen."

Hans Gruber fasste es nicht. Das was Alfred Bohn ihm da berichtete, war harter Tobak und kollegial nicht zu vertreten. „Warum hast du mir das nicht schon eher gesagt?"

„Ich wollte ihn nicht anschwärzen, aber wenn er so weiter macht, dreh ich noch durch."

„Hat er auch schon Kollegen gegen dich aufgehetzt?"

Alfreds Hände begannen zu schwitzen: „Das weiß ich nicht", sagte er achselzuckend. „Aber da ist noch etwas anderes passiert. Wenn das die Runde macht, bin ich sowieso auch bei den anderen Kumpels unten durch."

Hans Gruber horchte auf. „Was ist passiert?"

Alfreds Gesicht lief rot an: „Tante Martha hat in ihrem Schuppen eine alte Uniform von mir gefunden", erklärte er stockend.

„Und? Was ist da so schrecklich daran?"

„Sie ist völlig verdreckt. Und das Schlimme daran ist, dass Tante Martha auf denselben Gedanken gekommen ist wie der Kerner. Sie hat tatsächlich im ersten Moment angenommen, dass ich dieser Polizist sein könnte. Gott sei Dank hat sie sich dann daran erinnert, dass ich vor ein paar Jahren der Anita die Uniform ausgeliehen habe. Aber schon allein der Verdacht..."

„Ich verstehe das nicht", unterbrach ihn Hans Gruber verwundert. „Wie kann man denn seine Uniform herleihen und was wollte Anita denn damit machen?"

„Jetzt weiß ich auch, dass das blöd von mir war. Aber die Uniform hatte ich schon ausgemustert weil sie mir nicht mehr richtig gepasst hat. Anita wollte mit einem Kollegen zusammen auf einen Faschingsball gehen. Sie als Sträfling und er als Polizist."

„Ja gut, aber hast du sie nicht wieder zurück verlangt?"

„Doch, aber Anita hat sich danach mit dem Kollegen überworfen, warum weiß ich auch nicht. Jedenfalls hat sie sich danach nicht mehr mit ihm getroffen. Ich glaube, er hat sogar im Krankenhaus gekündigt. Ob er Anita die Uniform wieder zurückgegeben hat weiß ich nicht. Sie war mir damals nicht mehr wichtig und ich habe den Vorfall vergessen. Aber heute ist mir der Gedanke gekommen, dass Jemand die Uniform benutzt hat um den Verdacht auf mich zu lenken."

Hans Gruber nickte erregt: „Das wäre möglich. Erinnerst du dich noch an Anitas Kollegen?"

Alfred rieb sich verlegen die Hände: „Ich kenne ihn leider nicht. Ich weiß nur, dass er fast die gleiche Figur wie ich hatte. Sie haben mal auf der gleichen Station gearbeitet.
Ob als Pfleger oder Arzt ist mir auch nicht bekannt.
Damals hatte ich eine Freundin und war zu der Zeit nur wenig mit Anita unterwegs."
„Sauber! Und wo ist die Uniform jetzt?"
„Bei Tante Martha im Wohnzimmer. Ich wollte sie der Spurensicherung übergeben, aber ich dachte, dass es besser wäre, dich vorher zu verständigen. Vielleicht gibt es im Schuppen auch eine Spur."
„Warum hast du mich dann nicht angerufen?"
„Dein Handy war aus, also bin ich zum Kommissariat gefahren und da hat mich der Kerner mit seinen Gehässigkeiten fertig gemacht."
Hans Gruber nickte kurz: „Ich werde mit Kerner ein ernstes Wort sprechen, aber zuvor müssen wir Stefan vom Fund der Uniform unterrichten. Alfred erhob sich zögernd und folgte Hans Gruber zum Büro des Hauptkommissars.

Max Brandtner sah verärgert auf die Uhr. Er hatte viel zu lange geschlafen. Sein Vater wartete doch auf ihn. Erst jetzt merkte er, dass seine Kleidung feucht vom Schweiß an ihn klebte. Er begann sich vor seinem eigenen Geruch zu ekeln.
„Ich muss unter die Dusche", brummelte er vor sich hin.

Doch draußen klingelte Jemand Sturm. Hatte ihn dieses Geräusch aus dem Schlaf gerissen oder war dieser Besucher gerade erst angekommen? Egal, wer es auch immer sein mochte, er störte gewaltig und er würde ihn gleich wieder abwimmeln.

Langsam schlurfte er zur Haustür.

„Sie schon wieder?" knurrte er gleich darauf genervt.

Dann schnellte sein Ton in die Höhe:

„Mein Bruder ist nicht hier, er hat nicht angerufen und ich weiß nicht ob er überhaupt noch einmal hierher kommt.

Also verschonen Sie mich mit weiteren Besuchen."

Dann klatschte er die Tür wieder zu. Ein eisiger Schauer lief ihm über den Rücken und erinnerte ihn an seine feuchte Kleidung. Er ging zurück in sein Zimmer um sich frische Sachen zu holen. Als er zum Schrank ging blieb sein Blick am Kalender hängen. War heute Donnerstag oder Freitag? Seit sein Vater im Krankenhaus lag hatte er kein gutes Zeitgefühl mehr. Er musste ihn besuchen. Aber passte das auch zu seinem Plan? Bestimmt nicht. Er musste ihn neu ordnen sonst würde er die Übersicht verlieren. Und Andrea? Ach die konnte warten. Was wollte er eigentlich hier? Konfus blickte er sich um. Der ganze Raum füllte sich mit Nebel. Schwankend lief er hinaus und erreichte mit Mühe das Bad. Dort lagen seine Tabletten. Er nahm zwei davon ein und setzte sich auf einen Hocker. Das seltsame Geräusch in seinen Ohren ließ langsam nach und die Sicht wurde klarer. Nach etwa zehn Minuten erhob er sich und stellte sich unter die Dusche. Das nur lauwarme Wasser vertrieb seine Schläfrigkeit. Ihm fiel wieder ein, was er tun musste.

Lena Senft war erschrocken vor dem aggressiven Benehmen von Max Brandtner zurückgewichen und war zum Auto in dem Peter Bauer auf sie wartete zurückgegangen.

„Der hat doch nicht alle Tassen im Schrank", schimpfte sie, als sie einstieg. Ich wollte ihm doch nur ein paar höfliche Fragen stellen und er klatscht mir mit fletschenden Zähnen die Tür vor der Nase zu."

„Übertreib mal nicht so", grinste Peter. „So schlimm wird es wohl nicht gewesen sein."

„Doch, war es", ereiferte sich Lena noch mehr. „Und dieser Gestank mit dem er die Luft verpestete, erinnert mich an die dicke Frau im Bus. Schon seltsam wie zwei ganz verschiedene Menschen den gleichen bestialischen Duft an sich haben können."

Peter startete lachend den Wagen „Vielleicht hat sich dein feines Näschen auch geirrt."

„Mach du dich nur lustig über mich", schmollte Lena. „Ich sage dir, mit dem stimmt was nicht. Aber ihr Männer habt ja keinen blassen Schimmer von der weiblichen Intuition. Hans Gruber hat Angst, dass ich mich wegen Andrea zu sehr ins Zeug lege und Stefan Berger wollte mich wegen dem Drohbrief, den ich erhalten habe, von diesem Fall abziehen. Dabei erhält er doch auch solche Nachrichten."

Peters Ton wurde wieder ernster. „Beruhige dich doch wieder. Du bist doch nach wie vor noch im Team."

„Aber nur, weil Hauptkommissar Berger zu wenig Leute hat."

„Mag schon sein", erwiderte Peter, „aber mir wäre es ehrlich gesagt auch lieber wenn du aus der Gefahrenzone wärst."

„Das glaub ich jetzt nicht! Was für eine Gefahrenzone? Was machen wir denn schon aufregendes? Den ganzen Vormittag fahren wir von einem Musikkollegen von Florian Brause zum Anderen und keiner weiß von einer Probe.

Angeblich hat ihn Niemand angerufen, aber sein Auto steht auf dem Parkplatz der Musikschule. Also war er wirklich dort. Das ist aber auch das Einzige was wir bis jetzt über den neuen Mordfall herausgefunden haben.

Doch nach dem Empfang jetzt gerade, bin ich mir sicher, dass Max Brandtner lügt. Er weiß bestimmt wo sich Kurt aufhält. Der kann sich sicher sein, dass ich ihn nicht in Ruhe lasse."

„Du glaubst jetzt also auch, dass Kurt Brandtner in dem Fall verwickelt ist?"

Lena schob die Schultern hoch: „Seitdem ich erfahren habe, dass Anitas Wagen auf dem Parkplatz von Kurt in der Tiefgarage gefunden wurde, muss ich leider sagen, dass ich mich vielleicht doch in ihm geirrt habe."

„Die Fahndung nach ihm läuft auf jeden Fall auf vollen Touren", sagte Peter. „Aber hast du schon mal auf die Uhr geschaut? Es ist schon Nachmittag und wir haben die Mittagspause glatt übersprungen. Mein Magen rebelliert schon. Fahren wir zu unserer Stammpizzeria?"

Lena nickte zustimmend: „Gute Idee."

In dem Moment schrillte ihr Handy. Genervt griff sie danach. „Ach du bist es Alfred. Ich habe dir doch schon gesagt dass ich dir im Moment auf der Suche nach Kurt nicht helfen kann."

Alfred stammelte erregt: „Lena, ich muss mit dir sprechen. Ich dreh sonst durch."

„Was ist denn los mit dir?" sagte Lena erschrocken. „Du klingst ja, als sei der Teufel hinter dir her. Wo steckst du denn?"

„Ich war gerade mit Hans Gruber und einen Kollegen von der Spurensicherung bei Tante Martha. Können wir uns irgendwo treffen?"

„Peter und ich fahren jetzt zum Pizzaessen."

„Dann treffen wir uns dort. Tschüs!"

Als Alfred Bohn in der Pizzeria eintraf, hatten Lena und Peter gerade ihre Bestellung beim Ober aufgegeben.

Lena nickte ihm zu: „Du wirkst ja wie durch den Wind gedreht."

„So fühle ich mich auch", sagte Alfred und nahm ihr gegenüber Platz.

„Also red schon, was ist passiert?"

Alfred setzte an und erzählte ihnen die Geschichte mit der Uniform. Dann seufzte er: „Aber es kommt noch schlimmer. Die Uniform wurde für die DNA-Untersuchung sichergestellt. Dann sind wir in den Schuppen gegangen.

In einer Ecke habe ich den Rucksack von Anita liegen sehen. Ich habe ihn hochgenommen und hineingesehen.

Ihre vermissten Papiere lagen darin. Mich hat fast der Schlag getroffen. Wie oft bin ich an dem Schuppen vorbei gegangen ohne zu ahnen, was darin verborgen ist?

Es war ein schwerer Fehler von mir nicht hineinzusehen..."

Lena versuchte Alfred zu beruhigen: „Das haben wir doch alle nicht getan."

„Ja schon", stimmte ihr Alfred zu. „Aber jetzt sind meine Fingerabdrücke auf dem Rucksack und außerdem lagen auch noch Turnschuhe von mir unter dem Holz."

„Hast du sie selber dort abgelegt?"

„Wie käme ich dazu, meine Turnschuhe in Tante Marthas Schuppen abzustellen? Jetzt ist der Verdacht gegen mich doch noch mehr verstärkt worden. Ich habe gesehen wie der Hans und der Wegner mich misstrauisch beäugten."

„Ja schon, aber es wird sich schon aufklären lassen wie die Sachen in den Schuppen gekommen sind." Tröstete ihn Lena.

„Das sage ich auch", meinte Peter zuversichtlich.

„Im Labor werden sie schon Spuren finden, die nicht von dir stammen."

Der Ober brachte das Essen. Aber Lena war der Appetit vergangen. Sie ahnte was auf Alfred zukam.

Alfred konnte sich noch immer nicht beruhigen: „Habt ihr eine Idee was ich machen soll?"

Lena sah ihn nachdenklich an: „Vielleicht weiß Tanja wer dieser Kollege war", sagte sie dann. „Wir sollten nach Dienstschluss mit ihr sprechen. Es wäre doch möglich, dass der Mann die Uniform anprobiert hat."

Jetzt hellte sich Alfreds Miene etwas auf: „Dann würde die Uniform Spuren von ihm aufweisen."

„Klar!" nickte Lena, „aber jetzt müssen wir uns beeilen. Hauptkommissar Berger erwartet uns zur Besprechung."

„Euch schon", sagte Alfred gedehnt, „aber mir hat er nichts von einer Besprechung gesagt. Er war ziemlich sauer auf mich. Er hielt mir vor, dass ich ihm nicht gleich nach dem bekannt wurde, dass ein angeblicher Polizist beim Tatort gesehen wurde, von meiner an Anita ausgeliehenen Uniform berichtet habe. Ich glaube, er misstraut mir."

„Eigentlich dürftest du dich darüber nicht wundern", bemerkte Peter ernst. Der Hauptkommissar muss alles in Betracht ziehen. Es ist eben nicht abzustreiten, dass gerade im Fall Anita Metz immer wieder ein Polizist auftaucht."

„Du verdächtigst mich also auch?" entrüstete sich Alfred.

Peter ließ sich nicht aus der Ruhe bringen: „Was heißt hier verdächtigen? Ich will dir nur klarmachen, dass gerade du verstärkt nach diesem Mann suchen solltest.

Wenn du willst, werde ich dir dabei helfen."

Alfreds Augenbraue rutschte in die Höhe. War das nur ein leeres Versprechen von seinem Kollegen oder konnte er sich wirklich auf ihn verlassen? Er entschied sich für das Letztere. „Danke", sagte er ungewohnt leise: „Und wie soll deine Hilfe aussehen?"

„Wir treffen uns nach Dienstschluss. Dann beginnen wir mit dem Recherchieren."

Lena stand auf, schob ihren Stuhl zurück und sah Peter mahnend an. „Jetzt müssen wir aber fahren."

Hauptkommissar Berger stand vor dem gezeichneten Stadtplan von Landshut, der im Konferenzraum fast die ganze Seite der hinteren Wand einnahm. Er markierte die Orte, an denen die Leichen gefunden worden. Dann wandte er sich an seine Kollegen: „Wir müssen herausfinden nach welchen Kriterien der Mörder die Plätze aussucht. Haben sie eine bestimmte Bedeutung für ihn? Und warum deponiert er das Blut seiner Opfer immer an der Flutmulde? Auf was will er uns hinweisen? Das sind die ersten Fragen, die sie sich notieren und Antworten darauf finden sollten."

Allgemeines Gemurmel erfüllte den Raum.

Der Hauptkommissar bat um Ruhe: „Kommen wir zum nächsten Punkt. Wie sie bereits wissen, wurde heute der Wagen von Frau Metz auf dem von Kurt Brandtner angemieteten Stellplatz gefunden. Der Wagen wird noch Labortechnisch untersucht. Leider wurden bisher noch keine verwertbaren Spuren gefunden. Die angeordnete Hausdurchsuchung bei Herrn Brandtner verlief auch ergebnislos. Es besteht der Verdacht, dass er die Wohnung nie benutzt hat.

Wir können auch nicht mit Sicherheit sagen ob er sich überhaupt noch in Landshut aufhält"

„Aber der Hausmeister hat ihn doch heute noch gesehen!" konterte Erwin Schlagbauer.

„Ja", sagte der Hauptkommissar bestimmt. „Trotzdem haben wir die Fahndung nach ihm auf ganz Bayern und die benachbarten Bundesländer ausgeweitet. Wir können aber nicht alleine auf die Verhaftung dieses Mannes warten. Er ist nicht der Einzige Verdächtige. Wie einige von ihnen schon wissen, wurde heute auch der Rucksack von Frau Metz gefunden. Außerdem ist eine Polizeiuniform aufgetaucht die zu einem ehemaligen Kollegen von Frau Metz führt. Wir müssen noch einmal das Personal im Klinikum befragen."

„Und wenn der Mörder im Kommissariat zu finden ist?" spie Ralf Kerner hasserfüllt in die Runde der Kollegen.

Jetzt redeten alle Beamten erhitzt durcheinander.

„Ich muss sie bitten Herr Kerner", wies Hauptkommissar Berger ihn mit hartem Ton zurecht, „die Stimmung hier nicht noch weiter aufzuheizen. Außerdem muss ich Sie und alle Kollegen hier, darauf hinweisen, dass kein Wort, das hier im Raum gesprochen wird an die Presse weitergegeben wird. Die Landshuter, insbesondere die Förderer sind schon genug verunsichert worden. In ihren Reihen geht die Angst um. Sie fordern zu Recht eine schnelle Aufklärung. Alle Spuren, auch die in unseren Reihen werden sorgfältig überprüft. Aber ich erwarte von ihnen keine Hetzkampagne, sondern eine erstklassige Zusammenarbeit die uns rasche Erfolge bringt. Bei Anita Metz und Rolf Dobner wissen wir, dass sie sich kannten. Hier gibt es eine Spur die auf Doktor Weipert, einen ehemaligen Freund der Beiden hinweist. Sie ist nur vage aber wir dürfen sie trotzdem nicht aus den Augen lassen. Hat Einer von euch schon herausgefunden ob und wie gut Florian Brause Anita Metz und Rolf Dobner kannte?"

Lena meldete sich zu Wort: „Florian Brause hat schon als Kind bei den Landshuter Festspielen mitgewirkt; aber nach Aussagen seiner Freunde kannte er Anita nur von den Spielen und Rolf Dobner von der Stadtkapelle her."

„Und was gibt es sonst noch über Florian Brause zu berichten?"

Lena sah Peter zögernd an. Er nickte ihr zu und sie fuhr fort mit ihrem Bericht. „Florian Brause war ein sehr kontaktfreudiger Mensch. Er war in mehreren Vereinen aktives Mitglied und hatte dementsprechend viele Bekannte und ein paar sehr gute Freunde. Er stand in fester Beziehung zu Bianca Steiger, die zurzeit auf Studentenaustausch in Frankreich ist."

Lena bemerkte wie sich die Miene des Kommissars verdunkelte. „Ich weiß", sagte sie, „dass es nicht erhebend ist, was Peter und ich herausgefunden haben. Es ist immer das gleiche Bild. Wieder scheint es so, als ob das Opfer keine ausgesprochenen Feinde hatte. Kurt Brandtner gehörte jedenfalls nicht zu seinen Bekannten."

„Und Tom Weipert?"

„Ja, den kannte er."

Nach Lena gaben die übrigen Kollegen ihre spärlichen Berichte ab. Bei dem Bericht des Beamten von der Spurensicherung horchte Peter Bauer auf. Er sagte, „der Täter muss bei seiner letzten Aktion nervös oder verunsichert gewesen sein."

„Woraus schließt du das?" wollte ein Kollege wissen.

„Da gibt es eine Menge Punkte", erwiderte Peter überzeugt. „Nach meiner Meinung klammern wir uns zu sehr auf Kurt Brandtner als Täter…"

„Das geschieht Zurecht", unterbrach ihn der Hauptkommissar. „Ich habe zwar eingangs gesagt, dass es noch mehr Verdächtige gibt, aber die meisten Spuren weisen auf Kurt Brandtner hin."

„Und das ist der springende Punkt", konterte Peter unnachgiebig. „Der Mörder hat es von Anfang an darauf abgesehen die Spuren auf mehrere Personen zu verteilen. Aber den Hauptverdächtigen hat er sich gut ausgewählt, denn der ist wahrscheinlich schon längst irgendwo im Ausland. Somit gewinnt er die Zeit die er benötigt um soviel wie möglich Teilnehmer der Landshuter Hochzeit zu beseitigen. Die Zeit zwischen den letzten Morden hat sich schon verringert. Er ist davon besessen sein Ziel zu schaffen. Beim letzten Mal ließ er schon seine Hektik erkennen. Er hat sich nicht mehr die Mühe gemacht das Fahrzeug des Opfers verschwinden zu lassen. Es stand sicher genau da, wo es Florian Brause abgestellt hatte. Und dann die leere Chloroformflasche die ganz in der Nähe gefunden wurde."

Der Hauptkommissar nickte: „Leider muss ich dir in diesen Punkten voll zustimmen. Irgendetwas hat den Täter in dieser Nacht nervös gemacht. Vielleicht glaubte er sich beobachtet und wenn wir Glück haben wurde er es auch. Dann ist es vor allem wichtig diesen Beobachter zu finden. Ich glaube, wir sind uns einig, dass wir nicht darüber hinwegkommen einige Überstunden zu machen."

Diese Feststellung wurde nicht von allen Kollegen geteilt aber der Hauptkommissar fuhr unbeirrt fort.

„Wir haben keine Zeit mehr zu verlieren. Gehen wir rasch die Dinge durch, die bis heute Abend noch erledigt werden müssen. Und morgen früh erwarte ich detaillierte Ergebnisse auf meinen Schreibtisch."

Langsam leerte sich das Konferenzzimmer. Hauptkommissar Berger sammelte seine Papiere zusammen und nickte dem Kommissar ernst zu: „Gehen wir in mein Büro."

Hans Grubers Stirn legte sich in Falten. Der kurze Satz des Hauptkommissars deutete noch lange, debattenreiche Arbeitsstunden an. Wahrscheinlich würde er seinen Kindern nicht einmal mehr Gute Nacht sagen können.

Dabei hatte ihm seine Frau gebeten an diesem Abend pünktlich zu Hause zu sein. Wenn sie das so ausdrücklich betonte, hatte sie stets einen triftigen Grund dafür.

„Ich muss Maria anrufen und sie darauf vorbereiten, dass es heute spät wird", sagte er mit einem unbehaglichen Gefühl.

Stefan Berger sah ihn prüfend an: „Maria weiß doch in welcher schwierigen Lage wir sind. Sie wird das schon verstehen."

„Ich hoffe es ja, aber gerade heute hatte sie was Bestimmtes vor. Ich weiß nur nicht was."

„Ich glaube Lynn plant auch etwas, denn sie will schon heute Abend aus München zurückkommen.

„Sie schon wieder", brummte der junge Arzt abweisend.

„Langsam glaube ich, sie haben sich total auf mich eingeschossen."

„Mal langsam Doktor Weipert", stoppte Peter Bauer den verärgerten Mann vor sich. „Sie sind nicht der einzige

Angestellte hier, mit dem wir sprechen müssen. Es gibt noch ein paar Fragen zum Fall Anita Metz."

Die Züge von Tom Weipert glätteten sich: „Na gut, aber ich glaube nicht, dass ich Ihnen weiterhelfen kann."

„Das lassen Sie mal meine Sorge sein. Also, waren Sie vor zwei Jahren mit Anita Metz beim Faschingsball?"

Doktor Weipert schüttelte den Kopf: „Vor zwei Jahren? Nein!"

„Denken Sie genau nach. Frau Metz wollte damals als Sträfling gehen und ein Kollege sollte sie als Polizist begleiten."

„Jetzt, wo Sie das sagen", überlegte der Arzt, erinnere ich mich, dass Anita mich damals gefragt hat ob ich sie zu dieser Veranstaltung begleiten möchte. Aber ich halte nicht viel von Verkleidungen und bin ein ziemlicher Faschingsmuffel."

„Hat Frau Metz außer Ihnen noch einen anderen Kollegen gebeten mitzugehen?"

„Es gab da einen Zivi, dessen Dienstzeit damals gerade zu Ende ging. Ich glaube, der hat den Spaß mitgemacht."

„Erinnern Sie sich auch noch an dessen Namen?"

„Nein. Damals war ich gerade erst seit einer Woche hier beschäftigt. Aber im Personalbüro können sie Ihnen sicher weiterhelfen."

„Danke, das war es auch schon, was ich von Ihnen wissen wollte. Oder Moment Mal, kannten Sie Florian Brause?"

„Flüchtig. Ich weiß nur, dass er beim Landshuter Hochzeitsfest mitspielt und bei der Stadtkapelle ist. Rolf Dobner hat ihn mal erwähnt. Fragen Sie mich nicht, in welchen Zusammenhang."

Peter Bauer zögerte noch einen Moment. Dann sagte er: „Also gut, noch einen schönen Tag!

Auf dem Weg zum Personalbüro kam ihm Lena entgegen. Sie sah ihn nachdenklich an und ihre Stimme klang irgendwie enttäuscht.

„Du hast doch zuletzt auch gedacht, dass Kurt Brandtner nicht der Täter ist", sagte sie ernst zu ihm. „Aber ich habe gerade erfahren, dass er der Mann war, der sich die Uniform ausgeliehen hat."

„Da kann ich mir den Weg sparen."

„Welchen Weg?"

„Zum Personalbüro. Hast du sonst noch etwas erfahren?"

„Nichts, was wir nicht schon wussten."

Peter hob die Schultern: „Dann geht es dir so wie mir.

Wir verschwenden hier nur unsere Zeit."

Lena nickte zögernd: „Ja, das glaube ich auch. Aber ehe wir das Krankenhaus verlassen, müssen wir noch Frau Brause besuchen."

Peter zog die Stirn in Falten: „Davon bin ich zwar nicht sehr begeistert; aber was sein muss, muss sein. Hoffentlich regt sie sich nicht so sehr auf, wenn sie uns sieht.

Schließlich weiß sie, dass wir mit ihr über ihren toten Sohn sprechen wollen."

„Du sprichst mir aus dem Herzen", sagte Lena. „Ob sie überhaupt schon ansprechbar ist, nach der schweren Operation?"

Peter sah unruhig den Flur entlang. „Entschuldige Lena", druckste er hervor: „Ich müsste mal…"

Lena begann zu lächeln, „Dann geh doch." Einen Augenblick später sah sie Alfred erregt auf sich zukommen. Er begann gleich, als er bei ihr war, auf sie einzureden.

Max Brandtner verließ erleichtert das Krankenzimmer seines Vaters. Dessen Fieber war gesunken und auch sonst schien er sich wieder erholt zu haben. So wie es aussah würde er ihn sicher bald wieder mit nach Hause nehmen dürfen. Um diese Zeit würde er den Chefarzt sicher nicht mehr antreffen. Aber gleich am nächsten Morgen würde er mit ihm sprechen. Am Ende des Ganges sah er die verhasste Polizistin.

„Was für eine Klette", dachte er bissig. „Sogar hier im Krankenhaus verfolgt sie mich. Nein, jetzt taucht auch noch dieser Bohn auf, der mich ständig mit seinen Fragen nach Kurt löchert auf. Sie haben ihn also nicht eingebuchtet. Da sieht man es wieder einmal. Eine Krähe hackt der anderen kein Auge aus. Wie viele Beweise muss ich den Bullen denn noch liefern, bis sie einen ihrer Kollegen an den Kragen gehen?" Er sah wie die Beiden sich begrüßten und heftig miteinander diskutierten. Doch er verstand kein Wort. Hatten sie etwas über Andrea herausgefunden? Er hatte schon zwei Tage keine Zeit mehr für sie gehabt. Oder war es gar noch länger? War ihr die Flucht geglückt? Blödsinn, das war doch überhaupt nicht möglich. Der Schlüssel zu ihrer Tür hing doch an seinem Hals.

Dann ging es um Kurt. Das passte ihm ebenso wenig wie der Gedanke, dass sie womöglich das Versteck von Andrea gefunden haben könnten. Vielleicht hatten sie während er bei seinem Vater war, sein Haus durchsucht?

Der Schweiß rann über seine Stirn, benetzte seine Lider und begann schließlich in seinen Augen zu brennen. Er wischte sich fahrig darüber. Die Wohnung von Kurt hatten sie ja auch durchwühlt. Nein, wenn sie sein Elternhaus unter die Lupe genommen hätten wären sie mit einer ganzen Horde von Polizisten hinter ihm her. Jetzt kam noch ein Mann hinzu. Die reinste Verschwörung. In seinen Ohren begann es zu rauschen. Er ging zurück in das Zimmer seines Vaters und setzte sich ächzend auf einen Stuhl. „Alles, was ich mir für heute Abend vorgenommen habe", sagte er zu dem alten Mann, „muss ich ein anderes Mal machen. Die da draußen stören alle meine Pläne. Ich muss sie daran hindern." Sein Gerede wurde immer verwirrter. Erst nach etwa zehn Minuten fasste er sich wieder. Er torkelte ins Bad und wusch sein Gesicht eiskalt ab. Langsam wurden seine Gedanken klarer. Vorsichtig öffnete er die Zimmertür und sah in den Flur. Die drei Leute, die ihn verärgert hatten, waren verschwunden.

Lena starrte Alfred ungläubig an: „Was sagst du da? Die Uniform, die im Schuppen deiner Tante gefunden wurde ist nicht deine? Wem gehört sie dann?"

Alfred blickte mit geröteten Augen unstet hin und her als suche er irgendwo Halt. Doch es gab nur die kalte weiße Wand im nach Desinfektionsmitteln riechenden Flur der Klinik. Er zupfte an seiner Jacke und versuchte sich auf Lena zu konzentrieren.

„Keiner wollte mir etwas Genaues sagen. Aber ich habe ein paar Brocken von einem Gespräch zwischen Kommissar Gruber und dem Hauptkommissar aufgeschnappt. Sie sprachen von einem ehemaligen Kollegen aus Regensburg."

Lena betrachtete Alfred unsicher. „Warum macht dich das so fertig. Kennst du diesen Kollegen etwa?"

Alfred lief ein paar Schritte unruhig hin und her. Dann schaffte er es endlich Lena in die Augen zu sehen.

„Ich kenne ihn nicht. Das heißt ich kannte ihn nicht. Er ist tot. Begreifst du jetzt, was das für mich bedeutet?"

Lena fasste ihn am Arm: „Warum regst du dich so auf?

Sie wissen jetzt, dass es nicht deine Uniform ist. Das ist doch gut für dich."

Alfred schüttelte verzweifelt den Kopf: „Der Kollege wurde vor etwa Zwei Jahren an der Flutmulde mit geöffneten Pulsadern gefunden. Damals glaubte man an einen Suizid aber jetzt…"

Lena wurde blass: „Jetzt verstehe ich dich. Das wirft natürlich neue Fragen auf."

Als Peter Bauer auf seine beiden Kollegen zutrat, wunderte er sich über deren verstörtes Verhalten. „Was ist denn jetzt schon wieder passiert?"

Lena sah sich um und sagte, „ich glaube, wir sollten wo anders darüber sprechen."

Endlich hatten Lena und Peter es geschafft, Alfred einigermaßen zu beruhigen. „Fahr jetzt nach Hause", riet ihm Lena. „Morgen sieht die Welt schon ganz anders aus."

„Das sagst du so einfach. Ich habe zwar schon Dienstschluss, aber wenn der Chef noch mit mir sprechen will…?"

Lena atmete tief durch: „Dann wird er sich sicher bei dir melden. Der Peter und ich haben heute noch einiges zu recherchieren."

„Na gut", zögerte Alfred. „Aber ruft mich bitte an, wenn ihr was Neues hört."

„Ja, ja, und Tschüss!"

Alfred startete seinen Wagen und bei Lena klingelte das Handy. Sie griff danach und meldete sich.

Peter sah Alfred nach und bemerkte nicht wie Lena erschrak. Sie hörte kurz zu, was der Anrufer sagte, dann steckte sie das Handy schnell wieder weg.

„Könntest du Frau Brause alleine befragen? Ich muss schnell mal zur Werkstatt. Ich hol dich dann hier ab."

„Du brauchst also meinen Wagen? Na toll! Hat das nicht noch Zeit?"

„Gib mir schon den Autoschlüssel. Ich bin gleich wieder hier."

„Wenn das mal gut geht", seufzte Peter und drückte ihr den Schlüssel in die Hand. Dann drehte er sich um und ging zum Eingang der Klinik.

Lena lief zum Wagen und fuhr wie gehetzt in Richtung Luitpoldstrasse. Die erste Ampel zeigte auf rot. „Verdammt!" Es war noch ein weites Stück bis hinaus zum Klausenfeldweg. Der Anrufer hatte die Route dorthin präzise beschrieben. Aber in ihrer Aufregung verfuhr sie sich zweimal. An einer Waldschneise wollte er auf sie warten. Wer war er? Und würde sie wirklich Andrea wiedersehen? Er hatte sie eindrücklich gebeten alleine zu kommen. War es eine Falle? Sie musste es riskieren.

Endlich sah sie den Wald vor sich. Langsam fuhr sie den Weg entlang und entdeckte schließlich einen dunklen Wagen. Sie hielt an und erschrak. War das nicht der BMW von Kurt? Ihr wurde heiß und kalt zugleich.

„Ich sollte Peter anrufen und ihm sagen wo ich stecke", dachte sie. Aber vielleicht wurde sie beobachtet? Sie sah sich bang um. Die Stimme des Anrufers hatte nicht nach Kurt geklungen. Aber Stimmen konnte man verändern.

Saß der Mann noch im Wagen? Sie musste näher hingehen.

Ein leichter Windstoß stieß durch die Äste der Bäume und schreckte die zwitschernden Vögel auf. Ein leichtes Rascheln, dann wieder lähmende Stille. Jetzt stand sie ganz nahe am Auto. Sie sah durch das Fenster. Kein einziger Mensch war im Wagen zu sehen. Aus Angst wurde Ärger. Sie rüttelte am Türgriff. Die Wagentür sprang auf. War Andrea dem Mann entflohen? Verfolgte er sie? Lena tat einen Schritt zurück. Sie spürte den heißen Atem im Genick, roch den Gestank, der sie an die dicke Frau erinnerte und versuchte sich umzudrehen. In dem Moment fühlte sie sich wie in einer Stahlpresse gefangen. Dann wurde ein Wattebausch auf ihr Gesicht gedrückt und sie sackte willenlos auf den Autositz. Der Mann ließ sie ächzend los. Dann holte er wild grinsend einen Strick aus seiner Jackentasche hervor und fesselte ihre Hände und Füße. Anschließend hob er sie hoch und schleppte sie zu ihren Wagen. Er setzte sie auf den Fahrersitz und drückte ihr noch einmal den Wattebausch auf ihr Gesicht. Während er sich ächzend aufrichtete, fasste er in seine Tasche und holte ein Messer heraus.

„Du blöde Kuh", schimpfte er. „Warum gönnst du mir das bisschen Glück mit Andrea nicht? Hättest du mich in Ruhe gelassen, hätte ich es auch getan. Eine Chance gebe ich dir noch. Ich mache nur einen kleinen Ritz. Aber wenn du Pech hast? Als die ersten Tropfen Blut flossen, steckte er sein Messer wieder ein, zog seine Handschuhe aus, verstaute sie in seiner Hosentasche und rief Alfred Bohn an. Dann stieg er in sein Auto und fuhr davon.

Als der Anruf kam, parkte Alfred Bohn gerade seinen Wagen in der Garage. Er nahm das Handy hoch und meldete sich. Eine hörbar verstellte Stimme meldete sich:
„Wenn Sie ihre Kollegin Lena Senft noch lebend vorfinden möchten, sollten Sie sofort zum Klausenfeldweg fahren."
Alfred Bohns Hand zitterte „Wer sind Sie. Was ist mit Lena passiert?"
Klick! Die Stille im Wagen machte ihn fast verrückt. Lena befand sich in Lebensgefahr.
Wo ist dieser verdammte Klausenfeldweg überhaupt? Er durfte nicht schon wieder zu spät kommen. Das Navigationsgerät! Er musste es einstellen. Erstmal raus aus der Garage. Klausenfelgweg. War der nicht weit draußen am Wildmaisholz? Ja, da hatte er sich mal verfahren, als er zum Schießstand wollte. Er haute aufs Lenkrad. Verdammt, da musste er durch halb Landshut fahren. Beim Start quietschten die Reifen, wirbelten kleine Kiessteine

hoch. Mutter würde sicher sauer darüber sein. Aber war das wichtig? Nichts war wichtig. Wenn er Lena nicht retten könnte, hätte sowieso alles keinen Sinn mehr. Die Ampel schaltete auf Rot. Es war ihm egal. Seine Fantasie gaukelte ihm die schlimmsten Bilder vor. Lena verletzt am Straßenrand. Lena tot im nahen Wald am Klausenfeldweg. Nein das durfte nicht sein. Die Sirene eines Notarztwagens heulte neben ihm auf. Er musste Platz machen. Bei der nächsten Straße gab es ein Umleitungsschild wegen Bauarbeiten. Der Schweiß lief ihn von der Stirn. Lena halt aus. Schließlich bog er wieder auf die Hauptstrasse ein. „Noch Fünfhundert Meter zum gewünschten Ziel", klang es aus dem Navigationsgerät.

Die Wirkung des Äthers ließ nach. Lenas Zunge fühlte sich trocken an und der üble Geschmack in ihrem Mund reizte ihre Kehle. Benommen hob sie ihren Kopf. Aber ihr fehlte die Kraft sich ganz aufzurichten. Entsetzt spürte sie die Fesseln.
Wie in Zeitlupe begann sie sich zu erinnern. Irgendwer hatte sie hierher gelockt. Aber wer und warum? Sie sollte Andrea hier vorfinden, stattdessen hatte man sie betäubt.
Peter benötigte sein Auto. Er würde sie suchen. Warum fühlte sie sich nur so schwach? Das konnte doch nicht allein von der Betäubung herrühren. Hatte sie die Person, die sie überfallen hatte, verletzt? Beunruhigt rüttelte sie an den Fesseln an ihren Gelenken. Dann bemerkte sie

die klebrige Flüssigkeit. Blut!

Die Schreckensszenerie der getöteten Anita drängte sich vor ihre Augen.

„Hilfe! Ich muss hier raus."

Wie unheimlich dumm war sie in diese Falle gelaufen?

Warum hatte sie Peter nicht die Wahrheit gesagt? Jetzt würde sie wahrscheinlich nicht mehr rechtzeitig hier gefunden werden. Bunte Kreise drehten sich vor ihr, vertrieben die verzweifelten Gedanken. Müde schloss sie die Lider.

Max Brandtner parkte seinen Wagen in der Garage und lief ins Haus. Sein Puls raste wie bei einem ersten Date.

Er hatte es geschafft die Schnüfflerin für einen Weile aus dem Verkehr zu ziehen. Das Beste daran war, dass er mit dieser Tat gleich zwei Fliegen auf einen Schlag getroffen hatte. Ein fanatisches Grinsen verwandelte sein Gesicht in eine Fratze. Wie er diesen Bohn hasste. Er erinnerte sich wie er ihn zum ersten Mal in seiner Polizeiuniform gesehen hatte. Damals war ihm der Schweiß den Rücken hinunter gelaufen und er hatte ihn fast angeschrieen; aber seine Stimme war ihm nicht aus der Kehle gekrochen.

Einen Moment hatte er vergessen, dass er ja eben so groß und breit gewachsen war wie er.

Dieser Bulle war eine Verkörperung seines grausamen Onkels. Die Ähnlichkeit mit ihm schockierte ihn. Doch dann hatte er sich wieder beruhigt. So bösartig sein Onkel auch sein mochte, am Ende war er der Unterlegene gewesen. Durch ihn war er auf die Idee mit dem Äther gekommen. Und er war der Erste gewesen, den er die Pulsadern durchtrennt hatte. Damals war er noch nervös und ängstlich gewesen. Deshalb hatte er ihn auf dem geteerten Platz auf der Flutmulde liegen lassen und war panikartig mit dem Polizeiauto davon gerast. Aber jetzt war alles anders. Jetzt zitterten sie vor ihm. Und als nächster war Bohn dran, denn dieses Mal würden die Bullen ihn nicht nur verdächtigen. Ha, ha, und jetzt wurde es Zeit den Kommissar anzurufen.

Hauptkommissar Berger legte verärgert den Hörer zurück und brummte Kommissar Gruber an: „Zuerst glaubten uns die Förderer nicht. Sie versagten uns sogar ihre Hilfe und nun ruft einer nach dem anderen an und bedrängt uns so schnell als möglich den Täter zu stellen.

Aber etwas Konkretes über das Umfeld der Ermordeten können sie nicht sagen."

„Stimmt!" erwiderte Kommissar Gruber. „Sie sollten uns lieber in Ruhe unsere Arbeit machen lassen. Aber irgendwie kann ich sie auch verstehen. Die haben jetzt alle Angst vor einem weiteren Anschlag. Stell dir vor, sie müssten das Fest tatsächlich absagen…"

Hauptkommissar Berger schüttelte den Kopf: „Das will ich mir gar nicht vorstellen. Verdammt schon wieder das Telefon!" Hastig griff er zum Hörer und hörte dem Anrufer eine Weile zu, dann fragte er nach dessen Adresse. Doch in der Leitung klickte es nur noch.

„Schon wieder so ein Wichtigtuer", sagte er. „Der Mann behauptet dass Kurt Brandtner mit seinem BMW am Klausenfeldweg steht und dort auf seinen Komplizen wartet. Diese anonymen Anrufer gehen mir langsam auch auf den Keks. Man weiß nie ob ihre Aussagen stimmen.

Trotzdem müssen wir der Sache auf den Grund gehen."

Kommissar Gruber nickte: „Ich schicke gleich eine Streife zum Klausenfeldweg.

Alfred fuhr erregt den Klausenfeldweg entlang. Doch von Lena war weit und breit nichts zu sehen.

„Da vorne beginnt ja schon der Wald", dachte er besorgt und fuhr in eine Kurve. Danach endete die geteerte Straße. Der Feldweg begann. Jetzt sah er den Wagen von Peter vor sich. Er atmete auf. Peter war also auch schon da. Wahrscheinlich hatte er den gleichen Anruf erhalten wie er. Er hielt an, stieg aus und eilte den feuchten Weg entlang. Seine Schuhe wurden schwer vom Dreck, aber er stolperte weiter zum Wagen. Peter war nicht zu sehen. Er riss die Tür auf. Lena fiel zur Seite.

Erschrocken starrte er auf das Blut an ihr. Auf ihrer Stirn lag kalter Schweiß.

„Gott sei Dank! Sie lebt noch. Ich muss den Notarzt anrufen oder doch lieber den Kommissar? Wo kommt das Blut her? Ich muss die Wunde finden. Sie ist gefesselt. Ist der bestialische Mensch, der ihr das angetan hat noch in der Nähe?" Erst jetzt fiel ihm der blaue BMW auf in dem anscheinend Niemand saß. Doch es konnte eine Falle sein. Lauschend hob er den Kopf. Von der Ferne hörte er Sirenen. Hatte Peter Hilfe angefordert? Aber wo war er?

Zu Lenas Füssen lag ein blutbeschmiertes Messer. Verwirrt hob er es auf. Dann sah er wie das Blut aus ihrem Ärmel tropfte. Er ließ das Messer wieder fallen, öffnete den Kofferraum des Wagens und suchte den Verbandskasten. Als er ihn gefunden hatte, hielt der Polizeiwagen mit quietschenden Reifen neben ihm an. Zwei Beamte stürzten mit vorgehaltenen Pistolen auf Alfred zu: „Ein Glück", sagte er, „dass ihr schon da seit. Lena ist verletzt."

„Hände hoch!" brüllte einer der Beamten. Dann kam die ganze Prozedur, die Alfred kannte, wenn man einen Verdächtigen stellte.

„Was soll das?" beschwerte er sich. „Ich bin doch selbst Polizist."

„Und wo ist ihr Dienstausweis?"

Er ist bei mir zu Hause. Aber glauben Sie mir doch! Als ich den Anruf bekam bin ich sofort losgefahren um meiner Kollegin beizustehen. Sie liegt verletzt in dem Wagen. Ich muss sie verbinden. Seid ihr taub? Die Frau verblutet.

Einer der Beamten legte ihm Handschellen an und schubste ihn in den Streifenwagen. Der Andere Mann sah in den Wagen und entdeckte die bewusstlose Lena.

Daraufhin verständigte er sofort den Notarzt und leistete erste Hilfe.

Der Wind fuhr Peter Bauer eisig ins Genick. Er schob seinen Mantelkragen hoch und lief zum Parkplatz.

Lena war wie erwartet noch nicht da. Frau Brause war noch immer nicht ansprechbar gewesen. So war sein Krankenbesuch nur von kurzer Dauer gewesen.

Und jetzt? Hoffentlich beeilte sich Lena wirklich hierher zurückzukommen. Die Minuten strichen zäh dahin. Peter ging ungeduldig auf und ab. Genervt wollte er zum Handy greifen, fand es aber nicht.

„Das darf doch nicht wahr sein!", schimpfte er vor sich hin. Während er weiter suchte schrillten sämtliche Alarmglocken in ihm. Lena würde ihn ohne Grund nie so lange hier warten lassen. Ihm fiel der Anruf ein, der ihn damals von Lena weggelockt hatte. Die Warnungen, die sie nicht beachtet hatte. Du lieber Himmel! Er musste Kommissar Gruber verständigen. Er würde stinksauer auf ihn sein.

Aber er hatte ja allen Grund dazu. Warum nur hatte er Lena allein wegfahren lassen?

Zu allem Übel fiel ihm ein, dass sein Handy in der Ablage seines Wagens lag. Jetzt verfluchte er seinen Leichtsinn. „Verdammt! Ich müsste Lena doch wenigstens eine SMS schicken. Und seine beiden unmittelbaren Vorgesetzten konnte er telefonisch auch nicht erreichen."

Jetzt blieb ihm nur noch übrig so schnell wie möglich zum Kommissariat zu laufen.

Nach dem Anruf beim Kommissar grinste Max Brandtner still vor sich hin. Er konnte mit sich zufrieden sein. Wenn dieser Bohn sich wirklich auf die Suche nach der lästigen Polizistin gemacht hatte, würde ihn die Polizei jetzt endgültig festnehmen. Jedenfalls würden er und diese neugierige Polizistin ihn für eine ganze Weile nicht mehr stören. Aber die Zufriedenheit hielt nicht lange an. Der Schweiß sammelte sich in seinen Handflächen. Alle seine Pläne waren durcheinander geraten. Er brauchte Pläne, Einteilungen für den Tagesablauf. Sein Vater wartete im Krankenhaus auf ihn. Andreas Kühlschrank musste aufgefüllt werden. Aber war das so wichtig? Zuerst musste er herausfinden ob die Förderer endlich nachgaben und das Fest absagen würden. Wenn nicht, musste er sich schon wieder einen neuen Kandidaten suchen. Es musste alles schneller vorangehen. Nervös ging er ins Bad und wusch sich die Hände. Dann sah er in den Spiegel, sah seine flackernden Augen, spürte den zwängenden Druck im Kopf und suchte seine Tabletten. Hatte er sie heute Morgen eingenommen? Er wusste es nicht mehr. Mit zitternden Händen nahm er eine Pille aus dem Röhrchen und schluckte sie hinunter. Seit Vaters Aufenthalt im Krankenhaus war seine ganze Ordnung durcheinander geraten. Er musste ihn wieder zu sich holen und alles würde wieder nach Schema ablaufen. Er brauchte ihn um alles mit ihm zu besprechen. Manchmal war der Alte lästig, ja aber die Angst in seinen Augen beflügelte ihn, ließ ihn das Richtige tun. Er fühlte eine starke Müdigkeit in sich aufsteigen und verließ das Bad.

„Nur ein paar Minuten ausruhen, dann hole ich Vater nach Hause.

Alfred starrte verzweifelt auf die Handschellen an seinen Gelenken und schimpfte vor sich hin:

„Ich Trottel! Wie ein Anfänger bin ich in die Falle gelaufen. Der Kommissar wird toben. Er hatte mich doch gewarnt. Wahrscheinlich glaubt er mir jetzt auch kein Wort mehr."

Von der Ferne hörte er die Sirenen des Krankenwagens.

„Hoffentlich kommt die Hilfe nicht zu spät", jammerte er vor sich hin. Der Krankenwagen zwängte sich auf der schmalen Strasse an dem Polizeiauto vorbei und fuhr zu den gestikulierenden Beamten. Alfreds Sichtweite war beschränkt. Er konnte nur ahnen wie Lena auf die Trage gelegt und vom Notarzt behandelt wurde. Lange Bange Minuten strichen an ihm vorbei. Einer der Polizisten riss die Tür des Wagens auf in dem Alfred saß, schob sich auf den Vordersitz und rief Kommissar Gruber an.

Nach dem anonymen Anruf war Kommissar Gruber in sein Büro gegangen und hatte einen Streifenwagen zum

Klausenfeldweg geschickt. Dann hatte er ein paar Protokolle gelesen und abgeheftet. Es war nicht seine Art, sich so schnell aus der Ruhe bringen zu lassen. Doch als er sich nun den Bericht des Beamten am Telefon anhörte, schoss sein Adrenalinspiegel wild in die Höhe. Trotzdem schaffte er es noch dem Mann in gemäßigtem Ton die nötigen Anweisungen zu erteilen. Dann schmiss er den Hörer hin und schimpfte: „Das darf doch nicht wahr sein!

Spielen denn nun alle verrückt?" Er stieß seinen Drehstuhl zurück und eilte hinüber zu Hauptkommissar Berger.

„Der BMW von Kurt Brandtner wurde tatsächlich am Klausenfeldweg gefunden", sprudelte er erregt seinem Kollegen entgegen. „Aber von Kurt Brandtner fehlt jede Spur. Doch das Schlimmste ist, dass der so genannte Komplize sich als Alfred Bohn ausgibt. Er soll Lena schwer verletzt haben. Sie ist ins Krankenhaus gebracht worden."

Hauptkommissar Berger schüttelte ungläubig den Kopf:
„Lena ist doch mit Peter Bauer unterwegs."

„Eben nicht! Lena war mit Peters Wagen allein am Klausenfeldweg."

„Das versteh ich nicht!"

In diesem Moment wurde die Verbindungstür vom Büro des Kommissars aufgerissen und Peter Bauer stürmte herein:

„Ich hab dich gesucht!", stieß er ihm aufgeregt entgegen. „Lena ist verschwunden!"

„Was du nicht sagst!", schleuderte ihm Kommissar Gruber bissig entgegen: „Und warum hast du uns nicht angerufen?"

„Lena erhielt einen Anruf von der Werkstatt. Sie bat mich alleine zu Frau Brause zu gehen. Sie wollte gleich wieder zurückkommen. Mein Handy lag im Auto. Ich beschloss…"

„Schon gut, erspar dir deine Erklärungen. Ihr habt Beide gegen die Vorschriften verstoßen, du kannst nur beten dass Lena überlebt."

„Warum? Was ist denn los mit Lena?"

Draußen am Gang dröhnten schwere Schritte von mehreren Personen. Kurz darauf wurde an die Tür des Büros geklopft, dann traten zwei Beamte mit dem Gefesselten Alfred Bohn ein.

„Das ist der Mann, den wir am Tatort vorfanden. Er hatte keine Papiere dabei und behauptet ein Polizist zu sein", erklärte einer der Beamten.

Kommissar Gruber nickte: „Danke, bringen Sie ihn bitte in den Verhörraum."

Alfred sah den Kommissar verzweifelt an und alle Erklärungen, die er sich während der Fahrt im Streifenwagen hierher zurechtgelegt hatte, blieben unausgesprochen.

Mit hängendem Kopf folgte er dem Beamten.

Kommissar Gruber wandte seinen Blick von der sich schließenden Tür ab. Er versuchte sich die Enttäuschung über Alfred Bohns Handlungsweise nicht anmerken zu lassen.

Hauptkommissar Berger unterbrach die lastende Spannung im Raum mit der Befragung des zweiten Beamten.

Dieser schilderte das Geschehen am Klausenfeldweg und nachdem er versprochen hatte einen schriftlichen Bericht darüber abzugeben, durfte er gehen.

Peter Bauer suchte nach Worten: „Lena muss mit einem Vorwand zum Klausenfeldweg gelockt worden sein.

Warum hat sie mir nur nichts gesagt?"

Kommissar Gruber schüttelte den Kopf: „Manchmal komm ich mir wie in einem Tollhaus vor. Keiner beachtet meine Anweisungen. Du lässt Lena allein in der Gegend herumfahren, Lena geht blind in eine Falle und Alfred reitet sich immer tiefer in den Dreck."

„Schluss jetzt mit der Debatte!", befahl Hauptkommissar Berger. „Sie, Herr Bauer lassen sich einen Dienstwagen geben und fahren dann zu Lena in die Klinik. Sprechen Sie mit ihr. Ich möchte in Kürze wissen, was sie zur Fahrt zum Klausenfeldweg veranlasst hat. Wir können nur hoffen, dass sie uns ihren Angreifer beschreiben kann."

Peter Bauer nickte erleichtert. Im Moment war dieser Auftrag der beste den er ausführen konnte.

Alfred Bohn sah seine Vorgesetzten mit stumpfen Augen an: „Warum solltet ihr mir auch noch glauben? Ich weiß doch selbst, dass ich mit meinem Alleingang alles vermasselt habe. Aber ich hatte solche Angst um Lena…"

„Angst um Lenas Leben, oder Angst, dass sie dir auf die Spur gekommen ist?", fragte Kommissar Gruber scharf.

„Ich…"

„Schluss jetzt!", bellte ihn Hauptkommissar Berger drohend an: „Kollege Gruber hat bisher alle Verdachtsmomente die gegen Sie aufkeimten, erfolgreich beseitigen können. Das ist jetzt vorbei. Wo hält sich ihr Komplize Kurt Brandtner auf?"

Alfred Bohn stöhnte: „Dieser Mann ist weder mein Komplize, noch weiß ich wo er sich befindet. Ich kann nur wiederholen, dass mich die Aussage des Anrufers in panische Angst um Lena versetzt hat. Ich bin einfach kopflos zum Klausenfeldweg gefahren."

Hauptkommissar Berger schlug hart auf den Tisch:

„Das reicht jetzt! Sie schütteln die Erklärungen je nach Bedarf aus Ihrem Ärmel. Ihre Cousine ist das erste Mordopfer und Sie haben für die Tatzeit kein ausreichendes Alibi. Dafür wird ein Polizist mit Ihrer Statur am Tatort gesichtet. Sie werden zum Zeughaus gerufen und Sie finden einen Toten. Im Schuppen Ihrer Tante wird die Uniform eines früheren Kollegen gefunden der auf mysteriöse Weise ums Leben kam. Andrea Endres verschwindet nach einem Besuch eines Polizisten spurlos und jetzt diese Räuberpistole. Wie lange wollen Sie dieses Spiel noch mit uns treiben? Sie sind bis auf weiteres von Ihrem Dienst suspendiert und bleiben in U- Haft."

Als Peter Bauer in das blasse Gesicht seiner verletzten Kollegin Lena Senft blickte, zog sich sein Magen schmerzhaft zusammen. Ihre Lider flatterten. Zaghaft öffnete sie die Augen. „Ach Peter", lächelte sie verlegen, „ich..." Peter legte den Finger auf ihren Mund: „Pst! Hauptsache du lebst. Hast du noch Schmerzen?"
„Nein, ich fühle mich nur so furchtbar schwach."
„Soll ich später wiederkommen?"
„Nein, bitte bleib hier. Du fragst dich sicher warum ich wie eine Anfängerin in die Falle gelaufen bin. Ich möchte es dir gerne erklären. Außerdem möchte ich wissen wer mich gerettet hat."

Peter zog sich einen Stuhl heran und setzte sich zu ihr.
„Also gut, dann beichte mal."
Lena spürte ein Stechen in ihrer Kehle und ihr Mund fühlte sich trocken und pelzig an. Sie richtete sich auf und trank einen Schluck Wasser, dann begann sie zu erzählen.

Peter hörte ihr, ohne sie zu unterbrechen zu. Dann begann Lena zu stocken. Sie stöhnte: „Diese schreckliche Frau!"

Peter hielt ihre zitternden Hände fest: „Welche schreckliche Frau?" fragte er erstaunt. „Weder im Bericht der Polizisten noch in der Aussage von Alfred taucht eine Frau auf."

Lena sah ihn erregt an: „Ich sage dir, es war die dicke Frau, die mich damals so bedrängte. Dieses Mal trat sie von hinten auf mich zu und legte mir einen Ätherbausch auf die Nase und Mund. Aber ehe ich bewusstlos wurde habe ich ihren ekelhaften Geruch eingeatmet."

„Und gesehen hast du sie auch?"

„Nein, das nicht, aber ich habe sie doch gespürt. Bitte glaube mir! Es war sie. Sie muss es gewesen sein, die mich mit ihrem Anruf zum Klausenfeldweg lockte."

„Aber du sagtest doch es wäre die Stimme eines Mannes gewesen."

„Eine Frau kann genauso krächzen. Ich bin mir jetzt ganz sicher, dass sie etwas mit Andreas Entführung zu tun hat. Jetzt fällt mir auch wieder ein, wo ich diesen Gestank schon einmal gerochen habe. Es war bei Max Brandtner. Vielleicht steckt er mit ihr unter einer Decke."

Peter schüttelte den Kopf: „Lena, bist du sicher dass du kein Fieber hast?"

„Das hätte ich mir ja denken können, dass du so reagierst", sagte Lena erregt: „Nur weil ich kurz bewusstlos war, bin ich nicht auch gleich verrückt."

Peter stand auf, zog ein Tempo heraus, wischte Lena die Schweißtropfen von der Stirn und sagte stoisch:

„Na gut" Ich versuche mir mal deine Version vorzustellen. Aber entschuldige, wenn mir das nicht so recht gelingt. Warum sollte dich diese Frau in eine Falle locken und außer Gefecht setzen? Und aus welchem Grund soll sie Andrea entführt haben? Und dann ihre Verbindung zu Max Brandtner. Wie stellst du dir das alles vor?"

„Das kann ich dir im Moment nicht sagen, aber bitte, verspreche mir der Sache nachzugehen."

Peter grinste ergeben: „Schon gut. Ich verspreche es dir. Ich habe ja sonst nichts zu tun. Aber wenn es sich tatsächlich herausstellt, dass es diese Frau war, die dich überfallen hat, sitzt Alfred unschuldig in U-Haft."

Lena fasste es nicht: „Alfred? Was hat Alfred mit dem Ganzen zu tun?"

Peter drückte sie zurück in die Kissen: „Du solltest dich nicht so aufregen Lena, sonst geben mir die Ärzte noch Hausverbot."

„Gut, ich bin ganz ruhig. Aber bitte sage mir was seit meiner Einlieferung in diese Klinik alles passiert ist."

Ehe Peter auf ihre Bitte eingehen konnte, öffnete der Arzt die Tür und bat Peter seinen Besuch abzubrechen.

Peter hob bedauernd die Schultern: „Du siehst, dass wir das Gespräch später weiterführen müssen."

Lena nickte müde. „Aber Alfred ist unschuldig."

Andrea Endres erwachte und wusste doch nicht ob es Tag oder Nacht war. Ihre Lippen fühlten sich geschwollen an und ihr Mund war so trocken als wäre kein Tropfen Flüssigkeit mehr in ihrem Körper. Und dieses Knurren in dem schmerzenden Magen. Wie lange hatte sie nichts mehr gegessen? Waren es Stunden oder Tage? Verzweifelt knipste sie das Licht an und holte sich ein Glas Wasser aus dem Bad. Sie trank es in hastigen Zügen und starrte auf den leeren Kühlschrank. Warum kam dieser Kerl nicht und füllte ihn auf? Nach ihm selbst hatte sie nicht die geringste Sehnsucht; aber verhungern wollte sie auch nicht. Warum kam er nicht? War ihm etwas zugestoßen? Das wäre auch ihr sicheres Ende, denn er hatte bestimmt Niemanden davon erzählt, dass er sie hier gefangen hielt. Sie stellte das Glas ab, lief zur Tür, trommelte mit ihren Fäusten drauflos und schrie bis ihr fast die Luft ausging. Dann sackte sie ermattet auf den Boden.

Nichts würde ihr helfen. Im Bad befand sich ein Lüftungsschacht; aber wie oft hatte sie da schon hinauf gerufen ohne gehört zu werden? Manchmal glaubte sie Schritte zu hören, dann suchte sie nach einem Versteck, das es nicht gab und bald musste sie feststellen, dass die Schritte nur eine Vorgauklung ihrer Sinne gewesen waren. Dann wieder lief sie wie ein gefangenes Tier im Käfig von einer Ecke zur anderen. Doch es fand sich kein Ausweg. Draußen lief das Leben seinen Gang. Ihr Entführer hielt ihre Kollegen auf Trapp. Sie hatten sicher keine Zeit nach ihr zu suchen. Wo sollten sie es auch tun? Zu Beginn ihrer Gefangenschaft hatte sie fest mit Lenas Hilfe gerechnet; aber jetzt starb auch dieses letzte Fünkchen Hoffnung. Verzweifelt schlürfte sie zu ihrem Bett, rollte sich in die Decke und begann haltlos zu weinen.

Als Staatsanwalt Krüger die Tür des Büros von Hauptkommissar Berger erregt hinter sich zu schlug, konnten die Beiden Kommissare sein aufgebrachtes Benehmen sogar verstehen. Er hatte nur den Ärger über den Druck von Oben, der von Tag zu Tag stärker wurde, an sie weitergegeben. Sie hatten jetzt zwar einen Hauptverdächtigen; aber das machte die Sache nicht leichter, denn dieser Mann kam aus den eigenen Reihen. Nicht auszudenken was die Presse daraus machen würde. Ein Polizeimeister als Komplize eines Mörders.

„Trotz allen gegenteiligen Indizien glaube ich Alfred Bohn", sagte Kommissar Gruber mit fester Stimme.

„Kurt Brandtner scheint alles daranzusetzen Alfred in Verdacht zu bringen."

Hauptkommissar Berger schüttelte zweifelnd den Kopf

„Das sehe ich nicht so. Wir müssen nur noch herausfinden woher die Beiden sich kennen. Irgendwo muss es da eine Verbindung geben. Wir müssen die Leute von der Spurensicherung noch einmal in das Büro der Werkstatt von Kurt Brandtner schicken. Sie sollen alles auf den Kopf stellen. Vielleicht finden sie dort DNA Spuren von Alfred Bohn."

Kommissar Gruber hob ergeben die Schultern:

„Schaden kann diese Aktion sicher nicht."

„Ich weiß, dass du schwer von Alfred Bohns Schuld zu überzeugen bist, und glaube mir, ich wäre ebenso erleichtert wie du, wenn sich seine Unschuld herausstellen würde. Nichts ist schlimmer als Kollegen als Täter zu entlarven."

Das Telefon schrillte. Hauptkommissar Berger hob den Hörer ab und meldete sich. Günter Wegner von der Spurensicherung war in der Leitung. Er berichtete, dass am Klausenfeldweg noch eine zusätzliche Autospur entdeckt wurde, die zwar einige Meter nach den drei anderen Wagen endete, jedoch durchaus der gleichen Anfahrtszeit zugeordnet werden konnte. Hauptkommissar Berger bedankte sich für diese Auskunft und gab gleich die Anweisung für die Untersuchung des Büros von Kurt Brandtner weiter. Dann legte er nachdenklich den Hörer auf.

„Gibt es neue Spuren?" fragte Hans Gruber aufgeregt.

„Ja schon", antwortete Stefan Berger. „Aber freue dich noch nicht zu früh. Alfred Bohn ist deshalb noch lange nicht entlastet. Es wurden Spuren eines zusätzlichen Wagens gefunden. Doch das kann zwar bedeuten, dass Alfred Bohn die Wahrheit sagt oder aber auch, dass sein Komplize mit am Werk war und noch vor Eintreffen der Streife das Weite gesucht hat..."

Hans Gruber atmete auf: „Immerhin gibt es jetzt schon zwei Möglichkeiten." „Na gut, ich denke, dass Peter Bauer bald von Lena zurückkommt und uns zusätzlich etwas Neues berichten kann. Ich schlage vor, wir gehen in die Mittagspause und sehen uns in einer guten Stunde wieder hier im Büro."

„Da sage ich nicht nein", atmete Hans Gruber auf und holte sich seinen Mantel.

Eigentlich wollte Peter Bauer gleich die Klinik verlassen und den Kommissaren das berichten was er von Lena erfahren hatte, aber das konnte er dann doch nicht. Dafür sorgte er sich zu sehr um Lenas Gesundheitszustand. Ein paar Mal ging er unruhig vor ihrem Zimmer auf und ab und fuhr sich durch seine Haare, die heute wie elektrisiert in verschiedene Richtungen strebten. Die seltsamsten Fragen schwirrten durch seinen Kopf. Doch als ihm der Arzt endlich gegenüberstand, brachte er nur einen Satz heraus: „Wann kann meine Kollegin wieder Nachhause?"

Der Arzt lächelte beruhigend: „Frau Senft erholt sich erstaunlich schnell. Wir werden sie wahrscheinlich schon in zwei Tagen wieder entlassen können. Mehr darf ich Ihnen leider nicht sagen. Oder sind Sie mit ihr verwandt?"

„Nein", sagte Peter Bauer aufatmend, „aber ich danke Ihnen."

Sein zweiter Besuch an diesem aufregenden Nachmittag galt Frau Brause. Und dieses Mal hatte er mehr Glück wie am Morgen. Sie war endlich wieder ansprechbar. Zwar hatte man ihm nur ein paar Minuten Redezeit zugestanden, aber immerhin war das schon mal ein Anfang.

Frau Brause sah ihn mit müden traurigen Blick an:

„Haben Sie schon etwas über den Mörder meines Sohnes herausgefunden?"

Peter Bauer versuchte Haltung zu bewahren: „Wir gehen verschiedenen Spuren nach, Frau Brause. Aber wir sind dabei auf die Hilfe der Angehörigen und Freunde angewiesen…"

„Das verstehe ich", erwiderte sie leise. „Ich habe über die Tage vor dem Tod meines Sohnes nachgedacht aber es gibt nur zwei Dinge die mir in dieser Zeit seltsam vorkamen. Sie werden sicher nichts damit anfangen können."

„Bitte erzählen Sie es mir Frau Brause. Man weiß nie…"

„Also gut. Bei der vorletzten Probe hatte Florian das Gefühl, dass er und seine Freunde verfolgt würden. Da hatte so ein dicker, großer Kerl, seinen Wagen neben ihnen bei der Musikschule geparkt und als sie losfuhren ist er Ihnen gefolgt. Er hatte so eine Plastikschutzkleidung an. Als er mir das erzählt hat, habe ich einen Moment an die Drohungen gedacht, die an die Förderer gerichtet war.

Aber ich habe es leider nicht ernst genommen. Dann war dieser unbekannte Anrufer, der Florian zur außerordentlichen Probe bat. Er soll eine raue, komische Stimme gehabt haben."

Jetzt begann Frau Brause zu schluchzen: „Vielleicht war es der Mann, der mich im Büro angerufen hat und von mir verlangt hat, dass ich ihn auf die Spielerliste stelle. Der sprach auch so krächzend. Ich hätte Florian warnen sollen…"

Peter Bauer schluckte erregt: „Können Sie sich an den Namen des Anrufers erinnern?"

„Ich erinnere mich nicht so genau, Bruhn oder so ähnlich."

Die Krankenschwester kam herein und fuhr Peter Bauer vorwurfsvoll an: „Jetzt ist es aber genug. Sehen Sie nicht was sie da anrichten? Frau Brause darf sich nicht aufregen. Gehen Sie bitte!"

Max Brandtner erwachte erst am späten Nachmittag.
„Verdammt!", schimpfte er. „Der blöde Wecker hat nicht geklingelt." Er packte ihn und schmiss ihn an die Wand.
Aber da war doch ein Geräusch gewesen, das ihn gestört hatte. Jetzt hörte er es noch einmal. Es war das Zuschlagen einer Autotür. Er stand mühselig auf und schleppte sich zum Fenster. Doch er sah nur noch die Rücklichter eines Wagens. Hatte schon wieder jemand nach Kurt gesucht?" Wann kapierten diese Idioten denn, dass die Werkstatt geschlossen war? Er hatte lange nicht so tief und fest geschlafen, aber er fühlte sich trotzdem nicht ausgeruht. Doch es half nichts. Er musste nach seinen Vater sehen. Langsam schlurfte er ins Bad und holte ein paar Tabletten aus dem Medizinschrank. Dann nahm er den Zahnbecher, füllte ihn mit Wasser und schluckte zwei Pillen hinunter. Anschließend setzte er sich auf einen Hocker. Was wollte er denn an diesem Nachmittag eigentlich tun? Nachdenklich rieb er sich die Stirn und langsam dämmerte es ihm. Sein Vater war doch

gar nicht hier. Er wollte ihn eigentlich aus dem Krankenhaus abholen

„Das kann ich jetzt vergessen", ärgerte er sich. Sein knurrender Magen bewog ihn dazu nach unten in die Küche zu gehen. Nach dem Treppensteigen wurde er endlich richtig munter. Die Tabletten begannen zu wirken und als er die Kühlschranktür öffnete, musste er an Andrea denken. Seine Erregung wuchs. Warum sollte er nicht mit ihr zusammen im Keller essen? Und dann? Sein Gesicht lief rot an. Er nahm den Einkaufskorb, füllte ihn mit Brotzeit und Getränke und stapfte hinunter zu Andrea.

Andreas Augenlider waren vom vielen Weinen dick geschwollen; aber ihr Schluchzen war ungehört verklungen. Verzweifelt kauerte sie mit angezogenen Beinen auf ihrem Bett. Sie fühlte sich von der ganzen Welt verlassen. Wahrscheinlich hatten die da Draußen sie schon längst vergessen und der Kerl, der sie hier gefangen hielt, dachte anscheinend nur noch an sein abartiges Ziel. Wie viele Menschen er wohl schon umgebracht hatte? Oder hatten sie ihn schon erwischt? Saß er in der Untersuchungshaft? Dann hätte man sie doch längst befreit.

Oder war er wirklich so kalt, sie hier in diesem Bunker sterben zu lassen? Das war ihm leider zuzutrauen. Ihre Hände zitterten und als sich jetzt die Tür öffnete verschränkte sie schnell ihre Finger. Doch das Zittern breitete sich über ihren ganzen Körper aus. Sie fühlte sich wie die Maus im Mauseloch. Auf der einen Seite witterte sie die Gefahr, die der schwammige Koloss ausstrahlte, auf der anderen Seite winkte das Essen, das er mitbrachte. Sie beobachtete jede Bewegung von ihm.

Irgendwie wirkte er noch konfuser als sonst auf sie.

Schweigend deckte er den Tisch. Dann füllte er den Kühlschrank mit den Lebensmitteln die noch im Korb lagen. Sie wandte ihren Blick von seinem breiten Rücken ab und starrte gierig auf den Tisch. Doch sie wagte sich nicht aus ihrem Bett heraus.

Als er den Korb abgestellt hatte drehte er sich zu ihr um. „Setz dich her", knurrte er und griff mit seinen fleischigen Fingern nach einem Stück Wurst. Der Duft des Essens und der knurrende Magen überwog ihre Angst.

Langsam schlug sie die Decke zurück und ging zum Tisch. Sie versuchte sein genüssliches Schmatzen zu überhören aber nach den ersten Bissen schien die Luft um sie dünner zu werden. Sie sah in sein feistes Gesicht, roch seinen ätzenden Atem und es wurde ihr übel. Er glotzte sie verärgert an:

„Was ist los mit dir? Esse endlich. Du bist ja nur noch ein dünnes Gerippe. Ich brauche eine Frau die was auf den Knochen hat. Und dein vorwurfsvolles Getue kannst du auch vergessen. Das geht mir auf die Nerven. Ich kann mir auch eine andere suchen. Im Garten steht ein Brunnen. Da hast du noch leicht Platz darin." Seine Augen verrieten, dass es nicht nur eine bloße Drohung war.

Ihr lief ein Schauer über den Rücken und sie versuchte trotz ihrer Angst noch etwas zu essen aber sie brachte nur noch ein paar Brocken hinunter. Er schmatzte weiter bis er satt war. Dann wischte er sich den Mund mit einer Serviette ab, stand auf, packte sie und stieß sie vorwärts zum Bett.

Nach dem Besuch bei Frau Brause wollte Peter Bauer so schnell als möglich zum Kommissariat fahren. Aber als er in der Tiefgarage vor seinem Wagen stand, wurde ihm erschreckend klar wie sehr Lena in Gefahr schwebte.
Deshalb war er zum Aufzug gelaufen und war wieder nach Oben gefahren. Dann hatte er bei Kommissar Gruber angerufen und ihm mitgeteilt, dass Alfred Bohns Aussage stimmen musste und somit die Gefahr bestehe, dass Derjenige, der Lena diese Verletzung zugefügt hatte, sie noch einmal bedrohen könnte. Er hatte ihm gesagt, dass er so lange vor Lenas Tür Wache halten würde bis ein Kollege diese Aufgabe übernehmen könne.
Kommissar Gruber hatte tatsächlich dafür gesorgt, dass Lena rund um die Uhr unter Polizeischutz gestellt wurde.
Nun saß er seinen beiden Vorgesetzten gegenüber und berichtete alles was er von Lena und Frau Brause gehört hatte.
Hauptkommissar Bergers Braue schob sich steil nach Oben. Er verstand nicht wieso Lena so eigenmächtig gehandelt hatte.

„Lena hätte uns sofort von diesem Anruf verständigen müssen", schimpfte er verärgert. „Sie müsste eigentlich wissen, wozu solche unüberlegten Handlungen führen."

Kommissar Gruber nickte zustimmend: „Diese Alleingänge sollten absolut unterlassen werden. Lena und Alfred haben sich und ihre Kollegen damit in Gefahr gebracht. Bei der nächsten Zusammenkunft mit den Beiden, müssen wir mit ihnen noch ein ernstes Wort darüber sprechen."

Dann wurde sein Ton wieder ein wenig milder; „Ich bin froh, dass alles glimpflich abgegangen ist."

„Ich glaube fest, dass Lena aus dieser Sache gelernt hat", erklärte Peter Bauer. „ Und ich glaube ihr alles was sie sagt."

„Auch das mit der dicken Frau?" Hans Gruber sprach das aus, was Stefan Bergers skeptische Miene verriet.

„Ja, auch das", sagte Peter Bauer fest. „Ich sehe ein, dass diese Frau nicht so Recht in das Gesamtbild passt.

Aber es passt so vieles nicht in dieser Sache. Und warum sollte dieser Mistkerl keine Komplizin haben?"

Peters Gesicht lief rot an.

„Schon gut, lassen wir das erstmal beiseite", riet Hans Gruber. „Wenden wir uns einen anderen Punkt zu. Lena, Frau Brause und Alfred sprachen alle Drei von der krächzenden Stimme am Telefon. Wenn wir einen Stimmenvergleich hätten, könnten wir einwandfrei feststellen ob es jedes Mal derselbe Anrufer war. Dann wüssten wir mit Sicherheit, dass der Mörder und der Entführer identisch sind."

Peter Bauer runzelte die Stirn: „Ja, schon, aber ich nehme trotzdem an, dass dieser Mann eine Komplizin hat."

Hauptkommissar Berger war inzwischen aufgestanden und ging nun unruhig auf und ab. Dann blieb er abrupt stehen und sagte: „Machen wir nicht alles noch komplizierter wie es schon ist. Für mich steht fest, dass Kurt Brandtner immer noch unser Hauptverdächtiger ist. Er schlüpft in verschiedene Rollen und bringt die verschiedensten Leute in Verdacht. Aber lange kann er dieses gewagte Spiel nicht mehr treiben. Sein Plan beginnt schon zu bröckeln. Morgen früh werde ich Schlagbauer und Krause von der Überwachung von Tom Weipert entbinden. Es haben sich keinerlei Anzeichen auf eine Täterschaft seinerseits ergeben."

„Und was ist mit Alfred Bohn? Kommt er heute noch frei?", fragte Peter Bauer gespannt.

„Nein!" erwiderte Hauptkommissar Berger bestimmt. „Ich bin mir noch nicht sicher ob der Täter einen Informanten bei uns hat. Deshalb muss Alfred Bohn heute Nacht noch in Gewahrsam bleiben. Der Täter muss sich in Sicherheit wiegen, denn ich plane morgen Früh einen Grosseinsatz.

Allerdings muss ich deswegen noch mit Staatsanwalt Krüger sprechen. Ich benötige für diese Aktion noch den richterlichen Beschluss. Alles Andere erkläre ich euch

Morgen. Es ist kein Misstrauen euch gegenüber, aber meine Handlungsweise richtet sich danach, was die Spurensicherung heute noch herausfindet. Außerdem warte ich noch den Tagesbericht von Schlagbauer, Krause und den übrigen Kollegen ab."

Peter Bauer verstand diese Aktion von Stefan Berger und nickte: „Und was kann ich heute noch tun?"

Stefan Berger warf einen Blick auf die Uhr und sagte: „Es ist schon spät. Mir reicht es, wenn du deinen Bericht noch abtippst und bei mir abgibst. Dann kannst du Feierabend machen."

„Danke, das werde ich tun und dann werde ich Lena noch kurz besuchen."

Hans Gruber sah Peter Bauer seufzend nach:

„Hoffentlich können wir auch bald Schluss machen. Oder hast du vergessen, dass Maria und Lynn bei mir Zuhause auf uns warten?"

Zum ersten Mal an diesem Tag entspannten sich Stefan Bergers Gesichtszüge: „Wie könnte ich das vergessen!"

Hans Gruber sah bekümmert auf seine Armbanduhr: „Es ist doch später geworden wie ich gedacht habe. Unsere Frauen werden uns nicht gerade begeistert empfangen."

„Das denke ich auch", nickte Stefan Berger trübsinnig.

„Aber heute ging es wirklich nicht anders …"

„Mir brauchst du das nicht erklären", unterbrach ihn Hans Gruber. Ich weiß ja wie wichtig die Vorbereitung auf

Morgen war. Doch ich höre Maria schon sagen: „Habt ihr auch mal eine andere Ausrede parat?" Und Lynn wird nicht viel anders reagieren. Wir sollten ihnen wenigstens ein paar Blumen mitbringen."

Stefan Berger sah das genauso. Und so standen sie eine halbe Stunde später mit Blumen und reuigen Blicken vor Maria und Lynn.

Seltsamerweise stoppten die Beiden gleich die vorgenommenen Erklärungen ihrer Männer, nahmen ihnen mit einem Lächeln die dargereichten Blumen ab und bugsierten sie sofort ins Esszimmer.

Der Tisch war für vier Personen gedeckt. Das Essen stand schon auf Warmhalteplatten bereit.

Hans sah sich fragend um: „Wo sind die Kinder?"

„Sie übernachten heute bei meinen Eltern", erwiderte Maria lächelnd. „Lynn und ich haben mit euch einiges zu besprechen, aber jetzt wird erstmal gegessen. Also greift zu. Guten Appetit."

Hans hob ergeben die Schulter und blickte Stefan mit einem Blick an, der sagte, „hier im Haus sind eben die Frauen die Bosse."

Spannung lag im Raum. Doch weder Hans noch Stefan stellten Fragen.

Stefan war müde und rastlos zugleich. Zugegeben, alles auf dem Tisch war appetitlich und liebevoll angerichtet.

Das Essen schmeckte köstlich. Der erlesene Wein passte hervorragend dazu. Alles passte. Nur er fühlte sich nicht am richtigen Platz. Während er so untätig hier dasaß konnte der Mörder schon wieder zuschlagen. Aber wo würde er das tun? Er war immer noch nicht auf dessen Plan gekommen. Nach welchen Kriterien suchte er sich seine Opfer aus? Die Liste der Teilnehmer am Landshuter Fest war ellenlang. Er sah in Lynns Augen und verstand. Er musste diese Gedanken für eine Weile abschalten.

Hans konnte das besser. Nach ein paar Minuten des schweigenden Essens durchbrach er die ungute Stille und lobte die Kochkunst der beiden Frauen. Dann fragte er geradeheraus: „Und welches Geheimnis habt ihr zwei vor uns ahnungslosen Männern?"

Lynn lächelte Hans dankbar an, dann blickte sie Stefan fest in die Augen: „Ich habe mich entschlossen hierher nach Landshut zu ziehen und hier eine Kanzlei zu eröffnen."

Jetzt war es ausgesprochen. Stefan nahm seine Serviette und wischte sich den Mund ab: „Bist du dir da ganz sicher?"

„Natürlich bin ich das", ereiferte sich Lynn. „Und Maria habe ich auch gleich mit eingeplant. Sie wird für mich arbeiten."

Jetzt blieb Hans fast der Brocken, den er gerade hinunterschlucken wollte im Halse stecken: „Was soll das heißen? Das geht doch im Moment gar nicht!"

„Doch das geht", erklärte Maria ruhig. „Vormittag passt meine Mutter auf die Kinder auf und ..."

„Sie weiß es schon?"

„Ja", nickte Maria. „Mutter unterstützt mich da voll und ganz. Sie versteht, dass ich auch mal was anderes brauche wie Haushalt und Kinder."

„Ich dachte, es macht dir Spaß und du liebst die Kinder?

„Natürlich liebe ich die Kinder, aber mir fällt auch ab und zu die Decke auf den Kopf. Du musst doch zugeben, dass du für mich und die Kinder fast gar keine Zeit mehr hast.

Ich gebe dir dafür natürlich keine Schuld aber ich vermisse unsere früheren Gespräche und den Kontakt zu anderen Menschen."

Hans sah seine Frau nachdenklich an. Er verstand sie ja. Sie musste sich wirklich vernachlässigt fühlen. Doch er wusste auch, was die Berufstätigkeit seiner Frau mit sich bringen würde. So einfach würde es nicht werden wie sie sich das vorstellte, aber konnte er ihr diesen Wunsch abschlagen? „Nein!" Und wann ist es so weit?" fragte er mit einem weinenden und einem lächelnden Auge.

„So genau steht das noch nicht fest", sagte Maria.

Lynn nickte. Sie hatte die Anspannung im Gesicht von Hans bemerkt und lächelte ihm beruhigend zu: „Bis ich die richtigen Räume gefunden und eingerichtet habe, werden schon noch zwei, drei Monate vergehen."

Stefan Berger schloss schweigend die Wohnungstür auf und ließ Lynn, die ebenso still war wie er, den Vortritt.

Zwischen ihnen lag eine knisternde Spannung. Lynn brachte es gerade noch fertig mit zitternden Händen ihren Mantel an den Haken zu hängen Dann lief das Fass in ihr über: „Soll ich wieder nach Hause fahren?"

Stefan sah sie betroffen an: „Wie kommst du denn auf so etwas?"

„Das fragst du noch? Du warst von der Aussicht auf ein gemeinsames Leben mit mir ganz schön geschockt.

Dabei habe ich geglaubt, dass du es ebenso möchtest wie ich. Maria und ich dachten die richtige Lösung für unser Problem gefunden zu haben. Wir dachten, dass ihr euch über unseren Vorschlag freut, aber ihr habt nur lange Gesichter geschnitten."

„Du tust Hans und mir Unrecht. Wir sind mit diesen Mordfällen bis über die Ohren beschäftigt. Wir brauchen nicht auch noch private Unruhen. Das heißt, dass wir keine Zeit haben, euch bei Euren Vorhaben zu helfen."

„Darum haben wir euch doch gar nicht gebeten."

„Ja glaubst du es ist so leicht hier in der Stadt eine Kanzlei zu errichten?

Es gibt genug Anwälte in Landshut. Du wirst einige Durststrecken zu überwinden haben."

„Maria und ich schaffen das schon zusammen."

„Das kann ich nicht so recht glauben und Hans weiß auch was da auf ihn zukommt. Auch wenn Marias Mutter bei der Kinderbetreuung einspringen wird, wird es doch ab und zu Engpässe geben."

„Du sprichst ja gerade so als wäre Maria die einzige berufstätige Mutter."

„Das bringt alles nichts Lynn. Wir könnten Tausend Argument hin und her schleudern aber ich bin erschöpft, ausgelaugt und Morgen muss ich einen Hundertprozentigen Einsatz bringen. Lass uns zu Bett gehen."

„Wie du willst." Lynn drehte sich um ging ins Bad.

Am nächsten Morgen sahen weder Stefan Berger noch Hans Gruber besonders ausgeruht aus. Sie begrüßten sich, ohne über den vorhergehenden Abend zu sprechen und begannen gleich mit der Durchsicht der Akten.

„Nach der guten Arbeit, die die Spurensicherung gestern geleistet hat, ist es sicher kein Problem den richterlichen Durchsuchungsbeschluss für Kurt Brandtners Elternhaus und dem ganzen Anwesen zu erhalten", erklärte Stefan Berger. „Du hast ja gestern gehört, dass Staatsanwalt Krüger auf unserer Seite steht."

„Gut, aber Max Brandtner wird aus allen Wolken fallen wenn wir mit unserer Mannschaft anrücken. Seine Nerven scheinen mir durch die Krankheit seines Vaters schon ziemlich angekratzt zu sein. Vielleicht sollten wir vorher mit ihm sprechen? "

„Auf keinen Fall! Was auch immer der junge Mann zurzeit mitmacht, darf uns nicht dazu führen, ihn auch noch zu warnen. Mir geht, wenn ich an ihn denke so manches durch den Kopf. Ich kann einfach nicht mehr daran glauben, dass er nichts von dem Tun seines Bruders weiß."

„Das Gleiche kam mir natürlich auch schon in den Sinn, aber wenn ich diesen labilen Mann vor mir sehe, denke ich, dass er sich uns gegenüber schon verraten hätte.

Lena und Alfred haben ihn doch auch schon mehrmals befragt. Sie haben ihn als einen unsympathischen Zeitgenossen eingestuft und ihm voll abgenommen, dass er mit seinem Bruder kein gutes Verhältnis hat. Deshalb glaube ich eher, dass ihn die Pflege seines Vaters voll in Anspruch nimmt. Der wirkt so abwesend als lebe er in einer anderen Welt."

Hans Gruber wischte sich nachdenklich über die Stirn:

Ausschließen kann man jedoch gar nichts."

Stefan Berger nickte: „Gut, lassen wir vorläufig das Rätseln über Max Brandtner und gehen den nächsten Punkt an. Im Büro von Kurt Brandtner wurden fünf verschiedene DNA Spuren gesichert. Eine davon ist von einer Frau. Ich habe nachprüfen lassen ob es sich dabei um Andrea Endres handelt und ich erwarte jeden Moment eine diesbezügliche Nachricht aus dem Labor."

Hans Gruber fuhr wie elektrisiert hoch: „Du glaubst jetzt also, dass Lena mit ihrer These Recht hatte und der Mörder und der Entführer ein und die gleiche Person sind?"

„Ja", gab Stefan Berger zu. „Es weist vieles darauf hin.

Peter Bauer war gestern noch auf meine Anweisung hin, in Andreas Wohnung. Er hat dort eine Haarbürste von ihr geholt und sie ins Labor gebracht."

Ehe Hans Gruber noch eine weitere Frage stellen konnte, klopfte es an der Tür und gleich darauf traten Werner Schlagbauer und Walter Krause ein und grüßten verhalten.

Stefan Berger sprach die Beiden sofort auf ihre neue Aufgabe an: „Eine weitere Überwachung von Tom Weipert ist bis auf Weiteres nicht mehr erforderlich. Ich habe euch heute eine halbe Stunde früher herbestellt weil ich möchte, dass ihr mir so schnell als möglich die beiden Mechaniker von Kurt Brandtner, einen gewissen Gerd Resch und Boris Klein heranschafft. Hier sind die Adressen."

Werner Schlagbauer nahm den Zettel missmutig entgegen: „Und was ist mit Alfred? Ich habe gehört unter welchen Verdacht er steht. Aber das ist doch ein völliger Unsinn. Alfred als Serienkiller, dass ich nicht lache. Ich kenne Alfred lange genug…"

„Das ist mir bekannt", unterbrach ihn Stefan Berger schroff, „aber das steht jetzt nicht zur Debatte. Sie sind nicht hier um Alfred Bohn zu verteidigen, sondern um die Aufgaben die ich Ihnen zuteile zu erledigen. Also, auf was warten Sie noch?"

Das Gesicht von Erwin Schlagbauer verfärbte sich wie ein Hummer, den man gerade ins kochende Wasser geschmissen hatte. Er machte einen Schritt auf seinen Chef zu, öffnete seinen Mund so, als ob er gleich losbrüllen wollte, überlegte es sich aber im letzten Moment anders und drehte sich abrupt um. Dann verließ er, gefolgt von seinem Kollegen Walter Krause das Büro.

An einem anderen Tag hätte Hans Gruber wahrscheinlich zu Schlagbauer gestanden, aber heute hatte er keinen Kopf dafür. Er blätterte in den Akten und versuchte gleich nach dem Abgang der beiden Kollegen zum nächsten Thema überzugehen. Doch in diesem Moment klingelte das Telefon und er hob den Hörer ab.

„Die weiblichen DNA - Spuren, die ihr im Büro von Kurt Brandtner gefunden habt stimmen also mit denen von Andrea Endres überein? Danke Günter, bis später." Einen kurzen Augenblick hielt er den Hörer noch in der Hand, dann legte er ihn tief einatmend nieder:

„Du hast es gehört. Es stimmt also. Andrea Endres hielt sich irgendwann in den letzten Wochen in Kurt Brandtners Büro auf."

Stefan Berger nickte erregt: „Noch ein paar solcher Informationen und wir können alle Details wie ein Puzzle zusammenfügen. Dann wird uns Niemand mehr daran hindern jeden Winkel in dem sich Kurt Brandtner aufgehalten hat zu durchsuchen."

Peter Bauer richtete sich im Bett hoch, rieb sich den Schlaf aus den Augen und dachte noch ehe er zum Bad ging, an Lena. Wie es ihr wohl ging? So wie es schien machte sie sich um Alfred mehr Sorgen wie um sich selbst .Eigentlich konnte er das auch verstehen. Alfred tappte aber auch in eine Falle nach der Anderen. Gestern Abend wäre er zu gerne zu ihm in die Zelle gegangen und hätte ihm gesagt was sie heute alles unternehmen würden um seine Unschuld zu beweisen. Er konnte sich lebhaft vorstellen wie mutlos Alfred sein musste und wie ihn das Benehmen seiner Kollegen enttäuschte. Aber Hauptkommissar Berger hatte ihm seine Bitte mit Alfred sprechen zu dürfen entschieden verweigert. Die Frage nach dem Warum, war ihm schon auf der Zunge gelegen aber dann hatte er die knisternde Spannung die zwischen den beiden Kommissaren lag bemerkt und hatte daraufhin nicht weiter nachgebohrt. Kommissar Gruber hatte ihn noch gebeten Lena nichts über die Haarbürste, die er aus Andreas Wohnung geholt hatte, zu sagen, dann war er wortkarg in den Feierabend geschickt worden. Warum hatten die beiden Bosse so geheimnisvoll getan? Trauten sie ihm auch nicht mehr?

Die Kaffeemaschine gluckste vor sich hin. Er schenkte sich eine Tasse ein und schlang gedankenverloren ein trockenes Brötchen hinunter. Anschließend rief er Lena in der Klinik an. Sie erzählte ihm, dass die Nacht ruhig verlaufen war, sie sich schon bedeutend besser fühle und sie sich wünschte nach Hause gehen zu können. Sein Gesicht entspannte sich, das war echt Lena. Doch während er seine Jacke überzog grub sich wieder eine Sorgenfalte in seine Stirne. Noch war Lena nicht aus der Gefahrenzone. Der Mensch, der sie zum Klausenfeldweg geschickt und dann überfallen hatte, konnte sobald sie aus der Klinik entlassen war, wieder zuschlagen. Doch wer war dieser Mensch, der Lena in diese Falle gelockt hatte? Alfred war es keinesfalls gewesen. Das stand für ihn fest. Und Kurt Brandtner? Warum sollte er Lena so etwas antun? Nach ihrer Aussage hatte sie sich mit ihm immer gut verstanden. Wo lag da der Sinn für diese Tat?

Er dachte an die ganzen Spuren und schüttelte den Kopf, denn sie führten trotz all seiner Skeptik zu Kurt Brandtner. Als er die Haustür öffnete und auf die Strasse trat, blinzelte ihm die Sonne strahlend entgegen. Nach all den schmuddeligen grauen Tagen war dies eine Wohltat.

Erleichtert atmete er die klare Luft ein und schritt zu seinem Wagen. Vielleicht änderte sich heute alles so positiv wie das Wetter.

Ein Ohrenbetäubender Krach schlug ihn aus seiner guten Stimmung. Erschrocken drehte er sich um und bemerkte die Ursache des Lärms. Hinter ihm hatten sich zwei Autos ineinander geschoben. Ohne lange zu überlegen lief er zur Unglücksstelle.

Ein paar Schritte hin, ein paar Schritte her und schon hatte Alfred Bohn seine neue Unterkunft durchquert. Die Enge des Raumes, die schlaflose Nacht und das abweisende Benehmen seiner Kollegen machte ihn fertig.

Warum hörte ihm denn Niemand richtig zu? Vor lauter Frust schob er sein Frühstück, das ihm ein junger Polizist wortkarg auf den kleinen Plastiktisch in der Ecke gestellt hatte, zurück. Ihm war der Appetit vergangen. Wahrscheinlich hatten sie ihm absichtlich so einen jungen Spund, den er noch nicht kannte, hereingeschickt. Wenn er nur wüsste, wie es Lena inzwischen ging. In jedem Augenblick, in dem er an sie dachte, sah er ihr fahles Gesicht und ihren schlaffen Körper vor sich. Natürlich waren die Beweise gegen ihn erdrückend, aber gab es denn wirklich keinen seiner Kollegen der zu ihm hielt?

Immer wieder horchte er zur Tür. Kam denn Keiner um ihn zum Verhör abzuholen? Sogar das wäre ihm lieber, als hier alleine zu sein und nichts zu seiner Verteidigung tun zu können. Zugegeben, Hauptkommissar Berger hatte bis vor dem Mord an Anita wenig mit ihm zu tun gehabt und kannte ihn somit auch nicht so gut. Aber Kommissar Gruber? In ihm hatte er schon fast einen Freund gesehen.

Warum ließ er ihn im Stich? Nicht einmal einen Anwalt hatten sie ihm geschickt. Und Peter Bauer und sein ehemaliger Kumpel Erwin Schlagbauer? Auch die ließen sich nicht blicken. Und was war mit seiner Familie? Vermisste ihn denn Keiner? Wenn es noch lange so weitergehen würde, wäre er sicher reif für den Psychiater. Sein Leben bestand seit Anitas Tod nur noch aus einem einzigen Chaos. Wenn er die Augen schloss um sich mit den einzelnen Begebenheiten auseinander zu setzen, die ihm einen Hinweis auf den Täter geben konnten, schwirrte alles im Nu durcheinander. Langsam verstand er die Leute, die sich in der Untersuchungshaft das Leben genommen hatten.

Das Telefon schien nicht stillstehen zu können. Stefan Berger griff danach und seine Stirnfalten vertieften sich.
„Peter Bauer", sagte er zu Hans Gruber, „wird heute seinen Dienst später antreten. Er muss bei einem Unfall, der direkt vor seiner Haustür stattfand erste Hilfe leisten."
„Auch das noch!", sagte Hans Gruber besorgt, hoffentlich kommt es nicht noch zu mehr Zwischenfällen".
„Das hoffe ich auch. Gerade, als du in deinem Büro warst, hat Staatsanwalt Krüger angerufen. Er sagt, dass er den zuständigen Richter noch nicht erreicht hat. Somit können wir die Durchsuchung erst am Nachmittag durchführen."
„Dann sollten wir aber Alfred aus der Zelle holen. Seine Mutter vermisst ihn schon. Sie hat erst unten bei der Wache, dann bei mir angerufen. Um sie zu beruhigen, habe ich ihr versprochen, dass Alfred in ein paar Stunden nach Hause kommt."
Stefan Berger sah Hans Gruber nachdenklich an, aber als er zu einer Antwort ansetzen wollte klopfte es an der Tür. Erwin Schlagbauer und Walter Krause traten gefolgt

von den beiden Mechanikern Gerd Resch und Boris Kess, ein.

Erwin Schlagbauer grinste so stolz, als habe er gerade ein paar lange gesuchte Verbrecher geschnappt. Er baute sich mit seiner stämmigen Figur vor Hauptkommissar Berger auf und meldete übereifrig. „Es war gar nicht so einfach die Beiden hierher zu bringen. Besonders der Kess, der wollte partout nicht einsehen dass…"

„Schon gut", unterbrach ihn Hauptkommissar Berger wirsch. „Das können Sie alles in ihrem Bericht erwähnen.

Im Moment benötige ich sie nicht. Setzen Sie sich bitte mit Günter Wegner von der Spurensicherung in Verbindung. Er soll eine DNA Untersuchung der beiden Herren Resch und Kess vorbereiten. Danach warten Sie draußen. Sobald die Befragung hier beendet ist, erhalten Sie neue Anweisungen. Das Gleiche gilt auch für Sie Kollege Krause."

Er übersah den bissigen Blick in Schlagbauers hochrotem Gesicht, wartete bis die beiden Beamten die Tür hinter sich geschlossen hatten und wandte sich anschließend den Mechanikern zu: „Bitte setzen Sie sich."

Boris Kess muckste auf: „Was wollen Sie denn eigentlich von mir? Ich habe schon alles gesagt was ich über Kurt Brandtner weiß. Ich war gerade dabei zu meiner neuen Arbeitsstelle zu fahren und Sie lassen mich so einfach hierher schleppen. Mein Boss…"

„Jetzt regen Sie sich wieder ab. Sie erhalten natürlich eine Bestätigung über Ihre Zeugenaussage", unterbrach ihn Hauptkommissar Berger schroff: „Aber jetzt erwarte ich konkrete Antworten auf die Fragen vom Kollegen Gruber und mir."

Er wartete bis sich die beiden Mechaniker gesetzt hatten, dann fuhr er fort: „ Im Büro von Herrn Brandtner wurden verschiedene DNA Spuren gesichert. Eine davon war die einer Frau. Bei Ihrer ersten Befragung hat aber keiner von Ihnen von einer Frau gesprochen, die ihrem Chef nahe stand."

Gerd Resch schüttelte den Kopf: „Kurt hatte in den letzten drei Jahren keine Freundin. Er hat sich nur in seine Arbeit gekniet."

„Und das wissen Sie so genau?"

„Ja, Kurt ist nicht nur mein Chef, er ist auch mein Freund. Er würde es mir sagen…"

„Er vertraut Ihnen also alles an? Und wie erklären Sie sich dann seine plötzliche Abreise?"

„Das habe ich mich in den letzten Tagen immer wieder selbst gefragt und ich bin mir inzwischen sicher, dass ihm etwas zugestoßen sein muss."

„Also, mir kommt das Ganze auch spanisch vor", sagte Boris Kess aufgeregt. „Kurt nimmt ein paar wichtige Aufträge an, sagt, dass wir in nächster Zeit voll ausgelastet sind und dann verschwindet er klanglos. Das passt doch überhaupt nicht zu ihm. Und eine Frau habe ich auch nicht bei ihm im Büro gesehen."

„Hatten Kunden oder Lieferanten Zugang zum Büro?"

„Nein, in der Werkstatt ist ein kleiner Kassenraum. Da erhielten die Kunden ihre Rechnungen."

„Warum hat Herr Brandtner das Fenster im Büro mit einem Brett zugenagelt?"

Die beiden Mechaniker sahen sich fragend an. Dann schüttelte Gerd Resch den Kopf: „Das ist doch total unsinnig. Warum sollte Kurt denn das tun? Da war bestimmt jemand anders zu Werk."

Boris Kess nickte seinem ehemaligen Kollegen zustimmend zu: „Du hast Recht. Das Brett wurde erst angebracht, als Kurt schon längst abgereist war."

„Und wann genau war das?", fragte Hauptkommissar Berger.

„So genau weiß ich das auch nicht", sagte Boris Kess nachdenklich. „Jedenfalls war es drei Tage nach dem Kurt weggefahren ist, noch nicht dort."

„Zu der Zeit waren Sie bei der Werkstatt? Besitzen Sie einen Schlüssel dazu?"

„Ich habe keinen Schlüssel zur Werkstatt und ich war in den letzten Wochen mehr als einmal dort und habe nachgesehen ob sie immer noch geschlossen ist. Max hat mich beim letzten Besuch dort gesehen. Er hat gesagt, dass Kurt noch länger weg bleibt".

„Max weiß also wo sich sein Bruder aufhält?"

Boris Kern schüttelte nachdenklich den Kopf: „Max wird immer seltsamer. Er hat mir erzählt, dass Kurt ihn manchmal anruft, ihm aber nicht sagt wo er sich gerade aufhält. Außerdem wäre es ihm auch egal. Aber anscheinend hat ihn Kurt gebeten ein Auge auf die Werkstatt zu halten und jetzt regt es ihn auf, dass immer wieder andere Leute im Hof auftauchen und um die Werkstatt schleichen. Vielleicht hat er Angst dass dort eingebrochen wird.

Deswegen könnte ich mir vorstellen, dass er das Fenster vernagelt hat."

„Möglich wäre es. Aber noch einmal zu Kurt Brandtner.

Weiß einer von Ihnen, ob er sich in der letzten Zeit öfter in Passau oder Regensburg aufgehalten hat?"

„So viel mir bekannt ist, war Kurt schon lange nicht mehr in Passau und in Regensburg war er das letzte Mal vor zwei Jahren als sein Onkel beerdigt wurde.", erklärte Gerd Resch nachdenklich.

„Er hat also zu den übrigen Verwandten in Regensburg keinen Kontakt mehr?"

„Ich glaube Kurt hat dort gar keine Verwandten mehr.

Aber so genau kann ich das auch nicht sagen. Kurts Onkel war jedenfalls Junggeselle und lebte allein in Regensburg. Er war oft hier in Landshut und Kurt mochte ihn gern. Der Tod dieses Mannes hat Kurt schwer getroffen. Er kann heute noch nicht verstehen warum er sich auf so eine Weise umgebracht hat."

„Er hat Selbstmord begangen?"

„Ja, er hat sich hier in Landshut an der Flutmulde die Pulsadern aufgeschnitten. Dabei war er so ein beherzter Polizist gewesen. Na ja, vielleicht war er manchmal ein bisschen zu hart. Vor allem Max gegenüber. Der hatte so richtig Schiss vor ihm. Der ist nicht mal mit zur Beerdigung gefahren."

Hauptkommissar Berger und Kommissar Gruber sahen sich überrascht an. So war das also. Kurt Brandtner hat seinen Onkel bewundert und ist nicht über seinen Tod hinweggekommen. Vielleicht ist er deshalb in dessen Uniform geschlüpft?

Nach kurzem Zögern fuhr der Hauptkommissar mit der Befragung fort: „Könnte es Freunde oder Bekannte geben die von Kurt Brandtners Reiseplänen wussten?"

„Das kann ich mir nicht vorstellen. In erster Linie hätte er uns doch informiert?"

„Hat Max Brandtner ab und zu beim Autoreparieren geholfen?"

Die beiden Mechaniker begannen zu lachen. Dann beantwortete Gerd Resch noch immer breit grinsend die Frage: „Max und die Technik! Wenn einer zwei linke Hände hat, dann er. Er hat uns höchstens mal die Brotzeit gebracht und anständig mitgefuttert. Ab und zu war es ihm drüben im Haus zu langweilig. Dann hat er sich in den Kassenraum gesetzt und uns bei der Arbeit zugeschaut oder er hat gelesen. Hauptsache er war nicht allein."

„Und Kurt Brandtner hat ihm nie eine Aufgabe übertragen?"

„Nein, das war schon beim alten Brandtner so. Der Max ist halt ein Träumer aber als Krankenpfleger soll er sich ja gut machen. Jedem das Seine. Also, können wir jetzt gehen?"

„Ja", sagte Hauptkommissar Berger. „Aber Sie haben sicher bei ihrem Eintritt bei uns gehört, dass wir eine Speichelprobe von Ihnen benötigen. Einer der Beamten wird Sie zur Spurensicherung bringen."

Als Gerd Resch und Boris Kess aufstanden, hielt Kommissar Gruber sie noch zurück: „Ich hätte da noch eine Frage an Sie Herr Resch. Besitzen Sie einen Schlüssel zur Werkstatt?"

Gerd Resch nickte: „Ja, ich hatte einen, aber ich habe ihn bei Max abgegeben. Solange Kurt nicht da ist…"

„Schon gut. Gibt es außer Ihnen sonst noch eine Person die einen Schlüssel zur Werkstatt besitzt?"

Gerd Resch zuckte mit den Achseln: „Das glaube ich nicht. Soviel ich weiß waren es immer nur drei Leute die einen Schlüssel besaßen. Kurt, sein Vater und ich."

„Und wann wurde der letzte Wagen neu lackiert?"

„Das ist schon ein paar Wochen her. Sie wissen doch, dass die Werkstatt schon seit längerer Zeit geschlossen ist."

„Gut, Sie können gehen, aber halten Sie sich für weitere Fragen bereit."

Er stand auf, geleitete die Mechaniker hinaus und übergab sie Werner Schlagbauer mit der Bitte die Beiden zur Spurensicherung zu bringen.

Dann begannen die Kommissare das Gespräch, das sie gerade mit Gerd Resch und Boris Kess geführt hatten auszuwerten.

Am Tag ihrer Einlieferung in das Krankenhaus war Lena Senft immer wieder in einen unruhigen Schlaf versunken.

Doch jetzt am Morgen des nächsten Tages konnte sie es schon nicht mehr erwarten nach Hause zu kommen.

Sie hatte Peter Bauer angerufen; aber der hatte ihr dringend davon abgeraten das Krankenhaus jetzt schon zu verlassen. Aber wozu gab es Taxis? Ungeduldig wartete sie auf die morgendliche Visite des Arztes um ihn um ihre Entlassung zu bitten. Als sie ins Bad ging fühlte sie sich zwar noch etwas wackelig auf den Beinen, doch sie war fest davon überzeugt, dass sie das schnell in den Griff bekam. Sie lauschte auf die Stimmen die vom Gang hereintönten. Aber es war noch immer nichts von dem Arzt zu hören. Sie ging zur Tür und späte hinaus. Erst jetzt wurde ihr bewusst, dass sie bewacht wurde. Der Polizist, der hier für ihre Sicherheit sorgen sollte, bemerkte sie und wünschte ihr mit einem schiefen Lächeln einen guten Morgen. Überrascht schlug sie die Tür wieder zu und lief zu ihrem Bett. Dann griff sie aufgeregt zum Telefon.

Es schien, als habe Hans Gruber schon auf einen Anruf gewartet, denn er war sofort am Apparat. Das kam Lena sehr entgegen. Sie beschwerte sich mit überschlagender Stimme über diese Maßnahme. Hans Gruber fiel ihr ins Wort:
„Lena, ich habe jetzt keine Zeit für Erklärungen. Heute steht viel auf dem Spiel und wenn du vielleicht denkst, du könntest vorzeitig die Klinik verlassen, kannst du das gleich wieder vergessen. Heute geht das auf keinen Fall.
Halte dich bitte an diese Anweisung, sonst muss ich dir eine Abmahnung ausstellen. Tschüss."
Er hatte tatsächlich aufgelegt. So hatte Hans noch nie mit ihr gesprochen. Im Revier musste die Hölle los sein uns sie lag untätig hier herum. Aber das hatte sie nun von ihrer Eigenmächtigkeit. Jetzt musste sie sich tatsächlich seiner Anordnung fügen. Zum Teufel mit dem Arzt. Jetzt brauchte er auch nicht mehr zu kommen.

Die Sonne strahlte durch alle Ritzen und ließ sogar das Innere des alten düsteren Hauses der Familie Brandtner heller und freundlicher als sonst erscheinen. Doch Max Brandtner nahm das gar nicht richtig wahr. In seinen Schläfen hämmerte es wild und sein steifer Nacken schränkte die Beweglichkeit seines Halses stark ein. Er setzte sich an seinen Schreibtisch und starrte auf seinen Plan. Welcher Tag war heute und was hatte er sich vorgenommen zu tun? Vater abholen, stand da. Hatte er das nicht schon gestern machen wollen? Mehrere lose beschriebene Blätter lagen achtlos vor ihm herum. Was hatte er sich denn da überhaupt notiert? Alles ging quer durcheinander, alles. Sein Vater hätte nie so eine Unordnung geduldet. Aber er brauchte sich nicht aufmänteln wenn er nach Hause kam. Er hatte ihn ja im Stich gelassen, hatte sich bewusstlos gestellt um ihn nicht mehr helfen zu müssen das Fest zu verhindern. Wenn er da gewesen wäre, hätte er wie immer seine Pläne genau mit ihm besprechen können. Nichts wäre durcheinander geraten. Dabei hatte er doch von Vater gar keinen Kommentar zu seinem Vorhaben verlangt. Seine Blicke hatten ihm doch völlig genügt um zu erkennen ob der Plan gut war.

Kurze Zeit hatte er gedacht dass Andrea ein guter Ersatz für seinen Vater sein könnte aber das war falsch gewesen. Mit ihr machte es keinen Spaß zu sprechen

Damals, als er sie immer wieder beobachtet hatte, war sie ihm so fraulich und freundlich vorgekommen. So, als wenn sie geradezu geschaffen wäre ihn zu lieben. Aber er hatte sich wieder einmal getäuscht. Diese Frau war so unnahbar wie seine Mutter. Langsam begann er sie zu hassen. „Sie muss weg. Doch jetzt habe ich keine Zeit."

Unwillig nahm er die Notizblätter und ordnete sie. Beim letzten Blatt stockte er, „ach du lieber Gott das hätte ich fast vergessen. Das muss ich noch ehe ich Vater zurückhole erledigen". Er legte einen der Notizzettel in einen Umschlag und steckte ihn in seine Jackentasche.

Anschließend stand er ächzend auf. Seine Muskeln schmerzten ihn jetzt schon am ganzen Körper und so beschloss er eine stärkere Ration Tabletten einzunehmen als er es sonst tat. Aber nach der Einnahme wurde er müde und legte sich eine Weile hin.

Er war es gewohnt mehrmals am Tag in kleinen Etappen zu schlafen und so war es auch an diesem Vormittag. Als er erwachte hielten sich die Kopfschmerzen in Grenzen.

Doch die Unruhe war geblieben. Er wälzte sich wieder zu seinem Schreibtisch. Anschließend nahm er mit fahrigen Bewegungen den Hörer hoch und wählte die Nummer vom Bürgermeisteramt. Schon beim dritten Mal läuten begann er sich über das vermeintlich lange Warten zu ärgern. Als sich endlich eine weibliche Stimme meldete, erkundigte er sich ob das Landshuter Hochzeitsfest in diesem Jahr stattfindet. „Selbstverständlich" sagte die Stimme. „Mit wem spreche ich?" „Habt ihr es noch nicht kapiert?", geiferte er in die Muschel. „Das Fest muss abgeblasen werden. Oder ihr findet die Hauptdarsteller als Leichen in Landshut verteilt." Dann schmiss er den Hörer auf die Gabel, stand auf und verließ mit maßloser Wut im Bauch das Haus.

Staatsanwalt Krüger trat nach einem kurzen Klopfen ein, nickte Hauptkommissar Berger und Kommissar Gruber ernst zu und legte den Durchsuchungsbeschluss auf den Schreibtisch. „Meine Herren!", sagte er mit eiskalter, fordernder Stimme:

„Sie wissen, dass diese Aktion ein voller Erfolg sein muss. Die ganze Stadt, insbesondere der Oberbürgermeister erwarten die Festnahme des Täters. Dieser Mann hat vor ein paar Minuten im Bürgermeisteramt angerufen und weitere Morde angedroht. Gibt es inzwischen noch zusätzliche Indizien, die den Verdacht auf Kurt Brandtner als Täter erhärten?"

„Ja", erwiderte Hauptkommissar Berger. „Wir haben herausgefunden dass Kurt Brandtner der Neffe des Polizeibeamten aus Regensburg ist, der vor zwei Jahren mit geöffneten Pulsadern tot an der Flutmulde gefunden wurde. Damals sah alles nach einem Suizid aus. Es könnte aber auch ganz anders abgelaufen sein. Jedenfalls handelt es sich bei der Uniform die wir im Schuppen von Anita Metz gefunden haben um die Uniform dieses Mannes. Er besaß die gleiche Größe wie sein Neffe Kurt."

„Damit glauben Sie also, dass Kurt Brandtner mit dieser Uniform den Verdacht auf Alfred Bohn wenden wollte."

„Ja, es gibt noch mehrere Dinge die darauf hinweisen.

Er will damit bestimmt Zeit gewinnen um seine Pläne umsetzen zu können."

„Da überschätzt er sich aber gewaltig. Er kann doch nicht wirklich glauben mit diesen Taten das Landshuter Hochzeitsfest zu verhindern."

„Dieser Mann muss physisch krank sein. Wahrscheinlich sieht er alle Menschen, insbesondere die Förderer als seine Feinde an. Er macht sie verantwortlich, dass er sein vermeintliches Talent nicht ausleben kann. Aber das ist nur eine Theorie von mir. Es kann viele Gründe für seine Aggressionen geben. Jedenfalls kennt er keine Hemmungen und falsche Spuren zu legen ist für ihn eine Art uns seine Überlegenheit zu zeigen. Er fühlt sich sicher. Deshalb glaube ich, dass sich Kurt Brandtner die ganze Zeit über in Landshut aufgehalten hat und das auch noch immer tut."

„Gut", sagte Staatsanwalt Krüger mit kalten, überheblichen Ton: „Dann bringen Sie diesen Mann endlich hinter Gittern. Nach all dem was Sie schon über ihn wissen kann das doch nicht so schwer sein."

„Vielleicht doch!", erwiderte Stefan Berger gereizt. „Es gibt einige Hinweise die besagen, dass er einen Helfer hat der ihn vorwarnt. Es könnte sogar einer aus unseren Reihen sein."

„Und wie kommen Sie zu dieser Vermutung?"

„Er kennt die Handynummern von einigen unserer Beamten und er weiß oft wo sie sich aufhalten. Auf einem mutmaßlichen Helfer weist die Tatsache hin, dass erst vor kurzem in seiner Werkstatt ein Wagen neu lackiert wurde.

Die Mechaniker behaupten aber dass sie nichts davon wissen. Das wiederum lässt darauf schließen, dass Kurt Brandtners Bruder Max mehr weiß als er zugibt. Es wäre möglich, dass der mit ihm unter einer Decke steckt."

„Glauben Sie das tatsächlich? Bisher haben Sie mir Max Brandtner eher als ruhigen, vielleicht sogar leicht beschränkten Mann geschildert."

„Ja...Das schon! Aber das schließt nicht aus, dass er das tut, was sein Bruder ihm sagt. Es gibt jedenfalls genügend Hinweise darauf, dass Kurt Brandtner einen Komplizen hat."

„Gut! Sie haben mich überzeugt. Wann werden Sie die Razzia durchführen?"

„Um vierzehn Uhr."

„Also dann, viel Erfolg. Ich höre von Ihnen!"

Die beiden Kommissare sahen zur Tür die sich hinter Staatsanwalt Krüger schloss und atmeten erleichtert auf.

Die erste Hürde war genommen.

Doch im nächsten Moment zog Stefan Berger die Stirn kraus: „Jetzt können wir zwar diese große Aktion starten", sagte er; „aber der Druck der dahinter steckt ist riesig.

Wenn nur das Geringste schief geht..."

Hans Gruber schüttelte den Kopf. „Daran sollten wir gar nicht denken."

„Stimmt! Also gehen wir es an." „Gut, ich trommle jetzt alle Kollegen zusammen die an der Razzia teilnehmen und gebe ihnen die nötigen Anweisungen."

„Ja, und vergiss nicht absolutes Stillschweigen über diesen Einsatz zu verlangen. Kurt Brandtner darf auf keinen Fall Wind von der Sache bekommen."

„Das ist doch klar! Ich suche schon die richtigen Männer heraus."

„Gut, wenn alles stimmig vorbereitet ist gehen wir in die Mittagspause und treffen uns dann um Dreizehn Uhr hier bei mir."

Max Brandtner parkte seinen Wagen in der Tiefgarage des Krankenhauses und ging zum Aufzug. Das letzte Mal als er hier gewesen war, hatte der Oberarzt ihm geraten nach Hause zu gehen und sich auszuruhen. War dieser Rat ehrlich gewesen oder hatte man ihn nur aus dem Weg haben wollen?

Aber jetzt würde er sich nicht mehr abweisen lassen und wenn sie sich weigern sollten ihn herauszugeben würde er Rabatz schlagen. Schließlich war es sein Vater und er hatte das Recht ihn selbst zu pflegen.

Der Aufzug kam ratternd an und er stieg ein. In dem Moment als er auf den Knopf drückte, kam ihm Lena in den Sinn. Sollte er zuvor dieser verhassten Polizistin noch einen Schreck einjagen? Aber er vertrieb diesen Gedanken schnell.

Eine Aktion nach der anderen. Im Moment war nur sein Vater wichtig. Im Gang der Station lief die übliche Hektik ab. Aufgeregt lief er an den Schwestern vorbei und steuerte zielstrebig zum Zimmer in dem sein Vater lag. Nachdem er die Tür mit Schwung aufgerissen hatte, starrte er erschrocken auf das leere Bett. Hatte man seinen Vater zu irgendwelchen Untersuchungen abgeholt oder hatte man ihn kurzerhand in ein Pflegeheim gesteckt? Das hätte er nie zugelassen.

Deshalb hatte der Arzt ihn weggeschickt. Diese Pharisäer! Die sollten ihn kennen lernen. Er lief auf den Gang, packte eine Schwester und schrie sie an: „Wo ist mein Vater?"

Sein Schreien alarmierte die anderen Schwestern auf der Station. Die Oberin, die ihn schon kannte, ging auf ihn zu und wollte ihn beruhigen. „Herr Brandtner, wir konnten nichts mehr für Ihren Vater tun. Er ist heute Morgen verstorben. Wir haben Sie schon versucht zu erreichen aber..."

„Sie lügen", spie er ihr entgegen und stieß sie zur Seite.

„Mein Vater ist nicht tot. Ihr scheinheiliges Pack habt ihn weggebracht. Aus dem Weg, Ich finde ihn."

Ein Pfleger kam der Schwester zu Hilfe und fasste ihn am Arm: „Bitte beruhigen Sie sich doch, der Arzt wird gleich kommen und mit Ihnen sprechen."

Einen Moment starrte er auf den Mann vor sich herunter, dann packte er ihn und schmiss ihn zu Boden. Dann geiferte er: „Der soll nur kommen, aber nicht ohne meinen Vater. Ihr fahrt ihn zu mir nach Hause oder ich zerschlage hier alles."

Der Arzt, den eine der Schwestern verständigt und ihm die Situation geschildert hatte, forderte sofort ein paar Pfleger aus der Psychiatrie an. Diese kamen in kürzester

Zeit und überwältigten Max Brandtner, dessen Brüllen durch die ganze Station hallte.

Sie brachten ihn in das Überwachungszimmer. Der Arzt verabreichte ihm eine Beruhigungsspritze und versuchte ihm die ganze Sachlage zu erklären.

Doch der Mann, den er als einen scheuen aufopfernden Menschen kennen gelernt hatte, veränderte sich zusehends. Er schrie ohne auf die Worte des Arztes zu achten weiter und beschimpfte ihn mit vor Wut verzerrtem Gesicht. Besorgt sah der Arzt in die geröteten, rollenden Augen von Max Brandtner und wusste, dass er ihm in seiner Abteilung nicht helfen konnte. Das war ein Fall für die Psychiatrie. Doch im Moment würde der Mann eine Weile schlafen. Aber in Kürze musste man die Polizei verständigen und alles Nötige veranlassen um den Kranken in die andere Abteilung zu verlegen. Nachdenklich verließ er den Raum.

Die Vorbereitungen für den Einsatz am Nachmittag hatten mehr Zeit in Anspruch genommen als erwartet. Stefan Berger lief hastig, fast wie getrieben nach Hause. Wahrscheinlich wäre es besser gewesen die Mittagspause im Büro zu verbringen. Aber Lynn wartete mit dem Essen auf ihn. Außerdem wollte sie einige Dinge mit ihm klären. Ihr Anruf am Vormittag war zu einer sehr ungünstigen Zeit gekommen und er hatte allzu schnell das Gespräch auf Mittag verschoben. Man sollte vorsichtig sein mit solchen

Versprechungen.

Er stieß den schweren Atem aus seinen Lungen. Nur noch ein paar Schritte bis zur Wohnung. Jetzt hieß es Ruhe zu bewahren. Als er die Haustür aufschloss, straffte er die Schultern. Es musste ihm doch gelingen, ein paar Minuten die Hektik abzustreifen. Er ging zum Briefkasten, nahm die Post heraus und entdeckte zwischen Rechnung und Reklameschreiben einen Briefumschlag ohne Adresse und ohne Absender der nicht einmal zugeklebt war. Ahnungsvoll griff er in den Umschlag, zog einen Zettel heraus und las:

„Es geht weiter!"

Sein Gesicht rötete sich. „Wie dreist ist dieser Mensch denn noch? Denkt er wirklich, er kann ungehindert weitermorden?

Er denkt es nicht nur, er ist sich ganz sicher. Zuerst legt er falsche Spuren, dann deutet er an, dass er ins Ausland abgereist ist und nun zeigt er frech an, dass er hier ist und schon sein nächstes Opfer im Visier hat." Er schüttelte den Kopf:

„Was für ein kranker Geist. Hoffentlich können wir ihn heute wirklich stoppen. Nachdenklich schob er den Zettel in seine Jackentasche, dann griff er zum Handy und gab seinen Leuten Anweisung die Suche nach Kurt Brandtner zu verstärken. Anschließend ging er nach Oben.

Lynn bemerkte sofort wie erregt er war. „Hattest du Ärger im Amt?" fragte sie nach der Begrüßung.

„Es ist nichts", wehrte er ab. „Ich habe Hunger und stehe unter Zeitdruck, das ist alles!"

Lynn sah ihm an, dass da mehr dahinter steckte aber sie schwieg und holte das Essen aus der Küche. Als sie gemeinsam am Esstisch saßen fragte sie ihn:

„Warum hast du mir nicht gesagt, dass dein Nachbar Herr Schoor auch Rechtsanwalt ist und in Kürze seine Kanzlei eröffnet?"

„War es das, worüber du mit mir sprechen wolltest? Entschuldige bitte, aber ich hatte vergessen es dir zu sagen.

Du hast also mit ihm gesprochen. Hat er nach mir gefragt?"

„Ja und dabei sind wir ins Gespräch gekommen..."

„Hat Herr Schoor etwas über seinen Nachbarn Herrn Brandtner gesagt?"

„Nein, sollte er?"

„Ist nicht so wichtig.", murmelte er und aß mit abwesenden Blick ein paar Bissen.

Lynn bemerkte die Anspannung in seinem Gesicht und erschrak vor der Kälte die er im Moment ausstrahlte. Er schien mit seinen Gedanken weit weg von ihr zu sein. Lag es nur an seiner Arbeit oder entfernte er sich gefühlsmäßig von ihr? Sie musste mit ihm sprechen, ihn aus seiner fast hörbaren Stille reißen. Aber war es wirklich der richtige Zeitpunkt dafür?

„Es ist wohl besser wir sprechen später über mein Anliegen."

Er sah sie kurz an: „Danke." Dann legte er sein Besteck auf den Teller und stand auf.

„Schmeckt es dir nicht?"

„Tut mir leid Lynn." Entschuldigte er sich. „Es liegt nicht am Essen. Ich habe keinen Appetit. Ich bin müde, zerschlagen und doch fällt es mir schwer hier ruhig da zu sitzen. Ich muss zurück ins Kommissariat. Heute darf nichts schief gehen. Sonst geht dieser Wahnsinn weiter.

Der Mann, den wir suchen plant schon den nächsten Mord. Er war heute hier und hat mir eine diesbezügliche Nachricht in den Briefkasten geworfen. Wir müssen diesen Mann stoppen."

Die beiden Kommissare trafen fast gleichzeitig im Kommissariat ein. Sie nickten sich ernst zu und Stefan Berger zeigte Hans Gruber den Zettel aus seinem Briefkasten.

Hans Gruber schüttelte den Kopf: „Das gibt's doch gar nicht! Hast du nachgesehen ob Kurt Brandtner in seiner Wohnung ist?"

„Nein, Herr Schoor hätte mir das sofort gemeldet. Er hat mit Lynn gesprochen aber dabei hat er nichts von Herrn Brandtner erwähnt. Vorsichtshalber habe ich einen Beamten zur Überwachung der Wohnung eingeteilt aber wir selbst müssen uns jetzt ganz auf unseren Einsatz konzentrieren."

Kommissar Gruber nickte zustimmend: „Gut, dann gehe ich mal zu unseren Leuten und gebe ihnen noch ein paar wichtige Anweisungen. In einer halben Stunde fahren wir los."

„Ja, wir treffen uns dann beim Anwesen der Familie Brandtner."

Als sich die Polizeieskorte mit heulenden Sirenen und Blaulicht durch den dichten Verkehr bohrte achteten wenige Städter auf diesen für sie schon gewohnten Lärm.

Draußen, am Rande der Stadt war das schon ein wenig anders. Die Leute streckten die Hälse aus den Fenstern und versuchten zu erhaschen in welche Richtung die Polizeiautos fahren würden. Vom schönen Frühlingstag am Morgen war nichts mehr übrig geblieben. Die Sonne hatte sich hinter dicken grauen Wolken versteckt. Es begann leicht zu nieseln und ein kalter Wind setzte ein. Kein gutes Wetter für Neugierige Mitbürger.

Das Anwesen lag wie verlassen da. Die Polizisten fuhren in den Hof und stürmten wie eine Invasion aus den parkenden Wägen. Sie verteilten sich sofort planmäßig auf die verschiedenen Gebäude. Zwei Männer liefen zur Werkstatt, zwei zu den beiden Garagen und der Waschanlage. Einer eilte zum Schuppen, zwei andere in den Garten mit Rückgebäude. Die beiden Kommissare und Peter Bauer nahmen sich das Wohnhaus vor. Hauptkommissar Berger hielt den Durchsuchungsbeschluss in der Hand und drückte stürmisch auf die Klingel. Als alles still blieb im Haus und auch Niemand auf das laute Klopfen an der Tür reagierte, trat der Schlosser in Aktion.

In wenigen Minuten war das Schloss geknackt. Das Gleiche geschah anschließend in den Nebengebäuden.

Kommissar Gruber knipste das Licht im düsteren Hausflur an und machte sich mit lauten Rufen bemerkbar. Im Wohnzimmer schlug die alte Standuhr. Sonst regte sich nichts. Trotzdem schlichen sie sich mit gezogenen Pistolen leise heran und öffneten vorsichtig die Tür. Die abgestandene, stickige Luft nahm ihnen fast den Atem. In der Küche und in dem ehemaligen Schlafzimmer der Eltern von Kurt und Max Brandtner muffelte es ebenso. Aber sie trafen weder Kurt noch Max Brandtner an.

Mit flauem Gefühl steckten sie ihre Pistolen weg.

„Sie durchsuchen hier unten alles", sagte Stefan Berger zu Peter Bauer „und wir sehen uns in den oberen Räumen um."

Die abgetretenen Holzstufen knarrten wie in einem Geisterhaus. Hans Gruber wunderte sich, dass sie den übergewichtigen Max Gruber standhielten. Wahrscheinlich hielt er sich immer an dem stabilen Geländer fest. Im ersten Zimmer, das sie betraten waren die Wände ringsum mit Bildern aus dem vorhergehendem Landshuter Hochzeitsfest verklebt. Im Schrank hingen altertümliche Kleider. Auf dem Schreibtisch lagen Berichte über dieses Fest. Es war das reinste Kultzimmer.

Eine Tür quietschte und schlug dann mit einem dröhnenden Knall zu. Die beiden Kommissare zogen erneut ihre Waffen und schlichen vorsichtig hinaus. Irgendwo schien sich der Wind zu fangen. Im gegenüberliegenden Raum bemerkten sie das offene Fenster. Hans Gruber sah hinaus. Von hier aus war sicher Niemand herunter gesprungen. Er wandte sich um und zuckte mit den Schultern: „Max Brandtner hatte wohl das Fenster vergessen zu schließen."

Stefan Berger nickte zustimmend: „So ist es wohl. Er sah sich abschätzend um, dann zuckte er unwillig mit den Schultern und sagte nüchtern: „Hier finden wir bestimmt nichts. Sieh dir nur die karge Einrichtung an. Sie erinnert mich an ein steriles Krankenzimmer. Wahrscheinlich hat Max Brandtner hier seinen Vater gepflegt."

Hans Gruber blickte sich kurz um und musste Stefan Berger Recht geben. Außer dem Bett, einen kleinen Tisch ohne Schublade und einen Stuhl gab es hier nichts. „Gut, suchen wir weiter."

Das anschließende Zimmer gähnte ihnen völlig leer entgegen. „Anscheinend hat Kurt Brandtner hier mal gewohnt", stellte Hans Gruber frustriert fest. Er ist also wirklich ausgezogen."

„Schon möglich" grollte Stefan Berger verärgert.

„Aber ich bin trotzdem davon überzeugt, dass er sich öfter in diesem Haus aufhält." Inzwischen hatte Hans Gruber die Tür zum Bad geöffnet und war gleich zum

Medizinschrank gegangen. Er pfiff durch die Zähne: „Das ist ja ein ganzes Arsenal an Medikamenten hier!"

„Ja gut", sagte Stefan Berger hinter ihm, „das muss alles zur Spurensicherung. Sehen wir noch nach was da Oben ist."

Kurz darauf entdeckten sie überrascht, dass der vermeintliche Speicher in eine kleine Wohnung mit einem Schlafzimmer, Kochnische, Dusche und einem Büro umgebaut war. Das Büro war mit allen möglichen technischen Geräten ausgestattet und auf dem Schreibtisch und in den Regalen lagen jede Menge Papiere.

„Ich glaube hier hat Kurt Brandtner gearbeitet", sagte Hans Gruber. „Oder traust du Max Brandtner zu, dass er sich mit alldem so gut auskennt?"

„Eigentlich nicht", erwiderte Stefan Berger mit krächzender Stimme. „Aber es würde viel zu lange dauern um alles hier zu überprüfen. Das überlassen wir den Kollegen. Sie sollen alles in den Transporter verfrachten." Der süßlich säuerliche Geruch und die überhitzte Luft machten ihn zu schaffen. Sein Gesicht lief rot an und das Würgen im Hals nahm ihm fast den Atem.

Er ging zum Fenster, öffnete es und atmete tief durch.

Währenddessen öffnete Hans Gruber einen Schrank in der Ecke und zog überrascht ein paar Frauenkleider heraus und eine Perücke. „Sieh mal an, da hat jemand ein Faible sich zu verkleiden."

Stefan Berger wandte sich zu ihm hin. In dem Moment viel es ihm wie Schuppen von den Augen: „Jetzt glaube ich", sagte er, „dass Lena recht hatte, als sie behauptete von einer dicker Frau mit abscheulichen Geruch überfallen worden zu sein."

„Na klar", stimmte ihm Hans Gruber zu. „Aber ich muss zugeben, dass ich auch an dieser Version von Lena gezweifelt habe. Doch durch diesen Fund kommen wir der Sache schon näher. Einer dieser Brüder hat sich wohl als Frau verkleidet. Aber wer von den Beiden würde das tun?

Eigentlich tippe ich eher auf Max Brandtner. Auf jeden Fall bin ich jetzt fest von seiner Mittäterschaft überzeugt.

Wir müssen alle Beide so schnell als möglich finden und verhaften."

Stefan Berger nickte nachdenklich: „Na ja, mit Kurt Brandtner ist das nicht so einfach. Aber ich denke dass Max Brandtner zu seinem Vater ins Krankenhaus gefahren ist. Wir müssen sofort eine Streife dort hin schicken.

Ich glaube zwar nicht, dass er der Drahtzieher ist, aber er wird uns einiges erklären müssen."

„Gut, ich rufe gleich die Kollegen an und sage ihnen, dass sie ihn zum Kommissariat bringen sollen."

Ein paar Minuten später stiegen die beiden Kommissare wieder nach unten.

Inzwischen war der Kollege, der den Schuppen überprüft hatte ins Haus gekommen und meldete, dass er nichts Verdächtiges dort gefunden habe. Er wurde sofort Peter

Bauer zugeteilt um mit ihm die verdächtigen Sachen aus dem Haus zu holen.

Dann ging es Schlag auf Schlag. In einer der Garagen wurde ein neu lackierter Wagen gefunden. „Es handelt sich anscheinend um ein früheres Polizeiauto. Es ist noch mit Polizeifunk und Polizeisender ausgestattet", meldete einer der Beamten.

Hauptkommissar Berger atmete hörbar auf: „Gut, jetzt wissen wir endlich woher Kurt Brandtner alles wusste was wir gegen ihn unternehmen. Er hat uns ganz schlicht und einfach immer abgehört."

„So ist es wohl. Ich denke, dass es sich bei dem Wagen um das vermisste Polizeiauto seines Onkels aus Regensburg handelt", meinte Kommissar Gruber.

„Das glaube ich auch."

Ein Beamter kam aufgeregt aus dem Garten: „Seine Stimme überschlug sich fast: „Ich glaube wir haben den Raum gefunden in dem die Leute umgebracht wurden. Er befindet sich im Anbau."

Die Erregung des Beamten sprang auf die beiden Kommissare über. Sie liefen mit geröteten Gesichtern zum Garten und während sie durch das hohe Gras stapften, fragte Hauptkommissar Berger den jungen Kollegen neben ihn, der ihn informiert hatte.

„Sie haben also greifbare Hinweise entdeckt?"

„Ja, wir haben zuerst den Geräteschuppen im Garten und dann den rechten Raum im Anbau durchsucht. Dort haben wir alles was uns wichtig erschien gleich in Kartons verpackt..."

„Schon gut, machen Sie es nicht so spannend!"

Inzwischen waren sie beim Anbau angelangt. Der Beamte öffnete die Tür und begleitete die beiden Kommissare zum linken Raum und sagte, als er auch diese Tür geöffnet hatte: „Bitte überzeugen Sie sich selbst."

Einen kurzen Moment blieben sie am Eingang stehen und betrachteten den gekachelten Raum. Dann gingen sie zu dem aufgeklappten Tapeziertisch, sahen darauf eine Bestecktasche für Ärzte und entdeckten einen blutverschmierten Eimer am Boden. Am Hacken an der Wand hingen eine Plastikschürze und eine Schutzkleidung aus demselben Material. Stefan Berger lief ein Schauer über den Rücken. Er sah Hans Gruber an, dass er das Gleiche empfand wie er. Jetzt war alles zum Greifen nahe und das hieß schnell reagieren. Er wandte sich zu dem Beamten, der sie hierher gebracht hatte:

„Hier können Sie nichts tun. Hier muss die Spurensicherung her. Packen sie bitte die Kartons aus dem anderen Raum gleich in den Transporter und wenn es noch nötig sein sollte helfen Sie und ihr Kollege noch beim Ausräumen des Wohnhauses. Es muss jetzt alles zügig vorangehen. Es kann möglich sein dass Kurt Brandtner zurückkommt um das Polizeiauto zu holen, deshalb müssen wir darauf achten, dass kein Wagen von uns in Sichtweite ist.

Er darf auf keinen Fall merken, dass wir ihm auf der Spur sind."

Der Beamte nickte und schlug vor: „Wir könnten eines unserer Autos in die leere Garage stellen und das andere in den Schuppen, dann wäre nur noch der Transporter da."

„Gut mitgedacht", lobte der Hauptkommissar „ Sie und ihr Kollege fahren den Transporter sofort nach dem alles verladen ist zur Spurensicherung. Kommissar Gruber und ich bringen die beiden anderen Polizeiwägen selbst außer Sichtweite. Noch etwas! Sagen Sie dem Kollegen Bauer und seinen Gehilfen dass sie im Haus bleiben sollen um den Hof zu beobachten.

Kurt Brandtner darf uns nicht entwischen."

Der Beamte nickte: „Geht in Ordnung!"

„Glaubst du wirklich", fragte Hans Gruber als sie alleine in dem Anbau standen „dass Kurt Brandtner hierher kommt? Wenn er den Polizeifunk abgehört hat, weiß er doch dass wir hier sind."

„Das habe ich mir auch schon gedacht, aber wir müssen einfach darauf hoffen dass er heute noch nicht hier war."

„Aber er wird wissen wie brenzlig es für ihn hier in Landshut wird. Deshalb denke ich, dass er sich doch schon abgesetzt hat."

„Und der Zettel in meinem Briefkasten?"

„Den könnte Max Brandtner hineingeworfen haben."

„Natürlich könnte es so sein", knurrte der Hauptkommissar und ging missmutig zu einem Regal, das an der hinteren Wand stand.

„Du lieber Himmel!" stöhnte er gleich danach. „Dieser Mann scheint halb Landshut vernichten zu wollen. Sieh nur die vielen Chloroformflaschen, Tücher, Binden und Handschuhe!"

Hans Gruber sah zu ihm hinüber und seine Stimme wurde sarkastisch: „Und jede Menge schön angereihter Kanister."

Seine Augen rollten unter den schweren Lidern die sich langsam öffneten. Er wusste nicht warum er in diesem Bett lag. Er spürte nur die Starre in seinen Gliedern. Eine Gestalt in Weiß näherte sich ihm. Heiß stieg die Röte in sein Gesicht. Dunkel ahnte er die weiße Gefahr der er entrinnen musste. Ruckartig fuhr er hoch und versetzte der Gestalt, die sich gerade über ihn beugen wollte einen heftigen Schlag. Mit einem wehen Ächzen ging diese zu Boden. „Schnell weg von hier". Seine Beine hingen schwer wie Blei an ihm aber er kämpfte sich durch den Nebel der um ihn kreiste. Draußen am Gang ließ der Schwindel nach.

Er schleppte sich an den weißen Kitteln und Stimmen vorbei, erreichte eine Treppe und lief ohne nachzudenken wohin sie führte die Stufen hinunter. Wieder ein Gang und am Ende davon Schemen die sich ihm näherten. Sein krankes Gehirn brauchte eine Weile um zu erkennen, dass es Männer in Uniformen waren. Schon wieder Gefahr. Angstvoll drückte er sich in eine Nische. Schwere Schritte polterten an ihm vorbei. Was wollten diese Männer? Erinnerungsfetzen flogen in seinem Gehirn herum.

Polizisten waren nicht gut, man musste sie bestrafen.

Seine Fantasie gaukelte ihm eine Blutlache vor. Dann sah er die Menschen von denen das viele Blut stammte.

Ein höhnisches Lachen zog über sein Gesicht. Er musste die Anderen finden. Welche Anderen? Da war doch einer, der das, was er geplant hatte verhindern wollte. Der musste zuerst weg und dann die Leute, die an seinem Unglück schuld waren.

„Berger grollte es in ihm. Berger und die Förderer. Berger Förderer, weg, weg. Er schleppte sich zum Ausgang und sein Unterbewusstsein führte ihn zu seinem Ziel.

Die beiden Polizisten stiegen in den Aufzug und fuhren zum Stockwerk wo der Vater von Max Brandtner liegen sollte. Für sie war es ein reiner Routineauftrag .Als sie ausstiegen, fragte der Größere von Beiden. „Weißt du warum wir Max zum Kommissariat bringen müssen?"

Sein Kollege blinzelte zu ihm hoch: „Nein, keine Ahnung, aber die Anweisung klang sehr dringend. Kennst du diesen Max Brandtner?"

„Wir sind miteinander zur Schule gegangen. Er war ein großer, dicker Träumer. Keiner mochte ihn richtig. Aber warum das so war weiß ich heute auch nicht mehr."

Auf der Station herrschte helle Aufregung. Die Schwester, die Max Brandtner niedergeschlagen hatte, war bewusstlos aufgefunden worden und vom Täter fehlte jede Spur. Die Oberin erklärte den Polizisten die jetzige Situation und das was am Vormittag hier vorgefallen war.

Der Oberarzt kam hinzu. „Ich wollte gerade nach Herrn Brandtner sehen. Nach der Stärke der Spritze, die ich ihm verabreicht hatte, müsste er eigentlich noch schlafen. Sie müssen unbedingt Verstärkung anfordern und die Klinik durchsuchen. Herr Brandtner ist in seinem jetzigem Zustand äußerst gefährlich."

Stefan Berger und Hans Gruber hatten den Anbau verlassen. Dann hatte Stefan Berger den einen Polizeiwagen in die Garage gefahren und Hans Gruber den Anderen in dem Schuppen abgestellt. Jetzt sahen sie zufrieden den abfahrenden Transporter nach. „Wir liegen mit allem gut in der Zeit", stellte Stefan Berger fest.

„Jetzt fehlt uns nur noch Kurt Brandtner. Er müsste uns endlich ins Netz gehen", erwiderte Hans Gruber.

In diesem Moment schrillte das Handy des Hauptkommissars und ein langer erregter Wortschwall prasselte auf ihn nieder. Er ging bei dem Gespräch auf und ab, stellte zwischendurch ein paar Fragen an den Anrufer und versuchte die Ruhe zu bewahren. Dann gab er die nötigen Anweisungen. Anschließend wandte er sich an Kommissar Gruber, der fragend neben ihm stand.

„Max Brandtner", erklärte er ihm, hat in der Klinik allerhand Schaden angerichtet. Sein Vater ist heute Morgen verstorben. Er wollte es nicht wahr haben und hat die Schwestern und den Arzt tätlich angegriffen und jetzt suchen sie ihn in der Klinik. Der Arzt sagt, dass er ein Fall für die Psychiatrie und zu diesem Zeitpunkt nicht zurechnungsfähig ist. Ich muss Verstärkung für die Kollegen in der Klinik anfordern und eine Fahndung herausgeben.

Er könnt ja nach draußen geflüchtet sein."

„Dann ist er sicher auf dem Weg hier her." Überlegte Kommissar Gruber ernst. „Ich informiere gleich unsere Kollegen darüber."

Hauptkommissar Berger nickte ihm zu. Dann rief er im Kommissariat an und ordnete die Suche nach Max Brandtner an. Kurz darauf fuhren die Leute der Spurensicherung auf den Hof. Günter Wegner lief auf ihn zu: „Wo brennt's denn diesmal?" fragte er gespannt.

Hauptkommissar Berger deutete zum Garten hin. „Dort hinten im Anbau gibt es jede Menge Arbeit für euch. Aber ich möchte nicht, dass euer Wagen da stehen bleibt.

Fahrt ihn bitte hinüber in die Waschanlage.

„Geht in Ordnung Chef!"

Hans Gruber war ins Wohnhaus gegangen und hatte mit Peter Bauer und den anderen Kollegen über die nächsten

Maßnahmen gesprochen. Nun trat er wieder heraus und sagte zu Stefan Berger. „Peter Bauer möchte noch mit einem Kollegen den Keller untersuchen."
„In Ordnung!"

Draußen an der frischen Luft wurde der Nebel um ihn durchsichtiger und das schwindelige Gefühl verschwand allmählich. Aber in seinem Kopf brummte es wie in einem Wespennest. „Verdammt!" Er brauchte seine Tabletten.
Er blieb keuchend stehen und lehnte sich an einen Baum. Aufgeregt suchte er in seiner Jackentasche nach den Pillen; aber er fand nur ein paar Pfefferminzbonbons.
Er steckte sie in den Mund, dann schwankte er weiter.
Was für ein Zeug hatte ihm dieser Doktor gespritzt? Es schwächte ihn so. Doch das durfte nicht sein. Er musste durchhalten und sein Ziel erreichen.
Er vergass, dass er seinen Wagen in der Garage der Klinik abgestellt hatte, und so ging er zu Fuß weiter. Er lief und lief wie an einer Schnur gezogen immer der gleichen Richtung nach. Der Doktor musste seine Tat auch noch büssen, aber zuerst war dieser Bulle dran. Der hatte alle seine Warnungen in den Wind geblasen. Vielleicht hatte er sogar über ihn gelacht. „Niemand nimmt mich ernst, aber das wird euch noch vergehen!"
Von der Ferne war das Haus schon zu sehen. Seine Schritte wurden leichter, schneller. Dann schloss er die Haustür auf. Sein Kopf schmerzte immer noch.

„Vielleicht hat Kurt in seiner Wohnung ein paar Tabletten?"

Er stieg die Treppen hoch, schlurfte an der ersten Wohnung vorbei und blieb an Kurts Tür stehen. Als er den Schlüssel suchte, hörte er ein Geräusch in dessen Wohnung. Seine Nerven spannten sich an. Einen Atemzug lang blieb er wie ein geschlagener Hund der die Gefahr wittert stehen. Seine Schultern hingen nach Vorne, doch dann straffte er sie. Vor was hatte er eigentlich Angst? Es gab doch gar Keinen, der ihn noch aufhalten konnte. Jetzt drückte er fest auf den Klingelknopf und drehte sich sofort zur Seite. Einen Moment blieb es still in der Wohnung, dann näherten sich die festen Schritte eines Mannes. Kurz vor der Tür blieb dieser stehen.

Sicher sah er durchs Guckloch. Die Hände von Max Brandtner wurden feucht.

„Mach doch auf, du blöder Sack!" schimpfte er innerlich und starrte wild vor sich hin. Langsam öffnete sich die Tür einen Spalt und gleich darauf streckte ein Polizist sich vorsichtig umsehend seinen Kopf heraus. Er bemerkte nur noch den Schatten des Mannes neben ihn, dann sank er von dem kräftigen Schlag, der ihn traf zu Boden. Max Brandtner zog den Polizisten ohne lange zu zögern in die Wohnung. Es gab einen heftigen Luftzug und die Tür schlug laut zu.

Martin Schoor erschrak bei dem Knall. Dieser Lärm konnte nur von Kurt Brandtners Wohnung kommen. Sollte er drüben nachsehen? Er entschloss sich seinen zweiten Gedanken nachzugehen und Stefan Berger anzurufen.

Er erklärte ihm die Situation und sagte ihm, dass es in der Nachbarwohnung immer noch laut herging und er glaube, dass Kurt Brandtner da wäre. Stefan Berger versprach ihm, zusammen mit Kommissar Gruber so schnell als möglich zu kommen.

Martin Schoor atmete auf, aber ein dicker Kloß blieb in seinem Hals stecken. Falls dieser Mann ehe der Kommissar hier eintraf, das Haus verlassen wollte, müsste er ihn eigentlich daran hindern. Aber wie? Nach den Beschreibungen des Hausmeisters sollte der Kerl der reinste Koloss sein. Ängstlich sah er sich in seiner Wohnung um.

Was könnte man als Waffe benutzen? Dann schüttelte er den Kopf. Er war doch sonst kein solcher Feigling.

Wenn er den Mann nicht mit Kraft bezwingen konnte, musste er eben zu einer List greifen. Aber mit welcher?

Seine Gedanken liefen im Kreis herum.

Inzwischen hatte Max Brandtner den Polizisten ein Geschirrtuch in den Mund gesteckt und ihn mit seinen eigenen Handschellen gefesselt. Und während der ganzen Aktion schimpfte er unwirres Zeug vor sich hin.

Jetzt riss er alle Schubladen auf und suchte nach Tabletten, doch er fand sie nicht. Wütend wandte er sich zur Tür, öffnete sie und schmiss sie wieder hinter sich zu.

Dann stapfte er zum Aufzug und drückte auf den Knopf.

Einen Moment später stieg er wieder aus und ging zielstrebig auf die Wohnung von Stefan Berger zu. Er war immer noch in Rage über den Polizisten den man in der Wohnung von seinem Bruder postiert hatte.

„Diese Hunde! Sie hatten sich hier mit Gewalt Zugang verschafft. Es gab immer mehr Gründe sie auszumerzen.

Wild drückte er auf die Klingel: „Komm raus du feiger Bulle!", schrie er unbeherrscht. Drinnen blieb es still.

Das passte ihm schon gar nicht. Wütend hieb er auf das Holz ein. Er tat es so lange bis die Tür splitterte

Lynn hatte sich vor lauter Schreck in das Schlafzimmer geflüchtet. Doch der Mann vor dem sie flüchtete wollte wissen wo sich sein Gegner aufhielt, wo er ihn finden konnte.

Er durchforschte jede Ecke der Wohnung. Als er die Frau entdeckte, sah er sie mit glasigen Augen an und schob sie grob zur Seite. „Wo ist der Bulle, der Berger?"

Lynn hatte inzwischen ihre gewohnte Forschheit wieder erreicht und versuchte ihm trotz seiner Stärke zu trotzen.

Sie suchte seinen Blick festzuhalten, ihn zu irritieren.

Doch er ließ sich nicht darauf ein. Seine Augen funkelten unstet hin und her und seine Gebärden wurden von Schritt zu Schritt den er auf sie zumachte drohender.

„Also red schon", brüllte er sie an. „Wo ist dieser Kerl?"

„Herr Berger ist nicht hier und ich weiß auch nicht wo er sich zur Zeit aufhält", erwiderte Lynn laut und bestimmt.

Er packte sie am Arm und warf sie auf das Bett. Dann beugte er sich wie ein fletschender Hund, der sein Opfer in Schacht hielt über sie und spie ihr ins Gesicht: „Du lügst, du Schlampe. Du rufst jetzt sofort den Berger an und sagst dass er herkommen soll. Aber das soll er gefälligst allein tun."

„Lassen Sie mich in Ruhe! Ich lüge nicht", wehrte sich Lynn, „während der Dienstzeit kann ich ihn privat nicht erreichen."

Jetzt riss er Lynn hoch und schlug ihr wütend ins Gesicht. Die Wohnungseinrichtung schien sich vor ihr zu drehen. Sie suchte Halt, den sie nicht fand und stürzte zu Boden. Er ließ sie ungerührt liegen.

„Dann sagst du es mir eben nicht wo der Mistkerl ist, brüllte er zu ihr nieder. „Ich kann auch auf ihn warten und wenn er kommt werde ich ihn wie die anderen langsam verbluten lassen. Aber er darf es mit vollem Bewusstsein spüren wie das Leben ihn verlässt."

Plötzlich glaubte er Stimmen von draußen zu hören und richtete sich lauschend hoch. Doch jetzt war es wieder still. Er spürte nur das wilde Pochen in seinen Schläfen.

Fluchend schmiss er die Schlafzimmertür zu und verschloss sie. Dann torkelte er ins Bad. Endlich fand er ein paar Kopfschmerztabletten. Er füllte einen Zahnbecher mit Wasser, ließ ein paar Pillen aus dem Röhrchen rollen und schluckte alle gleich auf einmal. „Eine hilft sowieso nichts", sagte er sich. In wessen Bad stand er eigentlich?

Da war im Moment nur ein Name – Berger. Wo blieb dieser Kerl nur? Er musste doch auch noch zu den Förderern.

Der Zahnbecher fiel ihm aus der Hand. Müde wankte er ins Wohnzimmer. Da stand die gemütliche breite Couch vor ihm und er plumpste darauf.

Als der Anruf von Martin Schoor Hauptkommissar Berger erreichte, hielt er sich gerade mit Kommissar Gruber, Peter Bauer, und den anderen Kollegen im Keller des Hauses von der Familie Brandtner auf. Bis jetzt hatten sie dort nichts Ungewöhnliches gefunden. Er meldete sich so forsch wie immer. Doch schon bei den ersten Worten von Martin Schoor erschrak er auf das Tiefste. Er wusste es sich nicht zu erklären aber er wähnte Lynn in Gefahr. Aufgeregt winkte er Kommissar Gruber herbei.

„Anscheinend ist Kurt Brandtner im Moment in seiner Wohnung", erklärte er ihm rasch. „Du weißt was das bedeutet. Lynn ist zu Hause, wenn sie ihm begegnet…"

„Das wird schon nicht geschehen", winkte Hans Gruber ab. Aber Moment Mal, du sagst er hält sich in seiner Wohnung auf? Und was ist mit dem Kollegen…?"

„Gute Frage. Wahrscheinlich hat Kurt Brandtner ihn überrumpelt. Einen Schusswechsel gab es aber laut Herrn

War Kurt Brandtner etwa auf der Suche nach ihm gewesen? Und hatte er Lynn jetzt in seiner Gewalt?

Der Schweiß sammelte sich auf seiner Stirn. Aus der Wohnung drang kein Laut. „Vielleicht ist Lynn gar nicht zu Hause", versuchte er sich zu beruhigen. Aber der Mann konnte auch da drinnen irgendwo auf ihn lauern. Vorsichtig zog er die Pistole aus dem Halfter.

Inzwischen waren die Sanitäter gekommen und begannen sogleich den Verletzten zu versorgen.

Hans Gruber folgte Stefan Berger ins obere Stockwerk.

Sie nickten sich ernst zu und schlichen, sich gegenseitig deckend, in die Wohnung.

Stefan Berger wagte nicht nach Lynn zu rufen. Die Wohnzimmertür war nur leicht angelehnt Er schob sie leise auf, und späte ins Zimmer. Im nächsten Moment blieben sie fassungslos stehen. Der Mann lag seelenruhig auf der Couch und schlief. Aber was die Beiden noch mehr erstaunte, war die Tatsache, dass sie anstatt Kurt Brandtner seinen Bruder Max vorfanden. War ihnen dieser Kurt wieder entwischt? Es war einfach zum Verzweifeln.

„Es ist zwar der falsche Bruder", sagte Hans Gruber enttäuscht, „aber anscheinend nicht minder gefährlicher wie dieser."

Er holte die Handschellen heraus und fesselte den Mann.

Als Lynn wieder zu Bewusstsein kam, spürte sie einen stechenden Schmerz über dem Auge. Langsam richtete sie sich hoch und setzte sich auf das Bett. Dann starrte sie zur Tür. Jeden Moment konnte dieser Berserker wieder zurückkommen. Sie musste die Tür schnell zusperren. Aber so rasch ging es dann doch nicht. Vor ihren Augen tanzten bunte Lichter. Als sie es endlich geschafft hatte sich wenigstens auf das Bett hochzuhieven blieb sie erst einmal ganz ruhig da sitzen. Die Stille um sie herum beunruhigte sie jetzt ebenso wie das vorhergehende Gepolter. Irgendwo lauerte dieser Mann. Aber vielleicht konnte sie sich unbemerkt aus der Wohnung schleichen.

Leise tappte sie zur Tür, drückte auf die Klinke und ließ sie gleich wieder los. Der Mann hatte sie eingeschlossen.

Angespannt horchte sie hinaus und plötzlich wurde die Stille von Männerstimmen durchbrochen. Sie kamen näher. Jemand drückte den Türgriff herunter, dann drehte sich der Schlüssel im Schloss.

Stefan und Hans standen vor ihr. Fast wäre sie wieder umgekippt, aber Stefan fing sie auf. Dann hielt er sie von sich besah sich entsetzt ihre verletzte Gesichtshälfte und stammelte: „Es tut mir so leid". Ich hätte wissen müssen, dass du in so einer Gefahr steckst. Verzeih mir bitte."

Lynn schluchzte.

„Du bist ja jetzt da und das ist das Wichtigste".

Langsam fasste sie sich wieder: „Habt ihr den Mann überwältigt?"

Stefan Berger sah sie verlegen an: „Kurt Brandtner haben wir hier nicht angetroffen. Sein Bruder Max ist hier.
Allerdings schläft er auf der Couch. Ich kann mir nicht erklären warum er hierher geflüchtet ist. Er wird gesucht, denn er hat das Personal in der Klinik angegriffen."
„Vielleicht hat er seinen Bruder gesucht", überlegte Lynn. Hans war ins Bad gegangen und kam mit dem Tablettenröhrchen zurück. „Max Brandtner", erklärte er, hat wahrscheinlich Schmerztabletten gesucht und versehentlich dieses Schlafmittel erwischt."
Jetzt konnte er sich bei allem Ernst das Lachen nicht verkneifen. „Das ist allerdings der erste Täter, den ich im Schlaf verhafte."
Lynn und Stefan gingen ins Wohnzimmer. Gleich darauf zuckte Lynn erschrocken zurück: „Aber das ist doch der Mann, der die Tür eingetreten und mich geschlagen hat", sagte sie erregt.
„Er hat dich gesucht Stefan. Er wollte dich töten."
Stefan Berger schüttelte den Kopf: „Das verstehe ich nicht! Steht er den wirklich so stark unter dem Einfluss seines Bruders?"
Lynn schüttelte sich: „Er ist sehr gewaltigtätig. Hoffentlich wacht er erst auf, wenn er bei euch auf der Wache ist." Hans Gruber rief ein paar Kollegen an, die Max Brandtner in Gewahrsam bringen mussten.

Lynn sah Stefan zärtlich an: „Wieso wart ihr eigentlich so schnell hier und woher wusstet ihr, dass ich in Gefahr bin?"

„Martin Schoor hat uns angerufen weil es in der Wohnung von Kurt Brandtner so turbulent zuging."

„Dann müssen wir uns bei ihm bedanken", sagte Lynn: „Wer weiß was ohne seine Hilfe noch geschehen wäre. Komm gehen wir gleich zu ihm."

„Du musst erst mal zum Arzt Lynn. Du könntest eine Gehirnerschütterung haben."

„Ich gehe dann schon, aber Herr Schor sollte schon wissen was hier ablief."

„Na gut", ließ sich Stefan überreden. „Aber wir müssen uns kurz fassen. Hans und ich müssen zurück zum Wohnhaus der Familie Brandtner. Der schlimmere der beiden Brüder ist noch nicht gefasst."

Als Martin Schoor die Tür öffnete, erschrak er über den Anblick von Lynn und machte sich sofort Vorwürfe weil er nicht nach oben gelaufen und ihr zur Hilfe gekommen war.

„Sie hätten gegen diesen Mann auch nichts ausgerichtet", beschwichtigte ihn Stefan Berger.

„Aber so kommen Sie doch herein und berichten Sie mir was sich da zugetragen hat", bat Martin Schoor.

„Wir haben leider keine Zeit", bedauerte Stefan Berger.

zittern, ihre Sinne verwirrten sich noch mehr, dann begann sie zu schreien. Die Tür wurde aufgestoßen. Ein paar Männer drangen in den Raum. Ihr Schreien wurde schriller und schriller.

Fast hätte Peter Bauer die Tür hinter dem Vorhang nicht entdeckt. Aber er hatte neugierig das Stück Stoff zur Seite geschoben. Dann hatte er gemerkt, dass die Tür verschlossen war. Was war hinter ihr? Was hatten die Brandtners hier zu verstecken? Es hatte ihm viel Mühe gekostet diese schwere Stahltür zu knacken. Und jetzt stand er einen Moment fassungslos in dem karg eingerichteten Raum und starrte auf das breite Bett. Jemand hatte sich völlig in die Bettdecke gewickelt und schrie ängstlich abwehrend vor sich hin. Langsam erfasste er die Situation. Wer immer auch unter dieser Decke steckte, war sicher nicht freiwillig hier. Er winkte seinen Kollegen heran. Die Beiden näherten sich der Gestalt von zwei Seiten. Sie sprachen beruhigend auf sie ein. Das Schreien erlosch. Sie spürten das Zittern unter der Decke.
  Peter gelang es die Gestalt zu enthüllen. Jetzt hätte er fast selbst geschrien vor Schreck. Dieses Gesicht war dünn und fahl geworden aber es gab keinen Zweifel. Sie hatten Andrea gefunden. Sie blieb steif sitzen und starrte blicklos vor sich hin.
  „Sie erkennt mich nicht" sagte Peter Bauer erschüttert zu seinem Kollegen.

„Rufe bitte den Notarzt an. Sie muss in die Klinik. Der Kollege nickte und griff nach dem Handy.

„Andrea, sieh mich an", bat er sie. „Ich bin es, dein Kollege Peter Bauer."

Aber Andrea schlang nur ängstlich abwehrend die Arme über ihre Brust.

„Erinnerst du dich an deine Freundin Lena? Sie sucht dich schon lange und sie wartet bestimmt auf dich. Du wirst sie bald wieder sehen."

Einen Augenblick schien sie sich von ihrer starren Haltung zu lösen, aber das war wohl ein Trugschluss.

Vor dem Wohnhaus der Familie Brandtner stand ein Krankenwagen. „Verdammt!", regte sich Stefan Berger auf. „Was ist denn jetzt wieder passiert?"

Hans Gruber hob die Schultern: „Vielleicht ist Kurt Brandtner aufgetaucht und hat sich gegen die Verhaftung gewehrt."

„Sie sprangen aus dem Auto und liefen auf das Haus zu.

Zwei Sanitäter traten mit einer Trage, auf dem eine Frau lag, heraus und trugen sie zum Krankenwagen.

Hans Gruber sah in das Gesicht der Frau und rief erschüttert: „Andrea, das ist ja Andrea!"

Nach einem Blick auf die Trage wurde Stefan Berger blass. „Das ist tatsächlich Andrea Endres", murmelte er schuldbewusst. „Ich habe Lena unrecht getan, als ich ihr die Entführung nicht abnahm."

Als Peter Bauer das Haus verließ, sah er die beiden Kommissare irgendwie ratlos im Hof stehen. Er ging auf sie zu und erklärte ihnen kurz die Lage. Dann sah er seinen Chef bittend an: „Andrea ist noch nicht ansprechbar, deshalb möchte ich mit ihr ins Krankenhaus fahren und den Ärzten berichten was mit ihr geschehen ist.

Hauptkommissar Berger nickte: „In Ordnung! Kümmere dich um sie und bringe sie, wenn sie verarztet ist mit Lena zusammen. Es ist sicher gut, wenn sie eine vertraute Person bei sich hat."

„Ja danke", sagte Peter Bauer, dann drehte er sich um, stieg in den Krankenwagen und setzte sich zu Andrea.

Hauptkommissar Berger sah dem abfahrenden Krankenwagen besorgt hinterher; aber er wusste auch, dass Andrea bei Peter Bauer in guten Händen war. Wirklich helfen konnte ihr aber sicher nur ein erfahrener Psychologe. Jetzt musste er sich wieder den Aufgaben, die hier auf ihn warteten zuwenden. Er winkte einen jungen Polizisten heran, drückte ihm einen Autoschlüssel in die Hand und bat ihn den Polizeiwagen in die Garage zu fahren.

Anschließend wandte er sich an Kommissar Gruber: „Sehen wir uns mal den ominösen Keller an."

Günter Wegner und seine Kollegen waren gerade dabei die Spuren in dem Raum zu sichern, in dem Andrea die letzten Wochen gehaust hatte. Er grinste den beiden Kommissaren zu: „Hier findet man wenigstens mal was.

Die DNA und Fingerspuren sind fett verteilt. Wir haben auch schon alles fotografiert." Er klopfte an die Wand: „Das ganze Zimmer hier ist schalldicht ausgestattet. Der Kerl, der da am Werk war, hat wirklich an alles gedacht.

Die junge Frau, die er hier eingesperrt hat, wäre ohne fremde Hilfe nie mehr hier heraus gekommen. Na gut, wir sind jetzt hier fertig. Wir packen nur noch alles zusammen, dann fahren wir zum Labor.

Die Tür stand offen. Trotzdem würgte es Stefan Berger im Hals. „Hier in diesem Loch hat Andrea also die ganzen Wochen gehaust", krächzte er. Das muss die Hölle für sie gewesen sein."

Und wir waren ein paar Mal ganz in ihrer Nähe und haben nichts von ihrem Martyrium geahnt", bedauerte Hans Gruber.

„Das stimmt, wir hätten damals, als wir Spuren von ihr im Werkstattbüro gefunden haben den Durchsuchungsbefehl für dieses Haus beantragen sollen. Aber das Wenn und Hätte hilft uns leider jetzt auch nicht weiter. Das einzig Wichtige ist jetzt die Suche nach Kurt Brandtner. Wo versteckt sich dieser Mensch? Es ist schon später Nachmittag und er ist noch nicht aufgetaucht."

Nachdenklich gingen sie nach Oben. Vor der Haustür blieb Stefan Berger stehen und blickte sich im Hof um.

Dann sagte er ernst: „Nach den heutigen Ereignissen glaube ich fast, dass Lena Recht hatte als sie Kurt Brandtner für unschuldig hielt. Vielleicht hat Max

mer noch sauer wegen ihrem unüberlegten Einsatz? Solche und ähnliche Gedanken quälten sie nun schon den ganzen Tag. Es war zum Verzweifeln.

Sie horchte nach draußen und tatsächlich hielten die Schritte, die sich ihrer Tür näherten an. Zwei Männer unterhielten sich kurz, dann war da ein kräftiges Klopfen und endlich kam der ersehnte Besuch. Peter Bauer kam mit erhitztem Gesicht auf sie zu und umarmte sie.

„Was ist denn mit dir los? So aufgeregt kenne ich dich ja gar nicht", staunte Lena und sah ihn erwartungsvoll an.

Peter holte sich einen Stuhl heran und setzte sich:

„Du musst jetzt ganz stark sein und mir versprechen, dass du nicht ausflippst..."

„Ihr habt den Mörder geschnappt!"

Peter druckste herum: „Das noch nicht aber..."

„Aber was? Jetzt lasse dir doch nicht jeden Brocken aus der Nase ziehen."

„Du sollst doch Ruhe bewahren."

„Liege du mal den ganzen Tag untätig hier. Aber egal, jetzt erzähl schon was passiert ist."

„Wir haben Andrea gefunden."

Lena wurde abwechselnd blass und rot. „Wo ist sie jetzt? Sie lebt doch noch?"

„Ja", nickte Peter bedächtig. „Sie liegt jetzt hier in der Neurologie."

„Das sagt du erst jetzt? Ich muss sofort zu ihr."

Lena schob schnell die Decke weg und ehe Peter reagieren konnte, stand sie schon an ihrem Schrank. „Ich zieh mir nur rasch etwas an..."

„Du kannst im Moment nicht zu ihr. Sie braucht absolute Ruhe. Lasse mich dir erst mal erklären in welcher Verfassung sie ist."

Lena starrte ihn erschrocken an: „Ist sie verletzt?"

„Ja Lena, das ist sie, körperlich und seelisch. Setzte dich bitte her zu mir. Ich werde dir alles erklären."

Lena schlupfte wieder in ihr Bett und sah Peter erwartungsvoll an: „Also red schon", bedrängte sie ihn.

„Wo habt ihr sie gefunden und wer..."

„Stopp! Lasse bitte die Fragerei. Ich sage dir schon was geschehen ist, aber alles der Reihe nach. Das was ich heute erlebt habe kann man nicht so einfach herunterschnattern. Die Bilder von Andrea in diesem trostlosen Kellerraum werde ich wohl so schnell nicht los."

Lena schwieg betroffen und ließ Peter Zeit sich zu sammeln.

Schließlich begann er ihr alles zu erzählen, was er an diesem Tag erlebt hatte.

Im Kommissariat lief alles seinen gewohnten Gang. Nichts schien sich verändert zu haben und doch war in den vergangenen Stunden so viel geschehen. Nur das was Hauptkommissar Berger gehofft hatte zu erreichen war nicht eingetroffen. Drei junge Menschen waren bestialisch getötet worden und der Mörder lief immer noch frei herum. Und da war ja auch noch Andrea. Wie musste sie in der letzten Zeit gelitten haben. Ihr Anblick hatte ihm fast den letzten Rest Fassung geraubt. Aber das durfte er sich nicht anmerken lassen. Die Suche nach dem Mörder und dem Entführer ging weiter. Er straffte seine Schultern, setzte sich auf seinen Stuhl hinter dem Schreibtisch und wartete bis Kommissar Gruber ihm gegenüber Platz genommen hatte.

Die Miene von Kommissar Gruber drückte Entschlossenheit aus.

„Wir sind ganz nahe am Ziel", sagte er bestimmt. Der Arzt meint, dass wir Max Brandtner morgen vernehmen können. Er wird zwar noch viel wirres Zeug reden aber wir werden ihn sicher dazu bringen den Aufenthalt seines Bruders zu verraten."

Stefan Berger nickte: „Morgen werden wir mehr erfahren und morgen hat sich Andrea vielleicht auch so weit erholt, dass sie uns ihren Entführer beschreiben kann. Jetzt muss ich erst Mal den Bericht für Staatsanwalt Krüger zusammenstellen. Dann werde ich zu ihm gehen und mit ihm über den morgigen Einsatz von uns sprechen."

„Gut, aber ich glaube, wir sollten vorher noch darüber reden wie wir mit Alfred weiter vorgehen. Wir wissen doch jetzt mit fast Hundertprozentiger Sicherheit dass er unschuldig ist."

„Ja, das schon, aber solange der Mörder frei herumläuft ist er noch immer in Gefahr."
„Das stimmt natürlich. Aber ich glaube, dass er in seiner Zelle fast durchdreht. Ich muss mit ihm sprechen."
„Gut, dann mache das. Wir könnten ihn auch in einer Pension unterbringen. Er darf sie nur so lange nicht verlassen bis wir wissen, dass er nicht mehr gefährdet ist."
„Das sieht er sicher ein."
„Ja sprecke mit ihm, dann kannst du nach Hause gehen. Der Tag war anstrengend genug. Nach dem Gespräch mit dem Staatsanwalt werde ich auch zu Lynn gehen. Es wird sicher höchste Zeit mich um sie zu kümmern."
Hans Gruber nickte erfreut: „Na dann bis Morgen!"

Alfred Bohns Stimmung wechselte von einem Extrem ins Andere. Manchmal lag er apathisch wie ein Penner da und manchmal lief er mit wilder Miene herum und hämmerte mit den Fäusten an die Wand bis sie ihm schmerzten. Warum spielte man ihm bloß so mit? Allmählich hatte sich seine Wut auf alle Kollegen ausgedehnt und er kam zu dem Entschluss aus diesem Verein auszusteigen. Wenn er je wieder diese Zelle auf freien Fuß verlassen könnte, würde er sicher kündigen. Aber würde dann der Tod von Anita gerächt werden? Er glaubte es nicht. Doch was er ausrichten konnte, sah er jetzt ja. Der Ärger nahm wieder Überhand und als er hörte wie der

Als Stefan Berger eine halbe Stunde später seine Wohnung betrat, irritierte ihn die Stille darin. Im Wohnzimmer hing der Duft von Lynns Parfüm. Doch sie war nicht da. Er rief nach ihr. Keine Antwort. Erregt riss er alle Türen auf.

Wo war Lynn? Beim Blick ins Schlafzimmer fiel ihm die Szene ein, in der er sie mit ihrer Blutverklebten Wange gefunden hatte.

Ein kalter Schauer lief ihm über den Rücken. War Kurt Brandtner doch hier gewesen? Erst jetzt merkte er wie unsinnig diese Gedanken waren. Er war gerade in eine Art Panik geraten, die er seinen Untergebenen nie zugestanden hatte. Einen Augenblick lang lehnte er sich an die Wand, schloss die Augen und atmete tief ein. Diese Sekundenruhe tat ihm gut, ordnete seine Gedanken. Lynn war sicher noch bei Martin Schoor. Langsam schwand das bleierne Gefühl aus seinen Gliedern. Roboterartig erhob er sich und verließ seine Wohnung.

Als Martin Schoor Stefan Berger die Tür öffnete, erhellte sich sein ernster Blick: „Gut sie zu sehen", sagte er erleichtert. „Lynn hat sich schon Sorgen um Sie gemacht.

Aber kommen Sie doch erst Mal herein."

„Danke!"

Lynn lächelte froh: „Gut dass du da bist."

Stefan umarmte sie und wandte sich anschließend an Martin Schoor:

„Ich möchte ja nicht unhöflich sein; aber es war ein langer, anstrengender Tag und ich würde gerne gleich mit Lynn nach Oben gehen."

Das ließ Martin Schoor nicht gelten.

„Für eine Tasse Tee und einen kleinen Happen haben Sie sicher noch Zeit."

Als Lynn zustimmend nickte, setzte sich Stefan zögernd an den Tisch.

„Warst du beim Arzt?" fragte er Lynn besorgt.

„Ja, Martin hat darauf bestanden", erwiderte sie lächelnd, aber es ist halb so schlimm wie es aussieht.

Trotzdem war es gut, dass du mich hierher gebracht hast. Ich brauchte wirklich einen Menschen mit dem ich über das Erlebte sprechen konnte. Habt ihr Max Brandtner schon vernehmen können?"

„Nein", bedauerte Stefan. „Das war noch nicht möglich:" aber wir haben in seinem Wohnhaus die vermisste Kollegin Andrea Endres gefunden. Sie steht zwar jetzt noch unter einem Schockzustand, doch wir hoffen morgen mit ihr sprechen zu können. Jedenfalls sind wir jetzt auf der richtigen Spur."

Martin Schoor war in die Küche gegangen und kam nun mit einem Vollbeladenen Servierwagen zurück und deckte den Tisch. „So", sagte er, „jetzt wird erst mal gegessen und getrunken."

Stefan ließ sich nicht lange bitten. Er füllte seinen Teller, trank einen Schluck Tee und fühlte sich in diesem

Moment wohl, trotz der schwierigen Lage in dem er sich als Hauptkommissar befand.

„Ich bin Ihnen wirklich sehr dankbar dass Sie heute für Lynn da gewesen sind", sagte er zu Martin Schoor. „Ich hätte wirklich nicht gewusst was ich tun soll..."

„Es war mir eine große Freude", unterbrach ihn Herr Schoor. Zumal sich durch den Besuch von Lynn ein großes Problem von mir in Luft aufgelöst hat."

Stefan blieb der Bissen im Mund stecken: „Welches Problem?" fragte er schließlich und sah ihn und dann Lynn forschend an. Was war zwischen den Beiden vorgefallen?

Martin Schoor lächelte:

„Wir hatten am Nachmittag viel Zeit zu plaudern. Zeit, in der ich erfahren habe, dass Lynn beruflich das Gleiche anstrebt wie ich. Es gab nur zwei Punkte in denen wir bisher wenig Erfolg hatten. Lynn sucht nach einer passenden Kanzlei und ich nach einem geeigneten Partner oder Partnerin. Kurz und gut, wir sind uns einig geworden..."

„Heißt das, Sie eröffnen ihre Kanzlei zusammen mit Lynn?" fragte Stefan perplex.

„Das heißt es", nickte Martin Schoor zustimmend. Wir haben festgestellt, dass wir uns beruflich sehr gut ergänzen."

„Und wann soll das sein?"

„In etwa vier Wochen. Bis dahin soll der Umbau fertig gestellt sein. Meine Frau wird aus allen Wolken fallen, dass ich es trotz ihrer gegenteiligen Prognose so schnell geschafft habe meine Pläne zu verwirklichen."

„Sie sind verheiratet?" staunte Stefan Berger. „Ich habe ihre Frau noch nie gesehen."

„Das konnten Sie auch nicht. Tessa ist seit einigen Wochen mit den Ärzten auf Rädern unterwegs. Aber ich denke, dass sie bis zur Kanzleieröffnung wieder hier ist."

„Ihre Frau ist Ärztin?"

„Ja, mit Leib und Seele. Sie wird bald hier in der Klinik arbeiten."

„Dann darf ich euch Beiden ja zur gemeinsamen Kanzlei gratulieren", lachte Stefan Berger: „Das ist das Beste, was ich heute tun kann."

In dem Moment als er diese Worte aussprach, fühlte er sich losgelöst von seinen Sorgen. Doch leider holten sie ihn sofort wieder ein.

„Ich würde gerne mit euch feiern, aber es geht nicht." Er stand auf und sah Lynn müde an: „Du kannst natürlich noch bleiben…"

Lynn stellte ihr Glas zur Seite und ging auf ihn zu:

„Kommt doch gar nicht in Frage."

Als Andrea an diesem Morgen ihre Augen aufschlug, sah sie die kalkweiße Wand vor sich. Sie hatte also ihre Befreiung nur geträumt. Die Polizisten, der Kranken-

einen kurzen Gruß. Dann ließ er seinem Ärger freien Lauf.

„Alle Welt wendet sich wegen der unaufgeklärten Mordfälle, die das Landshuter Hochzeitsfest bedrohen an mich", schimpfte er. Die Journalisten verlangen von mir einen sofortigen Pressebericht. Bei den Förderern steigt die Angst um ihre Akteure die zu Recht verunsichert sind.

Der Bürgermeister ist hell entsetzt, dass die gestrige Aktion nicht den gewünschten Erfolg gezeigt hat. Ich sagte Ihnen gestern, dass ich Ihre bisherige Leistung anerkenne und auch nicht schmälern möchte aber Sie müssen sich heute noch mehr Mühe geben. Also, wie gedenken Sie in den nächsten Stunden gegen Kurt Brandtner vorzugehen?"

Hauptkommissar Berger versuchte so ruhig wie möglich zu antworten.

„Kommissar Gruber ist gerade auf dem Weg zu Max Brandtner um ihn zu verhören", sagte er.

Staatsanwalt Krüger schnaufte: „Sagten Sie nicht, dass er inzwischen in der Psychiatrie liegt?"

„Ja schon…"

„Dann verspreche ich mir von seiner Aussage soviel wie gar nichts."

„Versuchen müssen wir es trotzdem".

Der Hauptkommissar ließ sich nicht aus der Ruhe bringen und fuhr fort: „Der Kollege Bauer wird mit Andrea Endres sprechen. Sie wird uns zumindest etwas über ihren Entführer berichten können. Da sie im Wohnhaus der Familie Brandtner gefunden wurde, kann man erwarten, dass sie beide Brüder kennt."

„Die Fahndung nach Kurt Brandtner läuft weiter?"

„Ja und die Überwachung der Gebäude auch."

"Was ist eigentlich mit den anderen Tatverdächtigen? Zum Beispiel mit Alfred Bohn? Kann man ihn und die Anderen wirklich ausschließen?"

„Ohne Zweifel. Wir müssen uns weiterhin auf Kurt Brandtner konzentrieren. Er wird jetzt sicher vor einem weiteren Mord zurückschrecken. Schließlich haben wir sein Wirkungsfeld empfindlich gestört."

Einen Moment ging Staatsanwalt Krüger nachdenklich auf und ab. Dann blieb er abrupt stehen und sah Hauptkommissar Berger mit einem harten Blick an.

„Bringen Sie mir sobald als möglich den Mörder. Anderen falls muss ich den Fall weitergeben."

Gleich darauf knallte er die Tür hinter sich zu.

Der behandelnde Arzt von Max Brandtner begrüßte Kommissar Gruber freundlich aber distanziert.

„Ich bin strikt gegen eine Befragung dieses Patienten. Er steht unter starkem Medikamenteneinfluss", sagte er.

Kommissar Gruber blieb hart. Er zeigte dem Arzt den richterlichen Beschluss und erklärte ihm wie wichtig es war mit ihm zu sprechen.

Der Arzt schob das Papier zur Seite und erklärte:

„Max Brandtner ist nicht mehr zurechnungsfähig. Aber wenn Sie auf einen Besuch bei ihm bestehen kann ich Sie nicht daran hindern. Ich stelle Ihnen zwei Pfleger zur Seite, die Sie zu ihm begleiten werden und ich muss darauf bestehen, dass diese Männer während der Befragung im Zimmer bleiben.

Max Brandtner lag zusammengekauert wie ein Baby auf seinem Bett. Einer der Pfleger rüttelte ihn an der Schulter.

„Hier ist Besuch für Sie."

Die Berührung der fremden Hand ärgerte ihn. Er fuhr mit einem Ruck hoch und schlug wild um sich. Der zweite Pfleger kam und half seinem Kollegen. Der Körper von Max Brandtner war von den vielen Medikamenten geschwächt und so hatten sie ihn schnell im Griff.

Hans Gruber nahm einen Stuhl und setzte sich an sein Bett. Er sah in seine glasigen Augen. Sie stierten ihn böse an und plötzlich begannen sie zu flackern. „Sie erkennen mich also", sagte er ruhig und fragte: „Warum waren Sie heute bei ihrem Bruder in der Wohnung? Wollten Sie ihm sagen, dass ihr Vater tot ist?"

„Mein Vater ist nicht tot", zischte Max Brandtner. „Sie haben mir ihn weggenommen. Kurt hat ihn."

Sein Blick verschleierte sich zu einer erschreckenden Verschlagenheit und sein Oberkörper wölbte sich drohend hoch: „Ich habe Kurt verprügelt. Vater gehört mir."

„Es war nicht Kurt, den Sie in seiner Wohnung verletzt haben. Es war einer unser Beamten."

„Was weißt du Bulle schon? Kurt ist weg, weit weg!"
Seine Augen verdrehten sich, vor seinem Mund bildete sich Schaum und er brabbelte krächzend vor sich hin.
Doch kein einziges Wort war mehr zu verstehen.
Einer der Pfleger schüttelte den Kopf: „Aus dem bringen Sie in den nächsten Stunden nichts mehr heraus."

Ganz langsam wirkten die Tropfen, die ihr die Schwester verabreicht hatte. Andrea sah zum Fenster, bemerkte das Sonnenlicht und atmete auf. Das war kein Traum mehr.
Sie lag wirklich in einem Bett im Krankenhaus. Irgendwer hatte sie in ihrem Verlies gefunden und sie vor ihrem Peiniger gerettet. Vorsichtig richtete sie sich hoch aber sie spürte die Schwäche ihres Körpers und das Zittern ihrer Hände, das sie nicht unter Kontrolle bringen konnte. Sie versuchte sich an ihre Befreiung zu erinnern. Das Poltern und die Männerstimmen lagen ihr noch in den Ohren und diese Angst! Einen Moment streckte sie abwehrend die Hände aus. Hatte der Mann, der sie hier festhielt seinen Schlüssel verloren und suchte jetzt mit brachialer Gewalt Zutritt zu ihr? Er hatte ihr schon den Tod angedroht. Der Lärm wurde unerträglich. Es gab kein Entrinnen. Das war der letzte Gedanken gewesen der ihr noch bewusst war.
Alles andere waren nur Schemen. Stimmen die sie nicht verstand. Irgendetwas hatte bei ihr ausgesetzt. Sie ließ ihre Hände auf die Bettdecke sinken und horchte nach Draußen. Jeder laute Ton erschreckte sie. In den ver-

Sie krampfte sich ängstlich zusammen: „Habt ihr ihn verhaftet? Wenn nicht, bin ich auch hier nicht sicher. Er wird mich finden töten und in den Brunnen werfen. Das hat er mir angedroht."

„Beruhige dich bitte", bat Lena.

Dieser Mann wird dir nichts mehr antun. Er liegt jetzt in der Psychiatrie und wird ständig bewacht."

„Wenn du das sagst!"

„Es stimmt wirklich, für diesen Mann gibt es kein Entrinnen mehr", bestätigte Peter und fügte ernst hinzu:

„Aber leider müssen wir Ihnen später noch ein paar Fragen stellen."

„Ja, ich weiß wie alles abläuft", sagte Andrea mit schwacher Stimme. „Ich bin so müde."

Lena streichelte ihr über die Stirn: „Ja, schlafe nur. Wir sehen dich Morgen wieder."

Hans Gruber blieb eine Weile vor der Zimmertür von Max Brandtner stehen. Der Gedanke daran, dass dieser Mann noch nicht in der geschlossenen Abteilung lag beunruhigte ihn.

„Er hat uns alle getäuscht", dachte er, „und er täuscht sogar die Ärzte." Hier musste schnell etwas geändert werden. Mit besorgter Miene aber festen Schrittes verließ er die Abteilung. Er musste mit Staatsanwalt Krüger und Hauptkommissar Berger sprechen um eine richterliche Verfügung über eine stärkere Bewachung von Max

Brandtner zu erreichen. Aber zuvor wollte er noch Andrea besuchen. Auf dem Weg zu ihr traf er Peter und Lena und was sie ihm erzählten bestärkte seine Ängste noch mehr.

„Wir müssen sofort zum Kommissariat fahren und Stefan sagen, was wir soeben alles erfahren haben", sagte er erregt.

„Wir müssen nur noch Lenas Entlassungsschein und ihre Tasche holen", wandte Peter ein.

Hans Gruber blickte in Lenas Blasses Gesicht und sagte nachdenklich:

„Du solltest vielleicht doch lieber nach Hause fahren.

Das was wir heute erledigen müssen, ist wahrscheinlich noch zu anstrengend für dich."

Lena protestierte: „Ich bin ganz sicher wieder einsatzfähig."

Gut, wenn du das glaubst. Aber frage zuerst noch mal den Arzt."

„Der hat sicher nichts dagegen."

Hans hob die Schultern: „Wie du meinst. Also, dann fahre ich jetzt Voraus. Wir treffen uns bei Stefan." Er lief zum Aufzug, drückte auf den Pfeil nach unten. Dabei wurde er, der für seine Ruhe und Besonnenheit bekannt war, von einer fast unerträglichen Spannung erfasst.

Noch ehe die Schritte von Staatsanwalt Krüger auf dem Flur verklungen waren, hatte Hauptkommissar Berger dessen erregten Auftritt in seinem Büro vergessen. Sein

Besuch war zu erwarten gewesen, aber nicht sehr hilfreich. Er konzentrierte sich auf seinen Plan den er sich erstellt hatte. Gab es etwas, das er übersehen hatte? Er nahm die Liste und hakte die einzelnen Punkte ab. Die Kollegen Schlagbauer und Krause hatte er auf die Nachbar- und Bekanntschaft der Familie Brandtner angesetzt. Die Spurensicherung lief auf Hochtouren... Das Läuten des Telefons unterbrach ihn. Kommissar Gruber meldete ihm, dass er in ein paar Minuten bei ihm sein werde. Es gab Neuigkeiten. „Neuigkeiten?" Das Blut schoss ihm in den Kopf und sein Puls klopfte schneller.

Was hatte Hans herausgefunden? Seine Stimme hatte aufgeregt geklungen. Ruhe bewahren. Die Luft im Büro schien sich zu verdichten. Er musste das Fenster öffnen.

Die tiefen Atemzüge taten ihm gut. Würde Hans eine ebenso erleichternde Nachricht bringen oder war es doch eher eine Hiobsbotschaft? Quatsch! Diese Gedanken brachten nichts. Seine Arbeit musste fortgesetzt werden.

Also weiter konzentrieren.

Als Kommissar Gruber etwa zehn Minuten später im Büro eintraf, sah ihm Hauptkommissar Berger gespannt entgegen: „Von deinem Anruf bis jetzt war das eine gefühlte Stunde", sagte er. „Also ich höre!"

„Wir müssen so schnell als möglich zum Anwesen der Brandtners."

„Ist Kurt Brandtner dort aufgetaucht?"

„Nein, ich habe da einen ganz anderen Verdacht", erklärte Hans Gruber.

„Lasse dir berichten."

Die Stunden rannen für den Pfleger der Max Brandtner bewachte zäh dahin und er sehnte sich nach einem Kaffee. Leise erhob er sich von seinem Stuhl und schlich zum Bett des Patienten. Zufrieden sah er, dass sich der Mann wie ein Baby zusammengerollt hatte und tief schlief. Jetzt konnte er ohne weiteres eine Pause einlegen. Mit sachtem Schritt glitt er zur Tür, sah sich noch einmal kurz um, dann verließ er das Zimmer und ging zur Schwesternstation. Er bat einen anderen Pfleger eine Weile die Wache von Max Brandtner zu übernehmen.

„Der gibt jetzt Ruhe", grinste er. Der schläft fest."

Max Brandtner schlug die Augen auf und sah lauernd um sich. Er hatte das Klicken der runtergedrückten Türklinke gehört. Der Pfleger glaubte also wirklich dass er schlief.

Oder versuchte er ihn hereinzulegen? So leise wie es ihm möglich war, schlupfte er aus seinem Bett und schlich zum Bad. Es war leer. Lange würde der Pfleger ihn nicht alleine lassen. Aber es musste ihm gelingen das Krankenhaus zu verlassen. Die Bullen durften Andrea nicht finden.

Sie würde ihn verraten. Der Kellerraum war zwar schön versteckt aber... Jetzt hörte er Schritte. Rasch stellte er sich hinter die Tür. Sie öffnete sich und ehe der Mann

worden war, würde sie wohl nie herausfinden.

Peters Gedanken schienen ähnliche Wege zu gehen. Er verlor während der ganzen Fahrt kein Wort.

Lena hatte ihre Augen eine Weile geschlossen. Doch als sie jetzt in den Hof der Brandtners fuhren, hob sie den Blick, starrte auf das alte Haus und erschauerte. Jetzt sah sie die graue Fassade mit den düsteren kleinen Fenstern mit anderen Augen wie früher. Sie war sooft davor gestanden und hatte nie gemerkt welche schreckliche Dinge dahinter geschahen.

Peter riss sie aus ihren Gedanken:

„Die Kommissare warten schon auf uns", sagte er erregt.

Die feuchte kalte Nässe legte sich auf das Gemüt der Polizeibeamten die durch den matschigen aufgeweichten Boden des Gartens stampften. Zwischen den Schuppen und dem Gerätehaus lag jede Menge Gerümpel. Doch von dem Brunnen, von dem Andrea gesprochen hatte, war bis jetzt noch nichts zu sehen. Jeder stocherte in einer anderen Ecke herum. Nur Peter Bauer und Lena, die als letzte zu dem Trupp hinzugekommen waren, blieben zusammen. Jetzt standen sie vor einem Blechhaufen aus alten Autoteilen. Peter zog seine dicken Handschuhe an und begann den Schrott auf die andere Seite zu räumen.

„Glaubst du wirklich da etwas zu finden?" zweifelte Lena.

„Nicht etwas, sondern den Brunnen", brummte Peter.

Die Wrackteile waren ihm zu künstlich rundum aufgeschichtet vorgekommen.

Lena hätte sich bei dem Scheppern am liebsten die Ohren zugehalten. Missmutig legte sie ein paar kleinere Teile zur Seite. Ihre dünnen Wollhandschuhe waren schnell durchnässt. Das machte wirklich keinen Spaß.

Frierend gab sie auf und sah auf den Stapel den Peter schon weggewuchtet hatte.

Plötzlich hielt Peter inne. Er drehte sich zu Lena und rief ihr zu: „Komm her Lena und sieh dir das an."

Der Schlamm schien Lena festzuhalten. Aber es war das bange Gefühl vor etwas, das sie gar nicht sehen wollte, dass sie wie einen steifen Stock dastehen ließ. Doch dann setzte sie einen Fuß vor dem anderen bis sie schließlich neben Peter stand und die Brunnenmauer sah mit dem Holzdeckel oben drauf.

Die beiden Kommissare waren auf das Winken von Peter aufmerksam geworden und liefen so schnell es der rutschige Boden erlaubte zu Peter und Lena hin.

Jaulend pfiff der Wind um ihre Ohren und zischte durch die Blechteile die sich auf und ab bewegten und seltsam schaurige Klänge von sich gaben.

Die Männer blieben einen Moment still, als hätten sie es so abgesprochen, vor dem Brunnen stehen. Doch dann kam Leben in sie. Gemeinsam schoben sie die schwere Holzplatte zur Seite. Kommissar Gruber sah als Erster hinunter in das schwarze tiefe Loch.

„Ohne Licht geht da nichts", sagte er, als er wieder hoch blickte. Wir brauchen eine Stablaterne."

„Dort Drüben im Anbau habe ich eine gesehen"; sagte einer der Männer die bis jetzt das Haus bewacht hatten und nun bei der Suche halfen. Er startete auch gleich los um sie zu holen. Kurz darauf leuchtete er in den Schacht.

„Das ist ein stillgelegter Brunnen", stellte er fest. Es ist nur wenig Wasser am Boden. „Aber Moment!" stotterte er dann. „Da unten liegt Jemand.

Hauptkommissar Berger nahm die Lampe, blickte nach unten und bestätigte die Aussage des Kollegen.

„Wir müssen sofort die Feuerwehr rufen", erklärte er gleich darauf.

Der Pfleger von Max Brandtner hatte seine Pause beendet und ging zurück zu dessen Zimmer. Der Kollege, der ihn abgelöst hatte wurde schon auf einer anderen Station erwartet. Kein Laut drang aus dem Zimmer. Also schlief der Patient noch. Leise öffnete er die Tür und prallte im nächsten Moment entsetzt zurück. Sein Kollege lag bewusstlos am Boden und Max Brandtner war nicht mehr im Zimmer. Erschrocken drückte er auf die Notklingel, dann bemühte er sich seinem Kollegen zu helfen.

Der herbeigeeilte Arzt versorgte den Pfleger und die Schwestern und Pfleger suchten nach Max Brandtner.

Zwar hatte er den Pfleger entkleidet und sich dessen Kleidung bedient. Aber sie musste ihm viel zu klein sein und somit dem anderen Personal aufgefallen sein.

Doch es war nicht so. Als die Suche auf der Station ergebnislos blieb, wurde sie auf das ganze Krankenhaus ausgeweitet.

Weit konnte dieser Mann doch noch nicht gekommen sein.

Inzwischen hatte man auch die verletzte Frau in der Garage entdeckt und ärztlich versorgt .Als sie wieder ansprechbar war, sagte sie aus. Sie wäre von einem Riesen von Mann, der ganz weiß gekleidet war, aus ihrem Auto gezerrt worden. Danach fehle ihr jede Erinnerung.

Da ihr Auto verschwunden war, brauchte man ja nur eins und eins zusammenzuzählen.

Max Brandtner fuhr demnach vollgepumpt mit Medikamenten und unberechenbar mit seinen Taten im Auto durch Landshut. Jetzt blieb nichts anderes übrig als die Polizei zu verständigen.

Kaum hatte Max Brandtner die Tiefgarage verlassen packte ihn auch schon die Wut. Dieses blöde Weib wollte ihm ihren Wagen nicht überlassen. Sie hatte doch gesehen, dass er ein Pfleger war und das Auto nicht zum Spaß brauchte. Aber so waren sie eben, diese Weiber.

Seine Mutter war krank und abweisend gewesen. Andrea hasste ihn, Lena Senft behandelte ihn wie einen Aussätzigen und diese Frau in der Wohnung vom Hauptkommissar war ja völlig irre. Vor ihm vernebelte sich alles und er musste zur Seite fahren und anhalten. Jetzt

In der Küche trank sie ein großes Glas leer. Anschließend lief sie die Treppen hinunter. Dann stand sie in dem Zimmer in dem Andrea eingesperrt war. Sie musste sich diesen Einblick verschaffen um sich in ihre Freundin noch besser einfühlen zu können. Einen Moment saß sie auf ihrem Bett und ließ die ganze Szenerie an ihrem geistigen Auge vorüberziehen .Doch nach ein paar Minuten verließ sie erschöpft das Zimmer. Als sie das Haus verließ, fuhr der Leichenwagen schon wieder weg. Hauptkommissar Berger hielt sein Handy am Ohr und lies es gleich darauf sinken. Sie sah wie er mit Kommissar Gruber erregt sprach und erschrak. Nach den Gesten von den Beiden war wieder etwas Schlimmes geschehen. Sofort dachte sie an Andrea. Sie lief aufgeregt auf die Kommissare zu:
„Was ist passiert?"
Hans Gruber sagte rau: „Max Brandtner ist aus dem Krankenhaus geflohen. Er hat zwei Menschen verletzt und ist mit einem gestohlenen Auto unterwegs."
„Nein!"
„Doch, wir müssen damit rechnen, dass er hier auftaucht."
„Oder bei mir im Haus", sagte Stefan Berger besorgt. Ich muss Lynn warnen." Dann griff er wieder zum Handy.

Lynn hielt das Telefon zitternd in der Hand. Es war ja gut, dass Stefan sie warnte. Aber was wäre, wenn Max Brandtner schon auf dem Weg zu ihr war? Noch ein Mal wollte sie ihm nicht begegnen. Sie überlegte kurz und sagte dann zu Stefan: „Es tut mir leid, aber unter diesen Umständen kann ich nicht im Haus bleiben. Ich bestelle mir jetzt ein Taxi und fahre zu Maria."

Stefan atmete hörbar auf: „Ja, das ist gut so. Bei Maria kann dir nichts passieren. Beeile dich. Ich liebe dich."

„Ich dich auch, tschüss!"

Draußen klingelte es. Lynn hätte fast das Telefon weggeschmissen. Doch sie beruhigte sich wieder, ging zur Wohnungstür und horchte. Es klopfte. Dann hörte sie die Stimme von Martin Schoor: „Ist alles in Ordnung Lynn?

Sie öffnete erleichtert die Tür: „Na ja", sagte sie. „Wie man's nimmt. Ich bestell mir jetzt ein Taxi und fahre zu Maria. Dann ist bei mir hoffentlich alles klar."

„Was ist denn geschehen?"

„Max Brandtner ist entflohen und ich muss damit rechnen, dass er hier auftaucht."

„Du lieber Himmel! Jetzt verstehe ich. Aber warum hast du denn nichts zu mir gesagt? Pack deine Sachen zusammen. Dann fahre ich dich zu deiner Freundin."

„Ich wollte dich nicht schon wieder belästigen."

„Da bleiben mir doch glatt die Worte weg. So eine kleine Fahrt ist doch das Wenigste was ich tun kann für dich."

„Ist ja schon gut. Ich bin schon beim Packen."

Eine Viertelstunde später waren sie schon auf dem Weg zu Maria Gruber. In der Pathologie arbeiteten sie auf

Hochdruck. Hauptkommissar Berger wollte unbedingt heute noch wissen wer der Tote aus dem Brunnen ist.

Lena hatte Hans Gruber und Peter Bauer schon längst davon überzeugt, dass es nur Kurt Brandtner sein konnte.

Es gab nichts was dagegen sprach. Sie würden wohl nie so richtig erfahren warum Max Brandtner seinen Bruder getötet hatte, denn er würde wahrscheinlich nie mehr voll zurechnungsfähig sein. Doch für sie stand fest, dass Max Brandtner die Morde, die Überfälle und alles was damit zusammenhing alleine ausgedacht und ausgeführt hatte.

Vielleicht würde er ihnen eines Tages sagen warum er Andrea entführt und Lena überfallen hatte. Aber das war ein großes Vielleicht. Jetzt musste man ihn erst wieder fassen. Hans Gruber hatte Alfred mit zur Suche eingeteilt.

In dieser Situation wurde jeder verfügbare Mann gebraucht. Was wusste man, was in dem kranken Gehirn von Max Brandtner noch so alles vorging. Lena hatte zwar mal kurz bei Andrea reingeschaut und sich nach ihrem Befinden erkundigt, doch sie hatte ihr nichts von Max Brandtners Ausbruch erzählt. Das würde sie sicher nicht verkraftet haben.

Hauptkommissar Berger wartete auf Ergebnisse.

„Jetzt ist schon Abend und noch immer läuft dieser Kerl frei herum", schimpfte er.

„Das darf doch nicht wahr sein. So groß ist Landshut auch wieder nicht. Außerdem haben wir die Suche auf den Umkreis ausgedehnt."

„Lange kann es nun wirklich nicht mehr dauern", versuchte Kommissar Gruber ihn zu beruhigen.

Im gleichen Moment meldete sich der Pathologe Doktor Wiesner per Telefon und erklärte, dass es sich mit hundertprozentiger Sicherheit bei dem Toten um Kurt Brandtner handelt. Die Suche nach Max Brandtner wurde dadurch noch brisanter.

Als Max Brandtner eine Weile konfus durch verschiedene Straßen von Landshut gefahren war, fiel ihm ein, dass man ihn jetzt sicher schon suchte. Wo sollte er sich verstecken? Vor ihm tauchte das Schild auf, das ihm die Richtung nach Regensburg anzeigte. Regensburg!.

Automatisch fuhr er den Pfeil nach.

Ja, er würde nach Regensburg fahren. Dort konnte er im Haus seines Onkels schlafen. Schlafen. Ja, er wollte schlafen. Ihm fielen fast die Augen zu. Zum Glück wurde der Verkehr außerhalb von Landshut immer weniger.

Dann fuhr er durch eine ländliche Gegend. Der Abend nahte. Es nieselte und zog an. Er hielt das Lenkrad krampfhaft in den Händen. Nur nicht rutschen. Immer wieder schoben sich Gesichter vor seine Augen. Was wollten die denn alle von ihm?

Der Wagen begann zu holpern und blieb schließlich stehen. Wer hinderte ihn da am Weiterfahren? Wer hielt ihn auf? Seine Hände zitterten. Wo waren seine Tabletten? Man hatte ihm alles abgenommen. Diese Hunde! Sie

Das Regenwasser floss den Graben entlang. Sie nahmen Stangen und stocherten beim Entlanggehen immer wieder in dem Schlamm herum.

Es war ein gespenstiges und wie es schien aussichtsloses Treiben .Die Männer taten alle ihre Pflicht und der Regen hatte auch nachgelassen aber es gab wohl keinen der nicht den Abbruch dieser Suche herbeisehnte.

Stefan Berger aber trieb es weiter. Max Brandtner durfte nicht noch mehr Unheil anrichten. Plötzlich sank seine Stange tiefer als zuvor hinunter. Er stocherte nervös weiter nach unten. Dort stieß er mit seiner Stange auf einen Wiederstand. Erregt leuchtete er in die Grube, dann rief er mit rauer Stimme nach Hans. „Ich glaube da liegt Jemand unten!"

Und es war so, wie er vermutet hatte. Alle Kollegen wurden zur Fundstelle beordert. Während einige davon den Körper heraufwuchteten unterrichtete Hans Gruber den Arzt und die Spurensicherung.

Nun lag der Mensch, den sie geborgen hatten vor ihnen und als der Schlamm von seinem Gesicht entfernt war ging ein Raunen durch die Männer. Hier lag Max Brandtner, der Mann der sie und die Stadt in Atem gehalten hatte.

Danksagung

Meinen besonderen Dank möchte ich an alle Leser meiner Bücher richten.

Einen lieben Dank an meine Tochter Eva, die das Cover gestaltet hat und mir eine gute Stütze bei meinem Buch war.

Namen und Schauplätze der Protagonisten sind frei erfunden.